PHILIPPA ANDERSSON

ONE
uncontrollable
KISS

Impressum

Originalausgabe November 2022

One uncontrollable Kiss
Philippa L. Andersson
Copyright: © Philippa L. Andersson, 2022, Berlin, Deutschland
Alle Rechte vorbehalten. Ein Nachdruck oder eine andere Verwertung ist nachdrücklich nur mit schriftlicher Genehmigung der Autorin gestattet.

Sämtliche Personen in diesem Text sind frei erfunden. Ähnlichkeiten mit lebenden oder verstorbenen Personen sind zufällig.

Umschlagfotos: © depositphotos.com/PurpleBird18
Umschlaggestaltung: Philippa L. Andersson
Lektorat: Sarah Herzer, Decatur, GA, USA
Korrektorat: Laura Gosemann, Berlin, Deutschland

Enthält sensible Themen:
philippalandersson.de/trigger

Philippa L. Andersson vertreten durch:
Sowade, Plantagenstraße 13, 13347 Berlin, Deutschland
www.philippalandersson.de

Herstellung und Druck über tolino media GmbH & Co. KG,
Albrechtstr. 14, 80636 München. Printed in Germany.
Fragen zu Produktsicherheit an: gpsr@tolino.media.

PHILIPPA L. ANDERSSON

ONE uncontrollable KISS

MIAMI REBELS
1

Über das Buch

Nate Grant, der hellste Stern am Rockstarhimmel, schert sich nicht um Regeln. Bis ihn ein Gericht in Florida nach wiederholten Sachbeschädigungen nicht nur zu einer Geldstrafe, sondern auch zu Sozialstunden verurteilt. Nate ist nicht begeistert und wird noch frustrierter, als er sieht, wer die Sozialstunden während seiner Tour organisieren wird: Louisiana Harper, eine spießige, Perlenohrringe tragende Ordnungsfanatikerin, die so ziemlich das Gegenteil von ihm ist. Sobald sie aufeinandertreffen, fliegen die Fetzen. Egal, wie sehr er versucht, sie loszuwerden, sie bleibt. Dass ausgerechnet sie sein Leben auf den Kopf stellt, hätte er nie gedacht. Und dass ein Kuss alles verändert, noch weniger ...

Über Philippa L. Andersson

Philippa L. Andersson lebt und arbeitet in Berlin. 2012 erschien ihre erste Kurzgeschichte. 2013 folgte ihr erster Roman »In deinen Armen«. 2017 war sie mit »You Can't Escape Love –Begehren . Vertrauen . Lieben« erstmals in der BILD-Bestsellerliste. Viele ihrer Romane gibt es auch als Hörbuch. Wenn sie nicht schreibt, joggt sie durch ihren Kiez, entdeckt neue Restaurants oder lässt sich vom Leben inspirieren.

www.philippalandersson.de
philippa@philippalandersson.de

Content Note

Liebe Leserin, lieber Leser,
dieser Roman beinhaltet potenziell triggernde Themen.
Welche und wie ausführlich, erfährst du auf der Website
philippalandersson.de/trigger.
Bitte beachte, dass die Auflistung für den gesamten Roman
Spoiler enthalten kann.
Wenn du dir unsicher bist oder beim Lesen sehr sensibel
reagierst, schau dir bitte unbedingt vorab die Liste an. Ich
wünsche dir und allen anderen viel Spaß mit der Geschichte
und eine wundervolle Lesezeit.
Philippa L. Andersson

PLAYLIST

RATA-TATA - Royal Republic
Bones - Imagine Dragons
Bad Habits - Ed Sheeran
Yellow - Coldplay
Tommy-Gun - Royal Republic
Freaks - Surf Curse
abcdefu - GAYLE
Baby One More Time - Ed Sheeran
Wild Stare - Giant Rocks
Beautiful Way - You Me At Six
Everything We Need - A Day To Remember
THATS WHAT I WANT - Lil Nas X
Buying Time - The Faim
Don't Blame Me - Taylor Swift
Wrecked - Imagine Dragons
One Kiss (feat. Dua Lipa) - Calvin Harris, Dua Lipa

PROLOG

Miami Star News:
Rockstar Nate Grant zu Geldstrafe und Sozialstunden verurteilt

Nate Grant, der 26-jährige Rockstar und Frontmann der Rebel Boys, ist wegen schwerwiegender Sachbeschädigung in 28 Fällen zu einer Geldstrafe in Höhe von insgesamt fünf Millionen Dollar und Sozialstunden verurteilt worden. Grants Taten zeugten von »außerordentlicher Respektlosigkeit und mangelndem Sachverstand« und hätten »nicht nur ihn selbst, sondern auch Mitmenschen in Gefahr gebracht«, so die Richterin Cecilia Emerson des Bezirksgerichts in Miami bei der Urteilsbegründung. Neben den Sozialstunden, eine für jede ihm zur Last gelegte Beschädigung, erließ die Richterin zudem, dass Grant sich einem Umstyling unterziehen müsse. Zur Verhandlung war das musikalische Ausnahmetalent in einer falschen Richterrobe und einer Perücke erschienen. Richterin Emerson verurteilte die Beleidigung des Gerichts und reagierte entsprechend.

Grants Anwälte versuchten, das Strafmaß zu mildern, indem sie in mehreren Fällen nachweisen wollten, dass der Rockstar unter Alkoholeinfluss gestanden habe und unzurechnungsfähig gewesen sei. Videos, die der Star in den sozialen Medien gepostet hatte, sollten ihn entlasten. Aufgrund zwei vorangegangener Verurteilungen 2017 und 2019 wurden diese jedoch nicht anerkannt. Damals versicherte Grant, dass er trotz 1,5 Promille Blutalkohol genau gewusst hätte, was er tat. Das Strafmaß blieb gleich. Über seine Anwälte ließ Grant verkünden, dass er die Taten zutiefst bedauere, und bekannte sich in allen Anklagepunkten für schuldig.

Richterin Emerson folgte mit der Strafe den Forderungen des Staatsanwalts. Aufgrund besonderer Umstände – Grants Band startet in einer Woche eine landesweite Tour – erlaubte die Richterin, dass die Sozialstunden unterwegs abgeleistet werden können. Ein Betreuer wird vom Gericht bestellt. Sollte Grant die festgeschriebenen Stunden nicht leisten, so droht ihm Gefängnis.

Hurricane Florida Records, das Plattenlabel der Rebel Boys, verurteilte die Taten, signalisierte jedoch, weiterhin hinter dem Star zu stehen.

KAPITEL 1

Du kannst das, Lou, versuche ich, mich anzuspornen. Mit mäßigem Erfolg.

Ich lehne mich auf dem Rücksitz des Minivans mit den abgedunkelten Scheiben zurück und lasse die Kulisse von Miami an mir vorbeiziehen. Wir fahren Richtung Süden. Es ist noch nicht mal elf Uhr und schon schwülwarm.

Obwohl ich genau weiß, dass ich alles eingepackt habe, öffne ich meine lederne Businesstasche und gehe den Inhalt noch mal durch. Handy? Ist da. Ladekabel? Check. Neben meinem Arbeitslaptop ertaste ich mein Portemonnaie, mein Schminktäschchen, Taschentücher und Blasenpflaster. Der Rest meiner Sachen, verschiedene Teile in Schwarz, Weiß und Naturtönen, die sich optimal kombinieren lassen, eine Shorts, falls ich mal freihabe, und eine Jeans, Schuhe, Unterwäsche und Waschartikel sind in einem Hardcase im Kofferraum des Wagens verstaut. Meine Nerven beruhigt das nicht.

Lou, du hast fantastische Referenzen, mache ich mir Mut. *Deine Kunden lieben es, mit dir zusammenzuarbeiten. Du hast auf deine zwei jüngeren Schwestern California und Virginia aufgepasst, während eure Eltern jeweils zwei, manchmal auch drei Jobs hatten, und sie durch die Mittelstufe, Highschool und ihre Ausbildung begleitet und aus den beiden Rabauken tolle Frauen gemacht. Und vor allem: Dieser Job bringt dir viel Geld, das du verdammt gut gebrauchen kannst.* Ich bin zwar gefragt, aber selten ausgebucht. Achtundzwanzig Tagessätze ergeben am Ende 28.000 Dollar. So viel verdiene ich sonst in einem halben Jahr.

Nur dass das hier nicht wie deine üblichen Aufträge ist.

Normalerweise arbeite ich als Aufräumexpertin und helfe Leuten, Struktur in das Chaos ihres Lebens zu bringen. *Äußere Ordnung führt zu innerer Ordnung*, mein Geschäfts- und Lebensmotto. Ich organisiere keine Sozialstunden. Normalerweise dauern meine Aufträge ein bis drei Tage – nicht vier Wochen. Normalerweise wollen meine Kunden meine Hilfe – und bekommen mich nicht vom Staat Florida vor die Nase gesetzt. Und normalerweise sind es ganz normale Menschen – nicht Nate Grant, der momentan angesagteste Musiker in Amerika, Asien und Europa und Frontmann der Band Rebel Boys, der sich benimmt, als würde ihm die Welt gehören.

Du kannst das, Lou!

»Wir sind gleich da«, informiert mich der Fahrer.

Oje ... Ich schaue nach draußen. Wir verlassen den Highway und biegen ab Richtung Yachthafen. Die Grundstücke hier kosten ein Vermögen. Hinter hohen Mauern sind Palmen zu sehen. Wir halten vor einem Tor, mein Fahrer meldet uns an, die Torhälften gleiten zur Seite und geben den Blick frei auf das Haus, eine zweistöckige weiße Villa mit einem Ziegeldach, das ich eher in Italien als in Florida vermuten würde. *Wie wunderschön!* Ich habe Mühe, mir nicht die Nase an der Scheibe plattzudrücken, als wir die Einfahrt nehmen und eine Parkanlage mit gepflegtem Rasen und riesigen Palmen durchqueren.

»Da wären wir«, sagt mein Fahrer unnötigerweise, springt aus dem Wagen und öffnet mir schon die Tür, bevor ich meine Tasche packen kann. Er hilft mir raus, holt meinen Koffer und begleitet mich bis zum Eingang, wo ein großer südländischer Typ mit einem dunklen Sidecut in Jeans und einem weißen Hemd auf mich wartet.

»Hi, ich bin Ryan Vasquez, für alle Ryan. Wir hatten telefoniert, richtig?«, begrüßt er mich.

»Louisiana Harper«, sage ich, nicke und schüttle ihm die Hand. Ryan ist der Kopf von Hurricane Florida Records und der Manager der Band. Er hat mir den Tourplan und eine Liste der Crew gemailt – und bringt mich mit seinem Lächeln in den Augen aus dem Konzept. Ich hätte erwartet, dass der Manager von Nate mehr Augenringe und Sorgenfalten hat.

Er reicht mir ein Schlüsselband, an dem eine Plastikkarte mit einem QR-Code und meinem Foto prangt. »Willkommen im Team. Du bist neu, also solltest du den Ausweis immer dabeihaben. Grob zweihundert Leute sind Teil der Produktion. Da kennt nicht jeder jeden. Außerdem kommst du damit zu Nates Trailer und zu deinem, den wir für dich als Unterkunft organisiert haben.«

»Danke.« Ich hänge mir das Band um und schnappe mir meinen Rollkoffer.

»Brauchst du Hilfe mit deinem Gepäck?«

»Nicht nötig. Wo muss ich hin?«

»Folg mir am besten.«

Wir betreten die Villa, und mir stockt der Atem. Hohe

Decken, weißer Marmorboden und ein Kronleuchter begrüßen mich – und ein Meer an Instrumenten und Kisten, aus denen Kabel und technisches Equipment ragen. Sieht wie bei einem Umzug aus.

»Die sind von einem Privatkonzert. Ignorier das Zeug einfach. Es wird morgen abgeholt.« Er steuert einen hinter der Treppe eingebauten Fahrstuhl an. »Ich zeig dir dein Zimmer, dort kannst du deinen Koffer abstellen. Dann gehen wir zu den anderen.«

Wir fahren in die erste Etage und laufen an zwei Türen vorbei, bis Ryan die dritte aufstößt. Meine neugierige Seite würde sich gerne überall umschauen, das Bad inspizieren und an den Handtüchern schnuppern. Da ich aber professionell bin, stelle ich nur mein Gepäck ab und lasse mich durch den Rest des Hauses führen.

Im Vorfeld habe ich alles recherchiert, was ich zu Nate Grant herausfinden konnte. Dabei tauchten auch Bilder seiner Villa auf, die im Rahmen einer Homestory geschossen wurden. Ich erinnere mich an stilvoll arrangierte Blumensträuße in riesigen Vasen, wovon ich eine entdecke, doch statt Blumen stehen Golfschläger drin. Auf einem Foto gab es eine Wand mit Auszeichnungen, die Nate im Laufe der Jahre erhalten hat. Die Wand sehe ich, nur dass an den Haken keine schimmernden Platin-Platten hängen, sondern Sachen wie Dartscheiben, Riemchensandalen, Bikinioberteile und sogar Damenslips. *War so klar, dass die Bilder für das Magazin gestellt waren!*

Ryan führt mich durch mehrere Wohnzimmer, in denen alles von einer wilden Party zeugt. Oder gut, für mich wäre es eine wilde Party. Bei Nates Historie dürften die leeren

Bierdosen und Chipstüten ein normaler Abend gewesen sein. Drei Männer in weißen Poloshirts räumen alles auf. Sie arbeiten so ruhig, als wäre das Routine.

Wir gehen weiter, da tönt plötzlich ein furchtbarer Radau durchs Haus. Erst denke ich an Bauarbeiten, aber als das Geräusch leiser wird, erkenne ich eine Melodie. *Damit wird man Milliardär?* Warum mühe ich mich so ab in meinem Job? Ich sollte mir auch ein Mikro besorgen, reinschreien, den Track auf Spotify veröffentlichen, mich zurücklehnen und zusehen, wie mein Bankkonto voller wird.

»Nate, sie ist hier!«, ruft Ryan in einen Gang, als der Lärm kurz pausiert, dirigiert mich jedoch zu einem Raum, der offensichtlich für Besprechungen genutzt wird.

Ein Platz ist schon besetzt. Dort lümmelt ein Typ in einem Drehstuhl, der sich sofort aufrichtet und seine Krawatte glatt streicht, als er uns sieht. Daniel Morrison, Nates Hauptanwalt, der die letzten Tage durch die Blume versucht hat, mich zu bestechen, um die Sozialstunden unter den Tisch fallen zu lassen. Er trägt die Haare nach hinten gegelt, hat viel zu gebräunte Haut mit viel zu tiefen Falten und mustert mich mit einem Blick, als würde er denken: Nach drei Cocktails kann man mit der Spaß haben. *Urgh, was für ein Kotzbrocken.*

Während Ryan auf einen Platz deutet, an dem es einen Anschluss für einen Laptop gibt, gesellen sich ein Mann und eine Frau von der Terrasse zu uns, beide so wie ich geschäftsmäßig angezogen. Das müssen Linda und Max sein, die Presseverantwortliche für die Tour und der Marketingchef des Plattenlabels, beide gefühlt zu jung für diese Positionen.

Gleich danach folgen drei Typen, die Nates Bandmitglieder Alex, Harvey und Brad sein dürften. Alex, der erste Bassist, ist der Größte von ihnen. Seine blonden Haare fallen ihm wuschelig in die Stirn. Ein Blick aus graugrünen Augen gleitet über mich, dann setzt er sich mit einem Nicken hin. Brad, der zweite Bassist, macht mir im ersten Moment Angst, bis er jungenhaft grinst und die Hand zum Gruß hebt. Harvey, der Drummer, taucht in lässigen Jeans und einem weißen Tanktop auf, das den Blick auf eine Reihe von tätowierten Nummern auf seinen Armen freigibt. Ich hoffe, das ist keine Liste seiner Eroberungen. Sie wäre sehr, sehr lang.

»Nate, wir warten!«, ruft Ryan erneut nach dem Stargast des Meetings.

»Verdammte Scheiße«, hallt es so laut durch die Villa, dass ich zusammenzucke. Gleich darauf stürmt ein wutschnaubender Nate Grant in den Konferenzraum. Zumindest muss er das der Haarmatte auf seinem Kopf nach sein, die sein gesamtes Gesicht verdeckt und nur die Augen und die Nase frei lässt. Der Mann ist ein Tier. Kein Witz. Der Look mag zu seiner Musik passen, weniger zu einem Leben in Florida. Es ist hier so heiß, dass man eher ein Nacktmull und kein Bär mit Winterpelz sein will. Ich erschaudere bei dem Gedanken, dass auch der Rest von ihm so behaart ist. In meinen Augen dürfen Männer ruhig Haare unter den Achseln, an den Armen und Beinen und in Maßen auf der Brust haben. Mehr ist inakzeptabel.

Er ignoriert Ryan, baut sich vor mir auf und starrt mich an. Supersauer und intensiv. Viel zu intensiv, aus hypnotisch stechend blauen Augen. Im gleichen Atemzug wirbelt sein Geruch zu mir. Nicht wie bei der Haarmatte zu erwarten verschwitzt, sondern gut. Männlich, sexy, verheißungsvoll. *Mist, was passiert hier?*

Mein Puls schießt so heftig in die Höhe, dass ich Sterne sehe. Alles in mir will einen Schritt zurückweichen. So wie man sich vor einem wilden Tier oder einer Naturgewalt in Sicherheit bringt. Tapfer zwinge ich mich, ruhig zu atmen und mich nicht aus dem Konzept bringen zu lassen.

»Hallo, ich bin –«, beginne ich nach dem ersten Schockmoment und strecke ihm die Hand entgegen. Der Blick, den er meiner Hand zuwirft, ist so, als wollte er sie abhacken. Oder an meinen Fingern saugen. Dennoch behalte ich die Pose bei. *Nur keine Schwäche zeigen. Und dieses Kribbeln ignorieren.*

»Wir wissen alle, wer du bist«, knurrt er. *Sprich: Die Vorstellrunde fällt aus.*

»Sei nicht so ein Arsch«, zischt Ryan und setzt sich an den Tisch.

Nate zwingt sich zu einem Lächeln. »Ich, ein Arsch? Ich fand mich höflich. Aber stimmt, du hast recht, falls jemand nicht weiß, wer sie ist: Sie ist das Miststück, das mich gerade unterbrochen hat. Jetzt ist meine Idee weg.«

»Na, so gut kann sie ja nicht gewesen sein, wenn du sie schon wieder vergessen hast«, murmle ich.

»Sagt die Kennerin, die schon wie viele Songs geschrieben hat?«

»Lass uns einfach anfangen!« So als hätte es den Zwischenfall nicht gegeben, setze ich ein freundliches Gesicht auf, nehme Platz, schließe meinen Laptop an der Steckdose an und fahre ihn hoch.

Nate starrt mich weiter an, als wollte er mir den Kopf abreißen – und meine Körbchengröße wissen. Fürs Erste beschließe ich, ihn schmollen zu lassen. Ihm mag die Aktion nicht passen, aber er muss mitspielen. Ich bin nur die Organisatorin seiner Sozialstunden, die Strafe hat er sich selbst eingebrockt.

Ich habe im Vorfeld mit dem Label geklärt, wie die Stunden ablaufen werden, wie wir die Presse aus alldem raushalten und was beim Umstyling passieren wird. Nun schließe ich meinen Laptop an den Beamer an und öffne die Präsentation, um der Band und vor allem Nate die Eckpunkte zu erklären. Die Startfolie landet als Projektion an der Wand, eine Montage von einem alten, haarfreien Nate-Kopf auf einem Anzug-Körper.

»Bevor ich euch über die Sozialstunden informiere, möchte ich mit euch das Make-over besprechen, das heute ansteht. So, liebe Anwesende …« Ich nehme mir den Klicker, mit dem ich die Folien umblättern kann und stehe auf. »So wird Nate danach natürlich nicht aussehen.«

Ich kann förmlich spüren, wie der Druck im Raum sinkt und ich mit dieser Aussage Alex, Brad und Harvey als Fan gewinne. Das ist gut, bei Nate brauche ich jeden Support, den ich kriegen kann. Nate wird jedoch nicht entspannter, und ich bereue den Witz. *Was ist das nur mit uns? Und warum verschwindet dieses Kribbeln nicht?*

»Aus einem Rockstar wird kein Schmusesänger«, rede ich hastig weiter und wechsle zur nächsten Folie, auf der ich Collagen mit Outfits hinterlegt habe. »In dem Punkt konnte ich auch Richterin Emerson umstimmen.« Schließlich hätte sie Nate am liebsten in einem Frack gesehen. Und zwar auf Lebenszeit. »Ein paar Veränderungen sind allerdings unumgänglich.« Ich klicke weiter. »Der Bart muss ab.« Nates gesamte Körperhaltung spannt sich an. »Für die Haare stehen folgende Frisuren zur Ausw–«

»Fickt euch! Ihr seid alle entlassen«, ruft Nate nach einem Blick auf die Kurzhaarschnitte, springt so unangebracht heftig auf, dass sein Stuhl umkippt, und stürmt davon.

Keine Ahnung, warum ich das tue, aber ich springe ebenfalls auf und renne ihm nach.

Nate

Kurz zuvor

Die Line, die ich im Kopf hatte, ist weg. Sie war nur eine vage Idee, kurz davor, zu einem Song zu werden, bis Ryan nach mir gerufen hat. Hass brodelt in mir. Auf ihn, meine Anwälte, die Richterin und auf eine gewisse Louisiana Harper, deren Ankunft mich unterbrochen hat. Bis ich ihr gegenüberstehe und plötzlich alles anders ist. Mich durchfährt es wie ein Blitz, und ich will sie, unter mir, auf mir, an mir. *So ein Scheiß! Diese Frau ist die nächsten Wochen an meiner Seite?* Sie sollte weglaufen, solange sie es noch kann, wenn sie wüsste, was mir durch den Kopf geht. *Was stimmt nicht mit mir? Und was ist an ihr so besonders?*

Verärgert mustere ich sie von oben bis unten. Sie ist eine schlanke Blondine mit hellblauen Augen, die ihre Haare in einem tief sitzenden, strengen Zopf trägt. Für den Termin hat sie sich einen beigefarbenen Zweiteiler aus Rock und Blazer und eine weiße Bluse angezogen. Wenn ihr Ziel ist, in den Klamotten nicht aufzufallen, gelingt ihr das. Sie ist Durchschnitt. Wenn überhaupt. Zu guter Letzt trägt die Frau Perlenohrringe. *Sie kleidet sich wie eine Achtzigjährige!* Nicht mal meine Granny macht das. Trotzdem will ich sie.

Sie könnte auch in einem Kartoffelsack herumlaufen, und mein Schwanz wäre hart. Nicht ihr Look haut mich so um, sondern sie. Wie sie beim Sprechen ihre Lippen bewegt. Wie sie mit ihren Händen gestikuliert und jedes Wort unterstreicht. Wie ihre Nasenflügel bei jedem Atemzug beben. Oder wie sie ihre Augenbrauen hochzieht. Skeptisch, verärgert, charmant. Ich will meinen Blick von ihr abwenden, aber es geht nicht. *Wie verrückt ist das denn?*

Mit Mühe und Not setze ich mich brav auf meinen Platz. Ich habe zwei Stunden lang meine Gerichtsverhandlung durchgehalten. *Wäre ja gelacht, wenn ich dieses Meeting nicht hinkriege.*

Ganze dreißig Sekunden sitze ich still. Ich halte ihren Scherz zu mir in einem Anzug aus, und meine Miene bleibt sogar regungslos, als sie verkündet, dass ich mich von meinem Bart trennen muss. Als sie jedoch anfängt, Haarschnitte zu erklären, ist es um mich geschehen. Meine Kopfhaut prickelt, als würde sie mir mit ihren Fingern durch die Haare fahren, und mein Schwanz drückt schmerzhaft hart von innen gegen meine Jeans. Ich habe das Gefühl zu ersticken, wenn ich eine Sekunde länger die gleiche Luft wie Louisiana atme, stehe auf und stürme aus dem Raum. *Schluss mit dieser Energie zwischen uns!*

Ich steuere mein Heimstudio an, meinen Wohlfühlort, in dem ich noch nie was zerstört habe, weil ich alles hier liebe, angefangen beim weichen Teppichboden, dem matten Licht, dem im Halbdunkel blinkenden Schaltpult, den Mikrofonen.

Sobald ich den Raum betrete, atme ich auf. Bis ich Schritte hinter mir höre. Von Absatzschuhen. Von *ihr*. Weil sie passend zu ihrem Look keine hippen Sneaker, sondern gottverdammte High Heels trägt, die mit jedem Klacken neue Stromstöße durch mich jagen. *Fuck!*

»Raus!«, belle ich.

»Ich war noch nicht fertig. Kommst du zurück?«

»Mir ist gerade was eingefallen. Das muss ich ausprobieren.« Ich werfe ihr meinen abfälligsten Blick zu. »So arbeiten kreative Menschen.«

»Ich dachte, ihr sprecht Ideen ins Handy.«

»Wir sind nicht alle gleich.«

»Offensichtlich.«

»Wenn man außerdem ein Studio im Haus hat …«

»Und sich vor dem Umstyling drücken will«, beendet sie meinen Satz.

»Was weißt du schon?!«

Sie beißt sich auf die Lippe und verkneift sich eine gepfefferte Antwort. »Bitte, probier es aus! Ich warte so lange.«

Will sie mich verscheißern? Wir wissen beide, das war nur eine Ausrede.

Wütend blitze ich sie an, aber sie bleibt bei ihrer frustrierend professionellen Art. *Mal sehen, wie lange noch, Püppchen.*

»Vielen Dank, Louisiana«, säusle ich, schnappe mir die Gitarre und schlage ein paar kraftvolle Akkorde an. Sie verzieht das Gesicht. Gefällt mir.

Beim Spielen gleitet mein Blick wieder über sie. Selbst ihr Make-up ist wie alles an ihr unauffällig. Sie ist kein Vergleich zu den heißen Frauen, mit denen ich sonst rumhänge. Meinem Körper ist das egal. Er will Louisiana Harper. Ich bin immer noch hart. *Verrückt!*

You try to be invisible.
But that is so impossible.
The look in your eyes is unforgettable.
Together we are uncontrollable.

Du versuchst, unsichtbar zu sein.
Aber das ist so unmöglich.
Der Blick in deine Augen ist unvergesslich.
Zusammen sind wir unkontrollierbar.

Fuck! Ich verfehle eine Saite und breche ab. *Wie kommt mein Kopf denn plötzlich auf diesen Mist?*

»Können wir jetzt weitermachen?«, fragt sie so verflucht ruhig, als würde sie jeden Tag Rockstars hinterherjagen, die in der Hose eine stahlharte Latte haben.

»Du hast das Umstyling schon mit Ryan, Max und Linda besprochen, richtig?«, versuche ich es ebenfalls professionell, während das Pochen in meinem Schritt mich dafür verhöhnt.

Sie nickt.

»Erklär mir jetzt, was vorgesehen ist, dann kann ich hier weitermachen.«

»Wenn du einfach kurz zurückkommst … In meiner Präsentation ist das alles ganz wunderbar –«

»Louisiana?«, unterbreche ich sie genervt. *Ich bin von uns beiden der Star. Denkt sie ernsthaft, ich dackle in ein Meeting zurück, nur weil sie das will?!*

»Fällt es dir immer so schwer, dich an Regeln zu halten?«

»Wenn es nicht meine eigenen sind.«

»Es ist ganz normal, dass man nicht mit allem durchkommt.«

»Nicht für mich.«

»Wie oft hast du im Leben schon Nein gehört?«

Ich schweige.

»Dann wird es ja Zeit. Nein, wir spielen nicht nach deinen Regeln. Komm einfach mit.«

Ich rühre mich nicht und mache klar, was ich von ihr erwarte: dass sie jetzt sagt, was sie zu sagen hat.

»Meinetwegen«, gibt sie auf und reibt sich die Stirn, wobei sich eine ihrer perfekt zusammengebundenen Haarsträhnen aus ihrem Zopf löst. Abgelenkt starre ich drauf und kriege ihre Worte zu spät mit. »... Haarschnitt, und der gesamte Look wird weniger ...« Sie stockt und sucht nach einem Wort, das mich beschreibt.

Lange, sehr lange.

»Sag schon!«, knurre ich.

»Weniger ...«

Sie sucht weiter.

»Trendy?«, helfe ich nach und muss lachen, weil sie das Wort ganz sicher nicht auf der Zunge hat.

»Nein, weniger ...« Sie bekommt rote Wangen, hat das Wort also gefunden, spricht es jedoch nicht aus, weil ihr das unangenehm ist. *Fuck!* Mir schießt durch den Kopf, wie ich Louisiana dazu bringe, ständig schmutzige Wörter in den Mund zu nehmen.

»Was? Sexy?«, provoziere ich sie.

Das macht ihre Wangen nicht röter, dafür ziehen sich ihre Brauen wütend zusammen. »Nein, pennermäßig«, platzt sie heraus. »Du siehst aus wie ein Obdachloser.«

»Wie bitte?!«

»Es tut mir ja leid, aber das ist die Wahrheit.«

»Weil du wie viele Obdachlose kennst? Drei?«

»Definitiv. Und du?«, feuert sie zurück.

Ich schweige – und liebe dieses Blitzen in ihren Augen. *Kann sie das bitte lassen!?* Es macht mich ganz verrückt.

»Lieber pennermäßig als wie eine alte Jungfer«, revanchiere ich mich und beleidige nun sie.

»Weil du davon wie viele kennst? Hundert?«, äfft sie mich nach.

»Ich kenne eine, aber die reicht mir.«

Sie seufzt. »Klasse, beleidigen wir uns jetzt?«

»Ich behandle dich nur wie du mich«, tue ich unschuldig, dabei wissen wir beide, dass ich mit diesem Mist angefangen habe.

»Sorry ... Fein ... Ich wollte dir nicht zu nahe treten«, sagt sie. »Du hast gefragt, ich war nur ehrlich.«

»Sehe ich so aus, als würde mich deine Meinung interessieren? Raus!«

Sie bewegt sich nicht. »Ich glaube, wir hatten einen schlechten Start«, sagt sie und zwingt sich zu einem Lächeln. Einem gottverdammten hinreißenden Lächeln, bei dem ich nur daran denken kann, wie es wohl wäre, ihre Unterlippe zwischen meinen Zähnen gefangen zu nehmen.

»Klär mit Ryan und Max, was die Stylisten machen sollen, und jetzt raus«, sage ich wieder und bewege mich auf sie zu. Von alleine will sie offensichtlich nicht gehen.

Sie weicht zurück, und ihre Augen weiten sich, als ich näher komme. »Können wir uns bitte wie Erwachsene benehmen und besprechen, was auch immer das hier ist?«

»Nein.« Unmissverständlich dränge ich sie zur Tür. Als ich sie fast dort habe, wo ich sie haben will, bleibt sie stehen. Ich bin so dicht vor ihr, dass ich ihren Atem im Gesicht spüre.

»Gut, ich verstehe, deine Musik ist dir wichtig. Das Timing eben war schlecht. Sag mir, was ich in Zukunft anders machen soll?«

Aufhören, so verdammt perfekt zu sein, wie wäre es damit?, denke ich finster, lege eine Hand auf ihre Taille, will sie weiter zurück drücken und mache alles schlimmer.

Sie erschrickt. Sie muss es auch spüren. An der Stelle, an der sich unsere Körper treffen, durchfahren mich gefühlt tausend Volt. Ich sollte sie loslassen. Irgendwas sagt mir, dass das das Richtige wäre. Sie hat vor mir Angst, ich kann es in ihren Augen sehen, und die sollte sie auch haben. Ich tue niemandem weh, schon gar keinen Frauen, aber Louisiana könnte die Erste sein, wenn sie jetzt nicht verschwindet.

Bestimmt schiebe ich sie weiter zur Tür. Ihr Atem geht zittrig. Sie zögert, dann legt sie die Hände auf meine Brust und stemmt sich gegen mich. Mehr Stromstöße. *Fuck, fuck, fuck. Frau, ich bin echt hart genug!*

»Wir müssen die nächsten Wochen zusammenarbeiten. Wenn ich irgendwas besser machen kann, sag es mir!«

Ich sage nichts.

»Wir könnten uns auf ein paar grundlegende Höflichkeitsfloskeln einigen.«

›*Bitte, Sir*‹, *könnte mir gefallen.* Ich dränge sie weiter aus dem Studio.

»Oder klar, wir können auch vor jeder Konfrontation davonlaufen.«

Sie hört nicht auf zu reden!

»Ich sollte mir noch rasch Turnschuhe besorgen, um dir nachzurennen.«

Mein Blick verfinstert sich.

»Vielleicht besser drei Paar. Könnte mehr Lauferei werden als geplant.«

Stures, mit Perlenohrringen behangenes Biest! Aber sie verhält sich richtig, und es macht mich rasend. *Sie* macht mich rasend. Ihr Duft, ihr Blick, ihre Hände auf meiner Brust. Ihre Lippen, die sich jedes Mal so verlockend bewegen, wenn sie mir Kontra gibt. *Sie will wissen, was sie besser machen kann? Gerne!*

Ich packe sie und will sie aus dem Raum befördern, da sie ja offensichtlich nicht von selbst geht. Stattdessen drücke ich sie an die Wand und presse meine Lippen auf ihre.

Das ist falsch, absolut falsch. Aber ich kann nicht zurück. *Himmel, fühlt sie sich toll an!* Meine Haut prickelt an jeder Stelle, an der wir uns berühren, und es gefällt mir. Meine Lippen kosten ihre. Ich bringe sie dazu, dass sie mich in sich lässt. Ihr Mund fühlt sich anders an als alles, was ich kenne. Heiß und sexy und unverbraucht.

Stopp, Grant! Krieg dich ein, die Frau steht nicht auf dich.

Mit aller Macht zwinge ich mich, mich von ihrem Mund zu lösen. Sobald es mir gelingt, fehlt sie mir. Ihrer Kehle entweicht ein leiser Laut. *Frustriert. Sexy. Als ginge es ihr wie mir.* Dann küsst sie mich zurück. *Wow!* Ihr Körper presst sich an mich, ihre Finger krallen sich in meine Haare, und ihre Lippen stürzen sich auf meine, als wäre ich Wasser in der Wüste. *Du willst mehr, du kriegst mehr.*

Ich packe sie fester, lasse sie meinen Ständer spüren, brauche sie, will sie gleich hier, gleich jetzt, nackt, in meinem Studio, vor Lust schreiend. Sie ist nicht mein Typ, aber wenn es das ist, was mein Körper will: okay.

Hastig taste ich nach ihrem Rock, ein enges, unpraktisches Ding, das ihr bis über die Knie reicht. Ich muss in die Hocke gehen, reiße währenddessen ihre Bluse aus dem Rocksaum, küsse ihren Bauch und raffe dabei den Stoff.

Louisianas Atem geht hektischer, schneller. Mir gefällt der Rhythmus. Roh und unverfälscht.

Ich schiebe meine Hand immer höher, drücke mich an sie, spüre ihre Hitze, verliere völlig den Verstand. Ich muss sie haben. Entgegen aller Regeln. *Los!*

Ihre Hände sind zögerlich, zupfen aber an meinem Shirt, und ich zittere. *Ich, Nate Grant, zittere vor Lust, als sie mich an der Hüfte berührt!*

Endlich habe ich den Rock ausreichend hochgezogen und spüre ihren Slip. *Oh, Louisiana, das ist also dein Geheimnis? Langweilige Schale, aufregender Kern?* Das Teil hat sexy wenig Stoff. Reizwäsche. Hochwertige noch dazu. Und sie fühlt sich feucht an. *Ist der Frau eigentlich klar, wie verrückt das Männer macht?*

Ich packe sie an ihrem süßen Arsch, hebe sie an, lege mir ihre Beine um die Hüfte und drücke mich an sie und ihre weiche Wärme. Unsere Lippen lassen nicht voneinander ab. Ihre Hüften drängen sich mir entgegen, ich reibe mich an ihr, gebe den Rhythmus vor, heiß und sinnlich, hart und aufreizend.

Sie stöhnt lauter, dringlicher, himmlischer.

Oh ja, Baby, ich weiß, was du brauchst und wie du es brauchst. Keine Sorge, du bekommst, was du willst.

»Alles okay bei euch?«, meldet sich da Ryan. »Louisiana? Nate? Lebt ihr noch?«

Fuck! Wie ein Eimer kaltes Wasser trifft mich die Stimme von Ryan.

Fehler, Grant, großer Fehler. Was tust du da? Auf einmal wieder stocknüchtern setze ich Louisiana ab und lasse sie los. Ich habe schon viel Mist gebaut, aber ich habe bisher nie die Kontrolle verloren. Nicht mal bei der Nummer mit dem brennenden Sofa, die mich als letzter Akt in einer Reihe von Verfehlungen vor Gericht gebracht hat. Nach einer Party in meiner Suite war ein Feuer von einer heruntergefallenen Zigarette ausgebrochen. Die Sprinkleranlage funktionierte nicht. Überall in der Suite schliefen Menschen, die von der Nacht ausnüchterten, und es war jede Menge Restalkohol in Gläsern und Flaschen vorhanden. Es war um Längen besser, das Sofa aus dem Fenster in den Hotelpool zu wuchten und aus Versehen die Poolbar in die Luft zu sprengen, als die gesamte obere Hoteletage in Brand zu stecken. Warum nur musste mir das Gericht ausgerechnet diese Frau schicken?

Bevor ich mich ganz von ihr löse, sauge ich ihren Anblick so lange auf wie ein Freitaucher, der für eine ganze Weile seinen letzten Atemzug nimmt. »Du willst wissen, wie das zwischen uns läuft? Fein. Ich spiele mit, aber halt dich ansonsten von mir fern.« Mit diesen Worten wende ich mich ab und verlasse eiligst das Studio.

KAPITEL 2

Atme! Meine Lungen füllen sich mit Luft, der leichte Schwindel bleibt. Ich lehne mich an die Wand. *Gott, atme, Lou, langsam und gleichmäßig.*

Was zum Henker ist eben passiert?

Keine Ahnung.

Das heißt, doch, im Grunde weiß ich es. Nate Grant hat mich geküsst, dann habe ich ihn geküsst, und um uns herum ist die Welt explodiert. Als wäre zusammengekommen, was nicht hätte zusammenkommen dürfen.

Immerhin hat es was gebracht, sage ich mir und erinnere mich an seine letzten Worte. ›Ich spiele mit, aber halt dich ansonsten von mir fern.‹

Keine Sorge, Superstar, werde ich. Nichts davon wird sich wiederholen. Keiner dieser Blicke, keine dieser Berührungen, nicht diese Hitze. Hoffe ich.

Ich schiebe meinen Rock nach unten, stecke meine Bluse zurück in den Rockbund, streiche meine Kleidung glatt und ordne mir die Haare. *Als könnte ich auf die Art abschütteln, was dieser Mann mich hat fühlen lassen!* Ich hatte schon Beziehungen, aber ich dachte nie, dass es zwischen zwei Menschen so sein kann. *So verzweifelt, so hungrig, so richtig und gleichzeitig so falsch.*

Er ist nicht mein Typ, doch das hat mich nicht gestört. Seine abgetragenen Sachen waren mir egal. Sein langes Haar spielte keine Rolle. Dieser Teppich von Bart hätte mich aufhalten sollen, hat er aber nicht. Nichts konnte das. Wir haben uns geküsst, und es war, als würden eine andere Lou und ein anderer Nate sich küssen.

Habe ich echt die Finger in sein Shirt gekrallt? Hatte ich seinen Bart im Gesicht? Und vermutlich auch das eine oder andere Haar im Mund? Unglaublich! Und trotzdem hast du mehr gewollt, Lou.

»Hey, alles klar zwischen euch?«, fragt Ryan, der mittlerweile in der Tür zum Studio steht. »Es war so ruhig, ich dachte schon, er hat dich umgebracht.«

Mist! Ich hätte jetzt gerne einen Moment für mich, um das alles zu verarbeiten. Aber wenn ich eines weiß, dann, dass es nicht darum geht, was man will, sondern darum, das zu tun, was richtig ist. Wenn ich mich nicht augenblicklich zusammenreiße, checkt Ryan, was hier gelaufen ist, und ich bin den Job los.

Obwohl ich mir die Haare gerade schon geordnet habe, greife ich mir wieder an den Kopf und versuche, meinen Zopf zu richten. Dabei habe ich Flashbacks davon, wie Nate seine Finger in ihn gegraben hat, wie er mich gehalten hat, wie die Berührung mir Schauer über den Rücken gejagt hat.

Stopp, Lou!

»Alles bestens«, sage ich, gehe an ihm vorbei und will zurück zum Konferenzraum, verlaufe mich aber. »Ähm ... Wo geht es noch mal lang?«

»Der übernächste Raum rechts.«

»Danke.«

Ich tue entspannt, bin es jedoch nicht. Ich kann Nate noch auf meinen Lippen schmecken. Hastig fahre ich mir über den Mund. *Als könnte ich damit das Gefühl loswerden!* Die Lust, die er in mir ausgelöst hat, pulsiert weiter warm durch meinen Körper. *Was hab ich mir nur dabei gedacht?* Ich bin eine Frau, die einen Mann erst nach fünf Dates küsst, nicht nach fünf Minuten. Ich habe Prinzipien. *Wie hat es dieser Mann geschafft, dass ich sie über Bord werfe?*

Besinn dich auf deinen Job, Lou!

Ich setze mein strahlendstes Lächeln auf, als ich den Konferenzraum betrete. Alle sind noch da, alle außer Nate Grant.

Sechs Augenpaare heften sich auf mich, und ich könnte schwören, alle wissen, was passiert ist. Sie können es mir an der Nasenspitze ablesen, an dem von Nates Bart zerkratzten Kinn oder an meinen zerknitterten Sachen. *Peinlich, Lou.*

Stillschweigend stelle ich den Stuhl auf, den Nate bei seinem Abgang umgeworfen und den niemand in der Zwischenzeit aufgehoben hat. »Entschuldigt die Unterbrechung«, sage ich bemüht fröhlich. »Ich konnte mit Nate alles klären.« *Ha, ha, Lou, so kann man das auch nennen!* Ich greife mir den Klicker und rufe eine Frisur mit halblangen Haaren auf. »Das wird sein neuer Look.«

Linda und Max machen sich Notizen. Danach blättere ich zu meinem Plan für die Sozialstunden. In Pasadena, Chicago und Detroit liegen mir schon die Bestätigungen für die jeweiligen Maßnahmen vor. Las Vegas, Nashville und Philadelphia sind in Klärung, und für Atlanta und San Antonio suche ich noch. Das sind die ersten Stopps der Tour, und ich habe Probleme, Nate so kurzfristig irgendwo unterzubringen, bin aber optimistisch, dass ich das noch schaffe. Notfalls habe ich einen Plan B. Das bin ich, Louisiana Harper – für Freunde und Familie Lou –, die Frau mit Plan B, nicht die Frau, die kopflos mit einem Rockstar in seinem Tonstudio herumknutscht!

»Habt ihr Fragen? Wünsche? Anmerkungen?«, beende ich meine Präsentation. *Oder eine Zeitmaschine, um die letzten Minuten ungeschehen zu machen?*

»Von meiner Seite nur eine Bitte«, sagt Linda und reicht mir ihre Visitenkarte. »Wenn die Presse mehr zu den Sozialstunden wissen will, verweis sie an mich. Das Interesse an den Maßnahmen ist riesig, das Timing allerdings ungünstig. Das Gerichtsurteil lenkt von der neuen Platte ab. Das Letzte, was ich will, ist, dass Fotos von Nate mit Gummihandschuhen oder Staubwedel in den Medien auftauchen.«

»Verstehe, mache ich«, sage ich und stecke mir ihre Karte ein.

»Wenn wir hier schon alle zusammensitzen …«, meldet sich Alex, aber wendet sich an Ryan. »Die signierten Shirts hat noch niemand abgeholt. Der Karton steht bei dem Zeug im Foyer.«

»Okay, ich kümmere mich drum.«

»Außerdem beschweren sich die Leute, weil es wohl Probleme mit den Tickets in Detroit gibt.«

Ryan nickt und schaut zu Max. »Das klärt das Marketing schon mit dem Shop, richtig?«

»Ja, sollte in wenigen Stunden behoben sein.«

»Noch was hierzu?«, frage ich, bewege den Mauszeiger über die letzte Folie meiner Präsentation und schaue erwartungsvoll in die Runde.

»Für das Gericht braucht meine Kanzlei das Protokoll der umgesetzten Maßnahmen«, sagt Daniel und streicht sich über die Krawatte.

Wichtigtuer! Ich nicke ihm zu. *Als hätte ich dieses Detail meines Jobs vergessen können!*

Als das Meeting endlich beendet ist und alle gehen, würde ich am liebsten duschen und mir andere Klamotten anziehen. Nicht länger den Bleistiftrock spüren, den *er* hochgeschoben hat. Nicht länger die Bluse tragen, an der *er* gezerrt hat. Nicht die Unterwäsche spüren, die völlig … *Nein, das werde ich nicht mal denken.* Nur so viel: Ich hätte gerne frische. Um Nate und das Gefühl von ihm auf meiner Haut abzuwaschen. Leider gibt es keinen einigermaßen plausiblen Grund für den Kleiderwechsel, und wenn ich mich umziehe, weiß mindestens ein Mensch in der Villa, warum. Nate Grant. *Das könnte ihm so passen!* Also bringe ich nur meinen Laptop in mein Zimmer und nutze die Zeit, bis die Stylisten kommen, um mich auf dem Anwesen umzuschauen.

Wie ich richtig vermutet habe, liegen in der ersten Etage der Villa die Schlafzimmer, meines plus Bad, das von Nate plus Bad, noch zwei weitere und ein Büro. Im Erdgeschoss werfe ich neben den Räumen, die ich schon kenne, einen Blick in die Küche und – sehr klischeehaft – in ein Spielzimmer. Nein, keines mit Fesseln und Streckbänken, sondern eines mit Flipperautomaten, Dartscheiben und einem Billardtisch. Ich stelle mir hier Nate vor. *Heiß. Zu heiß.*

Von der Terrasse aus geht es fünf Stufen tiefer zu einem Pool. Am Beckenrand stehen Sonnenliegen mit Handtüchern. Auf dem Wasser schwimmt ein rosafarbener Aufblasflamingo. Einladend. Fast, als wäre das eine Ferienanlage.

Ich verlasse den Poolbereich, nehme einen Kiesweg und entdecke einen Tennisplatz. Irgendwie kann ich mir Nate nicht darauf vorstellen. Ich schätze, die Anlage gehörte bereits zum Anwesen, als er es gekauft hat. Daneben gibt es einen Basketballbereich, hier sehe ich den Mann schon eher, wie er mit seinen Bandkollegen oder auch seinem Manager Körbe wirft. Shirtfrei. *Mist, muss ich das denken?!*

Ich gehe weiter und genieße die Stille. Nur das Rascheln der Palmen im Wind ist zu hören. Als ich den kleinen privaten Strandabschnitt erreiche, bleibe ich stehen und schaue aufs Wasser.

So lebt man also, wenn man Geld hat.

Ein Seufzen entweicht mir. Ich mag meine Wohnung in einem riesigen Apartmentkomplex in Downtown. Sie ist modern, und, weil ich in der zweiten statt den oberen Etagen wohne, erschwinglich, und ich habe einen seitlichen Meerblick, immerhin. Aber das hier ist anders. So idyllisch. So perfekt. So gar nicht zu einem Mann passend, der bei jeder sich bietenden Gelegenheit die Sau rauslässt. *Und brennende Sofas aus Hotelzimmern wirft*, rufe ich mir in Erinnerung. *Er ist ein Großkotz, nicht Mister Right.*

Bei meiner Vorbereitung auf ihn habe ich mir durchgelesen, was ich finden konnte. Seine Eltern sind Musiker wie er, allerdings in anderen Sparten. Seine Mutter spielt die erste Geige in einem Orchester, und sein Vater ist ein bekannter Kontrabassspieler.

Nate gilt laut meinen Recherchen als musikalisches Ausnahmetalent und wird als Wunderkind gefeiert. Viel kann ich davon nicht hören. Seine Musik ist einfach nur laut und wütend. Und so besonders finde ich seinen Werdegang nicht. California, meine mittlere Schwester, ist wirklich ein Genie. Obwohl unsere Eltern nur einfache Leute sind, hat sie einen Abschluss von der Columbia University und ist nun eine der jüngsten Professorinnen für Wirtschaft an der Universität in Miami. Nate dagegen ist mit Musik groß geworden, hatte ein Umfeld, das davon was versteht und ihn ermuntert hat, sich auszuprobieren. Niemanden hat es verwundert, als er mit acht Jahren eine Band gründete, und niemand war überrascht, als er plötzlich meinte, er wäre ein Rockstar. Er mag früher als andere selbst Texte und Musik geschrieben und seinen Stil gefunden haben. Ja, das ist beeindruckend, aber nicht so außergewöhnlich, wie alle tun.

Alex, Harvey und Brad, die anderen aus seiner Band, hat er nach und nach bei Auftritten kennengelernt. Anfangs war auch Ryan mit dabei, bis er ins Management gewechselt ist. Wenn ich Nate eine einzige Sache zugutehalten kann, dann die, dass trotz all des Chaos, das er stiftet, die Gruppe seit Ewigkeiten zusammen ist.

Mit sechzehn Jahren hat er seine erste Platin-Platte veröffentlicht. Sechzehn! Da habe ich auf meine Schwestern aufgepasst, Hausaufgaben kontrolliert und dafür gesorgt, dass der Kühlschrank voll ist. Danach trat er beim Rockville-Festival vor Tausenden von Leuten auf und startete eine landesweite Tournee. *Das ist verrückt!*

Anfangs tat Nate noch bodenständig, aber erst kamen fette Autos, dann immer protzigere Villen, immer mehr Allüren. Ich frage mich, was ihn antreibt, wo er noch hinwill, denn eigentlich hat er bereits alles gewonnen, was man in der Musikbranche gewinnen kann.

Als es Zeit wird, kehre ich zur Villa zurück. Die Stylisten

müssten in wenigen Minuten ankommen. Auf dass Nate mitspielt, wie er es versprochen hat. Bei einem Verstoß muss ich das Gericht informieren, er wandert ins Gefängnis, und ich bin den Job los. *Bitte nicht.*

Im Haus ist es spürbar leer geworden. Nachdem die Leute vom Meeting schon gegangen sind, ist das Reinigungspersonal ebenfalls verschwunden, die Wohnzimmer sehen wieder aus wie geleckt. Es ist ruhig. Auffällig ruhig. *Oh, oh, Lou. Ruhe ist nie ein gutes Zeichen.*

»Nate?«, rufe ich und beginne, die Räume abzusuchen. Stille antwortet mir.

»Nate, wo steckst du? Die Stylisten sind gleich da!«

Seltsam. Er war auf keinen Fall draußen im Garten. Dort wäre ich ihm begegnet. *Wo steckt er dann?*

Ich will weiter nach ihm suchen, aber die Stylisten kommen, pünktlich wie vereinbart. Nur der Stargast fehlt. *Großartig.*

Mit einem Lächeln führe ich das Team in eines der Wohnzimmer, wo es das Equipment aufbauen kann. »Ich bin gleich bei Ihnen«, sage ich, durchkämme den Rest der unteren Etage und das Studio und laufe dann nach oben. »Nate!«

Immer noch keine Antwort.

Ich klopfe an die Tür seines Zimmers. Als ich nichts höre, drehe ich den Türknauf, trete ein und schaue mich wie eine Detektivin um. Er war hier. Die Tagesdecke ist zerknittert, so als hätte er drauf gesessen. Eine offene Flasche Wasser steht herum. Außerdem entdecke ich das Shirt, das er anhatte, auf dem Boden. Beruhigend. Das Teil ist wie ein GPS-Sender. Wenn es da liegt, kann sein Besitzer nicht weit sein. Wahrscheinlich oberkörperfrei. *Puh!*

»Nate?«

Wieder Stille. Der Mann ist wie vom Erdboden verschluckt.

Auch wenn ich das für übertrieben halte, schaue ich unter dem Bett nach. Er wäre nicht der Erste, der sich vor mir versteckt. Wenn auch der erste Erwachsene. Meine Schwestern haben das gerne gemacht.

Nichts. Wenig verwunderlich.

Als Nächstes werfe ich einen Blick in seinen begehbaren Kleiderschrank. Aber Nate versteckt sich auch nicht zwischen zerschlissenen Fetzen und ausgetretenen Schuhen. *Wenn er nicht hier ist, wo steckt er dann? Hat er das Grundstück verlassen? Er weiß doch, dass die Stylisten kommen.* Mir bleibt wohl nur, das gesamte Anwesen noch mal nach ihm abzusuchen. *Weil meine High Heels auch genau dafür gemacht sind, kilometerweit zu laufen.*

Ohne nachzudenken, reiße ich die Tür zum Bad auf, das sich an seine Ankleide anschließt, nur um den letzten, unwahrscheinlichsten Ort, an dem sich Nate aufhalten könnte, auszuschließen. Ich werfe einen schnellen Blick rein, halte mitten in der Bewegung inne und spüre sengende Hitze in mir aufsteigen.

Fuck, damit hätte ich nie gerechnet.

Hast du gerade Fuck gedacht, Lou?

Ja, fuck, fuck, fuck. Dafür gibt es keinen angemesseneren Ausdruck.

Vor mir steht Nate. Drei Meter Luftlinie trennen uns. Er ist nackt. Unter einer Dusche. Ohne Tür. *Warum? Hat man das als Millionär so?! Oder ging die Tür bei irgendeiner Aktion zu Bruch?*

Liebe Augen, schließt euch, auf der Stelle. Bitte, bitte, bitte. Das sollten sie tun. Das *müssen* sie. Der Kuss war ein Fehler. *Verdammt gut, aber falsch.* Der Mann ist mein Kunde. Wir haben eine Geschäftsbeziehung. Und die ist angespannt genug gestartet. *Los, zu!*

Keine Chance. Mein Blick stürzt sich auf Nate wie Wespen auf Süßes und nimmt jeden nackten Quadratzentimeter von ihm auf. Jeden nassen, nackten, durchtrainierten Quadratzentimeter, über den er mit seinen schaumigen Händen fährt. Bräuchte ich Stoff für feuchte Träume, da ist er. Das Schauspiel ist der reinste Augenporno. Wollte ich vorhin den Kuss, will ich jetzt alles. *Was ist nur los mit mir?*

Offensichtlich dient Nates Gesichtspelz nur dazu, Leute wie mich abzuschrecken, quasi eine Tarnung, um zu verbergen, dass alles an diesem Mann perfekt ist. Wie mit einem Filter bearbeitet. Nur dass keiner zwischen ihm und mir liegt, wie ich bei jedem Blinzeln feststelle. Das Bild bleibt gleich. Die Muskeln an den Armen, der Brust, dem Bauch und den Beinen sind wie gemeißelt.

Als würdest du die Beine anstarren, Lou! Du hast auch noch nie so einen Penis gesehen. Wunderschön sexy und halb steif. Eine schaumige Hand gleitet beim Waschen immer wieder kurz über den Schaft, und ich kann sehen, wie Nate die Berührung genießt. *So will ich ihn auch genießen!*

Dieser Körper hat sich vorhin im Studio an mich gepresst. Dieser Mann hat mich geküsst. Diese Hände, die zu diesen Armen gehören, haben meinen Rock hochgeschoben …

Meine Knie werden vor Erregung ganz weich. Ich will nicht, dass mein Körper so reagiert, kann es jedoch nicht kontrollieren. Die Welle des Verlangens trifft mich mit voller Wucht. Ich gebe einen Laut von mir, so hungrig, so unangemessen und offensichtlich zu laut, denn Nates Augen öffnen sich.

Zwei Dinge passieren daraufhin. Erstens richtet sich sein Penis zu seiner vollen Größe auf, einer Größe, für die sich dieser Mann nicht schämen muss. Eine ausgewachsene Zucchini, schätze ich. Auch wenn Virginia für dieses Prachtexemplar ganz sicher das Auberginen-Emoticon verwenden würde. Zweitens bringt mich Nate um. Zumindest mit den Blicken, die er zu mir schießt. Seltsamerweise macht mich das noch heißer.

Nate

»Raus!«, blaffe ich meine größte und nervigste Versuchung seit Menschengedenken an. Sie soll schnellstens aus meinem Bad verschwinden, wo sie und ihr blonder Haarschopf nichts verloren haben. Bevor sich der Kuss wiederholt oder mehr passiert. Statt sich zu rühren, glotzt sie mich an, als hätte sie es nicht für möglich gehalten, dass ich Körperhygiene betreibe und Duschgel in Kombination mit Wasser benutze. »Hörst du schlecht? Raus!«, rufe ich lauter und reiße mir meine AirPods aus den Ohren, über die ich das Set für die Tour durchgehört habe.

Mit einem Ruck dreht sie sich um, gen Ausgang bewegt sie sich dennoch nicht. *Verdammt!* Mein Blick gleitet gierig über ihren Nacken, ihre Schultern, zu ihrem Hintern, der sich erstaunlich sexy unter dem Rock abzeichnet. Ich sollte dem lieben Herrgott danken, dass die Frau keine Jeans trägt. Aber er hat mir diese Frau überhaupt ins Haus geschickt, und Dank dafür ist das Letzte, was ich empfinde.

»Was zum Henker willst du hier?«, fahre ich sie an. »Kannst du nicht anklopfen? Hatte ich mich nicht klar ausgedrückt? Ich spiele mit, aber ansonsten hältst du dich von mir fern.«

»Ich hab geklopft!«, findet sie ihre Sprache wieder und klingt empört.

»Offensichtlich nicht laut genug, kleine Spannerin.«

»Ich hab auch gerufen«, verteidigt sie sich, wirft mir einen wütenden Blick über die Schulter zu, schaut allerdings so schnell zurück, als könnte sie meinen Anblick nicht ertragen. »Bist du schon so taub von deinen Konzerten, dass man ein Megafon braucht, damit du einen verstehst?«

»Keine Sorge, meine Ohren sind bestens. Es liegt an deiner Stimme, die scheine ich einfach zu überhören.«

»Gut zu wissen. Dann stelle ich beim nächsten Mal den Hauptwasserhahn ab, um dich rauszulocken.«

»Hat dir schon mal jemand gesagt, dass du ziemlich nervig bist?« *Und sexy.*

»Nie. Und hat dir schon mal jemand gesagt, dass du ein ...« Sie beißt sich auf die Lippe.

»Ein was?«

»Dass du ein ganz ausgezeichneter Kunde bist«, flötet sie, obwohl wir beide wissen, dass ihr das nicht auf der Zunge lag.

Ich stelle das Wasser ab und schlinge mir ein Handtuch um die Hüften. Dabei habe ich das Gefühl, dass ich nur vom Ansehen dieser Frau erneut eine Dusche brauche. Als hätte die halbe Stunde unter dem Wasserstrahl nicht gereicht, um die Erinnerung an diesen Kuss abzuwaschen. Diese süße Unschuld, die wilde Gier. *Fuck, sie hat mich echt aus der Bahn geworfen. Kein Mensch sollte so küssen können. Erst recht niemand, der sich spießiger anzieht als meine eigene Großmutter.*

»Was ist denn so wichtig?«, schlage ich einen etwas gemäßigteren Tonfall an. Unglaublich, dass mir das gelingt. Normalerweise würde ich Frauen, die mein Bad betreten, unter die Dusche ziehen und durchvögeln.

»Die Stylisten sind da. Sie warten im Wohnzimmer.«

»Okay, ich bin in fünf Minuten da.«

»Wirklich?!« Wieder trifft mich ein hastiger Blick über die Schulter. Zumindest sollte es wohl einer sein, denn sie hat dabei die Augen zusammengekniffen, als drohte ihr ewige Verdammnis oder der Verlust ihres Augenlichts, wenn sie mich sehen würde. Womöglich ist es ganz gut so, denn das Prickeln in meinem Schwanz bringt mich gleich um. *Fuck, will ich sie heftig!* Ich habe nicht vergessen, wie sich ihr Körper an meinen gepresst angefühlt hat. Und dass ich mehr wollte … mehr will. Ich erwische mich dabei, wie ich den Rock, den ich schon einmal gerafft habe, in Gedanken wieder hochschiebe. Nur dass uns dieses Mal nicht mein Manager unterbricht. *Falscher Moment, Grant …*

»Vielleicht werden es auch zehn«, knurre ich. »Aber ja, ich komme. Krieg ich jetzt etwas Privatsphäre?«

»Natürlich.«

Louisiana verlässt das Bad. *Na, halleluja!* Alles in mir will dieser Frau folgen. Das ist verrückt. *Es muss daran liegen, dass man das haben will, was man nicht haben kann. Woran sonst? Ihren blonden Haaren? Den blauen Augen? Dem herzförmigen Gesicht? Oder an der Charakternase, die sich andere Leute wegoperieren lassen würden?*

Fuck, Grant, philosophierst du echt über ihre Nase?! Stehst du etwa auf den Zinken? Vergiss sie!

Je mehr ich mich aufrege, desto eher passiert das Gegenteil. Ich will sie noch heftiger.

Baby, I can't stand your touch, please go away.
Oh Baby, am I loosing my mind? I want you to stay.

Baby, ich halt deine Nähe nicht aus, bitte geh auf Abstand zu mir.
Oh Baby, verliere ich den Verstand? Bitte, bitte, bleib bei mir.

Zwei Songzeilen fallen mir ein, dämlicher Kuschelrock, überhaupt nicht das, was ich sonst schreibe. Aber statt sie zu vergessen, setzen sie sich wie ein Ohrwurm fest. *Vielen Dank auch! Ich bin der Frontmann einer Band, ich sorge für Ohrwürmer, ich hab doch selbst keine. Fuck, warum passiert das?*

Ich werfe das Handtuch zu meiner Unterwäsche auf den Boden und stelle mich zum zweiten Mal unter die Dusche. *Auf dass ich den Ständer schnell loswerde.* Ich traue der Frau zu, gleich wieder aufzukreuzen, wenn ich trödle. Das ist das Letzte, was ich brauche. Noch mehr Zeit mit ihr.

Hold me, bite me, kiss me
Let me, leave me, miss me.

Halte mich, beiß mich, küss mich.
Lass mich, verlass mich, vermiss mich.

Gott, das wird ja immer schlimmer! Louisiana Harper, hör auf, mir im Kopf herumzuspuken!

Angespannt drehe ich das Wasser auf und zucke zusammen, als es eiskalt auf mich niederprasselt. *Auf dass der Kälteschock alle Gedanken an diese Frau abtötet.* Das Gegenteil ist der Fall. Sobald ich mich an die Temperatur gewöhnt habe, habe ich Louisiana wieder vor Augen, wie sie mich angeschaut hat. Erst entsetzt, als würde sie mich nur mit der Kneifzange anfassen. Aber dann ... *War das Einbildung oder sind ihre Nippel unter der Bluse hart geworden?*

Ich packe meinen Schwanz und reibe ihn. *Fuck, tut das gut.*

Was ich vorhin noch sanft beenden wollte, mache ich jetzt schnell. Ich stütze mich an den Fliesen ab und pumpe in die Faust, wieder und wieder, bis ich mit dem Gedanken an ihren Mund komme. Für eine Sekunde nach dem Orgasmus ist mein Kopf leer, ich bin wie befreit. Kaum spüre ich erneut das kalte Wasser, fühle ich mich mies. Gleich darauf prickeln meine Eier aber wieder. Als hätte die Nummer eben nicht gereicht. *Weil ich die Frau will.* In Gedanken sage ich mir die Setlist für die Tour auf, um mich runterzubringen und keine weiteren Songzeilen zu ihr zu dichten.

Hello Stupid macht den Auftakt.

Louder heizt die Menge an.

Break it all wird alle zum Ausrasten bringen.

Besser!

Ich stelle das Wasser ab, reibe mich kurz mit einem Handtuch trocken, das sich zu dem anderen auf dem Boden gesellt, und fühle mich bereit, mich der Frau und dem Umstyling zu stellen. Da werden viele Leute sein. Außerdem wird sie aus mir jemand anderen machen. Ein Grund, sie zu hassen, nicht, ihr an die Wäsche gehen zu wollen.

Erleichtert verlasse ich das Bad und höre sie, bevor ich sie sehe. »Herrgott, warum hast du kein Handtuch um?!«, quiekt sie von ihrem Platz in meinem begehbaren Kleiderschrank.

We shake each other. We break each other.
Until you are my one and only lover.

Wir erschüttern einander. Wir zerbrechen einander.
Bis wir das Ein und Alles sind füreinander.

Weitere Textzeilen poppen in meinem Kopf auf und reihen sich an die vorangegangenen. *Das ist wie eine Krankheit.*

»Gewöhn dich dran, oder halt so viel Abstand, dass du mir nicht ständig auf den Schwanz glotzen kannst«, knurre ich. »Ich bin hier zu Hause. Ich kann rumlaufen, wie ich will.« Etwas, was ich manchmal auch auf der Bühne mache und was mir schon des Öfteren Anzeigen eingebracht hat. *Dämliche Prüderie! Als hätten nicht alle Männer einen Penis!* »Also geh endlich.«

Sie geht. *Braves Mädchen.*

Ich greife mir Sachen und ziehe mich an. Mein Ohrwurm bleibt. Fluchend schreibe ich die Scheiße auf. *Zufrieden, liebes Gehirn? Es ist für die Ewigkeit festgehalten, jetzt lass mich damit in Ruhe.* Es scheint zu wirken ... *Gepriesen seien Notizbücher!*

Nach einem Blick in den Spiegel will ich gehen, verharre jedoch davor. Mir ist selbst nicht ganz klar, wie ich zu diesem Bären geworden bin, aber an meinem Erfolg bei Frauen hat das nichts geändert. Das bin ich, und Louisiana will aus mir gleich einen anständigen Kerl machen.

Neue Wut durchdringt mich. Wenn ich fair bin, dann nicht auf sie, sondern auf die Richterin, die keinen Spaß verstanden hat, und auf mich, der es nicht lassen konnte, sie zu provozieren. Als hätte ein Teil von mir das hier gewollt. *Schwer vorstellbar!* Es war nur einer meiner vielen Ausbrüche aus einem zu geregelten Leben, einer meiner vielen Versuche, das meiste aus meiner Zeit herauszuholen, weil ich zu genau weiß, wie schnell es vorbei sein kann. Bis mein Ende naht, will ich so viel Spaß wie möglich haben. Das, was jetzt folgt, wird kein Vergnügen werden. Im Erdgeschoss sitzt ein Heer von Profis, die aus mir jemand anderes machen wollen.

Scheiße, nicht mit Nate Grant!

Ich habe lange nicht mehr an Dale gedacht, aber das ändert nichts daran, dass die Erinnerung an ihn mich auf Schritt und Tritt begleitet. Wir waren Nachbarsjungen und wie Brüder. Ich, das musikalische Ausnahmetalent, er, das Mathe-Ass, schon mit sieben Jahren! Wir haben unsere Hausaufgaben zusammen erledigt, brav Spinat gegessen und Sonnenschutz benutzt, alles richtig gemacht. Doch es hat nichts gebracht. Mit acht ging es ihm schlechter. Mit neun kam endlich die Diagnose, zu spät. Er hatte Hautkrebs. Der hatte bereits Metastasen gebildet. Ohnmachtsgefühle steigen wieder in mir hoch. Dicht gefolgt von ihren Freunden Wut und Hass. Er hatte das nicht verdient. Aber so war eben das Leben, es war nicht fair. Eine Lektion, die ich viel zu früh lernen musste. Wenn irgendjemand glaubte, ich würde mich weiter an Regeln halten, dann hatte ich ihn eines Besseren belehrt. Wozu sollte ich? Am Ende kommt doch alles anders.

»Für Dale«, murmle ich, gehe noch mal ins Bad, greife meinen sehr lange nicht benutzten Rasierer und schalte ihn an. Das Gerät schnurrt wie ein Kätzchen. Ich setze die

Klingen an und fahre mir über die Schläfen. Das leise Surren durchdringt das Bad. Ich bin beim allerersten Scheren vorsichtig, aber wenn ich das hier nicht schnell erledige, stürmt eine gewisse nervige Frau erneut ins Bad und stört mich. Bringt mich aus dem Konzept. *Muss nicht sein.*

Ich lege einen Gang zu, und sobald ich den Dreh raushabe, fallen die Haare wie Wolle von einem Schaf, das man schert, zu Boden. Ich will die Hälfte meiner Matte komplett abrasieren. Ich setze wieder an und fahre mir über den Kopf. Meine Haare sind wirklich lang. Das Rasieren geht nicht so gut, wie ich dachte. Wahrscheinlich wäre es cleverer gewesen, meinen Pelz vorher mit einer Schere zu kürzen, aber ich muss gestehen, dieser Psycho-Look hat was. Zufrieden mit meinem Werk verlasse ich das Zimmer. *Na, Richterin? Glücklich? Und noch viel spannender: Na, Louisiana, was machst du jetzt?*

KAPITEL 3

»Er kommt gleich«, sage ich dem Make-over-Team, bestehend aus einem Hair Artist, einem Barbier und zwei Kosmetikerinnen, während im Hintergrund die Modeberaterinnen Sophia und Lauren die neue Garderobe für Nate entsprechend meiner Vorgaben zusammenstellen.

Ich komme auch gleich, durchfährt es mich.

Keine Ahnung, wie ich mein Gesicht dazu bringe zu lächeln. Ich fühle mich schwitzig und heiß und nicht wie ich selbst. Für Hitzewallungen bin ich zu jung, also gibt es nur einen Grund dafür: Nate Grant. Genauer: der nackte Nate Grant.

Viele Menschen haben ihn schon so gesehen, zuletzt auf einem Konzert vor einem Jahr. Ich kenne die Aufnahmen. Aber das eben war was anderes. Bei den Bildern lag ein Bildschirm zwischen mir und seiner auf Pixelgröße geschrumpften Männlichkeit. Vorhin stand ich nur drei Meter von ihm entfernt. Unsere einzige Grenze war Luft. Ich betone: Luft! Also nichts. Er sah so unglaublich gut aus. Und obwohl wir uns nicht berührt haben, spüre ich ihn auf meiner Haut.

Lou, vergiss ihn! Selbst wenn er aussieht wie Mister Universe, er bleibt ein Arsch.

Ich nehme mir ein Glas Wasser, stürze den Inhalt hinunter und gieße mir gleich darauf nach. *Etwas besser.* Als mein Blick zu unseren Plänen geht, atme ich auf. Ich bin nicht sein Feind. Er wird lieben, was ich mir für ihn überlegt habe. Ich mache aus ihm keinen neuen Menschen, nur eine ordentlichere Version seines ehemals verfilzten Selbst. Ich bin richtig stolz auf mich. Wenn ich von Cali und Vi eines gelernt habe, dann, dass man anderen nicht die eigenen Maßstäbe aufdrücken darf. Man muss mit dem arbeiten, was sie einem bieten. Es ist ihr Leben.

»Wo soll ich hin?«, lässt mich Nates Stimme aus meinen Gedanken aufschrecken. *Mal wieder.* Noch ein Effekt, den dieser Mann auf mich hat. *Weil ja sein stechender, mich versengender Blick aus dem behaarten Gesicht nicht ausreicht!*

»Du kannst –«, beginne ich, wirble herum, und mir fällt vor Schreck das Glas aus der Hand. Es zerschellt mit einem lauten Knall auf dem Boden. Wasser läuft mir über die Füße. Ich müsste in irgendeiner Form reagieren, aber kann es nicht. Nate hat sich seinen Schädel geschoren. Oder zumindest hat er es bis zur Hälfte geschafft. Mir fehlen die Worte. *Was hat er sich dabei gedacht?! Er sieht furchtbar aus. Absolut grauenvoll. Und trotzdem heiß.*

»Oh, die Aktion hier scheint sich zu verzögern«, sagt er. »Dann komme ich später wieder.«

Er will abhauen? Nicht mit mir! Wenn dieser Look an die Presse gelangt, bin ich geliefert. Die Richterin wird mich von dem Auftrag abziehen, weil ich offensichtlich inkompetent bin, und Nates Management wird mich verklagen, weil ihr Star mit diesem Aussehen keinen einzigen Werbevertrag erfüllen kann. Es sei denn, er soll Albträume verursachen.

»Nichts da! Hiergeblieben«, reagiere ich nun blitzschnell, löse mich aus meiner Starre und will auf ihn zustürmen. Ich habe aber das Glas vergessen und höre, wie die Scherben unter meinen Sohlen knirschen. Sofort bleibe ich stehen, stemme aber die Hände in die Hüften und nagle ihn mit meinem strengsten Blick fest. »Setz dich da hinten hin und lass mich mal sehen, was du mit deinen Haaren angestellt hast.« Ich deute zum Frisierstuhl, den die Stylisten eingerichtet haben, während ich die Crew bitte, auf die Scherben zu achten. Nate rührt sich nicht. »Nun mach schon!«

Er setzt sich in Bewegung, und ich erkenne ein Lächeln auf seinen Lippen. Ein siegesgewisses Lächeln, das mir nicht gefallen sollte. Am liebsten würde ich ihm ein Toupet aufdrängen. Graue Haare mit Mönchsglatze. Wie er dann wohl grinst? Oder seinen Bart auf den Kopf verpflanzen. Wäre nicht die erste Haartransplantation der Welt. Natürlich mache ich nichts dergleichen. Ich hole jemanden vom Housekeeping, um mein Malheur zu beseitigen, und gehe zu Nate.

Ich wollte ihm eigentlich eine Rasur verpassen und schulterlange Haare schneiden lassen. Das wäre ein cooler Look gewesen, den er je nach Anlass rockig oder elegant hätte stylen können. Das kann ich jetzt vergessen. Nachdenklich fahre ich über die Stoppeln, die er auf der einen Kopfhälfte hinterlassen hat. An einigen Stellen sind nur noch drei Millimeter Haar übrig, an anderen ganze Büschel.

»Finger weg!«, knurrt er und windet sich unter mir. Unsere Blicke treffen sich im Spiegel, und das Gefühl des Triumphs ist aus seinem Gesicht verschwunden. Hitze und Abneigung schlagen mir entgegen. Es dürfte selbst einem Blinden klar sein, dass er will, dass ich Abstand halte.

»Selbst schuld, ich muss mir das ansehen.« Ich nicke zu meinen Unterlagen mit den Skizzen. »Ich hatte diesen Style abgesprochen, aber der fällt flach. Ich brauche einen neuen Plan.« Ihn wie einen Gentleman aussehen zu lassen, wie es die Richterin wollte, steht auf jeden Fall nicht mehr zur Debatte.

Ohne auf sein Einverständnis zu warten, habe ich die Finger wieder in seinen Haaren, was sich anfühlt, als würde ich ein Minenfeld durchkämmen. Bei einer falschen Berührung fliegt alles in die Luft. Gleichzeitig genieße ich es.

Zwei Sekunden geht es gut, dann dreht sich Nate in seinem Stuhl und packt mich an den Handgelenken. »Au!«, jammere ich.

»Lass das!« Er zieht mich zu sich runter, bis seine Lippen mein Ohr streifen. »Ich hab es vorhin ernst gemeint, halt dich von mir fern.«

»So empfindlich?«, zische ich. »Stell dir mal vor, ich würde dich im Nacken berühren, meine Hände über deinen Rücken gleiten lassen, mich in deinen Hintern krallen ...« Er knurrt. So gefährlich, dass ich mir den nächsten Scherz spare. »Fein!« Ich schüttle ihn ab und verkneife mir, mir die Unterarme zu reiben, wo er mich gepackt hat. »Rico, kannst du dir das ansehen?«, winke ich den Master-Stylisten ran. »Die ganze Mähne muss runter, aber ich frage mich, ob wir insgesamt etwas Länge erhalten können.«

»Ja, einen Iro, bitte«, scherzt Nate.

Gott, dieses Kleinkind mit Aufmerksamkeitsdefizitsyndrom habe ich geküsst? Will es wieder! Ich ignoriere ihn.

Rico inspiziert das Debakel auf Nates Kopf.

»Was denkst du?«, frage ich und bleibe auf Abstand, dabei juckt es mir in den Fingern, Nates Haare noch mal zu inspizieren. Aber auf einen weiteren Schraubstockgriff kann ich verzichten.

»Ich kann mit einem Militärschnitt arbeiten.«

Wie langweilig! Ich verziehe das Gesicht. Nate Grant ist ein Star. Jemand, der gerne aus der Reihe tanzt. Er braucht was Besonderes.

»Ginge es, ein Muster reinzuarbeiten?«, denke ich laut nach und fahre mir nun doch über die schmerzenden Unterarme.

Aufregung erfasst mich. Rico fährt Nate nun zehnmal so viel wie ich durch die Haare. »Megagute Idee. Das ist machbar.«

»Was sagst du?«, frage ich Nate. »Einverstanden?«

»Oh, hab ich jetzt Mitspracherecht?«

Statt genauso pampig zu antworten, sehe ich ihn nur stumm an, denn natürlich hat er das. Es ist sein Kopf.

»Ist okay«, sagt er lahm.

Ein bisschen mehr Begeisterung hätte ich nach seinem Totalausfall erwartet. Aber gut, wir reden von Nate Grant. Er hasst diese Nummer. *Warum sollte er mir gegenüber zugeben, dass die Idee toll ist?*

Statt mehr Atem an diesen Vollhonk zu verschwenden, bespreche ich mich mit dem Rest des Teams. »Sobald Rico mit dem Waschen fertig ist, kannst du anfangen«, sage ich zum Barbier.

»Was ist mit uns?«, fragen die Frauen von der Mani- und Pediküre.

»Ihr könnt auch loslegen. Aber sprecht euch mit den beiden Männern ab, dass ihr euch nicht in die Quere kommt. Die Haare haben Vorrang.«

Erleichtert, dass das Umstyling endlich beginnt, wende ich mich an die Modeberaterinnen und erkläre ihnen, inwiefern sich Nates Look jetzt verändert. Seine Frisur wird herausstechen. Das Outfit sollte deshalb einfacher sein. Ihm wird das gefallen.

Wir gehen die mitgebrachten Kleidungsstücke durch und einigen uns auf dunkle Jeans und Stoffhosen. *Frau darf ja träumen!* Schwarze Lederboots, Sneaker und Shirts plus drei Lederjacken. Als Friedensangebot sind auch ein paar Teile seiner alten Lieblingsmarken dabei. *Gut gemacht, Lou, du hast es immer noch voll drauf.*

Alle sind beschäftigt, und ich habe heute das erste Mal so etwas wie eine Pause. Ich sage Sophia, dass sie mir eine Nachricht schreiben soll, wenn die Anprobe losgeht, und verschwinde in mein Zimmer. Dort steige ich aus meinen Schuhen und seufze. Die Heels sind bequem. Ich kann den ganzen Tag in ihnen laufen. Trotzdem schmerzen mir die Füße, und es tut gut, sie für einen Moment auszuziehen.

Ich packe die wichtigsten Sachen für die Nacht aus und sehe, dass meine Schwester California sich gemeldet hat und wissen will, wie mein Job läuft. Sie hat mir bei der Vorbereitung geholfen, also rufe ich sie zurück.

»Na, Groupie«, begrüßt sie mich lachend.

»Na, Bücherwurm!«, kontere ich, weil sie Berge an Büchern verschlingt, nicht nur Fachliteratur, sondern auch Romane.

»Du weißt, dass ich das nicht als Beleidigung auffasse? Wie läuft es bei dir?« Sie macht eine theatralische Pause. »Wie ist dein sexy Rockstar in echt?«

»Wie ein großes Baby.«

»Aber ein sexy Baby?«

Sofort habe ich Nate nackt vor Augen. Der Anblick hat sich in meine Netzhäute eingebrannt. »Babys können nicht sexy sein«, versuche ich, mich vor der verräterischen Wahrheit zu drücken, nämlich der, dass dieser Mann um Längen anziehender ist, als ich dachte.

»Also findest du ihn heiß!«

»Nein.« *Zumindest offiziell.*

»Aber es läuft gut?«

»Eher nicht. Er ist aus dem Kick-off-Meeting gerannt wie ein Teenager, der keine Lust hat, länger am Kaffeetisch mit den Erwachsenen zu sitzen, weil er spielen will.«

»Verständlich. Das ist langweilig.«

»California, fall mir nicht in den Rücken.«

»Yes, Ma'am, ist aber die Wahrheit.«

Ich verdrehe die Augen. *Nur mit den falschen Leuten. Was bitte ist an einer Kaffeetafel mit tollen Torten und netten Gästen verkehrt?* »Er benimmt sich auf jeden Fall wie ein Kleinkind«, erzähle ich weiter und lasse den Kuss unerwähnt. »Gerade findet das Umstyling statt, und du glaubst nicht, was er getan hat, nur um mir eins auszuwischen! Er hat sich den halben Kopf rasiert.«

»Nein!«

»Oh doch! Er ist schlimmer als ihr.« Ich muss grinsen. »Ihr habt euch nur Wasserfarbe ins Haar geschmiert, um im Partnerlook mit euren Regenbogen-Einhörnern in die Schule zu gehen. Die Farbe ging nach einer Wäsche raus. Er benimmt sich zu Hause genauso furchtbar wie in der Öffentlichkeit.«

»Aber er ist Nate Grant!«, haucht Cali, als wäre der Mann ein Gott und es würde an Blasphemie grenzen, seinen Namen laut auszusprechen.

Ich rolle mit den Augen. »Du klingst, als könnte ich dir erzählen, dass er Kinder zum Mittag verspeist, und dennoch würdest du ihn mögen. Was ist an dem Typen so toll? Ja, er sieht gut aus. Und weiter? Ich kann dir versichern, es ist nicht sexy, schlecht behandelt zu werden.«

»Hast du gerade doch zugegeben, dass er gut aussieht?«

»Möglich«, knurre ich. »Weil ich nicht blind bin.«

»Du hast echt zugegeben, dass er gut aussieht!«

»Hast du nicht noch irgendeinen Aufsatz zu lesen?«

»Nur einen Essay von Professor Ich-verkünde-das-Wort-der-Wahrheit-auch-wenn-meine-Theorie-in-Grundzügen-dreißig-Jahre-alt-ist, der nur so abgefeiert wird, weil er einen Schwanz hat.« California macht Würgegeräusche. »Erzähl mir lieber mehr über Nate.«

»Was fasziniert dich so an ihm? Sein Geld?«

»Ts! Ich verdiene an der Uni ziemlich gut. Das ist es nicht.«

»Er hat einen Privatpool, du nicht.«

»Das ist es auch nicht«, sagt sie. »Er ist eben dieses Wunderkind. Irgendwie habe ich das Gefühl, jeden Augenblick überwindet er diese Phase und wird ein richtiger Mann.«

Ich muss lachen. Laut und freiheraus. *Wie ein Schimpanse*, wie Vi mal mit fünf Jahren feststellte, weshalb ich ihr das nicht übel nehmen konnte, egal, wie sehr es an meinem Ego gekratzt hat. Ich lache immer noch schallend. *Immer dieser Wunderkind-Quatsch! Und dann, dass er die Phase überwindet? Nate ist eine einzige Phase, da ist nichts zu überwinden.*

»Ha, ha«, schmollt Cali, als ich mich beruhige. »Ich sehe das nicht als Einzige so. Es gibt diese Momente auf seinen Konzerten, wenn er singt, die sich anfühlen, als wärst du Teil von etwas Großem. Die Gitarren und Bässe und das Schlagzeug bestimmen über deinen Herzschlag, dieser Mann und seine Band bringen deinen Körper dazu, zu tun, was er will. Er singt, und jedes Wort ist wie eine Offenbarung.«

Gepriesen sei Nate Grant! Amen. Ich denke an den Lärm, den er Musik nennt. »Also ich will dann immer was kaputt schlagen, mich macht seine Musik einfach nur aggressiv. Vergöttern tue ich den Kerl erst recht nicht.«

»Du warst eben noch nie auf einem seiner Konzerte.«

»Aber ich hab sie mir zur Vorbereitung angesehen.«

»Das ist nicht das Gleiche. Du hast mir und Vi viel beigebracht, aber jetzt verrate ich dir mal was: Es gibt Dinge, Schwesterherz, von denen du absolut keine Ahnung hast. Du wirst schon sehen, was ich meine.«

Dass ich dann seine Gefühle spüre? Bitte nicht. »Na, wenn das die Frau Professorin sagt«, antworte ich nur.

»Sagt sie.«

Ich würde noch länger mit Cali reden, aber sie muss aufhören. Ein Student hat einen Termin bei ihr. Stolz erfüllt mich, dass sie jetzt so wie ich damals diejenige ist, die ihr Wissen weitergibt. Irgendetwas muss ich bei ihr und auch bei Vi, die als Erzieherin Kindern das Leben beibringt, richtig gemacht haben. Jetzt muss ich nur noch Nate dazu kriegen mitzuspielen.

Als ich die Nachricht erhalte, dass Nate nun bei den Modeberaterinnen ist, atme ich tief durch und rüste mich für die nächste Konfrontation. Ich schlüpfe zurück in meine Heels, überprüfe meinen Look und laufe durch die Villa Richtung Geräuschkulisse.

Ich rechne im Stillen mit dem Schlimmsten. Er hat bei der perfekten neuen Frisur nicht mitgespielt. Sie haben was mit Farbe gemacht. Er lehnt die Klamotten ab und will nur noch in Speedo-Unterhosen rumlaufen. Es kommt aber alles anders.

Ich betrete den Raum, muss blinzeln und fahre mir übers Gesicht. Der Anblick bleibt. Gleich darauf durchläuft mich sengende Hitze. Gefolgt von noch heißerer Scham über das, was ich fühle. Denn das ist unprofessionell.

Nate Grant sieht umwerfend aus. *Zum Niederknien umwerfend.*

Meine Blicke können gar nicht schnell genug über ihn huschen, um jedes Detail aufzunehmen. Der kurze Haarschnitt steht ihm. Er hat sich mit Rico auf Kreuzmuster geeinigt, die ziemlich cool über den Kopf verteilt aussehen. Außerdem hat der Mann ohne den Bart plötzlich ein umwerfendes Gesicht, markant und sexy. Viel zu sexy. Vorher stachen seine Augen mit ihrem tiefen Blau heraus, und ich hatte die leise Hoffnung, dass der Effekt nach der Rasur nachlässt. Das Gegenteil ist der Fall. Genau wie seine Augen entwickelt nun der Rest von ihm auch diese Sogwirkung. Ich verspüre den seltsamen Drang, über seine Kinnlinie zu lecken. Selbst als ich mich maßregle, verschwindet er nicht. Im Gegenteil, er wird stärker.

Dazu kommt das neue Outfit. Nate trägt die schwarze Stoffhose und ein schwarzes Hemd, beides Teile, von denen ich dachte, ich müsste ihn bestechen, damit er sie anzieht. Aber nein, da steht er! Als hätte er nie was anderes getragen. So könnte er auch zu Interviews gehen. Zu Preisverleihungen. *In mein Schlafzimmer.*

Stopp, Lou, nicht in dein Schlafzimmer.

Verdammt, ich stecke in ernsthaften Schwierigkeiten.

Der Mann ist Ende zwanzig, lief aber vor drei Stunden noch wie ein Junge herum. Jetzt sieht er plötzlich erwachsen aus. *Gefährlich erwachsen. Wie schaffen es alle im Raum, aufrecht zu stehen?* Ich bin kurz vor einem Herzinfarkt und muss mich irgendwo festhalten. Blind taste ich nach der Tischkante, fasse daneben und gebe einen unterdrückten Schrei von mir, als ich ins Straucheln gerate. *Mist!*

In dem Moment bemerkt mich Nate, schaut zu mir, und mir wird schwindlig. *Ergeht es so den Frauen auf seinen Konzerten? Kippen Frauen bei ihm überhaupt um?* Ich kenne das nur von Boygroups, in die Kategorie fällt Nate mit seiner Band nicht.

Verdammt, ich wünschte, er hätte wieder seine alte Frisur. *Nein, besser die doppelte Matte, da hatte der Mann noch Makel. Jetzt ist er perfekt.*

Sein Blick bohrt sich in mich, und ich kann sehen, dass er genau weiß, wie schockiert ich bin. Er weidet sich förmlich daran, mir auf die Art eins ausgewischt zu haben. Ich müsste mir jetzt einen Ruck geben und drüberstehen, kann es aber nicht. *Diese Augen!* Blau wie ein Gewitterhimmel. Stürmisch, gefährlich, faszinierend. *Mich für sich einnehmend.*

Wir sind locker zehn Meter voneinander entfernt. Weiter als in der Dusche, definitiv weiter als bei dem Kuss, dennoch habe ich das Gefühl, er steht direkt vor mir.

»Nicht zufrieden?«, fragt er.

»Nein«, sage ich. Wenn der Mann so vor die Tür geht, braucht er ein Dutzend Bodyguards. Keine Frau wird an sich halten können. Wenn ich schon so durchdrehe, wie reagiert dann bitte der Rest der Welt?! »Nein, überhaupt nicht zufrieden.«

Nate

Louisiana trägt das gleiche scheußliche Outfit wie vorhin. Mit dem gleichen biederen Schmuck. Keine Ahnung, ob alle im Raum es bemerken, aber ich kann sehen, dass sie mich will. Es steht ihr in ihr schönes Gesicht, die leicht geöffneten Lippen, die röteren Wangen und die halb geschlossenen Augen geschrieben.

> *She messes with your head. You only think about her.*
> *You end up in bed. She calls you Sir.*

> *Sie bringt deinen Kopf durcheinander. Du denkst nur an sie.*
> *Ihr landet im Bett. Sie nennt dich Sir.*

Scheiß Kreativität! Ich muss diese Frau nur anschauen, und mir fällt kitschiger Mist ein, der überhaupt nicht zu meiner Band passt. Geschweige denn, dass einer der Jungs das spielen kann und will, ohne Brechreiz zu bekommen. Aber ich fühle jede verfluchte Zeile davon.

»Wirklich nicht zufrieden?«, frage ich und reibe mir übers Kinn.

Ihr Blick folgt meiner Bewegung. *Interessant …*

Nur zum Spaß fahre ich mir über den Kopf, dann tippe ich mir an die Lippen. Ihr Blick folgt meiner Hand wie magisch angezogen. *Der Effekt sollte mir egal sein, aber er gefällt mir. Ich bringe sie genauso durcheinander wie sie mich.*

»Nein, ähm, ja, doch, zufrieden«, sammelt sie sich und kommt vorsichtig näher, als traute sie mir nicht.

»Vielleicht ist es so besser«, sage ich und knöpfe mir das Hemd auf, das ich nur zum Test angezogen habe. Ihr Blick klebt an meinen Fingern, und ich könnte schwören, dass sie versucht, mit reiner Willenskraft die Knöpfe zu schließen, statt sie mir wie der Rest der Welt abzureißen.

»Sophia, welche Outfits hat er schon probiert?«, fragt sie.

»Die drei Sachen dort drüben«, antwortet die Fashion-Expertin.

»Gut«, murmelt sie, ohne hinzuschauen.

Niedlich, sie hat sich immer noch nicht gesammelt. Mein Hair Artist und der Barbier kriegen das nicht mit. Das Mani-Pedi-Team packt dagegen gerade ein und tuschelt. »Bestimmt erlebt sie zum ersten Mal, wie ihr Höschen feucht wird.«

»Oder sie ist entsetzt, weil er kein Jackett mit Einstecktuch trägt.«

Mir ist egal, was jemand über mich oder die Band sagt. Aber *das* stört mich. Mehr, als es das sollte. Wir sind ganz sicher keine Freunde, doch das hat Louisiana nicht verdient. *Greifst du ein, Grant? Fuck, ja!*

»Na, wenn das Hemd so blöd ist, dann zerstör ich es besser!«, witzle ich, um sie aus der Reserve zu locken, und sehe mich nach einer Schere um. Sie rührt sich immer noch nicht und starrt mich an wie ein Alien. Bis ich eine Schere finde und in die Hand nehme.

»Wehe!«, knurrt sie, erwacht aus ihrer Trance, nimmt mir die Schere ab und steht plötzlich wieder so herrlich dicht vor mir, wie ich es eigentlich vermeiden wollte.

»Und jetzt?«, frage ich provokant.

»Jetzt«, sie greift an meinen Hosenbund, »probierst du die Jeans an.« Ihre Art, es mir heimzuzahlen.

Mit Erfolg. Mein Schwanz zuckt in der Hose. Ich rede mir ein, weil es die Berührung an sich ist. *Aber wem mache ich was vor? Es ist die Frau. Egal, was sie tut, egal, ob ich es will, es geht mir unter die Haut.* »Was hatte ich über Abstand gesagt?«, knurre ich, als hätte ich die Situation nicht selbst provoziert.

Sie muss sich gar nicht abwenden, ich lasse sie stehen, nehme drei tiefe Atemzüge, kämpfe das Verlangen und die entstehende Erektion zurück und ziehe mir die Hose aus. Ich kann die Blicke der beiden Fashionistas spüren. Sie sind nicht die Ersten, die mir auf den Hintern starren. Normalerweise stört es mich nicht. Aber mit *ihr* im Raum ist es mir unangenehm. Weil das, was zwischen uns läuft, niemand sonst mitbekommen soll.

»Welche Jeans?«, frage ich, reiße mich zusammen und gehe zur Kleiderstange.

Louisiana stellt sich neben mich, nimmt eine in die Hand und ist mir schon wieder viel zu nah. »Die hier!«

»Abstand!«, knurre ich.

»Ganze Sätze!«, gibt sie genervt zurück.

»Kannst du bitte, bitte Abstand halten?«

»Na also, geht doch. Besser?«, fragt sie und weicht zur Seite.

Nicht besser. Ich kann ihr Parfüm riechen oder was auch immer das für ein Duft ist, der sie umgibt. Fraulich, blumig, furchtbar gut. Könnte ich süchtig nach werden.

Sie reicht mir die Hose mit einem Seufzen und rückt noch weiter von mir ab. »Bitte, probier die an.«

Ich sehe mir das Modell an, es ist ziemlich weit geschnitten. »Darin sieht niemand meinen Hintern.«

Sie hebt ihre Augenbrauen und erinnert mich an eine strenge Lehrerin. »Ist das ein Problem, wenn niemand auf einem *Musik*-Konzert deinen *Hintern* sieht?«, fragt sie und beantwortet damit selbst die Frage. Nein, spielt natürlich keine Rolle. Dann wird ihr Gesichtsausdruck sanfter. »Ich glaub, der Schnitt passt zu dir.«

Ich hatte noch nie solche Hosen an, spiele aber mit und steige rein. Sobald ich die Jeans anhabe, reicht mir Louisiana ein Tanktop.

»Zusammen mit dem hier ist das ein cooler Bühnenlook.«

Ich muss lachen, weil sie das Wort cool verwendet, was ich zuletzt vor zehn Jahren gehört habe. »Ich habe keinen Bühnenlook.«

»Anprobieren«, sagt sie einfach nur.

Brav ziehe ich das Top an und fühle mich unerwartet wohl. Das war eben schon bei dem schwarzen Hemd und der Stoffhose so.

»Heiß«, murmelt Lauren.

»Ich bin immer heiß«, werfe ich voller Charme zurück.

»Nicht so«, entgegnet sie.

Ich sehe zu Louisiana und frage mich, ob sie das auch so sieht. Dabei spielt es keine Rolle, was diese Frau von mir denkt!

Baby, you make me mad.
Baby, that's not too bad.

Baby, du machst mich verrückt.
Baby, ich bin entzückt.

»Was, wenn mir die Jeans nicht gefallen?«, frage ich.
»Nicht schlimm. Probier einfach eine der anderen an.«
»Willst du noch mal meinen Hintern sehen?«, necke ich sie. *Warum auch immer!*
»Ich will, dass du mehr als eine Hose hast. Könntest du bitte aufhören, über jeden Schritt mit mir zu diskutieren, und dich professionell benehmen?«

Wie auch immer sie es geschafft hat, sie ist wieder Miss Stock-im-Arsch, und nichts triggert meine rebellische Ader mehr als lahme Spießer. Alles in mir will ihr diese Überkorrektheit austreiben, will wieder die leidenschaftliche Frau erleben. Aber dann verpetzt sie mich bei der Richterin. Ich beiße die Zähne zusammen und mache das Einzige, was hilft: mitspielen.

Ergeben gehe ich zu den Hosen und probiere die nächste an. Ich muss Louisiana zugutehalten, dass sie was von Musikmarketing und dem Stil meiner Band versteht. Die Schnitte sind modern, das Schwarz der Hosen ist mal ausgewaschen, mal dunkel wie die Nacht. Sie drängt mir keine seltsamen Farben oder Muster auf. Sie bleibt bei der Farbe, die ich eh am meisten trage. Die ganze Zeit muss ich aber immer wieder an den Kuss denken …

Bis ich diese Farce nicht länger aushalte. »Fertig!«, verkünde ich und steuere die Terrasse an. Ich brauche dringend frische Luft. Sprich Luft, die nicht auch um Louisiana geflossen ist und ihren Geruch zu mir wirbelt. »Wer zuerst im Pool ist!«

KAPITEL 4

»Moment mal! Wie meinst du das, wer zuerst im P–?«
Platsch.

Nate ist in den Pool gesprungen. Sprachlos stehe ich da und weiß nicht, wie ich reagieren soll.

Falsch, Lou, du weißt genau, wie: Nate auf der Stelle aus dem Wasser rausholen und ihn die Anprobe beenden lassen. Aber ich zögere und nutze die Verschnaufpause, weil ich nicht länger so tun muss, als würde mich sein neuer Look kaltlassen.

Für alle anderen sieht es so aus, als hätte ich meinen ersten Schock überwunden. Doch das habe ich nicht. Ich will Nate jede Sekunde verstohlene Blicke zuwerfen. Ich kriege gar nicht genug von seinem Gesicht. *Als gäbe es da mehr zu entdecken als Augen, Nase und Mund.*

Seltsamerweise hat mir geholfen, dass er sich benommen hat. *Ja, schockierend, ich weiß!* Eigentlich müssten gutes Benehmen und der neue Look mich in die Knie zwingen, genau darauf achte ich bei Dates, aber das war nicht der Fall. Als der Mann im Wasser den rosa Aufblasflamingo anschwimmt und besteigt, nimmt die Hitze in mir wieder zu. Weil mir seine verrückte Art gefällt.

Oje, ich muss lachen. *Ich, Lou Harper, kichere!* Ich kichere sonst nie.

Erschrocken halte ich mir die Hand vor den Mund und besinne mich auf meinen Job. Der besteht nicht darin, den Mann bei seinen Eskapaden zu befeuern oder anzuhimmeln, sondern ihn heute neu einzukleiden.

»Entschuldigt bitte, könnt ihr warten? Ich hole ihn wieder rein«, sage ich zu den beiden Stylistinnen. »Wird nicht lange dauern.«

Ich folge Nate nach draußen und lasse meinen Blick über ihn gleiten. *Um den Wasserschaden an den Sachen abzuschätzen*, rede ich mir ein. *Jaja, lüg dich nur an, Lou.* Ich nehme jeden Muskel unter dem nassen, an ihm klebenden Oberteil in mich auf, genau wie sein bestes Stück. Dann starre ich wieder sein Gesicht an. Ich bin mir sicher, nach weltweiten Maßstäben ist Nate Grant nicht der schönste Mann. Durchaus weit oben auf der Skala, aber nicht der absolute Spitzenreiter. Dennoch kann ich meinen Blick nicht abwenden. Ich liebe dieses markante Gesicht, das so zu diesem störrischen Mann passt. Genau wie die Lippen, seine Nase. Alles.

»Komm wieder raus!«, rufe ich vom Beckenrand.

»Was sagst du?«, antwortet er. »Kann dich nicht hööören.«

Kann er wohl! Ich habe eine Stimme, die es gewohnt ist, Cali und Vi Beine zu machen. Wenn mein Job nicht darin bestünde, Ordnung zu halten, könnte ich Feldwebel sein.

»Nate, lass den Blödsinn! Wir sind noch nicht fertig.«

»Kann dich immer noch nicht hören!« Er dreht sich auf seinem Plastikflamingo und paddelt ans andere Ende des Pools. Ein erwachsener Mann in schwarzen Klamotten auf einer schwimmenden rosafarbenen Insel. Er sollte lächerlich aussehen. Tut er aber nicht.

»Die Leute warten drinnen«, appelliere ich an sein Verantwortungsbewusstsein. Er muss welches besitzen, richtig? Drei Gramm genügen mir.

»Nicht mein Problem«, antwortet er, weil er mich natürlich hören kann.

»Ich versteh ja, dass du *mir* den Job schwer machst, aber was haben die anderen verbrochen?«

»Sauer?«, gibt er grinsend zurück.

Wenn er wüsste! Ohne nachzudenken, schlüpfe ich aus einem meiner High Heels und werfe ihn nach ihm. Ich verfehle ihn knapp, woraufhin Nate loslacht. Ein bisschen schadenfroh, doch vor allem freiheraus, als hätte er den besten Tag seines Lebens. *Und sexy.* Ich habe Nate dazu gebracht, solche Laute von sich zu geben. Mein Höschen leidet schon wieder. *Klasse!*

»Willst du es noch mal versuchen?«, fragt er grinsend und paddelt näher. »Wenn du mich triffst, komm ich raus. Du hast mein Wort.«

»Weil das ja auch wie viel wert ist?«, antworte ich und ziehe den anderen Schuh aus, damit ich nicht schief dastehe. Mein Blick sucht den Grund des Pools ab. *Habe ich echt meine Lieblings-High-Heels ruiniert? Was ist in mich gefahren?*

»Tja, dann nicht!«, sagt er nur und dreht wieder auf diesem blöden Flamingo ab, den ich am liebsten mit Dartpfeilen beschießen würde. Die Vorstellung, wie die Luft langsam aus dem Teil entweicht, es zusammenschrumpft und Nate untergeht, hat was.

Wütend werfe ich auch den zweiten High Heel und treffe den Flamingo am Hals. Nate fängt den Schuh, ehe er ins Wasser fallen kann. »Ha!«, mache ich nur und stelle mich an den Beckenrand. »Und jetzt?«

Er dreht sich um, grinst und seufzt. Keine Ahnung, wie man es schafft, gleichzeitig zufrieden und frustriert auszusehen. »Warum wirfst du so gut?«

»Komm raus, und ich verrate es dir.«

Sein Blick gleitet über mich, näher an den Beckenrand paddelt er nicht. »Hast du mal Baseball gespielt?«

»Wie jeder als Kind. Raus jetzt. Oder soll ich die Richterin anrufen?«

Er lacht nur. »Ich hab doch mitgespielt. Ich hab eine neue Frisur und neue Klamotten. Ich bin mir sicher, das genügt ihr.«

Ist der Kerl neuerdings intelligent? Ich meine, ja, natürlich ist er das. Er kann diese vielen Instrumente spielen und hat anständige Eltern. Aber muss er ausgerechnet jetzt mit vernünftigen Argumenten kommen?

»Wie du willst«, murmle ich und gehe einfach. Desinteresse, die stärkste Waffe frustrierter Menschen.

»Du gibst auf?«, ruft er mir nach. *So vorhersehbar.*

»Wir hatten eine Wette. Wenn ich dich treffe, kommst du raus. Ich hab gewonnen, aber du kommst nicht. Ich werde mir jetzt Bücher besorgen, in denen erklärt wird, wie man mit notorischen Lügnern umgeht.«

»Ich bin kein Lügner.«

Ich bleibe mit vor der Brust verschränkten Armen stehen und finde Gefallen an unserer Unterhaltung. »Ach nein? Was dann?«

»Kein Lügner.«

Interessant. Das ärgert ihn. »Glückwunsch, dann bist du der erste Lügner, der nicht lügt.«

»Du hast gewonnen, ich komme raus«, sagt er und paddelt zum Ausstieg. *Halleluja!*

Verärgert behalte ich ihn im Blick. Womit ich nicht rechne, ist, dass der Mann vom Flamingo gleitet, kurz abtaucht und wenig später mit meinem zuerst geworfenen Schuh in der Hand auftaucht und ihn mit dem anderen wie ein Friedensangebot an den Beckenrand stellt. *Wie nett!* Sofort setze ich mich in Bewegung. Wenn ich sie superschnell trockne und auspolstere, sind sie vielleicht noch zu retten!

Ich bücke mich, um sie aufzuheben, und plötzlich sind Nate und ich wieder nur eine Armlänge voneinander entfernt.

»Verdammt! Hatte ich dir nicht gesagt, dass du dich von mir fernhalten sollst?«, knurrt er.

»Haben wir etwa eine fünf Meter Abstandsrege–«, *lung* will ich gerade sagen, da zieht mich der Mistkerl ins Wasser. *Spinnt er?*

Ich verliere die Orientierung, schlucke Wasser, Panik steigt in mir auf. Ich will auftauchen, checke allerdings nicht, wo oben und unten ist. Endlich schieße ich hoch und – pralle gegen etwas. Im ersten Moment begreife ich gar nicht, was das ist. *Die Poolabdeckung?* Ich stoße immer panischer dagegen, da reißt mich jemand an die Wasseroberfläche. Dunkel begreife ich, dass das Nate sein muss. Hustend und nach Luft ringend klammere ich mich an seinen Hals.

»Ruhig, ich hab dich!«, sagt er.

Ich bin nicht ruhig. Vor Panik drücke ich ihn immer wieder unter Wasser, sodass auch er husten muss. *Selbst schuld!*

»Hier, halt dich da fest!« Der riesige Flamingo landet vor meiner Nase. Das Teil ist wie eine Luftmatratze, aber als ich es am Hals packe, rutscht es mir weg, und ich drücke erneut Nate runter. »Versuch, dich dort festzuhalten«, sagt er und zieht mich an eine Stelle mit Schnur.

Ich atme auf, als ich Halt finde. Am Flamingo und an Nate. Das Chlorwasser brennt mir in den Augen, aber es ist auszuhalten.

»Steht das im Handbuch für Rüpelrockstars: unliebsame Frauen verarschen und ins Wasser ziehen?«, zische ich hustend.

»Macht wohl unseren Charme aus.«

»Kleiner Tipp: Das gefällt weder naiven Mädchen noch erwachsenen Frauen.«

»Ich hab dich in meinen Armen.«

»Glückwunsch, Held. Du hältst die Frau, die du nicht halten wolltest. Ist dir irgendwie der Lärm deiner Musik zu Kopf gestiegen?«

»Scheint so«, murmelt er sanft und überrascht damit uns beide.

Verdammt, was wird das hier? Erst jetzt bemerke ich, wie nah wir uns sind, und kann mich der Wirkung dieses Mannes wieder nicht entziehen.

Ich löse eine Hand vom Flamingo und streiche Nate Wassertropfen von der Stirn, gebe dem Impuls nach, den ich die ganze Zeit unterdrückt habe, und fahre die Konturen seines Gesichts ab. Ich bin vorsichtig, beinahe zärtlich. Meine Fingerspitzen kribbeln, mein Herz rast, und ich merke, dass Nate das nicht kaltlässt. Er zieht mich enger, und obwohl das Wasser kühl ist, spüre ich die Hitze seines Körpers und wie sehr er mich will. *Wow!*

Ich glaube, er küsst mich gleich wieder. Er schaut nicht

auf meine Lippen, sondern mir nur in die Augen, das allerdings so intensiv, dass mir immer heißer wird. Nervös hole ich Luft und muss erneut husten. Aber das stört Nate nicht. Er drückt mich an sich, lehnt meinen Kopf an seine Schulter und fährt mir durch die nassen Haare. Was sich herrlich intim anfühlt und sexy und heiß. Und schön. Als ich wieder aufschaue und sich unsere Blicke treffen, weiß ich, es wird erneut geschehen, ob ich will oder nicht.

»Alles okay? Sollen wir noch warten?«, unterbricht uns da Sophia.

Hitze schießt mir in die Wangen, als hätte sie mich bei was Verbotenem erwischt. Ich räuspere mich, hole Luft und will das hier absagen. Ich habe genug. Da ruft Nate: »Wir machen in fünfzehn Minuten weiter.«

Nate

»Kannst du schwimmen?«, frage ich Louisiana, die sich eher an mich als an den Flamingo klammert.

»Ja, kann ich.«

»Gut«, knurre ich, mehr wütend auf mich als auf sie, mache mich von ihr los und kraule zum Beckenrand.

Was zum Henker ist das mit dieser Frau und mir?

Ich hieve mich aus dem Becken und muss den Impuls niederkämpfen, mich noch mal nach ihr umzudrehen. Zu ihr und ihren vom Chlorwasser geröteten Augen. Nicht mein Problem.

Why do you matter to me?
This is not how it should be!

Warum bist du mir so wichtig?
Das ist alles andere als richtig.

Sobald ich aus dem Wasser raus bin, ziehe ich mir das Oberteil und die Hose aus. Beides kann in der Sonne trocknen. Meine Unterwäsche ist schwarz, das ist genauso gut wie eine Badehose. Bevor ich ins Haus gehe, drehe ich mich doch noch mal um. *Lou …* Ich stocke, als ich mich dabei ertappe, wie ich ihr einen Spitznamen gebe. Miss *Louisiana Harper* hat die Stirn an den Flamingo gelegt und boxt ihn verärgert über den Zwischenfall, und mir gefällt das. Nichts von dem eben war mein Plan gewesen. Ich wollte sie aus der Reserve locken, mehr nicht. Dass sie beinahe ertrinkt, war keine Absicht. Dann gibt sie sich einen Ruck und schwimmt zum Beckenrand, wenn auch von ihrem engen Rock etwas behindert. Ich kann meinen Blick nicht von ihr lösen.

Am Ausstieg schaut sie an sich hinunter und flucht leise. Das Wasser hat ihr Oberteil durchsichtig werden lassen. Niedlich, dass sie das erst jetzt bemerkt. Mir ist ihr Spitzen-BH, der überhaupt nicht zu der Person passt, die sie versucht zu verkörpern, direkt aufgefallen. Passt zu dem sexy Slip, den ich bei unserem ersten Zusammenstoß im Studio ertastet hatte.

Sie bemerkt meinen Blick. »Was starrst du so? Noch nie eine Oberweite ohne Silikon gesehen?«

»Ach, die Hügel sind Brüste?«, gebe ich frech zurück, dabei sind das hübsche Hügel.

»Brauchst du eine Brille? Sind sie. Hätte ich neben den Stylisten noch einen Optiker kommen lassen sollen?«

Ich muss lachen. *Verdammt, warum fasziniert mich diese Frau so?*

Mit einem Ruck wende ich mich ab und platze in das zu einem Schönheitssalon umfunktionierte Wohnzimmer. Sofort gaffen mich Sophia und Lauren an, so wie ich es kenne, so wie ich es liebe. Aber diesmal bewirkt der Glanz in ihren Augen nichts. Louisiana soll mich so ansehen. *Ich bin echt hinüber.*

»Bin gleich bei euch. Ich ziehe mir nur trockene Sachen

an«, verkünde ich, als ich den Raum durchquere. »Möchte mir jemand dabei helfen?«

Unbekümmert, ob und, wenn ja, wer mir folgt, gehe ich weiter und muss grinsen, als es beide Frauen sind. *Sehr gut. Mögen sie Louisiana aus meinen Gedanken vertreiben!*

»Wer will zuerst?«, frage ich, ziehe mir grinsend die nassen Boxershorts aus, greife mir an den harten Schwanz und öffne meine Kondomschublade.

Die Blondere der beiden, Sophia, schiebt ihren Rock hoch. »Ich!« *Gierig.*

Ich packe sie an der Hüfte, dränge sie aufs Bett, spreize ihre Beine und dringe in sie. Sie ist noch nicht so weit, aber mich stört das nicht und sie auch nicht. Ich bewege mich zwei-, dreimal, merke, wie sie feuchter wird, und stoße härter zu. Keine Minute später beginnt sie zu stöhnen. *Glückwunsch, Nate Grant besorgt es dir, genieß es!*

»Du da!«, sage ich zur anderen. »Leg dich neben sie und mach die Beine breit.«

Der Hunger steht ihr ins Gesicht geschrieben. *Frauen!*

Sie gehorcht, ich ziehe mich aus Sophia zurück und versenke mich in Lauren. »Härter!«, bettelt sie.

Kann sie haben, kann sie so was von haben!

Ich blicke ihr direkt in die Augen, ficke sie und schaue doch durch sie hindurch. Ich sehe nicht sie, sondern Louisiana. Instinktiv werde ich langsamer, will, dass es gut für sie ist. Kein Quickie, sondern eine Nummer, an die sie noch denkt, wenn sie alt und grau ist und mit Perlenohrringen in ihrem Schaukelstuhl auf der Veranda wippt. Vor und zurück ... vor und zurück ... *Verdammt, ist das gut!*

»Ja«, stöhnt Lauren. »Oh Gott, wow!«

Ihre Stimme stört meinen Film. Ich will wissen, wie Lou schreit, nicht sie. Wütend, weil ich das nie erfahren werde, ramme ich mich härter in sie und greife an ihre Klit. Ich spüre, wie sie sich plötzlich um meinen Schwanz zusammenzieht, und fühle mich wie ein König. Wenig ist geiler, als eine Frau zum Kommen gebracht zu haben. Nur ein Auftritt vor 40.000 Leuten auf dem Rockville-Festival toppt das, wenn alle deinen Namen rufen und du sie nicht mit dem Schwanz, sondern deiner Stimme fickst.

Bevor Lauren sich an mich kuscheln kann, ziehe ich mich zurück und schnappe mir wieder ihre Kollegin. »Keine Sorge, hab dich nicht vergessen!«, murmle ich und versenke mich in ihr.

Wir rücken immer weiter an das Kopfteil des Bettes, bis es uns stoppt. Meine Bewegungen donnern das Bett gegen die Wand, und ich bilde mir ein, dass Louisiana am anderen Ende des Ganges hört, wie ich es einer anderen besorge. *Das hätte sie sein sollen! Sie, sie, sie.*

»Ja!«, ruft Sophia und kommt zitternd.

Scheiße, ich bin noch nicht so weit. Oder doch, bin ich, aber ich will mehr. Das hier, das reicht nicht. *Du weißt, warum, Grant. Weil die beiden Frauen nicht Louisiana sind.*

Wütend auf mich selbst nehme ich sie härter und komme auch. Aber ein Teil der Befriedigung bleibt aus. *Was für eine Glanzleistung!*

»Lust auf eine Dusche?«, frage ich.

»Gerne.« Kichernd verschwinden sie ins Bad und hoffen auf eine weitere Runde. *Perfekt. Bekommen sie.*

Ich fühle mich mies, weil ich Louisiana nicht vergessen

kann, aber: Scheiß drauf. Es ist ein offenes Geheimnis, dass ich mit allem schlafe, was sich anbietet. Das ist Teil meines Lebens. Die Benefits, wenn man Rockstar ist, der Bonus zu dem Haufen Schotter, den ich mit meiner Musik mache. Ich mag Sex, aber nicht Blondinen, die mit ihren Blicken meine Gefühle durcheinander bringen.

Die Nummer unter der Dusche ist noch schneller beendet als die im Bett, aber sie erfüllt ihren Zweck. Besser gelaunt kehre ich mit den Frauen zurück ins Wohnzimmer. Louisiana ist schon da, in neuen langweiligen, trockenen Klamotten. Die Art, wie sie meinem Blick ausweicht, verrät mir, dass sie genau weiß, was ich mit meinen Modeberaterinnen getrieben habe. *Gut so.* Ich bin kein Heiliger. Je eher sie das begreift, desto besser. Dann gibt es weniger Situationen wie die im Pool … Oder unter der Dusche … Oder im Studio … Weniger Situationen, bei denen sie mich verrückt macht.

»Kannst du als Nächstes die Schuhe durchprobieren?«, fragt sie.

»Kann ich«, antworte ich, ohne mich zu rühren.

»Würdest du es auch?«, gibt sie genervt zurück. »Oder willst du barfuß herumlaufen? Könnte schmerzhaft werden.«

»Weil du Reißzwecken vor meinem Bett verteilst?«

»Weil du feststellen wirst, dass du nicht immer über Wasser wandeln wirst, oh Heiliger St. Nate!«

»Sag bitte!«, fordere ich sie heraus.

»Nate!«, ruft sie nur und beendet den Schlagabtausch. *Spaßbremse.*

»Bitte, bitte«, flöten dagegen Lauren und Sophia, die mich plötzlich umschwirren, als wäre ich ihre Sonne.

Ich bringe den Rest der Anprobe hinter mich, lasse jemanden vom Housekeeping die Kleiderberge zu den Sachen für die Tournee schaffen und finde, ich war für heute anständig genug. Zeit, wieder unanständig zu sein. Mit meinen zwei neuen Freundinnen …

KAPITEL 5

Er ist erwachsen. Die Frauen sind erwachsen. Alle können tun und lassen, was sie wollen, ermahne ich mich, als Nate mit Lauren und Sophia abzieht. *Es stört dich kein bisschen, Lou. Nein, wirklich nicht, auf keinen Fall. Urgh, dieser Vollidiot.*

Immer wieder höre ich Stöhnen und Gelächter aus verschiedenen Ecken der Villa. *Das Reinigungsteam hat bei diesem Mann alle Hände voll zu tun, so viele Orte, wie er schändet!*

Obwohl es nicht mein Job ist, hänge ich die Sachen, die Nate nicht genommen hat, an die Garderobenständer und befestige Zettel, damit die Frauen wissen, dass die Teile zurückgehen.

Wieder Lachen. Stöhnen. Etwas fällt polternd um.

Nimmt er jetzt kein Hotelzimmer, sondern sein Zuhause auseinander? Was finde ich an dem Mann nur gut?

Mir juckt es in den Fingern, nach dem Rechten zu sehen. Ich könnte ihn daran erinnern, dass er nicht allein ist und dass man Rücksicht auf andere nimmt, sprich mich. Ich spare mir das. Bei unserem holprigen Start besteht die Gefahr, dass er gerade deshalb noch mehr Radau veranstaltet.

Mein Magen knurrt. Kein Wunder, mittlerweile ist es nach acht. Ich habe zuletzt was gegessen, bevor ich abgeholt wurde.

Ich gehe in die Küche und juble vor Glück, als ich einen vollen Kühlschrank und gefüllte Vorratsschränke mit allem, was gut schmeckt, vorfinde. *Wer auch immer für Nate einkauft, verdient einen Orden!* Ich richte mir eine Bowl mit Quinoa, Edamame, Linsen, Babyspinat und Blumenkohl an, setze mich und merke beim Essen erst, wie kaputt ich bin. Es ist nicht ungewöhnlich für mich, dass ich den ganzen Tag auf den Beinen bin. Ungewöhnlich ist, dass sich jeder Schritt wie eine Schlacht in einem Stellungskrieg anfühlt. In einem *heißen* Stellungskrieg. *Aber du hast gewonnen, Lou*, erinnere ich mich und muss grinsen. *Du hast aus Nate einen anständigen Kerl gemacht. Zumindest äußerlich.*

Wieder höre ich den Mann und die zwei Frauen herumschäkern.

Haben die ein Glück, dass Nate den Pelz los ist.

Gott, Lou, bist du etwa eifersüchtig?

Nein, auf keinen Fall.

Na gut, vielleicht ein bisschen. Allein bei der Vorstellung, wie mich ein rasierter, gepflegter Nate berührt, küsst, verführt … *Puh!* Ein Schauer durchdringt mich. *Klasse!*

Ich esse auf, stelle mein Geschirr in die Spülmaschine, verlasse die Küche so, als hätte ich sie nie betreten, und ziehe mich in mein Zimmer zurück.

Wieder lautes Lachen.

Rockstar müsste man sein!

Ich habe noch keinen Feierabend und setze mich an den Laptop, um die ausstehenden Sozialstunden zu organisieren. Für Vegas habe ich jetzt die Bestätigung. *Sehr gut.* Atlanta und San Antonio fehlen immer noch. *Verdammt!* Zum Glück habe ich einen Notfallplan. Mir wäre nur lieb, wenn ich nicht darauf zurückgreifen müsste, denn der wird Nate nicht gefallen.

Obwohl es spät ist, telefoniere ich so wie auch die letzten Tage weitere Träger ab. Bei einer Suppenküche scheine ich zunächst Glück zu haben. Bis sie bei der Andeutung, dass ein Prominenter kommt, durchdrehen. Die organisieren ein Fantreffen für Nate, keine Strafarbeit. Höflich, aber bestimmt beende ich das Gespräch. Neben den offiziellen Stellen, die ich damit durchhabe, recherchiere ich weitere Einsatzmöglichkeiten, bis es auf Mitternacht zugeht und ich aufgebe. Morgen geht es weiter. Morgen, wenn die Tournee startet ...

Ungewohnte Aufregung erfasst mich. *Wie albern!* Die meiste Zeit werde ich mich langweilen, nur um dann Nate einen kurzen Moment bei den Sozialstunden zu beaufsichtigen. *Krieg dich ein, Lou!*

Ich entferne mein Make-up und wasche mir meine vom Chlorwasser geröteten Augen noch mal aus. Morgen müsste es wieder gut sein. Danach dusche ich, putze mir die Zähne, ziehe mir einen Satin-Zweiteiler für die Nacht an, stelle mir den Wecker auf sechs Uhr und lege mich hin. Entfernt höre ich die drei anderen im Haus. Ich blende mit Ohrstöpseln, die ich immer dabeihabe, wenn ich auswärts übernachte, den Rest der Welt aus. Selige Ruhe umgibt mich, und ich spüre binnen Sekunden, wie mich der Schlaf einholt. *Herrlich!*

Mein Bett wackelt, und dröhnender Lärm erfüllt den Raum.
Was ist das? Ein Sturm? Ein Erdbeben? Ein verdammter Flugzeugabsturz direkt über meinem Schlafzimmer?!

Ich schrecke hoch, taste nach meinen Ohrstöpseln, stelle fest, dass ich sie noch trage, und zucke zusammen, als sich der Lärm verändert. Bis ich ihn identifizieren kann. Das ist eine Elektrogitarre. Und nur ein Mensch in diesem Haus weiß, wie man so ein Teil bedient.

Nicht sein Ernst!

Ich werfe einen Blick auf mein Handy. Es ist zwei Uhr nachts. Frustriert ziehe ich mir ein Kissen über den Kopf. *Weil das ja auch wie viel bringt? Nichts. Es sei denn, ich lege es darauf an zu ersticken.*

Mein Bett vibriert unter dem Klang einer Gitarre. Ich kann die Schwingungen der Musik spüren. Bei einem Konzert fände ich das toll, in meinem Schlafzimmer eher weniger. Ich fühle mich, als würde ich direkt vor einem Subwoofer campieren. *Womit habe ich das verdient?*

Plötzlich folgen ruhigere Töne. *Gott sei Dank!* Erleichtert kuschle ich mich in mein Bett. Gleich darauf setzt erneut der Lärm ein. Sofort schrecke ich wieder hoch.

Wütend klopfe ich an die Wand. *Wenn Nate schon meint, nachts Musik machen zu müssen, warum ist er nicht im Studio? Das hat eine schallisolierte Verkleidung.*

Quälende fünf Minuten gebe ich ihm, aber es ändert sich nichts. Ich stehe auf, binde mir die Haare nachlässig zu einem Knoten und krame in meinem Gepäck nach meinem Morgenmantel. Ich weiß, ich habe das Teil eingesteckt. Wieder lässt mich der Lärm bei einem Tonwechsel zusammenzucken.

Scheiß drauf!

Verdammt, seit wann fluche ich so derb? Das muss an der Müdigkeit liegen. Ich kann durchaus leidenschaftlich sein, aber: Ich. Fahre. Nicht. Aus der Haut! *Boah!* Es sei denn, die Wände wackeln, und es ist so laut, dass ich nicht mal meine eigenen Gedanken hören kann.

Ich sehe mich um, entdecke den Blazer, den ich morgen tragen wollte, ziehe ihn über und stürme zum Epizentrum der Ruhestörung, ins Wohnzimmer, wo Nate zwischen verschiedenen Gitarren sitzt. *Ganz der steinreiche sexy Rockstar!*

»Hey, was zum Teufel soll das?!«, fauche ich.

Er hört mich nicht. *Kein Wunder!* Er spielt wieder diesen furchtbar lauten Part, total in sich gekehrt. *Als wäre das die Mondscheinsonate!*

»Nate!«, schreie ich in einer Lärmpause.

Keine Reaktion. Verständlich, er hat AirPods in den Ohren, was ich bei genauerem Hinsehen erkenne. Hoch konzentriert verstellt er was am Instrument und schlägt weitere Töne an. Zumindest schätze ich, dass es ein Ton ist. Vielleicht ist es auch ein Akkord oder was weiß ich. Von Musik verstehe ich nichts. Aber ich verstehe jetzt, warum mich das aus dem Bett geworfen hat. Wir sind direkt unter meinem Zimmer.

Sauer reiße ich ihm die Kopfhörer aus den Ohren und werfe sie ihm in den Schoß. »Hey, kannst du das bitte lassen?«

Sein Blick verdunkelt sich. Ärger überzieht sein Gesicht, und Lust. »Abstand, Louisiana, schon vergessen?«

Ich weiche zurück. »Besser?«

Statt zu antworten, steckt er sich seine blöden Kopfhörer wieder ein und macht mit dem Krach weiter, als wäre alles geklärt. *Will er mich verarschen?* Ich fahre noch heftiger aus der Haut, sehr untypisch für mich, aber dieser Mann weckt diese Seite in mir. Ich reiße ihm erneut die Kopfhörer weg und behalte sie dieses Mal in der Hand.

»Gib sie mir zurück!«, knurrt er und funkelt mich hitzig an.

»Nein.«

»Ich habe mehr.«

»Hol sie, und ich nehm sie dir auch ab! Ich kann bei dem Lärm nicht schlafen.«

»Und?«

»Und?!« *Wie kann man nur so heiß und gleichzeitig so dämlich sein!* »Falls es dir entgangen ist: Wenn man zusammen wohnt, nimmt man Rücksicht auf den anderen. R-ü-c-k-s-i-c-h-t. Schon mal gehört? Brauchst du ein Wörterbuch, um die Bedeutung nachzuschlagen?«

»Keine Sorge, ich kenn den Begriff. Lauren und Sophia werden dir das bestätigen.«

»Ah, verstehe, du bist beim Sex rücksichtsvoll.«

Er zuckt mit den Schultern, als würde er sagen: *Da kann man nichts machen.* Aber sein Blick frisst mich auf.

»Also ist dein Penis netter als dein Verstand?«, rede ich weiter. »Wow, Nate, *das* spricht jetzt wirklich für dich!«

»Bisher hat sich noch niemand beschwert.«

»Bisher hattest du es auch noch nie mit gestandenen Frauen zu tun. Solltest du mal probieren. Könnte dein Leben auf den Kopf stellen.«

»Nur zu gerne, aber leider ist hier keine, sondern nur eine Furie, die mir kindisch die AirPods weggenommen hat. Her damit!«

Ich schwenke sie. »Du willst dieses Spielzeug? Vergiss es!«

Er mahlt mit dem Kiefer. Ein hübscher rasierter, kantiger Kiefer, aber das spielt jetzt keine Rolle. Abwartend starre ich ihn an.

»Falls es dir entgangen ist, ich bin Künstler, ich mache Musik. Morgen beginnt die Tour. Mir kam noch eine Idee, die ich an dem Baby ausprobieren muss.« Liebevoll streichelt er über den Gitarrenhals. *Schön für die Gitarre!*

»Mach das doch im Studio!« Genau dafür ist es da, damit der Rest des Hauses nicht in seinen Grundfesten erschüttert wird.

»Nein«, sagt er und streckt die Hand aus. »Her mit den Kopfhörern, letzte Warnung.«

»Sonst was?« *Dieser Mann wird mir wohl kaum ein Haar krümmen.*

Grobe Fehleinschätzung. Mit einem Satz springt er auf, wirbelt mich herum, stößt mich aufs Sofa, kniet sich über mich und löst den Kopfhörer aus meiner Hand. Berührt mich. Bringt mich wieder aus dem Konzept. *Mist.*

»Und jetzt raus hier!«, sagt er und rückt bereits von mir ab. »Es sei denn, du möchtest meinem Manager erklären, warum ich nicht vorbereitet bin.«

Oh mein Gott! Ich fahre mir über das Gesicht, die Haare, den Nacken, den Hals und brauche einen Moment, um zu verarbeiten, wie sich jeder Griff angefühlt hat. Dass er mir eben wieder so nah war und dass ich ihn küssen will. Erneut. Dass er quasi nackt ist, nur eine Unterhose trägt, nach Mann und Schweiß und Frauenparfüm riecht, als hätte er nach dem Sex nicht geduscht. Die Worte ›Jetzt raus hier‹ kommen zeitverzögert bei mir an. *Zu spät.*

»Louisiana Harper, ich hab dich gewarnt.«

»Was meinst du?!«

Die Antwort folgt prompt. So mühelos, wie Nate mich aufs Sofa gedrängt hat, so wirft er mich nun über seine Schulter.

»Lass mich runter!«

Er hört nicht auf mich, sondern stapft mit mir los.

Nate

»Hey! Lass das!«, protestiert Louisiana und trommelt auf meinen Rücken ein, als ich sie über meiner Schulter hängend vom Wohnzimmer in Richtung erste Etage trage.

Entschlossen packe ich sie fester und spüre dabei die makellose weiche Haut ihrer Beine. Beine, die zu einer Frau gehören, die mich verschlafen und ungeschminkt und in diesem sexy Satinfummel echt gaga werden lässt. Da hilft auch der Blazer nichts, den sie sich übergezogen hat. Ich konnte ihre Schlüsselbeine und ihren Brustansatz sehen, und ich will über beides lecken. *Was ist das mit dieser Frau und mir? Stundenlanger Sex ist nicht annähernd so befriedigend, wie sie jetzt zu berühren. Fuck!*

»Ich werde die Richterin darüber informieren«, faucht sie. *Mein sexy Wirbelwind.*

Juckt mich nicht. Im Urteil steht, ich muss bei den Maßnahmen mitspielen. Das habe ich. Entschlossen steuere ich die Treppe an. »Fein, rede mit ihr. Dann sag ihr aber auch, dass du dich nicht benommen hast.« Grinsend gebe ich ihr einen Klaps auf den Hintern. »Böses Mädchen.«

»Sehr witzig! Anders als du war ich die Professionalität in Person.«

»Also küsst du jeden Kunden?«

Sie schnaubt empört. »Du hast mich zuerst geküsst!«

»Außerdem hast du mich beim Styling belästigt.«

»Wie bitte?! In deinen Träumen!«

»Du hattest deine Hände auf mir, obwohl ich dir davor klipp und klar gesagt habe, du sollst mir fernbleiben.«

»Das war Teil des Jobs. Die anderen haben dich doch auch angefasst!«

»Und was war im Pool?«, rede ich einfach weiter.

»Was meinst du?«

»Du hast dich an mich geklammert.«

»Weil ich deinetwegen fast ertrunken wäre!«

Wir erreichen ihr Zimmer, und ich lasse sie herunter. »Gut, überzeugt, du warst ein braves Mädchen.«

»Lass den Quatsch!«, zischt sie, eindeutig kein Fan von Spielchen.

Wie könnte ich? »Sei weiter brav«, sage ich, schiebe sie in den Raum, nehme den Schlüssel und schließe die Tür. »Lass mich meinen Job erledigen.« *Und mach mich nicht ständig geil!*

Ich höre, wie sie an der Tür reißt, doch in dem Moment schiebe ich schon den Schlüssel von außen ins Schloss und sperre zu.

»Nate, was soll das!« Sie rüttelt an der Tür. »Mach auf!«

Kann sie vergessen. Ich habe zu tun und gehe.

»Das sag ich der Richterin!«, höre ich sie erneut ihre hohle Drohung ausstoßen, als ich schon an der Treppe bin. Ich ignoriere sie. *Es ist besser für uns beide.*

Im Wohnzimmer stecke ich mir wieder die Kopfhörer in die Ohren und will da weitermachen, wo sie mich unterbrochen hat. Leider kriege ich Louisiana nicht aus dem Kopf. Ich sollte sie nicht sexy finden. Aber ihr Satinfummel ist nach ihrem Spitzen-BH das aufregendste Kleidungsstück, das ich heute an ihr gesehen habe. Ich hätte nicht gedacht, dass sie so was besitzt. Ich hätte auf gepunktete Flanellsachen getippt. Doch dieser schimmernde Stoff, Spitze am Saum und dann dieser Duft, der sie umgeben hat ... *Wieso will ich sie so sehr?*

Let's fight hard and harder until we laugh.
Let's hurt each other until it's love.

Lass uns miteinander kämpfen, heftiger denn je, bis wir lachen.
Lass uns einander verletzen, bis unsere Herzen vor Liebe entfachen.

Fuck! Ich kann mich nicht auf den Job konzentrieren, weil ich jetzt weiß, was sie anhat und dass sie eine Etage über mir ist. Schlaflos. Mit zerzausten Haaren und immer noch vom Chlorwasser geröteten Augen, was diesen Klumpen in meiner Brust, der das Blut durch meine Adern jagt, nicht erweichen sollte, aber trotzdem irgendwas in Bewegung setzt. *Mitleid? Du spinnst doch, Grant!*

Ich zwinge mich zu ein paar Takten, aber das Gefühl bleibt.

Warum nur habe ich nicht daran gedacht, dass ich sie mit dem Lärm aufschrecke? Oder habe ich das unbewusst gewollt? Ganz sicher nicht.

Nachdem die beiden Stylistinnen weg waren, habe ich meine Sachen für die Tournee zu Ende gepackt und einfach das gemacht, was ich immer mache. Ich bin das gesamte

Konzert in Gedanken durchgegangen. Das Konzept steht, aber kleinere Änderungen sind noch möglich, und als ich diese eine Idee hatte, musste ich sie auf meiner Gibson ausprobieren. Wie laut das ist, merke ich nicht. Ohne Verstärker, finde ich, geht es auch. Aber klar, ein leises Murmeln gibt so eine Gitarre nicht von sich. Louisiana hatte jedes Recht, sich zu beschweren. Sosehr ich mich über sie ärgere, sosehr ärgere ich mich über mich selbst, dass ich Lou aus dem Bett gejagt und jetzt diese Bilder von ihr im Kopf habe.

Mist! Ich beiße mir auf die Zunge, weil ich schon wieder ihren Spitznamen gedacht habe. *Lou. Was für ein Blödsinn! Die Frau heißt Louisiana. Wie der Bundesstaat. Punkt.*

Ich lege ein völlig unnützes Gitarrensolo hin, um meine Gedanken zu übertönen. Es bringt exakt ... nichts. Sobald meine Finger über die Saiten streichen, denke ich an Louisiana und dass ich über ihre Haut fahren will. Ich will auf ihr spielen, jeden Quadratzentimeter von ihr erkunden und zum Vibrieren bringen. *Heilige Scheiße!*

Frustriert zwinge ich mich, an ihre spießigen Sachen zu denken. Ich habe keinen geheimen Fetisch für Frauen in Kostümen. Ich finde, das ist der größte Schwachsinn, den Menschen tragen können. Sich verkleiden für das Büro, um Respekt zu zeigen. Ich muss leise lachen. Meiner Meinung nach reicht es, komplett angezogen aufzutauchen. Mehr Respekt braucht die Welt nicht.

Ich muss an die Galaabende denken, wenn meine Eltern nach einem Konzert noch mit den Kulturschaffenden redeten und ich als Elfjähriger dabei sein durfte. Diese Borniertheit, diese Affektiertheit! Als wäre die Welt neu erfunden worden, dabei haben sie nur Klassik aufgeführt. Meisterwerke, die sich jemand anderes vor ein paar Hundert Jahren ausgedacht hat. Nichts gegen meine Eltern, sie haben mitgespielt, waren jedoch außerhalb der Konzerthäuser Hippies. Aber diese Kuratoren und Schirmherren ... Ich krieg das Kotzen, wenn ich nur an sie denke und daran, wie wichtig sie sich genommen haben. Hass steigt in mir auf, der gleiche Hass, der in meiner Musik liegt.

Wütend spiele ich das Stück mit der Änderung, bis sie mir gefällt. Als ich fertig bin, spüre ich tiefe Zufriedenheit und wie mit ihr endlich auch die Müdigkeit kommt. Ich gehe nicht ins Bett, sondern lasse mich einfach aufs Sofa fallen. Das Sofa, das nach ihr riecht ... Mmh ... Bevor ich mir einen runterholen kann, bin ich eingeschlafen.

»Hattest du Sex mit deiner Gibson?«, weckt mich Alex' Stimme.

Schlaftrunken blinzle ich meine Augen auf und sehe ihn und den Rest der Band neben dem Sofa stehen. Nachdem ich mich aufgerichtet habe, lasse ich meine Gitarre los und greife mir an den Schritt und meine Morgenlatte. »Klar, sie hat es mir richtig besorgt. Willst du auch mal? Sie hat es voll drauf«, frotzle ich zurück und tätschle das gute Stück. »Sei brav, Baby, und mach Daddy stolz.«

Brad lacht breit. »Immer noch der Alte.«

»Ja, natürlich, was dachtest du denn?«, sage ich und schlendere in die Küche, um mir Kaffee zu machen, mehr brauche ich morgens nicht.

»Ohne deine Haarmatte war ich mir nicht sicher ...«

Meine ...? Ich fahre mir über den Kopf und spüre die kurzen Haare. Für einen Moment hatte ich vergessen, was gestern passiert ist. Jetzt ist alles wieder da. Louisiana Harper, der Kuss, das Umstyling, die Frau im Satin-Schlafanzug. *Alles*. Ich bin wach und brauche keinen Kaffee mehr, aber bleibe bei meiner Routine. Weil nichts und niemand Nate Grant ändert. »Wart's ab, bis du meine neuen Klamotten siehst ...«, kommt mir über die Lippen, als würden die völlig von meinem bisherigen Stil abweichen. »Ich sollte mir vielleicht ein Namensschild umhängen, damit mich alle erkennen.«

»Angst, dass du kein Groupie abbekommst, das dir das Bettchen wärmt?«

»Ein bisschen.«

Ich nehme mir den Kaffee, hole mir von den neuen Klamotten ein paar für später ab und erkläre Shamar, dem Busfahrer, mit Handbewegungen, wo mein Gepäck steht, damit er es einlädt.

»Ich hab noch mal über die Eröffnung nachgedacht«, sage ich und schnappe mir die Gitarre von letzter Nacht. »Wir sollten den Auftakt ein bisschen ziehen. So ...« Ich spiele ein paar Takte, deute den Song an und lasse ihn verklingen. Dann wiederhole ich die Abfolge, pausiere, mache es wieder. »Was sagt ihr? Sie werden vor Ungeduld kreischen.«

Alex nickt mit dem Kopf die Takte nach. »Gefällt mir.«

Ich grinse wie ein Kind an Weihnachten. »Klasse! Was sagst du, Brad?«

»Sie werden dich hassen.«

Ich zeige auf mein Gesicht. »Wer kann diesem Lächeln lange böse sein?!«

»Nur Spaß, ich find's gut, machen wir.«

»Und ich werde nicht gefragt?«, beschwert sich Harvey.

»Du musst nur deine Stöckchen stillhalten, bis das eingeübte Intro kommt«, sage ich unserem Schlagzeuger.

»Oder ich mache das ...«, antwortet er und trommelt mit den Fingern einen Beat auf dem Küchentisch.

»Gut, du bist dabei.«

Ein angenehmes Kribbeln erfasst mich. Die Bühne ruft.

»Wie lange brauchst du, bis wir loskönnen?«, fragt Alex.

»Fünf Minuten«, sage ich. Ist ja schließlich nicht so, als müsste ich mir noch die Nägel lackieren.

»Also eine Stunde«, witzelt Harvey.

»Blödmann!« Beide wissen, dass ich pünktlich sein kann, wenn ich will. Das ist bei Konzerten immer der Fall. Ohne Ausnahme. Ich schwänze nur gerne alle anderen Termine, weil ich es liebe, die Zeitpläne der Spießer durcheinanderzubringen.

Ich stell die Tasse ab, greife mir die vorhin beiseitegelegten Klamotten und nehme die Treppe nach oben, um zu duschen.

»Hey, hallo! Hilfe!«, höre ich Louisiana hinter ihrer Tür rufen. Ihrer verschlossenen Tür.

Neues Verlangen durchdringt mich. *Fuck*. Ich mache mir nicht die Mühe aufzuschließen. Jede Minute ohne diese Frau ist eine gute Minute. Sie kann uns mit dem Flieger nachreisen. Nicht in meinem Tourbus. Das ist umständlich, aber nicht sonderlich gemein. Ich gehe in mein Zimmer, drehe die Musikanlage voll auf und stelle mich pfeifend unter die Dusche mit einem Klassiker von Oasis auf den Lippen. *Don't look back in anger ...*

KAPITEL 6

»Hey, hört mich denn niemand? Ich bin hier drin! Kann mich bitte jemand rauslassen?«

Halten wir fest: Das war die mit Abstand schlimmste Nacht meines Lebens. Heiß und viel zu kurz und frustrierend, und sie will immer noch nicht enden. So wie mich Nate nachts aufgeschreckt hat, so hat mich auch am Morgen ein weiteres ohrenbetäubendes Gitarrensolo geweckt. Egal, wie müde ich noch war. Ich habe meine Yogaroutine absolviert, geduscht und mir eine beigefarbene Stoffhose und eine hellblaue Bluse mit Nadelstreifen angezogen. Dann bin ich an der verschlossenen Tür gescheitert. Weil mich niemand rausgelassen hat. *Was soll das?!*

Im Haus höre ich Geräusche. Ich bin definitiv nicht allein. Frustriert rüttle ich an der Tür und rufe. Doch niemand befreit mich. Wagentüren gehen auf und schlagen zu. Von meinem Fenster aus sehe ich nicht den Vorplatz, aber dort müssen alle sein, um zur Tour aufzubrechen. *Hat mich Nate vergessen? Oder ist das Absicht? Denk nach, Lou!*

Ich nehme drei tiefe Atemzüge, durchwühle meine Sachen nach meinem Handy und rufe Ryan an. Dem Plattenlabel ist daran gelegen, dass die Abwicklung der Strafe reibungslos verläuft.

»Der gewünschte Gesprächspartner ist zurzeit nicht erreichbar. Bitte hinterlassen Sie eine Nachricht nach dem Signalton.«

Was?! Sollte er als Bandmanager nicht den Tourstart überwachen?

Mein Ärger hilft mir nicht. Ich sage ihm, dass Nate mich eingesperrt hat und mich jemand rauslassen muss, lege auf und rufe gleich danach bei Linda – kein Erfolg – und bei Max – ebenfalls kein Erfolg – an, nur um dann die allgemeine Nummer von Hurricane Florida Records zu wählen. Ein Freizeichen ertönt. Es klingelt und klingelt und klingelt … und draußen werden Motoren angelassen. *Verdammt!*

Warum habe ich mir solche Mühe gegeben, Nates Irrenhausfrisur zu retten? Ich hätte ihm einfach eine Glatze verpassen und mit Permanentmarker ›Schwein‹ auf den Hinterkopf krakeln sollen!

Ich lege auf, behalte das Handy wie eine Waffe in der Hand und rüttle noch mal an der Tür. *Als würde das was bringen!* Das Teil gibt keinen Millimeter nach.

Hastig trete ich auf den Balkon. Ich habe einen herrlichen Blick auf den Garten der Villa, aber der interessiert mich nicht. »Hilfe!«, schreie ich aus Leibeskräften. *Vielleicht hört mich einer der Angestellten?* »Ich bin hier eingesperrt!«

Nichts rührt sich, außer dass der Wind die Wasseroberfläche des Pools riffelt und weitere Geräusche zu mir trägt. Ein Fahrzeug fährt los. *Es. Fährt. Echt. Los.*

Mit dem Blick zur Seite, als könnte ich um die Ecke schauen, rufe ich wieder Ryan an. Ohne Erfolg. Wieder die Plattenfirma. Gleiches Ergebnis. Mir juckt es in den Fingern, Nate bei der Richterin zu verpfeifen. Ich sollte es tun.

Es wäre das Richtige. Aber was würde dann passieren? Das ist noch kein Verstoß gegen die Auflagen. Vermutlich würde Richterin Emerson mich nur vom Fall abziehen und ersetzen. Ich würde kein Geld verdienen. Das ist keine Option.

Verzweifelt wähle ich die Nummer von Vi. Sie meldet sich nicht, aber ich versuche es erneut. Sie hat ihr Handy immer neben dem Bett liegen und lässt es auch nachts angeschaltet. Ich habe sie oft genug ermahnt, das Ding auszuschalten. Jetzt bete ich, dass sie nicht auf mich gehört hat.

»Mmh?«, geht sie verschlafen ran.

»Gott sei Dank! Ich brauche deine Hilfe!«

»Echt?« Sie klingt wacher, und ich höre ein Lächeln in ihrer Stimme. »Wiederhol das, Schwesterherz.«

»Keine Zeit dafür«, sage ich hastig und spule meine Situation ab. »Nate Grant hat mich in meinem Zimmer eingesperrt, alle fahren gerade los, und ich muss hier rauskommen. Ideen?«

Virginia lacht vergnügt. *Schön, dass wenigstens eine von uns Spaß hat.*

»Das ist nicht lustig, Madame!«

»Ein bisschen schon.«

»Vi, ich schwöre, wenn du mir nicht sofort hilfst, gibt es Ärger.«

»Ja, Mama«, sagt sie lahm. »Lass mich kurz nachdenken. Du könntest die Feuerwehr holen.«

»Bis die hier ist, sind alle weg.«

»Die brauchen drei Minuten.«

»Ich habe keine drei Minuten!«

»Schrei doch nicht so! Ich bin nicht taub.«

»Vi, ich schreie gleich noch viel lauter. Wenn Nate mich

wirklich abhängt, muss ich das der Richterin melden, und mein Auftrag wird platzen. Was würdest du machen?«

»Gibt es was zum Aufbrechen der Tür?«

»Ich bin in einem Schlafzimmer, keiner Werkstatt.«

»Hey, ich mach hier Vorschläge. Es ist nicht meine Schuld, dass sie dir nicht helfen.«

»Sorry, weitere Ideen?« Ich habe Virginia angerufen, weil sie von meinen Schwestern die mit mehr Flausen im Kopf ist. California hat eine Unikarriere eingeschlagen, aber Vi arbeitet mit Kindern zusammen. Ihr Job ist, sich in die kleinen Racker hineinzuversetzen und sich kreative Spiele für sie zu überlegen. Ich finde nicht immer alles gut, was sie macht, doch genau jetzt könnte ich eine ihrer unkonventionellen Lösungen gebrauchen.

»Kannst du aus dem Fenster klettern?«, fragt sie.

»Nein!«, sage ich intuitiv, schaue aber zur Sicherheit noch über die Balkonbrüstung. »Gott, nein«, wiederhole ich nach einem Blick nach unten. *Ich erkenne eine dumme Idee, wenn sie vor mir steht. Das ist eine.*

»Wie hoch bist du?«

»Das sind bestimmt drei Meter.«

»Einen Sturz aus der Höhe überlebt man.«

Meint sie das ernst?! »Ich muss das aber nicht nur überleben, sondern unverletzt bleiben.«

Obwohl ich Vis Idee furchtbar finde, arbeitet es in mir. Es könnte klappen. Es gibt kein Regenabflussrohr, aber der Balkon steht auf Säulen. An einer davon könnte ich eventuell hinunterrutschen.

»Du bist sportlich«, redet Vi auf mich ein.

»Ich *war* sportlich«, erwidere ich. Ich mache zwar nach

wie vor Yoga, aber meine Cheerleader-Zeiten sind vorbei.

»Du sollst ja keinen Salto vollführen. Ich glaube, du schaffst das.«

Ein weiterer Motor springt an. So viele Fahrzeuge können nicht mehr da sein. *Wie lange dauert es, bis alle endgültig weg sind?*

»Also, das Vernünftigste wäre, die Polizei oder die Feuerwehr zu holen und deinem Rockstar nachzufahren«, sagt Virginia noch mal.

Sie klingt wie ich. Nur dass man mit Vernunft bei Nate nicht weit kommt. »Das wird nicht passieren«, sage ich und habe eine Entscheidung getroffen.

»Du kletterst also runter?«, rät meine Schwester.

»Ich habe keine Wahl.«

»Wow, aber die Story erzähle ich Cali zuerst, verstanden?«

Passt mir nicht, doch ich lasse ihr den Spaß und lege auf. Ich habe andere Probleme.

Ich stecke mein Handy ein, hänge mir meinen Team-Ausweis um, werfe meine flachsten Schuhe runter, schwinge mich über die Brüstung und stehe auf einem kleinen Vorsprung. Ohne Sicherungsseil. Ich schmeiße alle Bedenken über Bord, gehe in die Knie und lasse mich dann vorsichtig über die Kante gleiten. Sobald ich die richtige Position erreiche, schlinge ich die Beine um die Säule, umfasse das Teil mit den Armen und lasse mich erst langsam, dann den letzten Meter schneller hinunter. Stoff reißt, aber das ist mir gerade völlig egal. Sobald ich festen Boden unter den Füßen habe, schlüpfe ich in die Slipper und sprinte los. Ich umrunde das Gebäude und kann nicht glauben, dass ich tatsächlich den letzten Bus wegfahren sehe.

»Hey, wartet!«, rufe ich, winke und hüpfe.

Natürlich hört mich niemand.

Ohne zu zögern, laufe ich wieder los. *Diese Tournee fängt nicht ohne mich an.*

Noch fährt der Bus langsam. Erst wenn er das Grundstück verlässt, habe ich verloren. Also gebe ich alles, hebe im Laufen zwei Steine von der Einfahrt auf und werfe sie. Der erste verfehlt den Bus, aber der zweite trifft das Blech. Erst denke ich, keiner hat was gehört. Doch da halten sie. *Endlich!*

Ich verlangsame mein Tempo, und als die Tür zum Einstieg aufgeht, stütze ich mich außer Atem auf die Knie und hole Luft. *Das war knapp!*

»Du bist spät dran«, begrüßt mich Nate, während er gemütlich die Stufen herabschlendert.

Ich sauge dringend benötigten Sauerstoff in meine Lungen und hebe einen Finger als Universalzeichen, dass ich eine Sekunde brauche, bis ich was sagen kann, und verdammt, es gibt eine Menge zu sagen. Heißer Kerl hin oder her.

»Hopp!«, macht er nur.

Hopp?! Von allen Worten auf der Welt ist das das falsche. Ich bleibe stehen. »Was bin ich bitte für dich? Dein Haustier?«

»Du hältst alle auf.«

Mit diesem Satz verliert er jegliche Attraktivität für mich. »Ich?!« Wütend stürze ich mich auf ihn.

Nate

Ich hab's übertrieben. Das weiß ich, noch bevor sich Louisiana auf mich stürzt und so aussieht, als wollte sie mich umbringen. Ihr Gesicht ist krebsrot vom Sprint zum Bus, ihre Hose ist an der Innenseite aufgerissen, und darunter erkenne ich eine Schramme. Sie ist verletzt. *Fuck!*

»Beruhig dich! Es tut mir leid«, sage ich.

Sie denkt nicht daran. »Du hast mich eingesperrt. Wie eine Gefangene! Du hast genau gewusst, dass ich nicht rauskann. Du hast nicht mal jemandem Bescheid gesagt. So was tut man nicht. Ich hab gerufen. Das musst du gehört haben. Aber du hast mich mit Absicht ignoriert.«

Habe ich. In dem Moment fühlte es sich gut an, als hätte ich mich eines schwerwiegenden Problems elegant entledigt. Jetzt kommt es wie ein Bumerang zurückgeflogen, und ich bereue es. Ich greife ihre Handgelenke, damit sie sich abregt. Sie schert sich nicht darum, holt mit dem Knie aus. Gerade rechtzeitig weiche ich aus und bekomme den Stoß am Oberschenkel ab. Dabei wäre der Tritt in die Eier verdient gewesen.

Wir kommen uns näher – näher, als gut für mich ist. Sie trägt die angerissene Stoffhose und eine Bluse, ihre langweiligen Sachen, aber sie sieht gar nicht langweilig aus. Je heftiger sie aus der Haut fährt, desto mehr will ich sie. *Warum passiert das immer wieder bei ihr?*

Ich pinne sie mit meinem Körper am Bus fest. Alles daran erinnert mich an den Moment im Studio. »Es tut mir wirklich leid, Baby«, raune ich ihr mit belegter Stimme zu. Ich kann die Hitze zwischen uns spüren. Ihr Duft steigt mir in die Nase. *Wie lange halte ich es aus, mich zu benehmen? Bei ihr? Keine Ahnung.*

»Ich bin nicht dein Baby«, zischt sie.

Fuck, noch als sie es sagt, weiß ich, dass das nicht stimmt. Zwischen uns ist was. Sie will mich zurechtweisen, aber es hat den gegenteiligen Effekt. Je mehr Feuer sie zeigt, desto mehr will ich von ihr. Sie ist so anders als jede Frau, die ich kenne. Erst, als hätte sie alles unter Kontrolle, dann komplett außer Kontrolle. Eine sexy gefährliche Mischung. Die ich nicht brauche.

»Scht«, flüstere ich ihr zu und erschauere, als meine Lippen ihr Ohr berühren. Für eine Sekunde hält sie inne. Ich kann Gänsehaut an ihrem Hals sehen. Dann folgt die nächste Explosion.

»Scht?«, äfft sie mich nach. »Bei wem funktioniert das? Dreijährigen?«

Ich muss grinsen. Bei ihr. Es funktioniert bei ihr. Ich merke es an der Art, wie sie plötzlich stillhält, an einem frustrierten Laut, der ihr entweicht, als würde sie sich über sich selbst ärgern. Daran, wie schnell ihr Atem geht und ihr Herz rast.

Lass sie los, Grant, sage ich mir.

Doch meine Hände spielen nicht mit.

Na ja, die eine löst sich von Louisianas Händen, aber

nur, um ihr durch die Haare zu fahren. Sie sind jetzt wild und offen, was ich zum ersten Mal so sehe, und der Anblick haut mich um. Dabei hatte ich mehr Blondinen im Bett, als ich zählen kann. Die hier ist anders. *Warum?*

Sie schlägt mir mit der flachen Hand gegen die Brust. Gleich darauf krallt sie sich in mein Shirt, wütendes Verlangen in ihrem Blick.

Scheiße, es passiert wieder. Ihr ist das genauso klar wie mir. So wenig wir es gestern verhindern konnten, so wenig können wir uns auch heute dem Sog entziehen.

»Denk nicht mal dran«, haucht sie finster, leckt sich aber die Lippen.

»Ladies first.« Sie soll sich mir zuerst entziehen.

Tut sie nicht, als ich mich noch näher zu ihr beuge. Die Welt schrumpft auf sie und mich zusammen.

»Ich bin immer noch sauer auf dich«, sagt sie und holt tief Luft, als meine Lippen ihre Stirn streifen.

»Mir tut es immer noch leid.«

»Wenn du mich küsst, wird das nichts ändern.«

»Ich kann trotzdem nicht anders.«

»Wenn ich dich küsse, ändert das auch nichts«, sagt sie. »Ich hasse dich.«

»Ist okay, Baby.« Ihr Duft steigt mir in die Nase. *Ist mehr als okay. Hauptsache, die bist bei mir.*

»Du hast dich echt mies benommen.«

Ihr Tonfall missfällt mir. »Wäre es dir lieber gewesen, ich hätte mich zusammen mit dir in deinem Zimmer eingeschlossen?« Sie stöhnt erregt, kehlig, heiß. *Besser!* »Oder ich hätte dich nicht nur in dein Zimmer eingesperrt, sondern an dein Bett gefesselt?«

Sie hält still. »Das macht man nur mit Männern, denen man vertraut.«

Unsere Blicke treffen sich. »Mir vertraust du nicht?«

»Keine Sekunde.«

»Dann lauf!«

»Ich kann nicht weg. Geh du!«

»Ich kann auch nicht.«

Nur Millimeter trennen uns, wir wollen beide den Kuss.

»Habt ihr genug rumgeknutscht, sodass wir endlich loskönnen?«, kommt Alex polternd aus dem Bus und bricht den Bann. Ich weiche zurück, als hätte ich mich verbrannt.

»Wenn es nach mir geht, sind wir startklar«, sage ich.

»Ich muss noch meinen Koffer holen«, antwortet sie.

»Sicher, aber beeil dich!«

Alex stößt mir in die Seite. »Willst du ihr nicht helfen?«

»Sehe ich so aus?«, knurre ich und steige in den Bus. Ich rechne damit, dass er nachkommt. Zu meiner Überraschung sehe ich ihn mit ihr gehen. Ihr helfen. Zwischen ihnen sieht alles locker und leicht und entspannt aus. *Fuck, wie mich das nervt.*

»Hast du sie echt in ihr Zimmer eingesperrt?«, fragt mich Harvey.

»Schnauze!« Ich will darüber nicht reden, ich bereue die Aktion schon. Sie war kindisch und dumm.

Aus dem Nichts landet seine Faust in meinem Gesicht. Es ist ein Glück, dass nichts bricht, wenn man bedenkt, welche Kraft er als Drummer hat.

»Au, sag mal, spinnst du?!«, zische ich und taste meine Augenbraue ab, die sich für den Schmerz, den ich spüre, erstaunlich intakt anfühlt.

»Das war für sie.«

»Er hat es nicht zugegeben«, sagt Brad.

»Er hat es aber auch nicht abgestritten.«

Brad sieht mich an. »Also stimmt es? Warum machst du so einen Scheiß?«

»Geht nur sie und mich was an.«

»Ach ja? Was, wenn sie zur Richterin läuft? Wenn du ins Gefängnis musst, können wir die Tour absagen.«

»Das wird nicht passieren.«

»Warum bist du dir da so sicher?«

»Weil ich mich bei Louisiana entschuldigt habe!«

»Genauso reumütig, wie du gerade klingst? Na, jetzt bin ich erleichtert.«

»Leck mich, Brad!« Die Nummer ging ja wohl nur Louisiana und mich was an, nicht ihn.

»Das ist alles?«, blafft er. »Bring das mit ihr richtig in Ordnung.«

Als wäre das so einfach! »Alex kümmert sich doch darum.«

»Alex ist aber nicht ihr Auftrag.«

»Könnt ihr mich einfach in Ruhe lassen?« Ich schnappe mir meine akustische Gitarre, ein Modell, das ich besitze, seit ich drei Jahre alt war, nehme Platz und versuche, mich mit dem Stimmen der Saiten zu beruhigen.

»Kannst du dich wie ein Erwachsener benehmen?«

»Könntet ihr mich *bitte* in Ruhe lassen?«

»Das macht natürlich den Unterschied!«

»Falls es keinem von euch auffällt: Ich reiße mich echt zusammen.« Angepisst zeige ich auf meine kurzen Haare und zupfe symbolisch an meinem Shirt. »Und nur fürs Protokoll: Es hätte genauso gut euch treffen können. Ihr wart bei jedem Fehltritt dabei. Also seid dankbar, dass ich das hier für uns alle ausbade, und benehmt euch mal schön selbst.«

Sauer widme ich mich meiner Gitarre. Aus dem Augenwinkel sehe ich, wie Brad und Harvey anfangen, im Bus aufzuräumen. *Weil das ja auch den Unterschied macht!*

Meine Laune bessert sich nicht, als Alex und Louisiana zurückkommen. Gleich ist sie mir wieder zu nah und treibt mich in den Wahnsinn.

»Lass mich dir mit dem Gepäck helfen«, höre ich sein Angebot durch die offene Tür.

»Das musst du nicht«, winkt sie ab und rollt ihren Koffer näher. »Ich bin es gewohnt, mich selbst darum zu kümmern.«

»Ich bestehe darauf.«

»Wie du meinst ...« Louisiana steigt in den Bus, in einem neuen Outfit. *Shorts.* Ich meine ... wirklich unverschämt kurzen Shorts, so knappen, dass die Innentaschen unter dem Saum rausschauen. Dunkel ist mir bewusst, dass das hip ist. Ich sollte aufatmen. Die Frau lebt also nicht nonstop in einem Paralleluniversum, sondern weiß sich altersgerecht zu kleiden. Seltsamerweise passt mir auch das nicht.

Alex hievt den Koffer im Bus in eine Ecke zwischen Sofa und Schrank, und Louisiana sieht sich irritiert im Inneren um, als hätte sie nummerierte Sitzreihen erwartet. *Überraschung! Mein Bus ist ausgestattet wie ein fahrendes Hotel mit jedem erdenklichen Luxus, einem integrierten Bad, einer voll funktionsfähigen Küche, einem gut gefüllten Kühlschrank und einem Schlafzimmer mit einem saubequemen Bett.*

»Komm hierher«, sagt Brad wie ein Welpe, der Streicheleinheiten seiner Besitzerin will, und klopft auf den Platz neben sich.

»Danke.« Louisiana setzt sich und behandelt mich wie Luft. Eigentlich sollte mich das freuen, das Gegenteil ist der Fall. Sie hat mich fast wieder geküsst, jetzt tut sie so, als wäre ich das widerlichste Wesen auf dem Planeten.

Alex gibt unserem Fahrer Shamar Bescheid, dass wir vollzählig sind, und wir brechen auf. Aber ich kann mich nicht entspannen. Mein Bassist setzt sich zu ihr, schnallt sich an, zeigt Louisiana, wo die Gurte sind, und öffnet einen Erste-Hilfe-Koffer. Er fährt mit dem Tupfer über eines ihrer Beine. Das mit der Schramme und vermutlich der Grund, warum sie die Shorts aus der Hölle und kein weiteres Exemplar ihrer Stoffhosen mit Bügelfalte trägt.

In mir breitet sich ein Ziehen aus, das mir nicht gefällt. *Schuldgefühle. Und Eifersucht.*

»Ich leg mich hin«, sage ich. Wenn ich Louisianas nackte Beine nur eine Sekunde länger ansehen muss, drehe ich durch, weil ich verdammt noch mal berühren will, was Alex berührt. Und ich schwöre, sie weiß das. Sie ist viel durchtriebener, als sie tut.

Come closer, let me show you how much I care,
kissing you hard although it's not fair.

Lass mich dir zeigen, wie sehr ich dich mag, komm näher.
Ich küsse dich heftig und weiß, es ist nicht fair.

Fuck, fuck, fuck. Was passiert mit mir?

KAPITEL 7

Lou

»Au!«, zische ich, als Alex mit Alkohol über die Schramme auf meinem Bein tupft. »Lass das! Das ist doch unnötig. Es ist nur ein Kratzer.«

»Den du von der Flucht über einen Balkon hast«, sagt er, und ich höre heraus, wie sauer er auf Nate ist und wie dumm er es von mir findet, diesen Stunt hingelegt zu haben. Damit ist er nicht allein. Vi hat Cali alles gepetzt, und die wiederum spricht mir seitdem die Mailbox voll.

Brr. Wieder eine Nachricht.

Mit einem entschuldigenden Lächeln höre ich sie ab. »Wie würde es dir gefallen, wenn ich mich aus dem Fenster meines Universitätsgebäudes abseile? Ohne Kletterequipment! Wie konntest du nur auf Vi hören? Ich hätte dir erklären können, wie du aus deinen Kosmetikprodukten eine Chemiebombe baust, die dein Schloss aufsprengt. Alles total easy und harmlos. Das hab ich vor Kurzem gelesen. Wenn du noch mal so was machst, lasse ich dich auf deinen Geisteszustand hin untersuchen.«

Ich muss lachen. *Seit wann ist sie so temperamentvoll?*

»Sie hat recht«, sagt Alex.

Ich muss lauter lachen, und es stört mich nicht, dass er gelauscht hat. »California ist ein Bücherwurm und so ziemlich der unsportlichste Mensch auf Erden. Sie hat noch nie Klettergeschirr angefasst. Es wundert mich, dass sie überhaupt weiß, was das ist.«

»Hätte ihre Variante mit der Kosmetik funktioniert?«

»Ich denke, ja. Sie ist richtig schlau. Falls in einem Buch steht, wie man aus Haarspray, Schaumfestiger und Duschgel eine Bombe baut, hätte sie die Anleitung in zwei Sekunden nachbauen – au!« Ich zucke zusammen, als Alex mit einem frisch getränkten Wattepad über die Schramme fährt.

»Du hast echt Glück, dass du dir nicht mehr getan hast.«

»Ich war mal Cheerleaderin, ich hab schon schlimmere Manöver überstanden.«

»Mir tut das alles wirklich schrecklich leid.«

»Das sagst du zum hundertsten Mal.« So wie er überhaupt den ganzen Weg zur Villa und zurück unglaublich nett war und angeboten hat, mir meine kaputte Hose zu ersetzen, etwas, was die Plattenfirma machen wird. Die Geste rührt mich dennoch. Da kann sich Nate eine Scheibe von abschneiden.

»Ich meine das ernst. Nate baut öfter Mist, aber nicht so was.« *Schwer vorstellbar.*

Alex ist fertig und beginnt, zig Pflaster über die Schramme zu kleben, bis gefühlt die halbe Packung mein Bein ziert. Unnötig, aber für den Moment lasse ich sie drauf. Manche Pflaster braucht der Verletzte und manche der Versorgende. »Es ging ja gut aus.«

»Brauchst du was?«, fragt mich nun auch Harvey, der Kerl mit den kräftigen Oberarmen und dem sehr gepflegten Männerdutt, der Nate mit seiner Zottelmähne mal hätte Tipps geben sollen.

»Danke, ich hab alles. Mir fehlt nur Schlaf.« Die Nacht war zu kurz, der Morgen zu hektisch, und der Tag wird zu lang. »Oder habt ihr Kaffee?«, füge ich hinzu. »Viel Kaffee.«

Auf Harveys fragenden Blick hin, warum ich so fertig bin, erklärt Alex: »Nate hat die halbe Nacht an diesem Riff gearbeitet.«

»Und?«

»Nicht im Studio, sondern direkt unter ihrem Schlafzimmer.«

»Fuck, er nimmt das echt nicht ernst«, grollt Brad und stellt sich damit als Dritter auf meine Seite. *Süß, die Jungs!* »Wenn wir seinetwegen nicht auftreten können ...«

»Schon okay. Ich habe der Richterin nichts gesagt, im Groben spielt Nate ja mit. Wir fahren, ich bin hier, er ist hier, nichts passiert.« Seufzend lehne ich mich zurück, da knurrt mein Magen. »Nur Frühstück wäre toll«, gebe ich zu.

»Das lässt sich einrichten«, sagt Brad.

»Ehrlich?« Ich kann es nicht glauben.

Statt zu antworten, öffnet er die Tür einer Kommode und zeigt mir einen eingebauten Kühlschrank ... und öffnet noch mal eine Schublade, und eine verbaute Espressomaschine kommt zum Vorschein.

»Oh mein Gott, ich krieg Cappuccino?« Ich klinge, als hätte sich die Erde aufgetan und Jesus wäre mir erschienen. Meine Laune klettert sofort um zweihundert Prozent nach oben.

»Kriegst du«, sagt Harvey. *Mein Held.*

»Hey, ich wollte das machen«, mault Brad.

»Nicht streiten, Jungs.« Plötzlich fühle ich mich wie die ältere Schwester, eine Rolle, die ich sehr gut kenne. »Einer bitte den Cappuccino, der andere gerne was zum Essen.«

»Waffeln?«, fragt Harvey vorsichtig.

Sehe ich so aus wie eine der Frauen, die keinen Zucker isst? »Oh mein Gott, ich liebe dich. Ja, Waffeln!«, quietsche ich begeistert.

»Geht es noch lauter?«, kommt da von hinten aus dem Bus. Sofort schlägt mein Herz schneller.

»Fick dich, Nate«, gibt Alex nur zurück, grinst mich an und räumt die Erste-Hilfe-Box weg. Ich schaue Harvey und Brad auf die Finger.

»Den Cappuccino doppelt oder einfach?«, fragt Brad.

Wow, das ist, als würde man mich fragen: Willst du den Himmel oder die Sterne? »Doppelt«, sage ich.

»Mit normaler Milch oder was anderem?«

»Hafermilch, wenn ihr welche habt.«

»Nein«, ruft Nate von hinten. »Niemand rührt meine Milch an.«

»Also Mandelmilch«, sagt Brad laut, aber nimmt mit einem Zwinkern die Hafermilch und fügt leise hinzu. »Geschieht ihm recht.«

»Wird der Racker ungemütlich, wenn er nicht seine Hafermilch bekommt?«, witzle ich.

»Nicht mehr als sonst«, antwortet Alex lachend.

»Dann bitte extra viel.« *Eine kleine Rache muss sein.*

Brad kümmert sich um meinen Kaffee, während Waffelaroma den Bus erfüllt. Sie müssen nur warm gemacht werden, trotzdem riechen sie göttlich, und mein Tag wird definitiv besser. Ich frage mich, wie viele von Nates Fehltritten seine Band schon abgefedert hat und was mit Nate nicht stimmt, dass er so ein Arschloch ist.

»Brauchst du sonst noch was?«, fragt Brad, als ich an

meinem Kaffee nippe und parallel Waffeln in mich reinstopfe, als könnte sie mir jemand streitig machen. Eine schlechte Angewohnheit aus der Kindheit, als für meine kleinen Schwestern das Wort Teilen ein Fremdwort war.

»Also, eine Fußmassage wäre ...«, beginne ich, aber winke ab, als Alex sich tatsächlich anschickt, mir eine zu geben. »Danke, ich hab alles.«

Harvey und Brad schauen mittlerweile Videos auf dem Handy, Alex bleibt bei mir sitzen. »Hast du öfter solche Jobs?«

»Nein, das ist mein erster. Ich bin eigentlich Aufräumexpertin.«

Alex verzieht das Gesicht, als hätte ich gestanden, ich hätte eine ansteckende Krankheit. *Lustig!* »Wie bist du denn dazu gekommen?!«, fragt er.

»Das ist einfach das, was ich kann. Ich hab mir mit Reinigungsaufträgen das Studium finanziert. Als ich immer mehr damit verdient habe, war klar, dass ich den Abschluss nicht brauche. Ich hab das Studium abgebrochen und mich selbstständig gemacht.« *Beste Entscheidung meines Lebens.*

»Beeindruckend.«

»Eigentlich nicht. Es war der logische Schritt.« Ich verkneife mir ein schläfriges Gähnen, weil der warme Kaffee, das süße Essen und die kurze Nacht ihren Tribut fordern. »Entschuldige. Wäre es okay, wenn ich ein bisschen schlafe?«

»Natürlich.«

Wir lächeln uns an, und zum ersten Mal fühle ich mich wohl in diesem Job. Ich weiß, dass Alex, Brad und Harvey einiges auf dem Kerbholz haben. Aber wenn normale

Menschen in ihrer Nähe sind, benehmen sie sich. Sie sind seit über zehn Jahren eine Band und damit schon lange keine Teenager mehr. Irgendwie scheint nur der eine von ihnen das Memo nicht bekommen zu haben.

Ich suche an meinem Sitz nach dem Knopf, um die Lehne zurückzustellen, und seufze, als ich zurücksinke – drei Zentimeter. *Nicht viel, aber besser als nichts.*

»Du kannst dich auch hinten hinlegen«, sagt Alex. »Da gibt es ein richtiges Bett, und es ist dunkel.«

»Kann sie nicht!«, ruft Nate.

»Ich denke, du schläfst«, brüllt Alex zurück. »Sie kann auf jeden Fall hinten schlafen, oder willst du Ärger mit mir?«

Ein Knurren ist die Antwort.

»Es geht schon!«, sage ich und suche nach einer bequemen Position. *Ist nicht mein erstes Nickerchen im Sitzen.*

»Angst vor Nate?«

»Er hat mich eingesperrt.« Mein Maß für Konfrontationen ist voll.

»Stimmt. Aber keine Sorge, wenn er jetzt was versucht, retten wir dich.«

Meint er das ernst? Ich will nicht nach hinten zu Nate. Er klingt wie ein Raubtier, das seine Höhle mit Klauen und Zähnen verteidigen wird. Das heißt, ich will schon nach hinten, um zu schlafen, aber ich weiß auch, dass dann gleich wieder dicke Luft herrscht. *Und dieses Knistern zwischen uns.*

Erwartungsvoll schaut Alex mich an.

Verdammt, die Aussicht, mich ausstrecken und Schlaf nachholen zu können, ist einfach zu verlockend. Wir sind auf dem Weg nach Atlanta und mindestens zehn Stunden unterwegs. Je mehr ich davon ruhe, umso besser. Ich bin mir ziemlich sicher, dass ich bei diesem Mann am Abend meine Energie brauchen werde.

»Na gut«, gebe ich nach, schnalle mich ab und laufe, mich an den Seitenflächen festhaltend, im Bus nach hinten.

Ich durchquere eine Tür, und dahinter sind die Fahrgeräusche deutlich leiser. Irritiert schaue ich auf ein breites Doppelbett, auf dem Nate demonstrativ in der Mitte liegt, wie ein Krake, der jeden Winkel besetzt.

»Wo kann ich mich ... huch!« Ich schwanke, als der Bus abrupt die Spur wechselt. Halt suchend greife ich nach dem Erstbesten, was ich zu fassen kriege. Luft. Ich lande auf dem Bett und auf Nate. Wir sind uns wieder viel zu nah. Sein stechend blauer Blick bohrt sich in mich. Ich kann ihn riechen, seine Hitze spüren. Ich will nicht daran denken, ihn zu küssen, aber gerade weil ich es nicht will, ist der Gedanke wieder da. *Was ist das nur?*

»Kannst du nicht aufpassen!«, blafft er und schiebt mich von sich runter, als wäre ich giftig.

»Wieso denn? Ich bin genau da gelandet, wo ich landen wollte: auf dir. Da siehst du mal, wie es ist, wenn man nicht wegkann.«

»Ich hatte mich entschuldigt.«

»Das heißt aber nicht, dass du mich gleich wieder anranzen kannst. Das eben war ein Missverständnis. Keine Sorge, ich hab die Bruchlandung nicht genossen. Was du immer abziehst, steht auf einem anderen Blatt. Außerdem habe ich dir die Nummer letzte Nacht noch lange nicht verziehen.«

»Was willst du? Rote Rosen? Geld? Schokolade?«

Gott, Nate ist wie ein in die Jahre gekommenes Kind! Ich

verdrehe nur die Augen. »Du hast echt keine Ahnung von Frauen!«

»Dann klär mich auf. Was willst du?«

»Aufrichtigkeit. Wie wäre es mal damit?« Vorsichtig rücke ich ab. »Besser, ich geh wieder nach vorne.« Ich verkneife mir ein Gähnen und rapple mich hoch. »Ich bin doch nicht so müde.«

Nate steht mit einem Seufzen auf. »Nein, leg dich hin, ich gehe.«

»Ich wollte dich nicht vertreiben.«

»Legst du dich jetzt hin oder nicht?«

Nett wie immer. »Danke«, murmle ich.

Er verdreht die Augen. Ich habe keine Energie für einen Kommentar, und in dem Moment, als mein Rücken die weiche Matratze trifft, verpuffen alle negativen Gedanken. Dunkel ist mir bewusst, dass das Nates Bett ist. Ich wette, er hatte hier schon zig Frauen. Jetzt hat er mich. Die Erste, die nicht mit ihm schlafen will.

Ich drehe mich auf die Seite, suche eine bequeme Position, rücke mir das Kopfkissen zurecht, das unangenehm sexy nach Nate riecht, und bemerke, dass er noch an der Tür steht. »Was ist los?«, frage ich.

Mit dem Kiefer mahlend sieht er mich weiter an.

»Nate?!«

Er gibt sich einen Ruck, reißt einen Schrank auf und wirft eine Decke zu mir aufs Bett. »Nimm die, wenn dir kalt wird, und sabber nicht mein Kissen voll, kapiert?«

Damit stürmt er raus, und ich brenne.

War er echt von sich aus nett? Warum ist er so?

Nate

Was los ist, Louisiana? Du bist los!

Ihr Anblick hat sich in meine Netzhaut eingebrannt. Diese Frau in ihrer superkorrekten Nadelstreifenbluse und den unpassend kurzen Shorts, in denen ihre Beine ellenlang wirken, wie sie sich in mein Kissen gekuschelt hat. *Ge! Ku! Schelt!* Es gibt nur eine Sache, die attraktiver ist als eine sexy Frau. Eine Frau, die nicht weiß, wie verflucht heiß sie ist. Und eine, die noch dazu Paroli bietet und Feuer hat und so viel mehr ist, als ihre glatt polierte Fassade vermuten lässt. Sie ist wie ein langweiliger grauer Gebirgsstein, in dessen Innerem sich ein Edelstein verbirgt. Einmalig und wundervoll.

»Hast du sie umgebracht?«, witzelt Alex, als ich nach vorne komme.

»Natürlich«, sage ich. »Problem erledigt.«

Statt mich zu den Jungs zu setzen und Serien zu schauen, verschwinde ich ins Bad und stelle mich unter die Dusche. Unterwegs ist der Wasserdruck schwach, aber für eine Abkühlung reicht er. *Und Gott, die brauche ich jetzt!*

Ich ziehe mich aus, drehe das Wasser eiskalt auf und atme durch, als die Hitze, die die Begegnung eben in mir ausgelöst hat, auf ein erträgliches Maß schrumpft. Meine

Laune verändert sich nicht. Der Tourbus ist definitiv zu klein für uns beide. Als ich fertig bin, gehe ich auf größtmöglichen Abstand und setze mich vor zum Busfahrer.

»Alles okay?«, fragt Shamar irritiert, weil ich das noch nie gemacht habe, und stellt seine jamaikanische Musik ab, als dürfte sie hier nicht laufen.

»Wie lange brauchen wir noch bis Atlanta?«, frage ich und stelle die Musik wieder an, sie ist eine nette Abwechslung zu meinem Leben.

»Wenn der Verkehr so bleibt, sieben Stunden.«

Ich fluche leise. Normalerweise schreibe ich unterwegs an neuen Songs, spiele auf der PlayStation, schaue fern, erledige Arbeit. Die Zeit vergeht immer wie im Flug. Sieben Stunden fühlen sich aber plötzlich wie eine Ewigkeit an. Vor allem mit *ihr* in meinem Bett. Allein bei dem Gedanken wird mir wieder heiß. Die Dusche hätte ich mir sparen können.

»Wo sind die anderen Busse?«, frage ich und meine die Schiffe von Alex, Brad und Harvey, die ohne sie losgefahren sind, weil die drei unbedingt bei mir abhängen wollten.

Shamar tippt auf ein Display, und auf einer Karte tauchen mehrere rote Punkte auf. »Sie haben etwa eine halbe Stunde Vorsprung. Ich schätze, das krieg ich noch rausgefahren.«

Als wäre das meine Sorge! »Kannst du mit den anderen Fahrern reden?«

»Klar.«

Ich zeige auf den roten Punkt, der uns am nächsten ist. »Kannst du mit dem ausmachen, dass er auf dem nächsten Rastplatz halten soll?«

»Sicher, kann ich, und dann?«

»Dann halten wir da auch.«

Er stutzt, hat mehr Fragen, sagt aber nur: »Okay.« *Kompetenter Kerl!*

»Alles klar?«, fragt mich Alex und mustert mich irritiert, als ich wieder nach hinten komme. Dabei ist das mein Bus, und ich kann mich in dem Teil ja wohl bewegen, wie ich will.

»Ich könnte einen Blowjob gebrauchen. Interesse?«, feuere ich zurück.

»Ein andermal.« Er lacht dreckig. »Ich hab gerade Louisiana vernascht.«

Mir entgeht nicht, wie er mich beobachtet, als wollte er testen, ob die Provokation sitzt. Ich bin mir zu einhundert ... na gut, zu neunundneunzig Prozent sicher, dass er mich aufzieht. Aber das eine Prozent nervt mich. *Klasse.*

»Und wie war sie?«

»Sexy unerfahren. Wie sie da zwischen meinen Beinen saß und mich von unten mit ihren großen hellblauen Augen ansah, während ich ihre hübschen blonden Haare in meiner Faust hatte und bestimmt habe, wie sie mich nehmen muss. So gehorsam, so brav, so –«

Mir ist egal, wie seine Lobeshymne weitergeht, meine Faust fliegt auf Alex' Gesicht zu, bevor ich selbst weiß, was ich da tue. Ich packe ihn am Kragen, zerre ihn von seinem Platz und verpasse ihm den nächsten Haken, da schützt er sich leider schon und die anderen halten mich zurück.

»Wir teilen doch alles«, witzelt Alex und sieht mich sehr genau an.

»Nicht sie«, grolle ich überraschend besitzergreifend.

»Oh, willst du sie für dich alleine?«

Ich versuche, mich aus Harveys und Brads Griffen zu befreien, aber sie halten mich zu fest. »Red keinen Blödsinn!

Ich will sie so dringend haben wie einen Pickel am Hintern«, sage ich mir wieder und wieder.

»Warum kümmert dich dann, ob sie meinen Schwanz gelutscht hat?«

Mir liegt eine Menge Scheiß auf der Zunge, die ich ihm antworten kann, aber ein Rest Intelligenz bringt mich dazu, ihn zu ignorieren. Ich will nicht über Louisiana reden, an Louisiana denken, geschweige denn ihren Duft in der Nase haben. *Sie passt nicht zu mir.* Tief durchatmend setze ich mich aufs Sofa und greife zur Spielekonsole, um mich abzulenken, dankbar, um mich ballern zu können, auch wenn es nur virtuell ist.

»Was wolltest du vom Fahrer?«, fragt mich Alex, als ich zum dritten Mal innerhalb weniger Minuten k. o. gehe. »Angst, dass wir zu spät ankommen? Bisher hatten wir keinen Stau, wir liegen gut in der Zeit.«

Wie aufs Wort halten wir. Ich nehme meine Kopfhörer, mein Handy und meine Gitarre. »Das wollte ich: umsteigen. Ciao, ihr Süßen!«

KAPITEL 8

Lautstarkes weibliches Kreischen vor dem Fenster weckt mich. Ich sehe auf die Uhr und stelle fest, dass ich die gesamte Fahrt über geschlafen habe. Weil das Bett so verdammt bequem war. *Nates Bett*, wie mir wieder einfällt.

Ich habe das dringende Bedürfnis, zu duschen und mir die Zähne zu putzen, aber dafür ist keine Zeit. Ich fahre mir durch die Haare, verlasse das Schlafzimmer und treffe auf Alex, Harvey und Brad, die durch die getönten Scheiben des Busses nach draußen schauen. Einer fehlt.

»Wo ist Nate?«, frage ich.

»Im anderen Bus«, antwortet Alex.

»Im anderen …?«

»Der dort vorne«, erklärt er auf meinen verwirrten Blick hin.

Durch die Scheibe sehe ich, wie ein weiterer Bus, kleiner als unserer, auf das Stadiongelände rollt, während Fans vom Zaun und von Sicherheitsbeamten zurückgehalten werden. Wir müssen noch durch den Tumult durch.

Um uns herum haben sich Menschenansammlungen gebildet. Oder sollte ich sagen: Frauenansammlungen. Auf dem Anwesen in Miami, abgeschirmt von der Außenwelt, war Nate nur ein reicher sexy Arsch. Hier ist er ein Gott.

»Hast du deinen Team-Ausweis?«, fragt mich Harvey.

»Ja«, sage ich, ziehe ihn aus der Hosentasche meiner knappen Shorts und hänge ihn mir um. *Bin startklar.*

Fasziniert verfolge ich, wie sich unser Bus als letzter im Schritttempo vorwärtsschiebt. Als direkt vor meinem Fenster ein Gesicht auftaucht, schrecke ich zurück. Eine Frau mit knallroten Lippen hat sich auf die Schultern von einem Kerl heben lassen, um durch die Scheibe in den Bus zu schauen. Als wäre das bei dem getönten Glas möglich! Ich finde das irre gefährlich, aber bin da garantiert die Einzige im Umkreis von zehn Meilen.

»Ist das immer so?«, frage ich.

Alle drei Männer grinsen, und zum ersten Mal wird mir klar, dass ich nicht von normalen Menschen umgeben bin. Auch wenn sie bisher so wirkten. Sie sind Superstars, die andere dazu bringen, dumme Dinge zu machen. Zum Beispiel Oberteile zu heben und Brüste mit dem Schriftzug der Band zu enthüllen.

»Showtime!«, ruft Alex.

Neugierig schaue ich nach draußen und sehe, wie nach und nach die Türen der mittlerweile geparkten Busse – umringt von Security – aufgehen. Fans wollen auf das Gelände strömen, werden aber zurückgedrängt. Roadies werden angekreischt und winken grinsend im Vorbeigehen. Fahrer steigen aus, einer raucht, noch einer zündet sich eine Zigarre an. Ebenfalls grinsend. Dann erscheint Nate. Mit einer Akustikgitarre locker auf den Rücken geschoben verlässt er den Bus. Ich kann ihm ansehen, wie er den Auftritt genießt. Die Menge ruft seinen Namen. Als die Fans seinen veränderten Look bemerken, schnellen gefühlt sämtliche

Handys in die Höhe, um die Sensation festzuhalten. Die Dynamik ist irre.

Nate winkt der Menge zu, zieht seine Gitarre nach vorne und spielt ein paar Noten, die ohne Verstärker kaum auszumachen sind. Zumindest für mich. Bis ich höre, dass die Fans das Lied mitsingen. Es ist sein aktueller Song. *I don't give a shit*. Der Release war erst vor einer Woche, aber jeder kennt den Text. Zwei Frauen brechen heulend zusammen. Die Security schreitet ein und zieht sie zur Seite. *Wahnsinn! Als wäre Nate so etwas wie eine Naturgewalt, wunderschön und tödlich. Sollte mir eine Warnung sein.*

»Kommst du?«, fragt mich Alex, der an der Bustür auf mich wartet.

Ich will nicht. Selbst mit Zaun und Sicherheitsleuten finde ich die Situation beängstigend. Ich fühle mich außerdem, obwohl ich geschlafen habe, nicht wach genug für diese Menschenmassen. Und wie zum Henker soll Nate Sozialstunden ableisten, wenn seine Fans ihn so belagern? Ich habe an Sicherheitspersonal gedacht, aber ich muss meine gesamte Planung noch mal überarbeiten. Zum Glück habe ich für heute mein Back-up.

Alex wartet immer noch an der Tür auf mich. *Der Mann zeigt mehr Manieren an einem Tag als Nate im ganzen Leben!* Ich will gerade auf dem Handy meinem Kontakt im Stadion schreiben und meinen Notfallplan aktivieren, da sehe ich, wie Nate sein Solo abbricht, die Gitarre einem Roadie mitgibt, zu den Fans an den Zäunen geht und sich dabei durch die Hose seinen Schritt reibt. Nicht zum Spaß, sondern der Ausbuchtung nach zu urteilen so, als würde er vor den Frauen masturbieren.

Echt jetzt? Warum? Ich bin mir ziemlich sicher, dass Ausrutscher solcher Art während seiner Strafe dazu führen können, dass er statt der Sozialstunden doch seine Zeit im Gefängnis absitzen muss. *Wie konnte ich so jemanden nur küssen?*

Ich fahre mir ordnend durch die Haare, stutze jedoch beim Anblick meiner Shorts. So leger kann ich nicht vor die Tür. Ich sehe aus, als wollte ich zum Strand, nicht, als würde ich für den Staat Florida arbeiten.

»Was ist los?«, fragt Alex.

»Bin gleich bei euch«, sage ich. »Geht ruhig vor, ich komm nach.«

Ich warte, bis die drei ausgestiegen sind, öffne meinen Koffer und ziehe mir schnell Pumps und einen Bleistiftrock an. *Besser!* Ich glaube an mein Credo: Ein geordnetes Äußeres führt zu einem geordneten Inneren. Und momentan brauche ich alles an Ordnung, was ich aufbieten kann.

Der anschwellende Geräuschpegel lässt nichts Gutes erahnen. Ich verlasse den Bus gerade rechtzeitig. Schamlos lässt sich Nate von einer der Frauen seinen Schritt reiben. Ich hatte recht, er stellt Blödsinn an, weil Nate zu keinem vernünftigen Verhalten fähig ist. Er muss immer mit seiner Männlichkeit protzen. *Der liebe Herrgott hätte ihm besser entweder eine tolle Stimme oder einen tollen Körper geben sollen. Beides zusammen überfordert das Ego des Mannes.*

»Hör sofort auf damit!«, rufe ich und eile zu ihm. Obwohl die Absperrung der letzte Ort ist, an dem ich sein will.

Er ignoriert mich. Oder hört mich tatsächlich nicht. *Klasse.*

»Nate Grant!«

Ich rede mit einer Wand. Einer Wand, die sich das Shirt

über den Kopf zieht, es in die Menge wirft und gleich darauf von zig Frauenhänden begrapscht wird. *Verständlich. Dieser Körper ist die pure Sünde.*

Hilfe suchend drehe ich mich um. Ein paar Leute gaffen mich an, als wäre ich ein Alien. *Ja, Überraschung, ich gehe einem geregelten Leben nach. Solltet ihr auch mal versuchen.*

Eine weitere Kreischwelle brandet zu mir. Nate hat sich die Hose ausgezogen, lässt sich seinen Schritt durch den Stoff der Boxershorts betatschen und verteilt Küsse an die Frauen. Mich schaudert bei dem Gedanken, dass diese Lippen mich noch gestern berührt haben. *Igitt! Was hat nicht mit mir gestimmt, dass ich das wollte?! Und bitte, bitte, es ist nicht das, wonach es aussieht, oder? Er lässt sich nicht gerade einen Handjob geben?*

»Könnt ihr bitte eingreifen?«, wende ich mich an die Security.

»Wieso? Ist doch harmlos.«

Harmlos?

»Nate, komm!«, rufe ich und fühle mich wie die Spaßbremse der Nation.

»Ja, Nate, komm, komm, komm!«, nehmen die Fans meine Worte als Sprechchor auf. Nur dass sie was anderes meinen als ich. *Mist, ich mache alles schlimmer.*

Eine Frau fasst ihm in die Boxershorts, er lässt es geschehen. Fehlt nicht mehr viel, und die Unterhose fällt zu Boden. *Wehe, sie haben an der Absperrung gleich Sex! Denk nach, Lou!*

Ich wünschte, ich wäre einer der Bodyguards, denn dann würde ich den Superstar von hier wegschleifen. Oder er wäre ein kleiner Junge, den ich einfach packen könnte, was nicht sehr pädagogisch wäre, doch besondere Situationen erfordern besondere Maßnahmen. Aber das bin ich nicht. Das Mindeste, was ich tun kann, ist, zu vermeiden, dass im Internet neue Penisaufnahmen von diesem Mann kursieren.

Überfordert laufe ich zum Bus zurück und hole ein Badehandtuch. Jetzt fühle ich mich endgültig wie eine Mama, die sich um ihr unartiges Kind kümmert. Aber ich bin nicht hier, um Pluspunkte in Coolness zu sammeln, sondern damit dieser Mann seine Sozialstunden absolviert. Angezogen.

»Abmarsch«, zische ich ihm ins Ohr und lege ihm von hinten das Handtuch um die Hüfte. Ein Eimer Eiswasser wäre besser, aber den habe ich nicht.

»Noch drei Sekunden!«, knurrt er, eindeutig kein Fan meiner Coitus-interruptus-Nummer.

»Sofort, oder ich schwöre, dein Hintern ist heute Abend nicht auf der Bühne, sondern in einer Arrestzelle zu bewundern.« *Weil die Richterin das Urteil in eine Haftstrafe umwandeln wird. Ist ihm das denn nicht klar?*

»Wie war das mit dem Abstandhalten?«, kontert er.

»Wie war das mit dem Sichbenehmen?«, gebe ich zurück.

»Na gut!« Er dreht sich so unerwartet schnell um, dass ich überfordert keuche. So nahe wirkt er so groß, so stark, so verdammt ... *hart!*

Obwohl die Menge kreischt, habe ich das Gefühl, uns umgibt eine Blase. Die Außenwelt existiert nicht. Ich sehe ihn, will ihn, und das verwirrt mich zutiefst. Wir waren uns schon oft so nah. Welcher Sog auch immer von diesem Mann ausgeht, er nimmt mich wieder gefangen.

Hektisch blinzle ich, und der Moment ist vorbei. Ich will ihm die Handtuchenden reichen. »Los, nimm schon, und dann lass uns gehen.« Er konnte den Rockstar spielen, es reicht jetzt.

Er legt seine Hand über meine und hält mich fest. »Lass los, und ich wichse in das Handtuch und schleudere es in die Menge.«

Na, da werden sich ja ein paar Frauen freuen, von Nates Sperma beglückt zu werden, durchfährt mich. »Du bist unmöglich.«

»Und was willst du dagegen tun?«

»Kastration soll helfen.«

Er lacht sexy tief. Ein Laut, der irgendeine Saite in mir zum Klingen bringt. *Als wäre jede Konfrontation ein Flirt.* »Ich denke, da hat mein Management was dagegen.«

»Gegen eine Erektion hilft eine kalte Dusche und danach Klamotten«, sage ich beherrschter. »Also, wie ist es? Bitte.«

»Wie könnte ich bei dem Wörtchen nicht schwach werden! Nach dir.«

Er hält das Handtuch immer noch nicht selbst fest, sodass ich ihn hinter mir her in Richtung Bus ziehe. Unerwartet zufrieden darüber, dass ich das kann. Als gehörte er mir. *Ätsch!*

Buhrufe begleiten uns, weil die Show vorbei ist. Da stehe ich drüber. Was ich weniger gut wegstecken kann, ist, Nate so nah zu fühlen und unbeteiligt zu tun. Ich spüre seine Hitze und bemerke immer wieder seine Erektion hinter dem Handtuch. Sie ist auch schwerlich zu ignorieren. Das Handtuch wölbt sich in seinem Schritt zu einem mittelgroßen Zelt. Selbst jetzt, als wir laufen, wird es nicht kleiner. *Warum beschäftigt mich das? Können meine Gedanken bitte aufhören, um sein Teil zu kreisen?* Ich klinge untervögelt, und das bin ich ganz sicher nicht. Vi würde dem widersprechen, ich hatte schließlich lange keinen Sex. Aber Sex ist mir auch nicht so wichtig. Für einen Orgasmus kann ich selbst sorgen. Wichtiger sind mir Beziehungen, Partnerschaft, das Zwischenmenschliche. Nicht diese primitive körperliche Ebene. Bis ich Nate begegnet bin. Ich muss wieder an den Kuss denken. Irgendwas ist in dem Moment schiefgelaufen. *Mist!*

Ich steuere den Bus wie eine rettende Insel an. Noch zehn Meter, fünf, zwei. *Geschafft, wir sind im Bus!* In dem festen Glauben, dass das eben nur ein Spiel für Nate war, lasse ich das Handtuch los, damit er es endlich nimmt. Aber er hält es nicht, es fällt zu Boden, und der Kerl steht erneut hart vor mir. Steinhart, härter als eben. Als hätte er eine verdammte Salatgurke in der Hose.

Nicht hinschauen, sagt alles in mir.

Aber ich muss hinschauen.

Wenn ich ein Mann wäre und so einen Penis hätte, würde ich ihn vermutlich auch jedem unter die Nase halten. Er ist groß, gerade und perfekt. Ich hatte noch nicht viele Männer, aber ich kann mit Fug und Recht behaupten, keiner konnte mit Nate mithalten. Mein erster Freund hatte einen eher kleinen Penis, was ich ganz gut fand, bis ich ihm ständig versichern musste: ›Nein, er ist wirklich nicht zu klein.‹ Nervig. Ein Partner sollte nicht ständig die Minderwertigkeitskomplexe des anderen ausgleichen müssen. Mein anderer Freund war nach allem, was ich weiß, Durchschnitt. Aber Nate? *Wow, er ist ein wahr gewordener Traum!*

»Bring es zu Ende oder halt dich von mir fern«, reißt er mich aus meinen Schwärmereien, zieht sich seine Unterhose richtig aus, greift seine Erektion und hält mir sein Teil förmlich unter die Nase.

»Wie bitte? Was?«, stammle ich und drehe mich hastig weg.
»Du hast mich schon verstanden.«

Stimmt, und die eine oder andere Gehirnzelle ist einverstanden. Binnen Millisekunden läuft ein Film in mir ab. Ich suche die Stopptaste, aber finde sie nicht. *Ich lege die Arme um Nates Hals, er hebt mich hoch, rafft meinen Rock zur Hüfte, wirft mich auf sein Bett, spreizt meine Beine, küsst mich und dringt in mich.*

Stopp! Wie lautet noch mal die richtige Reaktion auf ein unmoralisches Angebot? Ach ja! »Gott, warum bist du so ein Arsch und kannst dich nicht *ein* Mal anständig verhalten?!«

»Weil so das Leben ist. Es ist nicht anständig. Es ist schmutzig, es ist wild, entweder du machst mit oder du gehst unter. Du glaubst, wenn du alles richtig machst, gewinnst du. Aber das tust du nicht. Du kriegst Scheißkrebs und stirbst«, schreit er mit einem Flackern in den Augen, das mir sagt, dass das hier weitaus emotionaler für ihn ist, als ich dachte. »Fuck, ich weiß gar nicht, warum ich dir das erzähle.« Er hält mir echt schon wieder sein Ding hin. »Also?«, sagt er nur.

»Wie charmant!«, flöte ich. »Was genau ist das Angebot? Fünf Minuten Sex? Drei? Eine? Ich als Samenfänger für dich?«

Hitze lodert in seinem Blick. »Ich würde eher sagen fünf Stunden Dauervögeln für jede verdammte Minute, die du mich nervst.«

»Was für ein verlockendes Angebot! Wie wäre es eher mit stundenlangen Tritten in die Eier, um mal wieder klar im Kopf zu werden? Glaubst du jetzt echt, ich schieb meine Klamotten hoch und lass dich über mich drüberrutschen? Ich warte draußen auf dich«, antworte ich und lasse ihn stehen.

Nate

Habe ich Louisiana gerade Sex vorgeschlagen?! Was stimmt nicht mit mir? Ja, seit ich Dale verloren habe, stelle ich viel Mist an, aber das eben?! Besorgt lege ich mir die Hand auf die Stirn. Ich habe kein Fieber. *Warum unterbreite ich ihr dann solche Angebote?*

Irritiert sehe ich ihr nach, wie sie den Bus verlässt. In meinem Brustkorb zieht es. *Was ist das? Enttäuschung? Oh bitte!* Ich hatte Hunderte Frauen, die besser waren als sie. Mehr nach meinem Geschmack. Miss Regelwut muss ich ganz sicher nicht nachtrauern.

Dennoch gleitet mein Blick über ihre Kehrseite. Ihre Klamotten mögen spießig sein, aber der Bleistiftrock sitzt so eng, dass sich zwei verdammt perfekte Pobacken darunter abzeichnen. Sie ist wie ein Schmetterling, der sich immer noch als Raupe tarnt. Meine Finger zucken, weil ich sie aufhalten und zu mir ziehen will. Ich will ihren Körper erkunden und sie überall schmecken, bis sie meinen Namen stöhnt und kommt. *Heiß und nass …*

Come on, give me your cold shoulder. I'll kiss it until it's hot.
With every touch I get bolder until you let me play with your hotspot.

Na los, zeig mir deine kalte Schulter! Ich küsse sie, bis sie heiß ist.
Mit jeder Berührung werde ich mutiger, bis du mich mit deinem Hotspot spielen lässt.

Von außen klopft es an den Bus. »Ich höre nichts. Wenn du nicht in zehn Minuten fertig bist, hole ich einen der Bodyguards, um dir zu helfen.«

Das würde sie wirklich machen, das verrät mir der Unterton in ihrer Stimme. Wer auch immer die Frau mal heiratet, wird seinen Spaß mit ihr haben.

Schatz, renovier die Küche!
Reparier den Abfluss!
Trag die Einkäufe!

Ich kann mir problemlos vorstellen, wie sie ihren Partner herumkommandiert. Und das alles für ziemlich sicher klinisch sauberen, nach Schema F ablaufenden Sex. Mein Beileid. *Fuck! Gleichzeitig gefällt mir die Vorstellung.*

Mit der Hand am Schwanz gehe ich ins Bad, stelle die Dusche an und trete unter den Strahl. Die Fans waren so verrückt, als hätten sie uns eine Ewigkeit lang nicht gesehen, dabei ist unser letzter Auftritt einen Monat her. *Wie ich das liebe!*

Die eine Frau hätte mich zum Kommen gebracht. Sie hat es gewusst, ich auch, bis Louisiana dazwischengefunkt ist. Unerwartet effektiv mit einem Handtuch. Ich muss gestehen, ich bin beeindruckt. Ich habe viele Leute um mich herum und hatte weit schlimmere Aussetzer. Weder die Leute vom Plattenlabel noch der Tourmanager sind je auf die Idee gekommen, mir ein Handtuch umzubinden, wenn ich blankgezogen habe.

»Denk an die Kleine am Zaun!«, zwinge ich mich, Louisiana aus meinem Kopf zu vertreiben, und wichse meinen Schwanz. Brünett. Knappe Klamotten. Tattoos. »Wie sie dich gepackt hat. Wie sie es dir besorgt hat. Wie es gewesen wäre, wenn du sie aus der Masse gezogen und im Bus so heftig durchgevögelt hättest, dass die Stoßdämpfer des Teils mal was zu tun gehabt hätten.« *Yes!*

Louisiana lässt sich nicht vertreiben. Meine Perlenohrringe tragende Nervensäge. Die strenge Gouvernante, die mir ein Handtuch vor meine Erektion hält. Die Frau, die mich so geküsst hat, dass ich die Berührung immer noch ganz leicht als Kribbeln auf meinen Lippen spüre. *Was stimmt nicht mit mir?* »Fuck!«

Frustriert packe ich mich fester und stelle mir vor, sie wäre mit mir unter der Dusche. Sie schlingt ihre Beine um mich, ich dringe in ihre nasse kleine Pussy, und dann küssen wir uns wie ausgehungert. Sie mich, ich sie. Nichts und niemand stoppt uns. Kein Ryan, kein Telefon, kein verfickter Weltuntergang.

In an upside down world we would be lovers.
In an upside down world we would be one team against
all the others.

In einer verkehrten Welt wären wir ein Liebespaar.
In einer verkehrten Welt wär'n wir ein Team gegen alle
anderen, oh ja.

»Gott, ja!«, stöhne ich laut, als ich komme. »Ja, Baby, ja, ja, ja!«

»Alles okay?«, höre ich Louisiana von draußen.

»Ja, du Spannerin. Ich brauch aber jemanden, der mein Sperma aufwischt. Interesse an dem Job?«

Sie sagt nichts. *Besser so.* Für mich ist nämlich gar nichts okay. Ich habe öfter Liedtexte im Kopf. Für die Rebel Boys. Seit diese Frau aufgekreuzt ist, ist das anders. Jeder Moment ist Musik. Und zwar welche, die ich normalerweise nicht produziere. Kitschiger, gefühlsduseliger Kram. *In Massen!* Aber ich kann die Sachen nicht vergessen, genauso wenig, wie ich die Frau für drei Sekunden vergessen kann. Scheiße, bin ich wütend. Auf mich und die Situation, dabei habe ich sie selbst verschuldet.

Ich wasche mich und verlasse die Dusche. Beim Anblick meiner neuen Klamotten juckt es mir in den Fingern, rebellisch das zu nehmen, was ihr nicht passt, aber ich gehe die Sachen durch und wähle eine schwarze Jeans, Boots und ein schwarzes Tanktop. So kann ich nachher auch auf der Bühne auftreten. *Ja, manchmal benehme ich mich erwachsen.*

»Du musst in fünf Minuten bei –« Sie bricht ab und sieht mich an, als ich aus dem Bus komme. »Wow!«

»Was?«, zische ich und laufe los. Ich schaffe zehn Schritte, bis ich sie hinter mir her trippeln höre.

»Also erst mal: Man blafft Leute nicht so an!«

Ich verdrehe nur die Augen. Sie und ihre seltsame Form von Benimm. Ich könnte ihr ein ganzes Buch darüber schreiben, wie weit man ohne Regeln kommt. Ja, nett sein ist schön und gut, aber aufgesetzt freundlich sein hilft keinem, sondern führt zu Neurosen, Angststörungen und all diesem Zeug. Sollte sie eigentlich von gehört haben. »Ich bin kein Roboter«, knurre ich. »Wenn ich Gefühle habe, müssen die raus.«

»Das kann man in einem vollständigen Satz sagen, wie: Was geht dir durch den Kopf, liebe Louisiana?«

Verscheißert sie mich? Ich schaue im Gehen über die Schulter zu ihr. Sie verzieht keine Miene. *Das kann doch nicht ihr Ernst sein! ›Liebe Louisiana?‹ Aus welchem Jahrhundert stammt die Frau? Und warum finde ich das so amüsant?*

»Außerdem«, redet sie weiter, weil ich nichts sage. »Was bitte habe ich getan, damit du dich so aufregst? Ich habe Wow gesagt, nicht dich kritisiert. Du siehst gut aus. Ich meine, *wirklich* gut.«

Die Überraschung in ihrer Stimme macht was mit mir. »Vielen Dank«, antworte ich zuckersüß auf ihr Kompliment, das mir offiziell nichts bedeutet, mir aber inoffiziell zu Kopf steigt. *Dass auch sie mich attraktiv findet? Wow, wie nice!*

Sie will was erwidern, räuspert sich jedoch nur. »Gut, dass du da bist. Deine Sozialstunde steht an.«

»Jetzt?!«

»Ist dir etwa nach der Show lieber?«

»Ich habe eine bessere Idee«, kommt mir über die Lippen, bevor ich richtig darüber nachdenken kann. Ich wende mich ihr zu und rücke näher, bis sie nervös atmet. Das Dumme ist, ich atme automatisch auch nervöser.

»Hmm?«, macht sie abgelenkt.

Fuck, ist das heiß! Ich greife ihr hinters Ohr und klemme ihr eine Haarsträhne fest, fühle ihre Haut, ihre Wärme und wie ihr Puls rast. Oder ist das meiner? »Würdest du die Stunde für einen Kuss vergessen?«

Fehler! Binnen Millisekunden verdüstert sich ihre Miene. »Nate Grant, was glaubst du eigentlich, wer du bist? Sozialstunde, jetzt!«

KAPITEL 9

Hat Nate mir gerade einen Kuss gegen eine Stunde gemeinnützige Arbeit angeboten?!

Meine Lippen brennen.

Meine *gottverdammten* Lippen *brennen*. Genau wie die Stelle hinter dem Ohr, die Nate mit den Fingerspitzen berührt hat. Dabei sollte das nicht sein. *Mistkerl!*

Der Route auf meinem Handy folgend steuere ich die Räume an, in denen sich normalerweise die Atlanta Braves zur Baseballsaison aufhalten.

»Und wenn ich morgen zwei Stunden mache?«, ruft Nate mir nach. »Die Show fängt gleich an. Ich hab keine Zeit für den Scheiß.«

Dafür habe ich nur ein Schulterzucken übrig. Ja, ich könnte das Ableisten der Stunden anpassen und ihn morgen, wenn kein Konzert ansteht, länger arbeiten lassen. Aber Nate will sich einfach nur drücken, und das gibt es bei mir nicht. Egal, was da zwischen uns läuft. Ganz davon abgesehen, dass er nicht gleich auf der Bühne stehen muss.

Zielstrebig setze ich meinen Weg fort, und Nate ist clever genug, mir zu folgen. Ich stoße eine schwere Tür auf, und mich begrüßt der übliche Geruch von Umkleideräumen. Auch wenn sich die Sportler nach Spielen und

Training duschen, ein Teil des Schweißes und Deos scheint ins Mobiliar eingedrungen zu sein. Entschlossen gehe ich an den Duschen vorbei und steuere die Toiletten an. *Das sollte diese seltsame Anziehung zwischen uns beenden!*

»Nicht dein Ernst«, stöhnt Nate, als wir den Raum erreichen und uns jemand vom Gebäudemanagement wie von mir organisiert mit einem mit Putzmitteln bestückten Reinigungswagen erwartet.

»Laut Internet hast du mal einen ganzen Toilettentrakt vollgepinkelt ...« Ich drehe mich zu ihm. Seine Mundwinkel zucken, als würde er sich an die Aktion erinnern und das immer noch lustig finden. *Ungeheuerlich, der Kerl!* »Tja, sei froh, dass du *den* Mist nicht sauber machen musstest. Hier ist nur der Dreck von einem halben Tag. Und keiner hat sich danebenbenommen.«

»Ich habe den Reinigungskräften Geld gezahlt«, versucht er, sich rauszureden.

Typisch Millionär! »Weil Geld für jede miese Arbeit entschädigt«, gebe ich spitz zurück.

»Das Team fand das gut.«

Das bezweifle ich stark! »Wenn du noch länger mit mir diskutieren willst, wirst du die ganzen vier Wochen lang Toiletten putzen. Möchtest du das? Dann nur weiter so!«

Was auch immer ihm auf der Zunge liegt, er schluckt es runter. *Schade*, ein Teil von mir genießt die kleinen Streits. »Was soll ich tun, Ma'am?«

Ich zeige zum Reinigungswagen. »Ist das nicht offensichtlich?«

»Sehe ich so aus, als hätte ich so was schon mal gemacht?«

Wenn ich genauer darüber nachdenke, nein, tut er nicht.

»Du sollst alle Toilettenschüsseln schrubben, die Toilettensitze abwischen, die Waschbecken reinigen, Toilettenpapier auffüllen und den Boden wischen«, erkläre ich und warte, dass er sich in Bewegung setzt. Fehlanzeige. Nate rührt sich nicht. »Was ist?«

»Tut mir leid, aber das mache ich nicht. Ich stehe in zwei Stunden auf der Bühne und stinke sonst nach Kloreiniger.«

Gott, nervt mich der Kerl! Keiner hat gesagt, dass die Aufgabe Spaß machen soll. Davon abgesehen ist die Arbeit nicht so schlimm, wie er tut. Viele Leute gehen ihr nach, unter anderem ich, als ich mir damals das College finanzieren musste. Außerdem steht er nicht in zwei Stunden auf der Bühne, sondern – wenn ich raten müsste – in vier. Er hat nach seiner Aufgabe genug Zeit zum Duschen. Solange er sich nicht gerade mit Toilettenreiniger übergießt, wird er riechen wie immer.

»Nur zur Info«, sage ich. »Das Anstarren der Putzmittel bringt dir nichts. Die Zeit läuft erst, wenn du loslegst.«

Grimmig sieht er mich an, presst die Zähne zusammen und starrt auf den Putzwagen. »Na gut, wie fange ich an?«

»Zuerst mit dem Reinigen der Toilettenschüsseln.«

»Weil das das Fieseste ist?«

»Weil man so vorgeht. Erst den schlimmsten Dreck beseitigen, dann den leichten.«

»Aha«, macht er, aber rührt sich nicht.

»Möchtest du den Ablauf ändern?«

Zum allerersten Mal könnte ich schwören, dass Nate peinlich berührt ist. Was bei seiner Historie an Fehltritten was heißen will. »Ich meinte nicht, womit ich anfangen soll, sondern überhaupt ... wie?«

»Wie?!«, wiederhole ich begriffsstutzig.

»Ich habe das halt noch nie gemacht.«

»Soll das ein Witz sein?« Der Mann ist Ende zwanzig. *Ist er vom Hotel Mama direkt in das Hotel Superstar gewechselt?!*

Mich trifft ein sehr wütender Blick aus Augen, so dunkelblau wie ein Gewitterhimmel. *Nein, ist kein Witz.*

»Du spülst zunächst alle Toiletten, um Überreste zu beseitigen«, erkläre ich. »Dann verteilst du den Reiniger in den Schüsseln, damit er einwirken kann. Wenn du durch bist, putzt du sie mit der Büste. Ist das so weit klar?«

»Du kannst die Zeit starten«, sagt er nur und beginnt.

Er tut so, als wäre *ich* die Böse, dabei hat *er* ständig Hotelzimmer verwüstet, Autos demoliert, öffentliches Eigentum zerstört. Das hier ist seine Schuld, und wenn er glaubt, ich habe hieran Spaß, hat er sich geschnitten. Von mir aus hätte er ins Gefängnis wandern können. Ich brauche nur das Geld.

Wie von mir angewiesen spült er jede Toilette einmal durch. Sobald er anfängt, den Reiniger zu verteilen, stoppe ich ihn. »Halt, du musst die Flüssigkeit unter den Rand spritzen.«

»Besser?«, zischt er und verteilt das Zeug weiter wie Ketchup über einem Hotdog, sprich so, dass alles danebengeht. »Ich hab dir gesagt, ich hab das noch nie gemacht.«

»Kleinkind!« Nate stellt sich echt an wie der erste Mensch. »Handschuhe!«, verlange ich und quetsche mich in die nächste Kabine. Sein Chaos kann er selbst aufwischen. »Ich mach dir das jetzt ein Mal vor, ausnahmsweise, und dann will ich nichts mehr hören.«

Er streift sich die Handschuhe ab und reicht sie mir. Als

ich sie anziehe, spüre ich noch seine Körperwärme. Meine Hände prickeln, und ich muss dem Drang widerstehen, meine Finger zu krümmen, um die Wärme länger genießen zu können. *Unpassend!*

Ich winke Nate zu mir. Nicht meine beste Idee. Die Kabine ist schon für einen allein eng, plötzlich ist kaum noch Raum. Ich rieche den Mief der Toiletten, die Putzmittel und Nate. Viel zu intensiv Nate. Mir ist der Geruch schon früher aufgefallen. Es ist eine Mischung aus seinem Duschgel und ihm, und ich kann nicht fassen, dass sie mir den Kopf verdreht. *Verdammt!*

»Normalerweise läuft die Situation jetzt anders ab«, rutscht ihm raus, als wir Nasenspitze an Nasenspitze dastehen und nur die Kloschüssel uns trennt. Das hilft mir.

Angewidert schaudere ich, weil ich mir wirklich viele Orte für Quickies vorstellen kann, aber Toiletten, sorry, das muss eine Männerfantasie sein. Als Frau käme mir das nicht in den Sinn. Selbst gereinigt nicht. Selbst in einem Fünf-Sterne-Hotel nicht. Selbst mit einem Millionär nicht.

»Oh, interessiert?«, schiebt er grinsend hinterher, weil er mein Schaudern falsch versteht. »Das hätte ich gar nicht erwartet. Du überraschst mich.«

»Besorg dir mal eine Brille! Ich bin total angeekelt«, korrigiere ich ihn, lenke seine Aufmerksamkeit auf die Toilette und verteile den Reiniger gleichmäßig unter dem Rand.

»Das sagst du nur, weil du es noch nie probiert hast.«

»Man muss nicht alles probieren, um zu wissen, dass es nichts für einen ist«, zische ich und packe die Toilettenbürste. »Pass auf!« Ich zeige ihm, wie er das Becken reinigen und die Bürste spülen soll. »Fertig! Dann wischst du mit einem

Lappen die Schüssel und mit einem anderen den Papierhalter, die Spültasten und den Sitz ab.«

Ich will gehen, ich *muss* gehen, weil mich Nates Nähe schwachmacht. Wieder durchläuft mich ein Schaudern. Nein, ein Schauer. Dieses Mal ist es ein Schauer, und ich meide Nates Blick, damit er den Unterschied nicht bemerkt. *Die Hitze zwischen uns reicht*. Fertig hänge ich die Toilettenbürste in die Halterung und will endlich der viel zu engen Kabine entkommen. Aber Nate weicht nicht zur Seite. »Was? Fragen zu dieser hochkomplexen Angelegenheit?«

»Du solltest es mal ausprobieren!«

»Was ausprobieren?«, stelle ich mich dumm und will ihn zur Seite drücken, aber er rührt sich immer noch nicht.

»Sex. Auf der Toilette.«

»Nate, mach Platz!«

Endlich lässt er mich durch und lacht rau hinter mir, wie ich es mittlerweile kenne und hasse, weil mir dieser Laut direkt zwischen die Beine dringt und mich feucht macht. *Wie lästig*.

»Das war kein Nein«, sagt er ruhig, immer noch mit der Idee beschäftigt, dass ich es auf einer Toilette treibe. *Blödmann!*

»Das war vor allem kein Ja«, zische ich.

Er lacht breiter. »Immer noch kein Nein.«

»Hier, die Handschuhe«, sage ich und reiche sie ihm zurück.

»Oh, Lou.«

Lou? Nur meine Familie und engsten Freunde nennen mich so. Mich berührt das unerwartet tief, als Nate es macht, und eine leise Stimme in mir ruft: ›Gib ihm nach, jetzt sofort!‹ *Hilfe!*

»Du denkst drüber nach. Sehr gut«, kommentiert Nate mein Schweigen. Das lässt die Wirkung, die er auf mich hat, verpuffen.

»Ich stoppe gleich die Zeit und hänge die Minuten hinten ran.«

Plötzlich bester Laune macht sich Nate ans Werk. *Malt er sich etwa aus, wie ich hier Sex habe? Mit ihm!?*

»Ich denke nicht drüber nach«, informiere ich ihn, obwohl er nicht noch mal danach gefragt hat.

Er lacht nur weiter, aber erledigt jetzt den Job.

»Nein, Nate. Auf keinen Fall.«

Er wechselt die Kabinen und wirft mir einen heißen Blick zu. »Es würde dir guttun.«

»Entschuldige mal!« *So nötig habe ich es nicht, flachgelegt zu werden!*

»Es kann unglaublich aufregend sein, die Regeln zu brechen. Wann war dein letztes Mal?«

»Das werde ich nicht mit dir besprechen.«

»Du weißt, wann ich als Letztes Sex hatte.«

Ich denke an die Stylistinnen von gestern Abend. »Das heißt doch aber nicht, dass wir solche Informationen austauschen.«

»Dachte ich mir schon«, sagt er und wischt jetzt die Tasten, den Spender und die Klinken ab, mehr oder weniger gründlich, was für mich in Ordnung ist. »Wie lange ist dein letztes Mal her? Einen Monat?« Er hält inne und mustert mich. »Ein Jahr? Drei Jahre?!«

»Zwei Tage, zufrieden?«, zische ich, damit er aufhört.

In meinen Träumen! »Ich wollte nicht wissen, wann du es

dir zuletzt besorgt hast, sondern wann du zuletzt richtigen Sex hattest. Ich höre!« *Kann er vergessen!*

»Jetzt solltest du das Toilettenpapier auffüllen.«

»Du weichst mir aus.«

»Ich mache meinen Job.« Ich reiche ihm die Packung mit den Rollen. »Wäre schön, wenn du deinen machen würdest.«

»So lange also …?«, sagt er nur, nimmt das Papier und verteilt es. »Ich könnte was für dich klarmachen.«

Ich schaue auf die Uhr. Schnell war Nate nicht. Wir sind schon vierzig Minuten zugange, und er hat gerade mal die Kabinen und die Pissoirs gereinigt. Aber es hat mich mächtig versöhnt, ihn diese Drecksarbeit machen zu lassen.

»Jetzt säuberst du die Waschbecken«, sage ich, als hätte es unsere Unterhaltung nie gegeben.

Nate nimmt sich einen Eimer mit dem noch fast unbenutzten Wasser und wischt über die Armaturen. Der Geruch des Reinigungsmittels hängt schwer in der Luft.

»Ich *werde* was für dich klarmachen«, sagt er bestimmter.

»Wenn du die Seifenspender aufgefüllt hast, kannst du wischen und bist hier fertig.«

»Wie wäre es mit heute Abend?«, redet er einfach weiter, nimmt die Großpackung und lässt einen Teil des Inhalts in den Spender fließen.

»Zum Abschluss wischst du einmal durch«, sage ich und reiche ihm den Mopp.

»Also heute Abend«, sagt er, als hätte ich zugestimmt.

»Komm mit dem Wagen nach nebenan«, bleibe ich bei meinem Job.

»Echt jetzt?«, stöhnt er und hört endlich mit dem Sex-Mist auf, als er erkennt, dass wir zu den Damentoiletten wechseln.

»Ja, echt jetzt«, äffe ich ihn nach. »Eine Stunde ist eine Stunde, du hast noch fünf Minuten.« Genau wie ich, die es aushalten muss, mit dem attraktivsten Mann der Welt auf engstem Raum zu sein und mir nicht anmerken zu lassen, wie sehr er mich durcheinanderbringt.

»Bist du immer so streng? Die fünf Minuten könntest du unter den Tisch fallen lassen.«

»Ich bin nicht streng, sondern korrekt. Das Gericht hat von einer Stunde geredet, nicht fünfundfünfzig Minuten.« Ich zeige ihm auf meinem Handy den Timer, den ich die ganze Zeit habe laufen lassen.

Wie bei den Herrentoiletten spült Nate einmal überall und verteilt dann den Toilettenreiniger. »Also magst du Standard-Sex ... Mmh, mal überlegen, wer vom Team für dich infrage käme ...«

Ich kann diese ständigen Bemerkungen nicht länger ignorieren. *Glaubt er, er ist der Einzige, der provozieren kann? Meine Schwestern waren gute Lehrmeisterinnen.*

»So falsch«, sage ich, und bei meinem Tonfall horcht er auf.

»Oh, also kein Standard-Sex?« Seine Augen funkeln. »Doch lieber was Versautes?«

Langsam gehe ich auf ihn zu. Ich spüre seinen Blick auf mir. Wie der eines Tigers, der nicht glauben kann, dass die Beute sich ihm freiwillig zu Füßen legt. Meine Knie zittern. Ich schiebe das auf die Aufregung. *Was soll das auch sonst sein?*

Bei ihm angekommen lege ich eine Hand an seine Hüfte und habe das Gefühl zu verbrennen. Doch ich zucke nicht zurück. Ich stelle mich auf die Zehenspitzen und recke mich an sein Ohr. Er greift nach mir, als wollte er mir Halt geben, dabei spüre ich seine Hitze, oder meine. Keine Ahnung, von wem sie stammt, aber es ist zu viel. *Puh!* »Ich stehe weder auf korrekten Sex noch auf versauten«, flüstere ich. »Ich stehe auf Frauen.«

Sein Griff verstärkt sich, und Blitze schießen durch mich, was mich so sehr Lügen straft. Denn mein Körper steht eindeutig auf Nate.

»Weißt du, warum?«, hauche ich verrucht, um meine Aussage zu unterstreichen. »Kein kratziger Bart, kein hilfloses Herumsuchen an meiner Klit, kein vorzeitiges Ende … Zufrieden?«

Ich bin es mit mir. Er meint, er kann mich mit seinen intimen Fragen quälen. Nun, da hat er seine Antwort. Soll er sich mal vorstellen, wie ich es mit einer Frau treibe und er nicht eingeladen ist.

Langsam weiche ich zurück, da packt er mich fester und drückt mich an die Wand. »Lügnerin!« Noch bevor ich was sagen kann, wandern seine Lippen über meinen Hals, und jede Zelle von mir summt zufrieden. »Gute Lügnerin, aber Lügnerin!«

Schieb ihn von dir!, befehle ich mir. Stattdessen halte ich mich an ihm fest, weil ich nicht weniger will, sondern mehr. Mir ist verdammt egal, dass wir uns in den Damentoiletten befinden. Falls das hier Sex wird, würde es mich nicht mal kümmern. Was ich bei klarem Verstand ausgeschlossen habe, spielt jetzt keine Rolle mehr. Nates Berührungen lösen in mir Gefühle aus, die mich auf die beste aller Arten überfordern. *Schon wieder. Mist!*

Seine Lippen küssen sich an meinem Hals nach oben. Der Kuss ist weich, aber ich spüre die raue Haut seines Kinns, und die Bartstoppeln sorgen für ein wohliges Prickeln in mir. Er drückt sich an mich, und ich bemerke seine Erektion, das Heißeste, was ich je erlebt habe. Er will mich, und das stellt merkwürdige Dinge mit mir an. Als er fest in meine Haare greift und meinen Kopf neigt, damit er mehr von meinem Hals hat, halte ich ihn nicht auf. Im Gegenteil. Ich lasse alles zu.

»Hier oder im Bus?«, fragt er rau.

»W-w-was?«, antworte ich verwirrt.

»Sex. Hier oder im Bus?«

»H-h-h–«, *hier* höre ich mich schon stammeln, als mein Handyalarm angeht, die volle Stunde Sozialarbeit beendet und mir klar wird, dass wir einen großen Fehler machen, schon wieder. »Halt«, kommt aus meinem Mund.

»Scht«, macht er.

Der Handyalarm dudelt weiter.

Ich schlage leicht gegen seine Seite. »Hör auf, Nate.«

Ein tiefer Atemzug folgt. Enttäuschung. »Gut, lass du mich zuerst los!«, murmelt er an meinem Hals und lehnt seine Stirn an meine Wange.

Ich kann nicht. Die Wahrheit ist, ich kann nicht. Was ist das?

Mein Alarm ertönt ununterbrochen, das einzige Geräusch aus der echten Welt, das unsere Blase durchdringt. Hartnäckig, wieder und wieder.

»Fuck, morgen keine Toiletten, kapiert?«, knurrt Nate, beißt mich in den Hals und stürmt davon.

»Puh!« Mehr fällt mir nicht ein. Bis mir auffällt, warum es überhaupt zu dieser Szene gekommen ist. »Dann provozier es nicht, Arschloch!«, rufe ich und werfe ihm eine Toilettenbürste hinterher. Keine Ahnung, ob er es hört, mir hilft es. Auch wenn mein Körper brennt, die Wut sorgt dafür, dass Teile von mir sich wieder abkühlen. Ich weiß genau, dass Nate jetzt bei der Bühne ist. Gut so. Ich benutze die Toiletten und gehe danach zum Catering, weit, weit weg von ihm.

Nate

Was zum Henker ist das mit dieser Frau und mir?! Sie nervt mich in einem fort und tut so unnahbar, bis es plötzlich klick macht und mit ihr alles perfekt ist. Ja, ich hab sie provoziert, weil es nicht viel gibt, womit man diese Frau ärgern kann. Aber irgendwann beim Putzen hat sich die Stimmung gedreht. Je mehr sie mir ausgewichen ist und je nüchterner ihre Anweisungen geworden sind, desto heftiger hat die Luft zwischen uns gebrannt. Ich habe das genossen, es hat mir Spaß gemacht. Mehr Spaß, als ich seit Langem hatte. Bis ich nicht mehr anders konnte. Genau wie sie.

> *You light up every space.*
> *Let's go to my place.*

> *Du erleuchtest die ganze Welt.*
> *Lass uns zu mir gehen.*

Fuck, und dann schon wieder Kitsch in meinem Kopf! Es gibt nur einen Weg, den loszuwerden. Während die Fans noch darauf warten, reingelassen zu werden, hat das Team das Gelände für zwei volle Stunden für sich. Das Bühnengerüst steht seit gestern, während ein weiterer Aufbau bereits in San

Antonio, unserem nächsten Tourstopp, läuft. Pyrotechnik und Leinwände stehen auch. Das Team verlegt letzte Kabel, verteilt Absperrungen auf dem Gelände, damit sich die Leute nicht tottreten, und baut unsere Merch-Stände auf. Christian, unser Tourmanager, hat richtig zu tun, aber der Kerl blüht bei Stress auf. Das ist die erste Show des Sommers, und ein paar Gesichter sind neu dabei. Es ruckelt etwas. Aber ich weiß, ich kann mich auf ihn verlassen. Genau wie auf unseren Gear Manager Rick, den Mann, der für sämtliches Equipment verantwortlich ist, vom kleinsten Kabel bis zum Bühnengerüst. Wir sind wie ein Zirkus, der herumzieht. Ganze achtzig Trucks sind mit unserer Bühne unterwegs. Plus Louisiana, die auf Abstand ist, aber nicht weit genug weg. Weil ihre Anwesenheit mir immer wieder Songfragmente ins Gehirn schleust.

Ich hole mein Handy raus und nehme die paar gesungenen Zeilen auf. *So, liebes Gehirn, für die Ewigkeit festgehalten, zufrieden?* Die Melodie ist romantisch, geradezu süß. Kaum zu glauben, dass das aus mir rausgekommen ist. Ich sollte mal Ryan fragen, ob jemand beim Plattenlabel solche Songs braucht, dann sind sie nicht ganz umsonst. Rebel Boys wird die jedenfalls nicht spielen.

»Was war das? Singst du neuerdings Schmusesongs?«, zieht mich Alex auf, als ich mich zu den anderen geselle.

Ich habe schon viel Mist angestellt, aber das ist mir plötzlich peinlich. Ich wusste gar nicht, dass ich als erwachsener Mann noch zu diesem Gefühl fähig bin. Ich spüre, wie mir die Röte in die Wangen schießt, und weil ich keinen Bart mehr habe, sieht das jeder. *Klasse!*

»Aww, ist unser Frontmann etwa verknallt?!«, stichelt Brad weiter.

»Leck mich!«

»Hinten oder vorne?«

»Nimm den hier!«, sage ich und zeige ihm den Mittelfinger. *Sehr erwachsen!*

»Ja, er ist verknallt«, ruft Alex lachend.

Verdammt, kocht es in mir. Eigentlich liebe ich meine Jungs, aber das ist nicht die Stimmung, die ich vor einem Konzert brauche. »Wenn noch einer herumfrotzelt, bin ich nicht verliebt, sondern weg. Bin wirklich gespannt, wie ihr den Abend ohne mich auf der Bühne durchzieht. Wird ein Megaerfolg. Nicht.«

»So ernst ist es also?«, fragt Brad geheuchelt mitfühlend.

»Wer ist sie?«, bohrt Alex weiter nach.

»Ich wette, die Kleine vom Zaun. In diese Brüste wäre ich auch verliebt«, witzelt Harvey.

Die Jungs lachen dreckig.

»Wow, wer ist in wen verliebt?«, fragt Jared, unser Tonmeister, amüsiert und drückt mir ein Mikro in die Hand.

»Ich bin nicht verliebt«, brülle ich, was plötzlich über das gesamte Gelände hallt, weil das Scheißteil in meiner Hand angeschaltet ist. Theatralisch flattern Tauben auf, und für eine Sekunde ist es mucksmäuschenstill im Stadion. *Großartig, jeder im Umkreis von drei Meilen muss das gehört haben!* Gleich darauf fräst sich eine weibliche Schreiwelle zu uns zurück, als würden zig Frauen sich gerade Chancen ausrechnen, meine neue Nummer eins zu werden.

Fuck, Liebe ist echt scheiße. Sex ist gut.

»Kannst du die oberen Mitten etwas kappen?«, wende ich mich an Jared und tue so, als wäre alles normal, während mich meine Bandkollegen mit einer Mischung aus Belustigung, Verwunderung und Sorge anschauen.

»Probier es jetzt noch mal!«, sagt er, nachdem er ein paar Einstellungen am Master- und Kanal-Equalizer geändert hat, und grinst. »Gerne mit einem Text deiner Wahl.«

»Blödmann!«, spreche ich ins Mikro.

Statt uns zu streiten, hören wir auf den Sound. Er gibt mir ein Zeichen, und ich singe die Parts mit den höchsten und tiefsten Tönen und die lautesten und leisesten Stellen an. Wie immer bin ich konzentriert. Ich liebe das. Wir befinden uns hier zwar nur bei der Vorbereitung auf das Konzert, und noch kreischen meine Fans am Zaun, aber wenn es um Musik geht, bin ich immer in meinem Element. Meine Aussetzer habe ich selten auf der Bühne, eher danach. Bei Interviews oder wenn wir in der Plattenfirma sitzen und Werbeverträge bereden, sprich, wenn ich entweder voller Hormone vom Auftritt bin oder gegen tödliche Langeweile ankämpfe.

Momentan schaue ich auf leere Ränge. In wenigen Stunden wird man das Stadion vor lauter Menschen nicht mehr wiedererkennen. Ich gebe meine Energie, sie ihre, zusammen bringen wir die Luft zum Knistern.

»Hast du alles, was du brauchst?«, frage ich Jared, als wir die dritte Runde durchhaben und seine Änderungen für die Allgemeinheit immer weniger wahrnehmbar werden. Nur Nerds wie er hören da noch Unterschiede.

»Fürs Erste«, meint er. »Ihr könnt mit dem Instrumentencheck starten.«

Wie gewohnt beginnt Harvey mit dem Schlagzeug. Dann folgen Alex und Brad an den Bassgitarren. Spontan steige ich mit meiner Elektrogitarre ein, lasse mich mitziehen, improvisiere, packe in den Sound einen Teil von mir. Harvey geht mit, und für einen Moment fühlt sich der anstehende Auftritt nicht wie eine Millionen-Dollar-Produktion an, sondern wie zu unseren Anfängen, als es nur um die Musik ging. *Wie schön!*

»Sind wir fertig?«, fragt Alex plötzlich aufgeregt und winkt zu einer Stelle hinter mir. *Was macht er denn bitte für ein Gewese um die Vorband?!*

»Ja, sind wir«, erlöst ihn Jared, und Alex haut ab.

»Klasse, dann bauen wir unser Zeug auf«, höre ich jemanden aus einer anderen Richtung sagen.

In meinem Kopf schaltet es in Zeitlupe. *Wenn die Vorband hier ist, zu wem wollte dann Alex?* Ich drehe mich und erwische ihn genau in dem Moment, als er Louisiana erreicht und sie zur Begrüßung in die Arme nimmt. Innerlich mache ich Würgegeräusche. *Steht sie etwa auf ihn?!*

Ein schräger Ton bringt mich dazu, der Vorband meine Aufmerksamkeit zu schenken. Dunkel ist mir bekannt, dass sie Newcomer sind. Die Leute mögen sie, aber offensichtlich fehlt ihnen die Erfahrung.

»Braucht ihr Hilfe?«, frage ich.

»Ähm ... ja«, antwortet der Bassist überrascht, als würden Menschen wie ich nicht auch nur Wasser trinken.

»Zeigt mal her!«, sage ich dankbar für die Ablenkung.

Obwohl wir noch auf der Bühne sind, füllt sich allmählich das Stadion. Ich setze mir eine Sonnenbrille auf, nehme einem der Roadies die Basecap ab, ziehe mir den Schirm ins Gesicht und mache mit den Jungs weiter. Dabei beobachte ich nebenher, wie die Konzertbesucher ankommen.

Es ist immer wieder verrückt, wenn Tausende Leute nur deinetwegen erscheinen. Es gibt die, die sich Getränke kaufen. Die, die schon mal auf Plätzen campieren, die sie gut finden. Und die, die an der Absperrung stehen und bei jeder Bewegung auf der Bühne Lärm machen. *Lustig!*

Ich kann ihre Blicke spüren, kriege mit, wie sie tuscheln. Eine Frau meint, mich erkannt zu haben. Die anderen reden ihr das aus. Mit Erfolg.

Als wir fertig sind, kann ich nicht anders, nehme meine Basecap ab, gebe mich zu erkennen und schenke ihnen einen besonderen Moment. Sie kreischen und hüpfen vor Aufregung, und mit einem Winken gehe ich. Jetzt weiß jeder, dass die Rebel Boys hier sind.

Hinter der Bühne verziehe ich mich in eine Ecke und absolviere meine Yogaübungen. Jeder von der Tour kennt das von mir. Offiziell mache ich so einen Weichei-Sport nicht, aber er hilft. Ich lebe nicht wie ein Chorknabe, und wenn ich nicht nur zwei Stunden auf der Bühne stehen und die Noten teilweise mit größtmöglicher Lautstärke herausbrüllen will, muss ich fit sein. Entweder man erreicht das durch Sport oder durch Drogen. Letzteres habe ich ein Mal probiert, und diese Gülle, die ich einen Abend lang fabriziert habe, wird nie wieder meinen Mund verlassen. *Also dann, ab in den herabschauenden Hund!*

Mit jeder Minute, die sich das Stadion füllt, wird das Hintergrundrauschen lauter. Als die Vorband spielt, höre ich mir einen Teil ihres Sets an. Sie haben noch einiges zu lernen, aber ihr Sound ist frisch, und sie machen ihren Job gut.

»Die Presseleute warten«, will mich Linda von der Bühne wegholen. *Tolles Timing!*

Sofort verliere ich meine eben antrainierte innere Gelassenheit. Ich mag solche Termine nicht.

»Warum bringst du sie nicht her? Dann können sie sich direkt die Jungs da vorne ansehen. Die sind gut.«

»Mit denen reden sie nach der Show.« Linda sieht mich ungeduldig an. Uns verbindet eine Hassliebe. Oder nein, ich glaube, Linda empfindet eine Hassliebe. Ich? Hass ist zu stark, aber ich habe eine verdammt heftige Abneigung gegen die Frau, nicht als Person, aber weil sie immer diejenige ist, die mich zu unglaublich langweiligen Besprechungen schleppt. »Kommst du jetzt?«, fragt sie.

Mit einem Knurren verlasse ich den Backstagebereich, treffe auf Alex, Harvey und Brad, und wir, beziehungsweise vor allem ich, stellen uns den Journalisten.

»Nate, wie gefällt dir dein neuer Look?«

»Vermisst du deine langen Haare?«

»Wie laufen die Sozialstunden, was musstest du schon machen?«

Angepisst schaue ich zu Linda. Ihr Job ist es, in solchen Fällen einzugreifen. Es gab eine Presseerklärung nach dem Gerichtsurteil, und darüber hinaus werde ich mich nicht zu dem Sachverhalt äußern. *Was unternimmt sie? Nichts!* Die Leute stellen zig Fragen, und ich antworte konsequent mit einem Lächeln und dem Hinweis auf unser neuestes Album und die Kooperation mit zwei angesagten Künstlern. Jeder hier weiß, dass ich hinnehme, dass die ganze Welt über mich tratscht. Das heißt aber noch lange nicht, dass ich denen Futter liefern muss. Ich rede nur über meine Musik. Immer.

Linda sieht frustriert aus. *Pech!* Sie kann sich sicher sein, dass das nur ein Bruchteil von dem ist, wie ich mich fühle. Ich werde mich bei Ryan über sie beschweren. Wenn sie nicht versteht, was ihre Aufgabe ist, soll er den Job jemand anderem geben. Keinem Kind.

»Nate, können wir ein Foto machen, wie du einen Besen hältst?«, fragt tatsächlich eine Journalistin und hebt schon ihre Kamera hoch. *Spinnt sie?!*

»Geben Sie mir einen, und ich dresche damit auf Sie ein«, knurre ich.

»Das meint er nicht so«, beschwichtigt Linda.

»Darauf würde ich nicht wetten«, murmle ich.

»Okay, dann zum Abschluss Gruppenfotos«, überspielt meine Pressefrau die Situation.

Juhuuu, Gruppenfotos, weil ich die ja auch so liebe!

Die Vorband hat mittlerweile aufgehört zu spielen, die Bühne ist frei und ruft mich. Ich schaue gequält zu Christian, der als Tourmanager das Timing im Blick hat. Es gibt keine Uhrzeit, zu der wir starten müssen, aber wenn es nach mir geht, ist das jetzt.

»Wir brauchen Nate noch bei der Sicherheitseinweisung«, schreitet er ein und erzählt irgendeinen Quatsch, der wichtig klingt. Es gibt keine Sicherheitseinweisung.

»Kann ich noch ein Autogramm haben? Und ein Foto?«, fragt eine Redakteurin. »Ich bin ein großer Fan.«

Mich nervt, dass sie ihre Position ausnutzt, aber sie hat Glück, für meine Fans tue ich alles. »Sicher«, antworte ich falsch lächelnd. Ich stelle eine Autogrammkarte aus und winke sie für ein Foto an meine Seite. Sofort klebt sie an mir und umschlingt mich. *Als wäre ich ihr verficktes Eigentum.*

»War es das?«, presse ich heraus, als Linda das Foto gemacht hat.

»Wenn du vor der Show noch etwas Druck abbauen willst ...«, raunt sie mir zu.

Normalerweise nehme ich solche Angebote gerne an, aber gerade wäre das keine gute Idee. Ich wäre nicht nett, und sie würde das nicht genießen. Außerdem habe ich nur eine Frau im Kopf, die ich, wenn überhaupt, gerade will. Aber das wird nicht passieren, weil wir zu verschieden sind.

»Bühne, jetzt!«, knurre ich, schiebe sie von mir, schnappe mir meine Gitarre und stapfe los. Bevor ich durchdrehe.

Routiniert greife ich nach den Ohrstöpseln, stecke Kabel in meine Gibson und starte innerhalb von Minuten die Show, so wie ich es mir überlegt habe, mit wuchtigen Akkorden, die die Leute so laut zum Schreien bringen, dass in mir jeder andere Gedanke an die Welt da draußen verstummt.

Keine drei Takte später stehen meine Bandkollegen mit mir auf der Bühne. *Herrlich! Das ist besser als jeder Sex. Die Vibration der Musik, das Feedback der Fans, open air Wind und Wetter zu spüren, den Himmel zu sehen. Näher kommt man Gott nicht.*

Wie geplant lege ich eine Pause ein und quäle mein Publikum. Sie johlen, pfeifen, kreischen. »Schlüpfer helfen«, rufe ich grinsend. Und natürlich wird uns massenweise Unterwäsche zugeworfen.

Ja, das ist wirklich besser als Sex.

Es sei denn, du hättest ihn mit Louisiana.

Fuck! Ich kann jetzt nicht über die Frau nachdenken.

So als gälte es, etwas zu beweisen, spiele ich wieder den Akkord, gebe meiner Band ein Zeichen, und wir legen richtig los. *Das hier ist besser, das muss besser sein …*

KAPITEL 10

Gänsehaut.

Ich habe am *ganzen* Körper Gänsehaut.

Von der Seite der Bühne sehe ich zu Nate. Es ist kurz nach neun. Das Stadion liegt schon im Schatten. Ich kann seine Silhouette erkennen, das Blinken von Instrumenten und vor ihm als buntes Feld das Publikum. Ab und zu leuchten Handydisplays auf. Aufforderndes Pfeifen ertönt. Die Lichtkegel blitzen immer wieder auf.

Obwohl ich zu weit weg stehe, meine ich, Nate lächeln zu sehen. Er genießt es. *Klar, wer mag es nicht, wenn einem Tausende Fans zujubeln?* Es grenzt fast an ein Wunder, dass ihm das im Laufe der Jahre nicht noch mehr zu Kopf gestiegen ist.

»Schlüpfer helfen«, sagt er plötzlich ins Mikro, nicht abgesprochen, aber keinen von der Band juckt es. Das ist das, was Nate macht, spielen, auf einem Instrument und mit dem Publikum, und keiner, das begreife ich jetzt, kann das besser als er. Deshalb tritt er nicht auf kleinen Kellerbühnen auf, sondern in einem Stadion, das bis zum letzten Platz ausverkauft ist. Weil er die Menschen mitreißt. Sogar mich. Zum allerersten Mal spüre ich so was wie echte Bewunderung für den Mann. *Wow!*

Es dauert keine drei Sekunden, da fliegt die erste Unterwäsche nach vorne. Kurz darauf folgen weitere BHs und Schlüpfer. Doch Nate zögert und spielt nicht. *Clever!*

Unruhe baut sich auf. Im Publikum und in mir. Als würde jemand die Luft absaugen, sodass ein Vakuum entsteht, das unbedingt gefüllt werden muss. Ich will mich dem entziehen, aber Nate hat mich im Griff, genau wie alle anderen. Gleich kippt die Stimmung. *Gleich, gleich, gleich …*

Mein Herz rast, ich halte die Luft an, zusammen mit Tausenden fremden Leuten. Bis die Band von null auf hundert in den ersten Song einsteigt. Die Beleuchtung dreht auf, und alle auf der Bühne legen sich ins Zeug, als hinge ihr Leben davon ab zu spielen. Die Fans springen und schreien vor Ekstase. Wir sind beim ersten Lied, und sie benehmen sich wie beim letzten. Und ich atme auf, als wäre die Musik alles, was ich brauche. *Wow!*

Mein Blick wandert zu Nate. Er wirkt wie nicht von dieser Welt. Da ist nur diese Energie, die in ihm ist und die rausmuss. Er donnert sie den Leuten um die Ohren, er singt und spielt, als würde er sterben, wenn er aufhörte. Meine Knie werden schwach. Das ist der Nate, den ich kenne, hoch einhundert. Mir war nicht klar, dass er diese Strahlkraft besitzt. Selbst meine Recherche und das Sichten alter Aufnahmen seiner Auftritte haben mich nicht auf das hier vorbereitet. Er ist wie ein Hurrikan, und ich bin ein verdammtes Kartenhaus, das ihm nichts entgegenzusetzen hat. Wenn ich mich ihm jetzt in den Weg stelle, zerreißt er mich in tausend Einzelteile, und ich würde es auch noch genießen. Wie ich diesen Mann dazu gebracht habe, Toiletten zu putzen, ist mir ein Rätsel.

Ich muss mich zwingen, auch zum Rest der Band zu schauen. Sie sind genauso gut, doch Nate sticht sie alle aus. Er dominiert die Bühne. Auf ihn richten sich die Blicke. Er ist das Epizentrum dieses Schauspiels. *Mein* verdammtes Epizentrum.

Mein Plan war, ihm kurz zuzuschauen und dann zu gehen, aber ich kann mich nicht abwenden. Der Typ auf der Bühne ist nicht der Arsch, der mich in den Pool gezogen hat, der Vollidiot, der mich eingesperrt hat, der Mann, dem alles egal ist und der mich verrückt macht. Das ist der Kerl, der für die Musik lebt und sie aus sich rausschmettert, als wäre heute die letzte Gelegenheit dazu.

Ich reibe mir über die Arme, habe immer noch Gänsehaut, bekomme sie aber nicht vertrieben. Zum ersten Mal, seit ich Nate begegnet bin, mag ich ihn. Weil ich Menschen bewundere, die ihren Leidenschaften nachgehen.

Wirst du jetzt auch eines seiner Fangirls, Lou?, denke ich mir amüsiert.

Oder: Oh Gott, verliebst du dich gar in ihn?!

Ich lache über mich selbst. *Natürlich nicht! Was denke ich denn da?!* Aber im gleichen Moment ist da so ein Ziehen in meiner Herzgegend.

Mist, nein, ich hab auf keinen Fall Gefühle für diesen Mann! Und wenn, dann nur welche, die vorsehen, ihm die Leviten zu lesen. Keine romantischen. Was stimmt nicht mit mir, dass ich das überhaupt in Erwägung ziehe? Dieser Mann kümmert sich in erster Linie um sich selbst. Andere Menschen und vor allem ich sind ihm egal. Falls er wirklich scharf auf mich ist, dann nur, weil ich ihm so oft eine Abfuhr erteile. Mehr ist da nicht.

Mit einem Ruck wende ich mich ab. Es ist, als würde

man der verdammten Sonne den Rücken zukehren. Kein schönes Gefühl. Aber ich wollte ihm sowieso nur kurz zusehen, mir ein Bild von ihm machen, ihn und seine Arbeit besser verstehen, nicht ihn anhimmeln. *Also weg!*

Das Kreischen begleitet mich beim Verlassen des Backstagebereichs genau wie Nates Stimme, die mir nicht unter die Haut gehen sollte. Der Mann trällert schließlich keine Balladen, sondern schreit in dieses Mikro, als müssten ihn noch Leute am anderen Ende des Erdballs hören. Trotzdem bringt das Vibrieren meine Haut zum Kribbeln. Er könnte mir mit dieser Leidenschaft in seiner Stimme auch die Zeit ansagen, und mein Herz würde schneller schlagen.

Was stimmt nicht mit dir, Lou?!

Ich habe das dringende Bedürfnis, mein Leben wieder unter Kontrolle zu bringen. Nichts von dem, was hier gerade passiert, ist bei mir normal. Zu Hause hätte ich wohlhabenden Leuten beim Aufräumen oder Reinigen ihrer Wohnung oder ihres Hauses geholfen. Ich hätte abwechselnd mit fettlösenden, kalklösenden und Bakterien und Pilzen bekämpfenden Mitteln hantiert und Schrankfächer jeglichen Inhalts sortiert. Nicht einen Rockstar umgestylt, ihn geküsst und mir backstage seinen Auftritt angeschaut.

Ich versuche, Christian, den Tourmanager, zu erreichen, der mir meinen Trailer für die Nacht zeigen soll. Vergeblich. *Und jetzt?* Ich muss dringend Energie loswerden.

Du weißt, wie, Lou!

Mit meinem Tourausweis steige ich in Nates Bus, tausche meinen Rock gegen Jogginghosen, ziehe mir Gummihandschuhe über und beginne zu putzen. *Was auch immer das mit Nate und mir ist, ich bin nicht verliebt.*

Ich schrubbe wie wild. *Auf keinen Fall.*

Ich widme mich den Ablagen. *Nein!*

Aber mal unter uns: Was weiß ich schon? Mit meinem letzten Freund war ich ein Jahr zusammen, doch die Trennung verlief total unkompliziert. Ich fand ja, dass wir uns wie Erwachsene verhalten haben, aber Cali meinte, ich wäre nicht richtig verliebt gewesen. Ich habe natürlich protestiert, doch sie behauptete, wir wären wie zwei Felsblöcke gewesen, die zufällig am gleichen Berghang gelandet waren. Näher wollte sie das nicht erklären, sie war nur – um im Bild zu bleiben – froh, dass ich Stein irgendwann weitergerollt bin.

Was, wenn ich doch Gefühle für Nate habe?

Blödsinn, Lou. Leute knutschen in Klubs ständig rum. Wenn du was fühlst, dann Anziehung. Dein Traumprinz hat auch Charakter.

So wie Nate eben auf der Bühne, als er sich der Musik hingegeben hat ...

Nein!, wehre ich mich gegen den Gedanken. *Zwei Minuten Hingabe gleichen kein stundenlanges Arschlochverhalten aus.*

Ich schrubbe den Boden intensiver, mir rinnt der Schweiß über den Rücken. Nicht mehr lange, und ich bin mit dem Wohnbereich durch. Besser fühle ich mich nicht. Die sonst so angenehme Klarheit bleibt aus.

Bevor ich anfange, das Bad zu putzen, bleibe ich auf dem Boden sitzen, wische mir den Schweiß von der Stirn, höre auf das Dröhnen vom Konzert und gebe zu: Ich stecke mit meinen Gefühlen fest.

»Du bist nicht verliebt, Lou.«

Ich sage es mir noch mal. Steter Tropfen höhlt den Stein.

Ich kann nicht verliebt sein. Das ist unmöglich. Schon gar nicht in diesen Mann. Er kann küssen, aber er benimmt sich permanent daneben. Ich gehöre nicht zu den Frauen, die das sexy finden. Ich brauche niemanden, der mir die Tür aufhält, aber mindestens jemanden, der sie mir nicht vor der Nase zuschlägt – oder in meinem Fall verschließt.

Dennoch kannst du nicht aufhören, an ihn zu denken, Lou!

Ich kneife die Augen zusammen. Aber statt süßem Nichts sehe ich Bilder von Nate auf der Bühne. Sexy verschwitzt. *Hätte ich ihn nur nie so gesehen! Wie er dort stand, eins mit der Musik. Das Mikro in der Hand.* Obwohl ich zwanzig Meter entfernt zugesehen habe, ist mir nicht entgangen, wie seine Finger über die Gitarre geglitten sind. Die Töne waren rau und laut, aber die Berührung war zärtlich, gefühlvoll. Als würde er das Instrument zum Schreien bringen, so wie er Frauen zum Schreien bringt, und als würde er jeden einzelnen Ton genießen. *Beeindruckend!*

Bisher habe ich kein gutes Haar an dem Mann lassen können, aber er war dort so in seinem Element, dass ich verstehe, dass ihm der Rest der Welt egal ist. Fische wollen auch nur im Wasser sein und schwimmen. Nate schwimmt. *Und dir gefällt das, Lou. Auf einer Skala von eins bis zehn gefällt dir das als Neun.* Ich räuspere mich. *Zehn.* Ich räuspere mich noch mal. *Na gut, er ist eine Zwanzig ... aber mehr nun wirklich nicht ...*

»Scheiße.«

Ich streife mir die Handschuhe ab und rufe Cali an. Ich weiß, dass sie die Nase abends immer in Unibücher steckt. Sie hasst es, bei der Vorbereitung für ihre Kurse gestört zu werden, was mein guter Einfluss ist. Aber das ist ein Notfall.

»Brauchst du das Rezept für die Türbombe?«, begrüßt sie mich erstaunlich schnell. Viel zu schnell, dafür, dass sie ein richtiger Bücherwurm ist. Ich habe gerade mal das erste Freizeichen gehört. *Hat sie etwa auf meinen Anruf gewartet?*

Im Hintergrund lärmt das Konzert. Es ist unmöglich, eine wirklich ruhige Ecke zu finden, selbst im Bus höre ich Nate singen. »Dieses Mal wäre Schallschutz gut«, sage ich und traue mich nicht, mit der Tür ins Haus zu fallen.

»Spielen sie gerade?«, fragt sie.

»Ja. Hörst du sie nicht?«

»Da ist nur so ein Dröhnen. Klingt, als wärst du auf einem Flugplatz, und ein Airbus hebt neben dir ab.«

»Das ist die Musik«, sage ich und verdrehe die Augen, weil ich zwar Nate gerade anhimmle, aber den Stil immer noch nicht mag. In der Sprechpause kreischen Fans.

»Was war das eben?«, fragt Cali.

»Das waren Hunderte von Frauen, die ihre Unterwäsche zu Nate auf die Bühne werfen.«

»Machen sie nicht!«

»Oh doch. Ist ein Wunder, dass die Kerle dort noch laufen können. Ein Meer voller Höschen bedeckt den Boden. Der Mann ist ein Traum für Unterwäschehersteller. Wo er auftritt, kurbelt er deren Umsätze an. Ohne ihn würden sie bestimmt fünf Prozent weniger im Jahr verdienen.«

»Mmh, du machst Witze, aber deine Stimme klingt kein bisschen humorvoll. Was ist los? Gab es mehr Probleme?« Sie benimmt sich so große-Schwester-mäßig, dass ich als eigentlich große Schwester stolz bin, dass aus dem Mädchen, das sich vor allem und jedem gedrückt hat, um lesen zu können, eine verantwortungsvolle Erwachsene geworden ist, die das Fantasieland verlassen hat, ihr Leben selbst in die Hand nimmt und ihre Träume in die Tat umsetzt.

»Nein, es gab kein Problem«, sage ich sofort. Wenn man den Vorfall mit einem an der Absperrung vor Fans masturbierenden Nate außen vor lässt. Oder das heiße, ich meine *falsche* Intermezzo in den Damentoiletten. »Ich habe Nate Grant Toiletten putzen lassen«, erkläre ich.

»Uhh!«, stöhnt sie. »Das kannst du gut.«

»Was willst du mir denn damit sagen?«

»Du bist ein richtiger Diktator, wenn es um Toilettenschüsseln geht.«

»Wie bitte, was?!« Das höre ich zum ersten Mal.

»Das Reinigungsmittel muss einwirken«, poltert sie mit einer Befehlsstimme, die eventuell nach mir klingt. »Der Rand ist keine Zierleiste, wir bürsten auch darunter. Jawohl, Captain, mein Captain.«

»Das habe ich nie so gesagt.«

»Und ob!«

Ich versuche, mich zu erinnern, wie das früher war, aber es fällt mir schwer, nicht nur, weil das alles lange zurückliegt. Ich habe Cali und Vi so oft zum Putzen angehalten, dass ich mich an keine konkrete Situation erinnern kann. »Na gut, habe ich«, gebe ich zu, weil das schon nach mir klang. »Der Rand ist in der Tat wichtig.«

Cali kichert und ahmt mich nach. »Da hast du es! Der Rand ist wichtig. Welche erwachsene Frau macht so ein Gewese um eine Kloschüssel?«

»Wir benutzen sie jeden Tag.«

»Handtaschen auch, und *da* kann ich den Hype verstehen.«

»Du hast nur drei«, erinnere ich sie.

»Bald vier, wenn ich die Förderung für mein nächstes Forschungsprojekt einstreiche. Und ich liebe jede einzelne. Es zählt nicht die Quantität, sondern die Qualität.«

»Das ist verrückt«, murmle ich. »Da bleibe ich lieber bei Kloschüsseln.«

»Kannst du das nicht ein bisschen verstehen? Wie viele Handtaschen besitzt du denn? Zwanzig?!«

Sie hat nicht ganz unrecht, ich habe mehr. Allerdings keine Luxusmarken wie sie, sondern so ausgewählt, dass sie zu meinen Outfits passen. »Die gehören zu meinem Business Look.«

Sie seufzt, als wäre ich ein hoffnungsloser Fall. »Konntest du Nate Grant denn mit deiner Begeisterung für WC-Stein-Entferner anstecken?«

»Das nicht, aber er hat mitgespielt.«

»Wirklich?!«

»Warum klingst du so überrascht?«

»Lou, du weißt, ich liebe dich, aber nicht mal ich würde unter deiner Aufsicht jemals wieder im Leben Toiletten putzen.«

»So schlimm bin ich nicht.«

Sie schweigt. Gemein, die Methode hat sie von mir übernommen.

»Bin ich nicht«, beharre ich. *Hoffe ich.*

»Diplomatisch gesagt ...« Sie murmelt etwas Unverständliches. »Nein, da gibt es nichts Diplomatisches. Wie hast du es geschafft, dass er mitspielt?«

»Ganz einfach. Er muss. Sonst muss er die Strafe im Gefängnis absitzen, und die Tour fällt aus.«

»Wie? Und es gab keinen Protest?«

»Nein.« Zumindest nicht mehr, als zu erwarten war.

»Du bist echt großartig«, sagt sie voller Stolz. »Meine Schwester macht aus dem Rüpelrocker der Nation einen anständigen Kerl.«

»Sie versucht es«, staple ich tiefer, bekomme dabei aber wieder dieses nervige Herzflattern. Als wäre Nate ein Schockgerät, das regelmäßig Impulse durch meinen Körper jagt. Dabei spielt er nur mit, weil er muss, nicht weil er will oder – Gott bewahre! – weil ihm die Sauberkeit öffentlicher Toiletten wichtig wäre.

»Irgendwas von deinem Einfluss wird auf jeden Fall hängenbleiben«, sagt Cali.

»Du hast Nate nicht erlebt. Ich schwöre dir, wenn die vier Wochen um sind, ist alles wie vorher. Er zählt schon die Tage.« Das meine ich ernst, und deshalb kann ich nicht verliebt sein. *Wer braucht schon jemanden, der einem das Leben schwerer macht, als es ist?*

»Abwarten«, sagt Cali nur. »Unterschätz deinen guten Einfluss nicht. Du hast sogar unser Nesthäkchen dazu gebracht, einen Job anzunehmen.«

»Sie stellt immer noch verrückte Dinge an.« Ich denke sofort an Virginias letzte Aktion. Sie meinte allen Ernstes, einen Tag lang eine Prinzessin sein zu müssen. Als Zweiundzwanzigjährige.

»Aber es werden weniger.«

»Das stimmt«, gebe ich zu.

»Was wolltest du eigentlich?«, fragt Cali.

»Du hast mir schon geholfen.«

»Wirklich?«

»Auf jeden Fall. Danke.«

»Aber wenn was ist, meld dich!«

»Mache ich.«

Ich lege auf und fühle mich besser. *Natürlich bin ich nicht in diesen Mann verliebt! Wie konnte ich das nur denken?!* Nate singt wie ein Gott, sieht aus wie ein Gott, ist aber keiner. Für ihn bin ich nur eine Frau, mit der er spielen kann. Bestimmt, um sich seine Scheißaufgabe angenehmer zu machen. *Das wird es sein!*

Immer noch höre ich Musik. Sie spielen bereits über zwei Stunden. Keine Ahnung, ob das normal ist oder ob schon die Zugabe läuft. Ich räume die Putzmittel weg und stelle mich schnell unter die Dusche, weil ich von meinem schweißtreibenden Ordnungsfimmel schwitze. Lange kann es nicht mehr dauern, bis das Konzert endet. Ich hoffe, einer von der Band kann mir sagen, wo ich Christian finde. Er muss mir noch meinen Schlafplatz zeigen. Immer wieder habe ich versucht, ihn zu erreichen, ohne Erfolg. Das Letzte, was ich will, ist eine erneute Konfrontation mit Nate.

Ich betrete das Bad und kann immer noch nicht fassen, was dieser Bus an Luxus zu bieten hat. Der Wasserdruck ist nicht hoch, aber ansonsten ist alles wie in einem Luxushotel.

Schnell dusche ich, um fertig zu sein, bevor Nate kommt, wickle mich in ein Handtuch und verlasse die Kabine, weil in dem Raum subtropische Temperaturen herrschen. Mit meiner Bodylotion setze ich mich aufs Sofa und creme mir die Beine ein. Da fliegt die Tür auf. Ich zucke zusammen, höre Frauenlachen. Kurz darauf stolpern zwei Leute eng umschlungen in den Bus. Nate und eine Frau. Am Rummachen.

Erst erschrecke ich mich, weil ich so überfallen wurde, dann, weil mich der Anblick verletzt. Dabei hat dieser Mann mehr als einmal klargemacht, dass er nichts von mir will. Selbst wenn es immer wieder zwischen uns knistert.

Sie bemerkt mich nicht. Wie auch? Sie klebt an Nate und leckt ihm über das Gesicht, als wäre er ein Eis am Stiel. Sein Blick trifft jedoch meinen und bohrt sich augenblicklich in mich. Für einen Moment brennt die Luft. Mir wird bewusst, wie wenig ich anhabe und dass ich von der Dusche noch nasse Haare habe. Ich bin bedeckter als neulich im Pool, und doch spüre ich sehr deutlich, wie nackt ich unter dem Handtuch bin. Keine Ahnung, wie Nate das anstellt, aber meine Mitte pulsiert. Von drei Millisekunden in seinem Orbit.

»Raus!«, zischt er wütend und drohend und so gefährlich, wie ich ihn noch nie gehört habe, und ohne offensichtlich bei meinem Anblick den Hauch eines schlechten Gewissens zu verspüren. *Wie kann er nur?!*

Überrascht reiße ich die Augen auf. Ich bin nicht verliebt, aber es tut weh, so behandelt zu werden. Ich kann nicht sofort reagieren.

»Hörst du schwer?!« Er schiebt die Frau in Richtung Schlafzimmer und grinst breit. »Oder willst du mitmachen?«

Instinktiv greife ich nach dem Knoten, der mein Handtuch zusammenhält. Ein eindeutiges Nein. Dieser Bus ist zu klein für uns.

»Nicht interessiert? Dann raus!«, donnert er.

»Aber meine Sach–«

Bevor ich ausreden kann, packt er mich am Arm, reißt mich vom Sofa hoch und bugsiert mich zum Ausgang. Keine drei Sekunden später bin ich draußen, und die Tür ist zu.

»Meine Sachen!«, rufe ich lauter. »Hey!«

Nate öffnet mir nicht.

Dieser Scheißkerl öffnet mir nicht. *Warum benimmt er sich mir gegenüber mal so heiß und mal so kalt? Und warum zum Henker brennt ein Teil in mir, der nicht brennen sollte?* Nicht meine unbefriedigte Mitte. Die kühlt hier draußen unglaublich schnell ab, sondern eine Stelle in meiner Brust.

Mist! Was mache ich jetzt?

Mir wird kalt. Barfuß verlagere ich mein Gewicht von einem Fuß auf den anderen. Drei vorbeigehende Männer pfeifen mir zu.

»Stehen sie wieder Schlange bei Nate!«, höre ich einen sagen. Als wäre ich ein Groupie. *Klasse!*

»Kann mich jemand zu Christian Blake bringen?«, frage ich.

»Der ist beschäftigt.« Er macht eine Geste, die Sex andeutet.

»Ich gehöre zur Crew.«

»Netter Versuch, Kleine.«

Ich bin so was von nicht in Nate Grant verliebt. Ich hasse ihn. Ich hasse ihn wie die Pest. Das eine ist, sich danebenzunehmen oder mich verrücktzumachen, aber das hier, das sprengt alle Dimensionen.

Nate

Louisiana mit nassen Haaren, von der Hitze roten Wangen, nackten Schultern, ungeschminkt, eingewickelt in ein Handtuch, beim Eincremen ein Bein angehoben, sodass man beinahe ihre Mitte sehen kann, und sie hat mich angeschaut, als würde sie mich sehen, mich als Mann und Menschen, und mich wollen. Der Anblick fräst sich in meine Netzhaut und löst einen Sturm an Gefühlen aus. Gefühle, die ich nicht haben will. Nicht für sie.

Fuck!

Die letzten Stunden waren perfekt. Ich konnte den Gerichtstermin vergessen, das Urteil und meine Aufpasserin. Schon verdammt lange nicht mehr hatte ich solchen Spaß auf der Bühne. Das Konzert könnte in die Top drei der besten Auftritte der Rebel Boys eingehen, wenn nicht sogar als der beste! Das Publikum war der Wahnsinn, der Sound perfekt. Jeder Song hat sich für mich so authentisch angefühlt, als hätte ich ihn gerade erst geschrieben und nicht Stunden im Studio verbracht, um ihn technisch perfekt aufzunehmen.

Wie so oft wundere ich mich, wie es Fans schaffen, sich hinter die Bühne zu schleichen, aber als mich eine Frau angesprochen hat – Vanessa, Tessa, irgendwas mit A am

Ende –, habe ich zugegriffen. Manche Musiker feiern nach einem Konzert. Ich liebe Sex, um die restliche Energie loszuwerden und runterzukommen. Mir war nicht ganz nach ihr, aber wenn ein Büfett aufgebaut ist, isst du auch mehr, als du eigentlich Hunger hast. So war es auch mit ihr.

Und dann ist da sie! Louisiana. Und mit ihr kommt alles wieder hoch. Sie kann überhaupt nichts dafür, aber ich hasse, dass mich die Spießer verurteilt haben, obwohl eine Geldstrafe ausgereicht hätte. Ich hasse, dass alle Welt nach Regeln spielen will, die sie selbst nicht mag. Ich will Spaß haben, und Louisiana verspricht vieles, aber keinen Spaß. Trotzdem geht sie mir nicht aus dem Kopf. Weil sie für jemanden mit omahaften Perlenohrringen immer wieder so anders reagiert. Kein bisschen vernünftig, auch wenn sie allen vormacht, sie sei der diszipliniertste Mensch auf Erden.

Und sie hat dafür gesorgt, dass sie mich hart gemacht hat. *Richtig hart.*

Sie hämmert von außen an den Bus, ist wieder diese feurige Frau, die sie sonst unter ihren Kostümen versteckt. Ich stelle die Soundanlage im Bus an, um sie zu übertönen, ziehe mir die Hose aus, greife mir ein Gummi, rolle es über meinen steifen Schwanz, werfe die Frau aufs Bett, spreize ihre Beine und dringe in sie, nehme sie, dabei will ich eine andere. *Ja, nett von mir.*

»Fuck!«, stöhne ich neben ihr ins Kissen, bewege mich in ihr, genieße das Gefühl, aber schaue sie nicht an. »Fuck, fuck, fuck, fühlst du dich gut an, Baby.«

»Härter!«, keucht sie.

»Scht«, mache ich und nehme sie langsam und genüsslich.

»Gott, bitte härter!«

Wenn ich von einer Sache etwas verstehe, dann von Rhythmus. Ihr Körper ist auch nur wie ein Instrument. Ich bewege mich schneller, nur um gleich darauf wieder langsamer zu sein. Dunkel ist mir bewusst, dass Louisiana uns trotz der Musik hören muss, und es macht mich an. *Tierisch.* Als gälte es, ihr zu beweisen, wie verfickt gut ich bin, bringe ich die Frau unter mir immer regelmäßiger zum Stöhnen. Wie eine Warnung an die Frau, die ich gerade vor die Tür gesetzt habe: ›Lauf nicht halb nackt in Handtüchern herum, sonst bist du die Nächste. Und wir wissen beide, dass du das nicht willst.‹

Entsprechend schnell rase ich auf meinen Höhepunkt zu. *Gott, ja! Ich bin Nate Grant und werde nicht auf Vanessa, Tessa, wie auch immer warten. Entweder sie kommt mit mir, oder sie hat Pech gehabt.*

Als das Prickeln in meinen Eiern heftiger wird, lasse ich los und bin in meinem eigenen Film. Sämtlicher Druck fällt von mir ab, und mein Kopf wird völlig leer. *Ja, Nate Grant hat es noch drauf. Er lebt das Leben in vollen Zügen.* Vanessa, Tessa, wie auch immer kommt auch. Cleveres Mädchen, sie hat mit sich selbst gespielt und ist so auch ans Ziel gekommen.

Ich ziehe mich zurück, streife das Kondom ab und wasche mir die Hände. Als ich zurückkomme, schläft sie. Ich lasse sie, lege mich zu ihr und frage mich, was ich hier eigentlich tue. Früher hat es Spaß gemacht, Frauen nach dem Auftritt abzuschleppen. Ich weiß, wen ich jetzt will. Aber ich kann jetzt nicht an sie denken. Während ich mich bemühe, so zu tun, als würde es Louisiana Harper nicht geben, schlafe auch ich ein …

Ein Hämmern an meiner Tür weckt mich auf.

»Nate, mach auf, sofort!«

Ich komme zu mir, entdecke Vanessa, Tessa, wie auch immer neben mir. Sie blinzelt, gähnt, wird wach. Ich muss grinsen und frage mich, wie viel Sex sie noch mitmacht, bevor wir Atlanta verlassen.

»Nate!«, kommt es wieder von draußen von Alex. Gleich darauf rüttelt es an der Klinke. »Ich zähl bis drei! Wenn du nicht aufmachst, hol ich Werkzeug und brech die Tür auf.«

Genervt stehe ich auf. Ich höre das vertraute Geräusch vom beginnenden Bühnenabbau. Heute geht es nach Texas. Eine Elf-Stunden-Fahrt, aber dafür ist morgen frei. Es gibt keinen Grund, mich zu stressen. Bis zur nächsten Show haben wir Zeit. »Was, Alter?«, knurre ich und reiße die Tür auf.

Alex nimmt zwei Stufen und rammt mir die Faust ins Gesicht. Total überrascht taumle ich zurück.

»Was stimmt nicht mit –?«, *dir* will ich noch sagen, da stößt er mich weiter zurück und drischt wie ein Verrückter auf mich ein. Wenn es nicht so wehtun würde, würde ich darüber Witze reißen, dass er vielleicht doch besser Schlagzeug statt Bass hätte lernen sollen.

»Lass ihn los!«, ruft jemand von draußen. Ich glaube, Harvey, der sich wie üblich die letzten Auftrittstermine frisch tätowieren lassen hat und sie wie andere Leute Frauennamen als Trophäen auf den Armen trägt.

»Scheiße, runter von Nate!«, mischt sich Brad ebenfalls ein.

Was soll das? Ich kann keinen Gegentreffer landen und nutze die Arme, um vor allem meine Weichteile zu schützen. Jemand reißt Alex zurück, und ich krieche von ihm weg, halte mir stöhnend die Seite und taste nach meinem Gesicht, das an mehreren Stellen brennt.

»Lass mich los!«, knurrt Alex im Schwitzkasten.

»Falls sich jemand an deinem Joghurt vergriffen hat, ich war es nicht«, witzle ich.

Das bringt Alex richtig zum Eskalieren. Er schafft es, Harvey und Brad mit sich mitzureißen, für einen vollen Meter, dann haben sie ihn wieder im Griff.

»Alles okay?«, fragt Vanessa, Tessa, wie auch immer, kommt in ein Laken gehüllt aus dem Schlafzimmer und kniet sich besorgt neben mich. Wie meine Freundin.

»Sicher«, sage ich. »Ist immer so bei uns.«

»Wegen ihr?«, brüllt Alex außer sich und zeigt auf meine Bettbekanntschaft. »Wegen einer verdammten Hure!«

Sein Tonfall ist völlig daneben. Gleich schlage ich mal auf ihn ein. »Das ist Vanessa.«

»Alessa«, korrigiert sie mich, wirkt aber nicht sauer über meinen Fehler. *Braves Mädchen.*

»Wenn ich mich recht erinnere, bist du mit drei Frauen abgezischt«, rede ich weiter, lehne mich an das Sofa und starre meinen eigentlich besten Bandkumpel an. »Was willst du von mir?« Für Vorwürfe, was ich mit meinem Schwanz anstelle, kommt er Jahre zu spät.

Alessa schaut uns irritiert an. Sie will mir helfen. Als könnte sie einen festen Platz an meiner Seite einnehmen. Als bräuchte ich jemanden, der mir beisteht. Meine engste und einzige Langzeitbeziehung ist die mit meiner Musik. Das betone ich nicht zum Spaß in allen Interviews.

»Geh schon!«, sagt Alex zu ihr. »Du kannst beim Catering duschen.«

»Ich wollte noch Fotos –«

»Ein anderes Mal!«, zischt Christian, der um die Zeit eigentlich den Abbau vor Ort und den Aufbau in Texas koordinieren sollte, jetzt aber auch hier ist, als wäre mein Bus der Frühstücksraum.

»Quatsch«, sage ich und rufe sie zu mir. »Gib mir fünf Minuten, okay?«

Sie nickt und geht. Alex wirkt nicht zufrieden.

»Was ist dein Problem?«, frage ich, gehe ins Bad, wasche mir das Gesicht, entdecke einen Bluterguss am Kinn und eine aufgeplatzte Lippe, aber sonst nichts, was mich beim nächsten Auftritt behindern sollte. Auf dass es Alex' Fingern umgekehrt genauso gut geht. Keine Ahnung, wie er den Bass mit zwei geprellten Händen spielen will.

»Du, du bist mein Problem«, speit er aus. »Du und deine Scheiße.«

Ich verlasse das Bad und steige in saubere Boxershorts und Jeans und nehme mir ein Shirt. »Ich hab keinen blassen Schimmer, wovon du redest.« Wirklich nicht. Aber irgendwas muss los sein, denn so sauer habe ich ihn noch nie erlebt. Wir sticheln mal, das gehört quasi zum guten Ton, aber ein richtiger Streit ist neu. »Welche Scheiße meinst du? Das beste Konzert seit fucking drei Jahren? Die hundert Zugaben, die dich davon abgehalten haben, deine Lieblings-Late-Night-Show zu gucken? Die Tatsache, dass ich das beste Mädchen bekommen habe, du nur den Rest?«

»Ich rede von Louisiana.«

Mist! Allein ihren Namen zu hören durchfährt mich eiskalt. Mein schlechtes Gewissen, sie gestern aus dem Bus geworfen zu haben, meldet sich. »Und?«, mache ich nur und verdränge das miese Gefühl.

»Was hat sie dir getan, dass du sie wie den letzten Dreck behandelst?«

»Ich hab gesagt, dass ich sie hier nicht haben will.«

»Sie macht nur ihren Job.«

»Magst du sie etwa?« Das nervt mich jetzt richtig.

»Ja, rein zufällig finde ich, sie ist ein netter Mensch. Ein bisschen spießig, aber nett. Doch selbst wenn das nicht so wäre. Ich schick doch keine Frau nachts, kurz vor Mitternacht mit nichts als einem Handtuch am Leib auf den Parkplatz eines Stadions. Hast du sie noch alle?!«

»Oh«, mache ich, als mir endlich dämmert, worum es geht.

»Oh? Mehr fällt dir nicht dazu ein? Nur ein verficktes Oh?!«

Jetzt verstehe ich Alex. Ich kann mich nur erinnern, wie ich sie auf ihren Platz verweisen wollte, außerhalb meines Radius. Dass sie sich halb nackt was anderes für die Nacht suchen musste, ist mir nicht in den Sinn gekommen. »Ich hab wohl einen Fehler gemacht. Sorry.«

»Einen Fehler?« Er lässt die Luft entweichen, als ob er sonst gleich wieder platzen würde. »Du Arschloch! Sie war praktisch nackt, und niemand von der Crew hat ihr geholfen, weil keiner sie kannte.« *Scheiße, echt?*

»Sie hat doch ihren Ausweis.« Ja, sie ist neu, aber sie hat die Freigabe für jeden Bereich. Sie ist erwachsen und imstande, sich selbst zu helfen.

»Und den hatte sie um, als sie aus der Dusche kam? Hatte sie nicht!«

In meiner Magengegend breitet sich ein fieses Ziehen

aus, weil mir ohne den Rausch vom Konzert und ausgeschlafen klar wird, was ich da verbockt habe.

»Aber du hast ihr geholfen. Richtig?«, presse ich heraus, während mein Herz viel zu schnell schlägt. Vor beschissener Sorge.

»Durch Zufall!«, brüllt er. »Weil ich meine Frauen nicht die ganze Nacht durchgevögelt und Louisiana entdeckt habe, als sie gegangen sind.«

Erleichterung durchflutet mich. Mehr, als ich empfinden sollte. »Also ist sie jetzt bei dir?« Ich stehe auf und will an ihm vorbei. Ich kann nicht sagen, warum ich mich so fühle, aber ich muss sie sehen. Ich habe sie wieder vor Augen. Ihr Handtuch ging nur bis knapp über ihren Hintern. Wir sind auf einem abgesicherten Gelände, doch das heißt nicht, dass jeder hier ein Engel ist. Gerade nach einem Konzert wird gefeiert und gevögelt. Manchmal sind sogar Drogen im Spiel. Nur die Fahrer bleiben nüchtern. Die Vorstellung, dass sie irgendwer auch nur angetatscht hat, fuck, das bringt mein Blut zum Kochen.

Alex stellt sich mir in den Weg. »Lass sie verdammt noch mal in Ruhe, Nate! Wenn du was tun willst, schaff ihre Sachen zu mir rüber. Christian hat ihr zwar endlich ihren Trailer gezeigt, aber sie will lieber bei jemandem übernachten, dem sie vertraut.«

»Bei dir?« Ich klinge wie jemand, der sagt: nur über meine Leiche.

»Ganz genau. Bei dir hat sie ja offensichtlich keinen Platz. Also? Wird's bald?« Er meint das ernst.

Ich sehe ihn einen sehr langen Moment an, aber es ist klar, wer von uns gerade umsichtiger handelt. Alex. Mit einem Schnauben wende ich mich ab und sammle Louisianas Zeug im Bad ein. Zwei ordentlich gepackte Kosmetiktaschen, was sonst. Ich werfe sie in ihren Koffer und bugsiere das Ding mit Tritten zu Alex. »Hier, bitte, viel Spaß!«, höhne ich, gehe an ihm vorbei und will zum Frühstück.

»Ein Foto«, hält mich da eine helle Stimme auf.

Mir ist null danach. Die Frau hatte meinen Schwanz x-mal in sich, das sollte ja wohl reichen. Dennoch reiße ich mich zusammen, nicke und stelle mich neben sie. Brad lässt sich ihr Handy geben und macht Bilder. *Fan ist Fan.*

»Ist wirklich alles okay?«, fragt sie hörbar besorgt und streichelt meine Wange. »Kann ich was für dich tun?«

»Ja, verpiss dich!«, knurre ich, dankbar für mein Bad-Boy-Image, bei dem es keinen verwundert, wenn ich mich mies benehme. Das Letzte, was ich brauche, ist Mitleid. Statt mich anzuhimmeln, sollte die Frau mir die Leviten lesen, dass ich einer anderen so übel mitgespielt habe.

Ich stapfe über den Parkplatz und steuere den Foodtruck an. Die Luft ist noch frisch, es wird wieder ein warmer Tag in Atlanta. Aber davon werden wir nichts mehr mitbekommen. Wenn die Temperaturen unangenehm werden, sind wir bereits unterwegs.

Vor dem Kaffeeautomaten hat sich die längste Schlange gebildet. Ich blicke in grinsende Gesichter, die Stimmung ist gelöst. Alle hatten gestern einen verdammt guten Abend. Ich suche die Menge ab, bis mir klar wird, wen ich vermisse: Louisiana. *Hat sie schon gegessen? Schläft sie noch? Hat ihr Alex was in seinen Bus gebracht? Er führt sich echt lächerlich auf. Ja, ich bin der Verrückte in der Band, aber deshalb muss er jetzt nicht auf Heiliger machen. Das ist er nämlich nicht.*

Grummelig schnappe ich mir zwei Muffins, stelle mich in die Kaffeeschlange und schlinge die Teile beim Warten hinunter.

Der Abbau läuft auf Hochtouren. Die Technik wurde gestern schon verstaut. Ich sehe Rick, unseren Gear Manager, wie üblich seine Checklisten abhaken. Für kleinere Teile wie Mikros und Ohrstöpsel hat er Ersatz dabei, weil immer was verschwindet. Bei den teureren Sachen schaut er ganz genau, dass alles da ist.

Bevor wir gleich wieder im Bus sitzen, nutze ich die Zeit und vertrete mir die Beine. Mit Kaffee schlendere ich zwischen den parkenden Trucks entlang, bis ich eine mir vertraute Stimme höre. Louisianas. Keine Ahnung, warum, aber ich gehe in Deckung, um sie zu belauschen.

»So kann es nicht weitergehen … Nein, Ma'am, er hat die Stunden bisher abgeleistet … Es hat persönliche Gründe …« Ihre Stimme bricht. »Nein, krank bin ich nicht …« Sie schluckt. »Nein, auch niemand in meiner Familie …« Sie holt tief Luft. »Ja, ich verstehe … Natürlich … Ihnen auch einen schönen Tag!«

Hat sich Louisiana bei der Richterin über mich beschwert? Das passt zu ihr. ›Nate ist ein echtes Arschloch, auweia‹, äffe ich sie in Gedanken nach.

Dann höre ich ein Fluchen, danach ein Schniefen, gleich darauf wieder ein Fluchen. *Mist!* »Oh, Lou, nur die Ruhe, tief durchatmen«, sagt sie sich. »Es ist nichts passiert. Gar nichts. Alles ist in Ordnung.« Wieder Schniefen.

Wie kann ein einzelner Laut einen so an den Eiern packen? Das ergibt überhaupt keinen Sinn. Es sollte mich nicht so stören, aber wenn ich könnte, würde ich die Zeit zurückdrehen, meine Bettbekanntschaft von letzter Nacht aus dem Bus werfen und mit Lou ... ja, was? Kuscheln? Ich kuschle nicht. Trotzdem hat die Vorstellung was für sich.

Ich höre sie mehrmals tief Luft holen, dann Schritte in meine Richtung. *Mist.* Ich will abhauen, bin aber nie im Leben schnell genug, also stöpsle ich mir hastig Kopfhörer ins Ohr und nehme sie raus, als Lou auftaucht. »Hi!«, mache ich und rolle über diese Opening Line innerlich mit den Augen. *Sehr einfallsreich, Grant! Du hast zwar eine Inselbegabung, aber die Insel scheint zu schrumpfen, sprich: Du warst schon mal kreativer.*

»Hi«, macht auch sie nur und will weiter.

»Das gestern tut mir leid.«

»Schon okay.« Sie klingt, als wäre ihr meine Entschuldigung egal. Als würde sie eh nichts von mir erwarten.

»Was ist deine Lieblingsschokolade?«, gebe ich noch nicht auf, will wieder diese Energie zwischen uns spüren.

»Was ist an ›schon okay‹ nicht zu verstehen?«, wird sie lauter.

Sie regt sich wieder auf. Das wollte ich nicht. »Also ... tja ... Es tut mir wirklich sehr leid.« Ich gehe auf die Knie. Premiere. Nate Grant kniet vor einer Frau. »Kannst du mir verzeihen?«

Sie winkt mich nach oben. »Steh auf, das ist albern.«

Ich bleibe am Boden. »Lou?«

»Lass das! Die Leute denken noch, du machst mir einen Antrag.«

»Mir egal.«

»Wie immer.«

»Sag Ja, und ich stehe auf.«

»Wow, deine Entschuldigung wird eine Erpressung?! Warum wundert mich das nicht.«

»Oh ... stimmt.« Ich stehe auf, streiche mir Staub von der Hose und setze nicht zu einer weiteren Entschuldigung an. Sie wird sie nicht annehmen, und sie hat jeden Grund dazu. »Habe ich noch eine Sozialstunde, bevor wir aufbrechen?«, frage ich aus dem ziemlich verwirrenden Impuls heraus, mehr Zeit mit ihr zu verbringen.

»Ich hab was in Texas organisiert.«

»Jetzt geht es nicht? Dann habe ich den Abend frei.«

Sie zögert, kneift misstrauisch die Augen zusammen, mustert mich, muss das Veilchen und die Schrammen in meinem Gesicht bemerken. »Nein«, sagt sie nur und geht weiter.

Wut steigt in mir auf. Ich bin es nicht gewohnt, dass jemand Nein zu mir sagt. Ich hab höflich gefragt.

»Es tut mir ja leid«, rufe ich ihr noch mal nach.

Sie bleibt stehen und dreht sich um. Sie wirkt so gefasst, aber ich kann den Ärger in ihrem Blick sehen, das Feuer, das sie zurückhält. Der eine Funke, der jedes Mal was mit mir anstellt, sodass ich mich frage, was wohl passiert, wenn es zwei, drei, vier oder ein Großbrand werden. »Und jetzt glaubst du, ich werfe meine Planung über den Haufen und mache, was für dich am besten ist?« Sie wartet nicht auf meine Antwort, sondern redet weiter. »Wenn es dir wirklich leidtut, dann machst du mir keine Umstände und leistest die Stunden heute Abend ab, so wie ich es vorgesehen habe. Verstanden?«

»Fuck, verstanden«, knurre ich und beiße mir im gleichen Moment auf die Zunge. »Sorry, verstanden«, schicke ich sanfter hinterher. Keine Ahnung, ob sie es gehört hat. Ich hoffe es.

KAPITEL 11

Lou

Sorry? Spar dir die Luft, Nate Grant!

Auf das Oberarschloch bin ich schon sauer, aber dass er jetzt plötzlich so tut, als würde er sich benehmen, macht mich richtig wütend. Wenn es ihm was bringt, dann kann er nett sein, ansonsten geht ihm am Allerwertesten vorbei, was er mit seinem Verhalten bei anderen Leuten auslöst.

Die Worte der Richterin steigen wieder in meiner Erinnerung auf: ›Solange Nate seiner Pflicht nachkommt, kann ich nichts tun.‹ Gott, wie ich plötzlich hoffe, dass er hinschmeißt. Dann ist das hier geschafft. *Scheiß auf das Geld. Ich habe diesen Kotzbrocken so satt! Egal, wie heiß er ist.*

Wieder drehen meine Gefühle durch, was ich absolut nicht verstehe.

Reiß dich zusammen, Lou!, ermahne ich mich. *Haltung bewahren.*

Sobald ich an letzte Nacht denke, fällt mir das allerdings schwer. Noch nie in meinem gesamten Leben habe ich mich so gefühlt. Da war erst Empörung und Wut über Nates Verhalten. Nichts Neues. Dann Schock. Und schließlich Unbehagen, immer größeres Unbehagen. Weil ich quasi nackt auf dem Parkplatz des Stadions gestanden habe. Kalt war mir auch. Und niemand hat mir geholfen. Wäre mir Alex nicht zufällig über den Weg gelaufen, ich hätte die Nacht draußen verbracht. In einem Handtuch.

All die Gefühle kommen wieder in mir hoch.

An allererster Stelle Angst. Jede Frau auf diesem Planeten weiß, dass man nicht nachts allein auf Parkplätzen rumhängt, schon gar nicht umgeben von grölenden Männern. Und erst recht nicht nur in einem Handtuch. Ich fühle mich schmutzig und verspüre den Drang, wie ein Schutzschild die weitesten Klamotten zu tragen, die ich besitze. Dumm nur, dass ich die in Miami gelassen habe.

Müde lasse ich das Frühstück aus und verdrücke mich in Alex' Bus, meine Höhle, auch wenn ich viel lieber zu Hause eingekuschelt in meinem Bett liegen und Filme schauen möchte. Sobald ich drinnen bin, atme ich auf, als wäre mir eine Last von den Schultern genommen worden.

»Hast du die Richterin errei–?«, fragt Alex, aber bricht ab, als er mich sieht. »Alles okay?«

»Klar«, sage ich und ringe mir ein Lächeln ab.

»Du lügst schlecht. Hat dir das schon mal jemand gesagt?«

Jetzt kommt mein Lächeln von Herzen. »Ja, meine Schwestern. Die beiden sind richtige Lügendetektoren. Selbst wenn ich aus einer Schüssel Erdbeeren nur eine stibitze, sehen sie mir das an. Dabei habe ich ein gutes Pokerface.« Ich sehe Alex demonstrativ an. »Hab ich doch, oder?«

»Ja, hast du.«

»Na also!«

Er lacht leise.

»Was?«, zische ich, bis ich es begreife. »Du hast mich angelogen!«

»Nein«, sagt er ernst, wobei seine Mundwinkel zucken.

»Du lügst schon wieder!«

»Ich bin unschuldig!« Lachend hebt er die Hände.

»Also die Geste kenne ich«, sage ich. »Das macht Cali immer und heißt eher ›erwischt‹.«

»Erwischt«, gibt er zu, und ich muss leise kichern.

»Danke.« Der kleine Spaß hat etwas von dem Druck in mir genommen.

»Puh«, schnauft er erleichtert. »Ich dachte schon, ich müsste einen dieser Partyhits für dich covern, damit du wieder lachst.«

»Das hättest du getan?«

»Na ja …« Er räuspert sich. »Nate macht das manchmal zum Spaß, aber ich kann das auch. Also ja, hätte ich.«

»Zeig mir was!«, bitte ich ihn, weil ich noch etwas mehr Spaß gebrauchen könnte.

»Hast du einen Lieblingssong?«

»Wie wäre es mit Britneys erstem Hit *Baby one more time*?«

Er verzieht das Gesicht. »Nicht dein Ernst?«

»Ich mag auch *I will always love you* von Whitney Houston! Ist der besser?«, necke ich ihn.

»Nein, dann wird es Britney.« Er greift sich eine seiner Gitarren und spielt sich kurz ein. »Ich bin bereit, aber nur, wenn du mitsingst.«

»Oh nein!« Abwehrend fuchtle ich mit den Händen.

»Oh doch! Ich mach mich nicht alleine lächerlich.«

»Ich kann nicht singen.«

»Jeder Mensch kann singen.«

»Nicht gut.«

»Na und, ich auch nicht.«

Er spielt den Refrain, fängt die ersten Zeilen an, grinst breit und wartet, dass ich einsteige. *Echt, so peinlich!* Aber ich gebe nach und singe leise mit.

»Yeah«, ruft er, steht auf, stellt ein Bein auf das Sofa und wiegt sich im Takt. »Come on, girl!«

Wie soll ich da widerstehen?

Den ersten Refrain überlasse ich ihm, aber verdammt, beim zweiten ist es mir total egal. Alex spielt so laut, da geht mein Stimmchen eh unter, also lege ich mich richtig ins Zeug. Ich weiß, ich bin schlecht. Man selbst glaubt ja meist, man kann was, aber ich habe mich mal auf Band aufgenommen und es danach abgespielt. Ich klang wie eine Katze, der man auf den Schwanz tritt. Doch Alex stört das nicht, und es macht mich glücklich, dass er das für mich tut. Kurz frage ich mich, ob da irgendwas zwischen uns läuft, aber zwischen uns ist es locker und entspannt wie bei Familie und Freunden. *Wie angenehm!*

Als wir fertig sind, klopft es von außen an den Bus. »Hinsetzen, Alex Spears und Britney Harper, wir fahren los!«

Das ist Nate. Ein sehr grantig klingender Nate. Alex und ich tauschen einen Blick, lachen, und er fängt noch mal von vorne an, und dieses Mal bin ich von Anfang an mit dabei. Langsam setzt sich der Bus in Bewegung, wir schwanken, lachen, dann fangen wir uns und singen das Lied zu Ende.

»Louisiana, in dir steckt mehr, als du denkst!«

»Jetzt ... Mist, jetzt sagst du die Wahrheit.«

»Sage ich«, gibt er zu. »Wie geht es dir?«

»Auf jeden Fall besser, danke.«

»Wie lief es mit der Richterin?«

»Nicht so gut. Sie kann nichts machen. Aber sie hat gesagt, sie redet mit eurem Label und dass die wiederum Nate ermahnen, sich zu benehmen. Ich bleib euch also erhalten.«

»Das freut mich.«

»Ach ja?«

Wenn er an mir interessiert wäre, müsste er jetzt anders schauen, aber das tut er nicht, sondern er nickt nur. »Ja. Gestern Abend auf der Bühne war Nate der Wahnsinn.«

»Was habe ich denn damit zu tun?«

»Ich weiß nicht.« Er zuckt mit den Schultern. »Du tust ihm gut.« *Schwer vorstellbar.*

»Ja, weil er endlich mal putzen lernt«, witzle ich.

»Vielleicht …«, sagt Alex nur, und ich wüsste zu gerne, was er denkt, habe aber gleichzeitig Angst vor der Antwort und frage deshalb nicht nach. Mit dem Putzen hat es nichts zu tun. Das wissen wir beide.

Nate

Ich habe mal wieder einen Ohrwurm. Er begleitet mich seit Atlanta. Mittlerweile sind wir schon hinter New Orleans. Volle vier Stunden kämpfe ich dagegen an, aber auch beim stumpfsinnigen PlayStation-Spielen höre ich ihn. Nicht den Song von Britney Spears, sondern die Version von Alex und Louisiana. Die Frau hat nicht eine Note getroffen. *Mein Beileid*, denke ich, als ich Alex vor Augen habe, dem die Ohren bei dem Gejaule geblutet haben müssen. Trotzdem ist jede schiefe Note in mein Gehirn eingebrannt. Ich habe noch nie jemanden so inbrünstig falsch singen hören. Ohne Rhythmusgefühl, ohne überhaupt ein Gefühl. Es passt zu jemandem wie Louisiana. Wer so steif ist, der kann Musik nicht verstehen, das Fließende, die Dynamik, die Leichtigkeit.

Frustriert singe ich meinen Ohrwurm in die Diktier-App meines Handys, meine Müllhalde für kitschige Songzeilen, die mir durch den Kopf spuken, seit Louisiana aufgetaucht ist. Mittlerweile nehmen die Aufnahmen mehrere Megabyte ein. Aber die Zeilen verschwinden nicht.

You have your rhythm, I have mine,
but when we move together, everything is fine.

*Du hast deinen Rhythmus, ich hab meinen,
aber wenn wir uns zusammen bewegen, haben wir einen.*

»Fuck!«, fluche ich frustriert und noch mal heftiger: »Fuck!«, als mir klar wird, dass der Text ganz wunderbar zu ihren schiefen Tönen passt. *Kann mein Gehirn bitte mit dem Mist aufhören?*

Als mein Handy die Melodie vom weißen Hai spielt und Ryan ankündigt, kann ich gar nicht schnell genug abheben. *Premiere!*

»Scheiße, Nate, wir hatten eine Vereinbarung«, staucht er mich zusammen, ohne Begrüßung. »Du leistest die Sozialstunden und machst, was Louisiana will, dafür läuft die Tour.«

Ich stöhne gequält, weil beim Hören ihres Namens jede Menge merkwürdiger Reaktionen in meinem Körper passieren. Mein Herz schlägt schneller. Meine Haut wird wärmer. Mein Gehirn feuert Bilder von ihr ab, als könnte ich auch nur eine Sekunde ihre Gestalt vergessen. Am schlimmsten ist die Erinnerung an den letzten Blick, den sie mir zugeworfen hat. Ich baue Scheiße, aber ich tue Menschen nicht weh. Außer ihr, ihr habe ich richtig wehgetan. Bei ihr habe ich es vermasselt. »Ich hab mich an alle Vorgaben gehalten«, sage ich und kann immer noch nicht fassen, dass ich Klos geputzt habe.

»Warum zum Henker wollte sie dann kündigen?«

»Sie wollte was?!«

»Ich hatte gerade die Richterin am Telefon. Louisiana hat sich bei ihr beschwert. Wenn der Vertrag mit ihr nicht so wasserdicht wäre, wäre sie aus der Vereinbarung raus. Keine Ahnung, was du treibst, aber verdammt, benimm dich. Oder willst du, dass wir die Tour absagen müssen, bevor sie überhaupt richtig gestartet ist, weil du ins Gefängnis musst?«

Mir ist nicht viel heilig, aber die Auftritte sind es. Das ist nach dem eher einsamen Songschreiben der beste Teil am Musikerleben.

»Ich benehme mich«, verspreche ich und meine es auch so.

»Wenn sie dir ein Stöckchen zuwirft?«, testet er mich.

»Dann hole ich es«, antworte ich lahm.

»Braver Junge«, witzelt er und atmet tief durch. »Und was dein Songmaterial angeht ...«

Ich denke an die kitschigen Lieder, die ich ihm gestern noch schnell geschickt habe in der Hoffnung, dass sie irgendjemanden bei Hurricane Florida Records glücklich machen. Jetzt steigt mir Röte in die Wangen. Ich bin Nate Grant. *Was habe ich mir nur dabei gedacht, das Zeug an das Label zu schicken? Es wird Schrott sein. Natürlich ist es das. Ich krieg ja selbst jedes Mal das Kotzen, wenn mir was Neues einfällt.*

»Ganz ehrlich, Ryan: Wenn sie so scheiße sind, dass du nicht mal Worte dafür findest, dann lösch sie einfach, und wir reden nie wieder darüber«, komme ich ihm zur Hilfe, damit er keine Rücksicht auf mein armes Künstlerherz nehmen muss. *Bei dem Material für die Band hasse ich Kritik, aber bei dem schmalzigen Kram? Kann er ruhig loslegen, mich zu vernichten. Halte ich aus.*

Ryan lacht. »Du siehst es nicht, oder?«

»Was?«, brumme ich.

»Das ist das Beste, was du seit Jahren geschrieben hast. Authentisch, tief, sexy. Ich höre diesen einen Song in Dauerschleife, dabei stehe ich nicht auf dieses Süßholzgeraspel. Mich stört nicht mal, dass die Aufnahme von deinem Handy stammt und Windgeräusche Teile verzerren.«

Mir wird schlecht, keine Ahnung, warum. »Verarschen kann ich mich alleine.« *Klassische Abwehrhaltung.*

»Ist mein voller Ernst, Nate. Ich kann dir Chantal oder La Ola als Co-Artists geben. Die beiden schießen gerade an die Spitze der Charts und haben schon signalisiert, dass sie dabei sein wollen. Verdammt, ich kann dir jeden geben, den du willst. Alle, die die Demos kennen, wollten das Zeug sofort mitproduzieren. Aber wir sind uns hier einig, dass du die als Soloalbum rausbringen solltest, nicht mit den Rebel Boys.«

Seine Worte schlagen ein wie eine Bombe. Ich bin keine One-Man-Show, ich bin eine Band. Ich liebe Musik und die Auftritte, aber nichts von dem Zirkus hätte ich alleine angefangen, geschweige denn Jahre durchgehalten, wenn es die anderen nicht gäbe. Erst zusammen macht diese Reise Spaß. Meiner Meinung nach ist die Band meine beste Versicherung, nie komplett abzuheben. Entweder halten mich die Jungs vom größten Mist ab, oder wenn Mist passiert, verteilen sich die Konsequenzen auf viele Schultern. Meistens zumindest.

»So was mache ich nicht«, sage ich, als wüsste er das nicht selbst. »Schlag dir das aus dem Kopf! Kein Soloalbum, das hab ich damals klargestellt, und das gilt auch heute noch. Mich gibt es nur mit Alex, Harvey und Brad.«

Jemanden wie Ryan beeindrucke ich mit so einer Rede natürlich nicht. »Denk drüber nach. Wie gesagt, Chantal und La Ola haben schon zugesagt. Sie lieben das Material, Nate.«

»Dann sollen sie es benutzen.«

»Es passt zu dir.«

»Weil ich was bin? Schmusesänger?« Ich gebe Würgegeräusche von mir. Mit Alex, Harvey und Brad hätte ich auch als Boyband starten können. Vier Dudes mit einem Sixpack und sanften Songzeilen. Statt Höschen hätte man uns Kuscheltiere auf die Bühne geworfen. Es hat seinen Grund, warum ich das nicht wollte. Mit dieser Fake-Romantik fühle ich mich nicht wohl. Liebe geht nur zwei Leute was an, nicht die gierige beschissene Welt da draußen.

»Wir bieten dir einen Vorschuss von fünfzig Millionen«, sagt Ryan.

Das ist nicht die größte Summe, die je ein Plattenlabel gezahlt hat, das sind, soweit ich weiß, mehr als zweihundert Millionen Dollar für die Musik von Michael Jackson, aber es ist viel. »Nein«, lehne ich trotzdem, ohne zu zögern, ab.

»Hundert«, verdoppelt er ungerührt.

»Sag mal, ist dir entgangen, dass ich in Geld schwimme?«

»Du gibst aber auch viel aus.«

»Und?« Selbst wenn ich arm wäre, würde das nichts an meiner Entscheidung ändern. Klar wäre es hart, auf die Villa, den Koch und den Pool zu verzichten. Aber in Miami gibt es einen tollen Strand und Meer und Fertiggerichte an jeder Ecke. Wenn du nicht gerade am Hungertuch nagst, dann hat ein schönes Leben vor allem mit deiner eigenen Einstellung zu tun. Du musst zu dem, was du willst, stehen und dafür kämpfen. Wenn du erwartest, dass ein Pool voll

Champagner dich glücklich macht, stimmt was nicht mit dir. Das kann, wie ich aus eigener Erfahrung weiß, lediglich für fünf Sekunden lustig sein. Bis man wieder aus dem Pool rauskommt und sich sämtliche Insekten im Umkreis von zwei Meilen auf dich stürzen, weil sie den teuren Sekt von dir saugen wollen. *Been there, done that.*

Ryan seufzt. »Du kannst für die Aufnahmen jedes Studio haben«, ändert er seine Taktik.

»Das bekomme ich schon heute. Mach mit den Songs, was du willst, nur lass mich da raus. Ich will sie nicht.« Ich grinse fies. »Als Fahrstuhlmusik kriegst du dafür bestimmt gutes Geld.«

»Schade, aber okay, ich hör mich um. Aber wenn du sie selbst –«

»Nein, verdammt«, falle ich ihm ins Wort, weil er noch nicht aufgibt. »Verhökere sie zu egal welchem Preis, zahl mir meinen Anteil aus, meine Kontonummer kennst du ja, und dann lass mich damit in Ruhe.«

»Whatever you want, baby, I'll give it to you. Whenever you want it, I'll be right beside you«, trällert er einen Refrain meiner Musik. *Was auch immer du willst, Baby, ich gebe es dir. Wann auch immer du es willst, ich bin direkt neben dir.*

Mein Herz rast, weil ich genau weiß, wann mir die Zeilen eingefallen sind. Direkt nach dem ersten Kuss mit Louisiana. Ein Gefühl steigt in mir hoch. Das könnte Sehnsucht sein, aber ich bin einer der Kerle, die so was nicht fühlen. Punkt. »Willst du mich verarschen?«, knurre ich und lege auf. Unterhaltung beendet.

Wenig später erhalte ich eine SMS von Ryan: »Ich nehme an, du bleibst bei deinem Nein?«

Ich sende ihm ein Nein-heißt-nein-Meme. Ryan ist klug genug, mich in Ruhe zu lassen. Was ich mit den neuesten Songtexten mache, weiß ich nicht. Vielleicht auf Zettelchen schreiben und als Flaschenpost losschicken. *Mögen sie irgendjemandem auf dem Planeten mehr Freude schenken als mir.*

Ich lege den Kopf in den Nacken und lehne mich auf dem Sofa zurück. Hinter meiner Stirn pocht es verdächtig. Nicht vom Alkohol. So viel habe ich gestern nicht getrunken. Auch nicht vom Schlafmangel. Vanessa … Tessa – ihr richtiger Name ist mir schon wieder entfallen – hat mich in die Erschöpfung gefickt. Nein, es ist was anderes.

Als ich die Augen schließe, taucht Louisiana mal wieder in meinen Gedanken auf, und der Druck lässt nach. Sie, in einem langweiligen Business-Kostüm mit Perlenohrringen, straff frisierten blonden Haaren und himmelblauen Augen.

Daher das Pochen?! Vom Unterdrücken der Gedanken an sie?! Das ist wohl ein Scherz!

Verärgert verdränge ich Louisiana aus meinem Hirn. Ich setze mir Kopfhörer auf, schließe sie an meine Gitarre an und spiele ein Riff nach dem anderen. Als ich endlich glaube, dass es besser wird, und ich schon triumphierend grinsen will, fällt mir auf, dass ich viel zu sanfte Töne spiele und schon wieder an sie denke. Mit zu viel Kraft schleudere ich die Gitarre weg, als stünde das Teil in Flammen und ich hätte mich verbrannt. *Was hat diese Frau bitte an sich, was mich so gefangen nimmt?* Man sagt ja, dass Männer sich in Frauen verlieben, die wie ihre Mütter sind, aber ich kann versichern, dass Louisiana mit meiner Mom so viel gemeinsam hat wie eine Nonne mit einer Stripperin. Meine Mutter spielt Geige, sie war nicht oft da, aber wenn sie Zeit mit uns verbracht hat, dann war sie sehr locker drauf. Genau wie ihre Mutter, meine Granny, auch musikalisch versiert. Keine penible Langweilerin.

Stop fucking with my brain, controlling my thoughts.
I won't kiss you again, won't whisper sweet words.

Hör auf, mir durch den Kopf zu spuken, meine Gedanken zu bestimmen.
Ich werde dich nicht noch mal küssen, keine Liebesschwüre anstimmen.

Ich sehe nach draußen auf die Interstate und beobachte Trucks, SUVs und Familienkutschen, die uns überholen. Manchmal starren Beifahrer oder Kinder vom Rücksitz zu meinem Bus. An der Außenseite klebt kein Name dran, aber das Teil ist riesig, schwarz, und die Scheiben sind getönt. Jedem ist klar, dass hier irgendjemand Superreiches unterwegs ist, und sie wollen einen Teil des Glanzes abhaben. Dabei haben sie keine Ahnung, wie gut es ihnen geht. Sie haben keine Lieder zu Louisiana Harper im Kopf. Sie werden nicht wahnsinnig, wenn sie an den Geschmack ihrer Lippen denken, an das Gefühl, als sie ihre Hand in mein Shirt gekrallt und mich festgehalten hat. Oder von der Erinnerung, wie ihre Augenlider geflattert haben und ihr Blick dunkler geworden ist. *Elendige körperliche Anziehungskraft!*

Wenn wir uns nicht nah sind, könnte ich ihr den Hals umdrehen. Dann nervt sie mich mehr als jeder Mensch auf Erden. Aber wenn wir zusammen sind? *Wow!*

Ich lasse mich wieder auf das Sofa fallen, starre die Decke an und spüre eine weitere Kopfschmerzwelle über mich einbrechen, als ich versuche, Louisiana zu verdrängen. So als wäre ich auf Drogen und der Entzug täte weh. Sie tut mir weh.

Dunkel ist mir bewusst, wie ich sie loswerde. Wenn ich die Sozialstunden schwänze. Aber damit ruiniere ich die Tour.

Es zieht in meinen Eiern. *Fuck!* Außerdem will ein Teil von mir nicht, dass sie geht. *Verrückt, oder?*

Frustriert greife ich wieder die Gitarre und ergebe mich meinem Schicksal. Sobald ich aktiv aufhöre, gegen diese Frau und die Gefühle, die sie in mir auslöst, anzukämpfen, durchströmt mich Wärme. Wenn wir aufeinandertreffen, könnte ich explodieren, aber genau jetzt nimmt sie mir den Druck von den Schultern, jedes schlechte Gefühl, jedes Quäntchen Wut. Ich muss an einen Psychologen denken, der mich mal vor Jahren für Ryan begutachtet hat, der meinte, die Musik wäre mein Ventil, um meine negativen Emotionen zu verarbeiten, aber das würde nicht ewig helfen. Jetzt ist Louisiana mein Ventil, und sie nimmt alles Schlechte so viel leichter weg.

Wie immer drücke ich den Aufnahmeknopf am Handy, und meine Finger beginnen, auf der Gitarre zu spielen, Noten, von denen ich jetzt schon weiß, dass sie später für ein Klavier oder Streicher sind. Ich falle in die Musik, atme auf und schreibe Texte, die sich so intim anfühlen, dass mir allein bei dem Gedanken, sie an Ryan zu schicken, Hitze ins Gesicht steigt. Nicht alles davon wird wirklich gut sein, aber der Prozess wirkt befreiend.

Als wir abends in San Antonio ankommen, fühle ich mich fast wieder wie ich selbst. Was auch immer Louisiana in mir auslöst, ich habe es mir von der Seele geschrieben. *Gott sei Dank!* Offensichtlich habe ich nur mal einen Moment für mich gebraucht, um die Begegnung mit dieser Frau zu verarbeiten. *Geht doch!*

Wir parken auf dem Stellplatz des Stadions, ich steige aus dem Bus, laufe Louisiana fast in die Arme – und sofort durchfährt mich eine ganze Kaskade an Blitzen. So intensiv, dass ich zurückzucke. *Sah sie bei unserer Abfahrt auch so gut aus? Sie trug doch dieselben Klamotten, richtig? Dasselbe Kostüm, dieselbe Frisur, dasselbe Make-up und auch denselben Schmuck?*

»Nichts da!«, zischt Louisiana, die meine Reaktion offensichtlich als Fluchtversuch interpretiert, und macht eine winkende Handbewegung. »Wir müssen los. Komm mit.«

Ich starre auf ihre Hand und habe den irritierenden Wunsch, sie zu packen und an jedem ihrer Finger zu saugen. *Es sind nur Finger! Schlanke, elegante Finger.*

»Ehrlich, Nate?«, seufzt sie nur und zückt ihr Handy. Sie lässt mich nicht aus den Augen, wählt eine Nummer und sagt dann: »Hier Louisiana Harper, können Sie mich bitte zu Richterin Emerson durchstellen?«

Wehe! Blitzschnell reiße ich ihr das Gerät aus der Hand und breche den Anruf ab. Keine Ahnung, was in mich gefahren ist. Wir sind uns wieder viel zu nah. Sie muss den Kopf leicht in den Nacken legen, um zu mir aufzuschauen, und sie atmet schwer, was mir gefällt.

Push me hard, I push you harder.
Stop being so smart, I am smarter.

Reiz mich ruhig, ich reiz dich mehr.
Sei nicht so clever, ich bin cleverer.

Ein Grollen entweicht meiner Kehle. Vor meinem inneren Auge flackern Bilder, was ich mit dieser Frau anstellen will. Das Gegenteil von ›sie in ihrem Zimmer einsperren‹ oder ›sie aus meinem Bus aussperren‹. Ich will sie bei mir tragen wie einen verdammten Herzschrittmacher, und immer wenn ich einen Kick brauche, gibt sie mir einen. Eine Haarsträhne hängt ihr ins Gesicht. Sie sollte sie wegklemmen, aber sie macht es nicht, und meine Finger zucken, weil ich es übernehmen will. Weil ich so viel mit ihr anstellen will.

»Was hatte ich dir über Abstand gesagt?«, fauche ich stattdessen.

»Dass ich ihn einhalten soll. Aber warum bedrängst du mich dann ständig?«, zischt sie kühler als sonst und streckt die Hand aus. »Mein Handy?« Sie will streng klingen, doch ich höre diesen Hauch Atemlosigkeit in ihrer Stimme, der mir so gefällt. »Komm mit!«, sagt sie, als sie ihr Gerät zurückhat. »Wir sind spät dran.«

»Was soll ich dieses Mal tun?«, frage ich und folge ihr zu einem Van mit getönten Scheiben, den das Team von Christian benutzt. »Das Auto waschen? Öl wechseln?«

»Rein!«, befiehlt sie und schiebt die Tür auf. »Du wirst in einer Sozialküche erwartet.«

»Alles, nur das nicht!«, ist mein erster Impuls.

»Kneifst du?«, fragt sie, und ich könnte schwören, ich sehe den Hauch von Hoffnung in ihren Augen aufblitzen.

Keine Option. Ich lande nicht im Knast und lasse die Tour im Stich. Wortlos steige ich ein und setze mich nach hinten. Sie folgt mir, und ich werfe ihr einen warnenden Blick zu, bloß in der Reihe vor mir zu bleiben. Sie versteht es. Trotzdem ist sie nah. Viel zu nah.

KAPITEL 12

Verdammtes Herz, hör auf so zu rasen!, wiederhole ich wie ein Mantra, während wir zur Essensausgabe fahren, mit der ich die heutige Stunde vereinbart habe. Es klappt nicht. Ich spüre Nate wie einen aktiven Vulkan in meinem Nacken. Er brodelt und strahlt Hitze aus. Wenn ich könnte, würde ich weglaufen, bevor mich wieder einer seiner Lavabrocken trifft. Kann ich aber nicht.

Als er aus dem Bus kam, wirkte er für einen Augenblick so unglaublich freundlich und normal, dass ich ernsthaft dachte, dass ich die vier Wochen vielleicht doch durchhalte. Bis er zurückgewichen ist, als wäre ich Medusa und mein Schlangenkopf hätte nach ihm geschnappt.

Vielleicht etwas übereifrig habe ich angenommen, dass es das jetzt wäre, dass er kneifen würde. Ich habe schon die Richterin verlangt. Aber Nate hat den Telefonanruf beendet, bevor ich ihn überhaupt beginnen konnte, und war plötzlich wieder so nah. Ich wollte ihn ablecken. Ich! Louisiana Harper. Die noch vor einer Woche bei der Vorbereitung auf den Job dachte, sie holt sich Filzläuse, wenn sie dem Kerl zu nahe kommt.

Für einen idiotischen Moment bin ich bereit gewesen, mich voll auf ihn einzulassen. Bis er wieder zu diesem

Arschloch mutiert ist, das mich behandelt wie eine Aussätzige. Als wäre ich es nicht wert, die gleiche Luft wie er zu atmen.

Ich kann gar nicht schnell genug aus dem Wagen springen, als wir im Hinterhof der Essensausgabe halten.

»Nimm die!«, sage ich und reiche ihm eine Basecap, die er sich ins Gesicht ziehen soll. *Tarnung.*

»Wie, kein Bart?«

»Meinst du nicht, dann würde man dich erst recht wiedererkennen?« Immerhin sah er vor nicht mal einer Woche wie ein Bär aus.

Er nimmt die Kappe und liest die Aufschrift. »Mädchen für alles. Sehr witzig.«

»Was Besseres konnte ich nicht auftreiben.« Eine Lüge, aber wenn er sie in den Müll wirft und die Stunde schwänzt, bin ich erlöst.

Zu meiner Überraschung zieht er sich die Basecap geradezu mit Stolz über, setzt sich noch eine Sonnenbrille auf und bedeutet mir, dass wir loskönnen. Ich zeige ihm den Weg zum Kücheneingang, nicke zwei Bodyguards zu, die Paparazzi und Fans fernhalten sollen, und er folgt mir. Ich stoße die Tür auf, und heiße Luft schlägt uns entgegen, zusammen mit dem Aroma von Pasta, Tomatensoße und Fleischbällchen.

»Mrs. Mitchell, wir sind da!«, rufe ich.

»Oh, gut!«, antwortet laut Namensschild Theo, ein rundlicher Kerl, der in einem riesigen Topf Spaghetti rührt, und wirft uns Küchenschürzen zu. »Legt los, die Leute warten.«

Nate schaut mich fragend an. »Was genau ist meine Aufgabe?«

»Das Essen verteilen«, sage ich und füge leise hinzu. »Statt damit die Decke einer Hotelsuite wie ein Jackson-Pollock-Gemälde zu beklecksen.« Ich blitze ihn an. »Das solltest du hinkriegen. Oder brauchst du dafür auch eine Einweisung?«

Er atmet tief durch, scheint es aber sofort zu bereuen, als würde der Essensgeruch seine Nase kränken.

»Hey, VIP-Promi, komm her! Die Teller füllen sich nicht von allein«, ruft eine Latina-Frau mit protzigen Kreolen im Ohr und winkt ihn zu sich. Das ist Marcella Mitchell, die Leiterin der Essensausgabe.

Nate rührt sich nicht, und ich denke schon, jetzt habe ich ihn. Da wirft Marcella eine Nudel nach ihm und macht mir den Triumph zunichte. »Hörst du schwer?«, faucht sie. »Du gibst vier Fleischbällchen auf die Spaghetti auf den Tellern und reichst den Leuten eine Tüte mit Sandwiches, und immer lächeln.«

Nate stellt sich neben sie, nimmt den schon gefüllten Teller und verteilt die Fleischbällchen.

»Krieg ich mehr?«, fragt der Mann ihm gegenüber.

»Klar«, sagt Nate und reicht den Teller zurück. Gleich darauf folgt die Tüte. »Guten Appetit.«

Marcella schlägt ihm mit dem Kochlöffel auf den Hintern.

»Au!«, faucht Nate. »Was ist?«

»Die wollen alle mehr, aber dann reicht das Essen nicht. Also: vier Fleischbällchen. Kannst du zählen, kriegst du das hin?«

»Entschuldigung, klar.«

Ich muss kichern. *Hat Nate gerade Entschuldigung gesagt? Ich traue meinen Ohren nicht. Ist das noch derselbe Mann wie gestern?*

Ich drehe mich zu Marcella und biete an mitzuhelfen. Nate dabei zuzusehen, wie er wie der erste Mensch der Welt Fleischbällchen verteilt, sprich im Tempo eines Faultiers, wirkt sonst einschläfernd auf mich.

Theo gibt mir eine Aufgabe in der Küche. Die Nudelsoße rühren und Pasta nachkochen. Perfekt. Von dort behalte ich die Ausgabe im Blick. Immer wieder kommt es zu Unruhen in der Schlange. Menschen sorgen sich, dass sie nicht genug zu essen bekommen. Für viele ist das die erste richtige Mahlzeit am Tag. Insgesamt bleibt es ruhig, aber ich traue dem Frieden nicht.

Ich war so froh, diese Arbeit aufgetan zu haben. Die Aufgabe gestern im Stadion war nur mein Notfallplan gewesen. Das hier ist die Art Job, die sich das Gericht in Miami vorgestellt hat. Aber was, wenn Nate was passiert? Bei der Auswahl der Sozialstunden war meine größte Sorge, dass ihn jemand erkennt. Die Plattenfirma will keine Presse dazu. Aber was, wenn Nate einfach in ein Handgemenge gerät? Dann bin ich dafür verantwortlich, dass der Star der Rebel Boys verletzt wird. Kein schöner Gedanke. Zum Glück sind wir nur eine Stunde hier. Besorgt behalte ich die Uhr im Auge. Eine ganze Weile geht es gut.

»Gibt es weitere Security?«, frage ich Theo, als eine Viertelstunde vor Ablauf der Zeit erneut Unruhe entsteht.

Er schüttelt den Kopf. »Uns wurden Gelder gestrichen. Entweder wir haben weniger Essen und mehr Sicherheit oder mehr Essen und weniger Sicherheit.«

Mist! Ich verstehe die Entscheidung der Einrichtung, aber andersherum wäre es mir lieber.

Als ich mitbekomme, dass sich Theo neben mir anspannt,

drehe ich den Herd runter und sehe zu Nate. Vielleicht überreagiere ich, aber irgendwas ist im Busch.

»Nate, kannst du mir mal helfen?«, rufe ich aus einem Gefühl heraus, denn obwohl er sich ständig furchtbar benimmt, will ich nicht, dass ihm was passiert. *Wegen meines Jobs, versteht sich. Aber wem mache ich was vor? Es ist seinetwegen. Weil er mir trotz allem wichtig ist.*

»Moment!«, antwortet er, verteilt die dämlichen Fleischbällchen und bedient eine verlebt aussehende Dame. »Hier, die Snackbox, Ma'am, guten Appetit.«

Irgendwie niedlich, wenn er sich benimmt! Ich warte, um ihn nicht unnötig zu stressen, da macht Theo neben mir: »Oh, oh!«

Alarmiert folge ich seinem Blick und entdecke drei halbstarke Kerle, die sich vordrängeln.

»Nate, kommst du?«, rufe ich wieder, jetzt dringlicher.

»Gleich.«

»Sofort.«

»Noch zwei Tüten.«

Hört er schlecht?

Die Typen schubsen die Leute vor sich beiseite. Keine Ahnung, was sie vorhaben, aber die Möglichkeiten gefallen mir nicht. Wir sind in Texas. Hier besitzt jeder mindestens eine Waffe, und Hunger stellt komische Dinge mit einem an.

»Verdammt!«, zische ich, flitze zu Nate und packe ihn. *Weg, weg, weg … Wir müssen sofort weg.*

»Im Raum hängt eine Uhr«, murrt Nate. »Ich hab noch fünf Minuten. Wenn du mich mit dem Manöver bei der Richterin ankreiden willst, dann –«

Ein Schuss ertönt, ich ziehe den Mann in eine Ecke der

Küche und drücke ihn an die Wand, was ein bisschen merkwürdig ist, weil ich einen Kopf kleiner bin als er. *Wo zur Hölle sind die Bodyguards?* Angespannt lausche ich auf weitere Geräusche, aber bis auf laute Stimmen ist nichts zu hören. Ich atme aus, und erst in dem Moment spüre ich, wie nah Nate und ich uns sind. Meine Wärme und seine vermischen sich. Es fühlt sich gut an. Das darf es nicht, aber trotzdem tut es das. *Wie immer.*

»Alles okay hier vorne, es geht weiter«, ruft Marcella.

Ich rühre mich nicht. Eben war es noch aus Angst, jetzt nageln mich Nates Geruch und diese seltsame Chemie zwischen uns fest. Meinen Händen gefällt es auf seinen Schultern. Wie er mich packt, fühlt sich gut an, sein Griff ist weder zu lose noch zu fest. *Dabei willst du nichts von ihm, Lou, es sollte sich nicht so anfühlen.*

Sein Lachen reißt mich aus der Trance. »Hast du mich etwa beschützt?« Er lacht lauter, ist wieder der alte Vollidiot. *Gott sei Dank.* »Du? Mich?!«

Ich weiche so ruckartig zurück, dass ich mich aus seinem Griff löse. Warum ich mir eben noch Sorgen um ihn gemacht habe, ist mir schleierhaft. Hätte ihn die Kugel als tragischer Unfall getroffen, wäre ich von diesem Hornochsen erlöst worden. »Los, wir gehen.«

»Ich hab noch fünf Minuten.«

»Unter den Umständen sind sie geschenkt, komm!« Ich wende mich zum Ausgang und denke, er folgt mir, stattdessen kehrt er zur Essensausgabe zurück. »Nate!«, rufe ich, mit meinen Nerven am Ende.

»Was ist jetzt wieder?«

Mir zittern die Hände, das ist los. Dagegen, dass er den

Job durchziehen will, habe ich nichts vorzubringen. Es ist anständig von ihm, sich nicht zu drücken. Auf der Tomatensoße, die zu lange niemand umgerührt hat, hat sich eine Haut gebildet. Mit einem Seufzen gehe ich zum Herd, drehe die Hitze rauf und rühre den Topfinhalt um.

»Fein, fünf Minuten! Und ihr ...« Ich schaue zu den beiden Bodyguards, die sich eben nicht mit Ruhm bekleckert haben. »Ihr passt gefälligst auf unseren Star auf.«

Nate

Anders als vorhin behalte ich die Besucher der Essensausgabe im Auge. Die drei Typen sind weg. Marcella meint, die kommen wieder, aber nicht mehr heute. Gut so. Je länger ich hier stehe, desto mehr bereue ich, auf den fünf Minuten bestanden zu haben.

Louisiana hat gezittert. Wie Espenlaub. Und in mir spüre ich ebenfalls kleine Erschütterungen. Ich habe den heftigen Drang, sie in meine Höhle zu schleppen und sie so lange zu halten, bis sie wieder lacht. Sie hinter meinem Rücken mit den Töpfen hantieren zu hören, macht es nicht besser. Die Geräusche, die sie verursacht, sollten mich beruhigen, stattdessen lenken sie mich ab. *Aber du ziehst das jetzt durch, Nate. Für die Band. Für die Tournee. Für dich.*

Mit einem Lächeln verteile ich weiter das Essen. Bei manchen Gestalten durchdringt mich Ekel. Ich frage mich, ob es Louisiana am Anfang genauso mit mir ging. Ich sah aus wie die Menschen in der Schlange, nur dass ich Zugang zu fließend warmem Wasser, einer Dusche und einem Bett hatte.

Als die Zeit um ist, folge ich Louisiana nach draußen und setze mich im Wagen wieder hinten hin, aber mich nervt, dass sie ständig tief durchatmet. Mich nervt, dass sie sich

über die Arme fährt. Mich nervt, dass sie mir die ganze Zeit zeigt, wie aufgewühlt sie noch ist. Das wühlt mich auf.
»Kannst du mal stillhalten?«, blaffe ich.
Sie zuckt zusammen. »Ich sitze doch.«
»Ja, aber nicht still.«
Sie dreht sich um, und ich mache sie nach.
»Und?«, kontert sie unbeeindruckt.
Wütend trete ich den Rücksitz.
»Äußerst erwachsen!«, tönt sie und tritt ebenfalls gegen die Lehne. »Ist ja wie im Schulbus. Was kommt als Nächstes? Wirfst du Kaugummi nach mir?«
»Gute Idee«, sage ich.
Sie gibt dem Fahrer ein Zeichen, dass er halten soll.
»Super, du gehst!«, rufe ich.
Sie zieht die Tür auf und zeigt zu mir. »Ich? Nein, du. Na los, du willst mich doch loswerden. Das ist deine Chance.«
Wie frech! Ich rühre mich nicht.
»Benimmst du dich jetzt?«, fragt sie.
Als ob es darum ginge! Ich gebe ein Schnauben von mir, das alles bedeuten kann, wir fahren weiter, und ich trete wieder die Rückenlehne vor mir. *Gott, bin ich frustriert!*
In ihren Augen blitzt was. Sie muss nichts sagen, es steht ihr ins Gesicht geschrieben. *War ja klar, dass du es so löst, Nate.* Aber wenn sie wüsste, was mir durch den Kopf geht, dann sollte sie mich pausenlos gegen jede verdammte Rückenlehne in diesem Van treten lassen. Weil sie mich nervt und durcheinanderbringt und verrückt macht und weil sie drei Reihen vor mir sitzt, dabei will ich sie halten. Aber wenn ich das tue, ist klar, wo wir enden. In meinem Bett. Wo jemand wie Louisiana nicht hingehört.

San Antonio ist scheiße.
Alles ist scheiße.

Sobald wir wieder auf dem Stadiongelände sind, flüchte ich mich hinter meinem Bus in meine Sporteinheit, um diese widersprüchlichen Gefühle loszuwerden und einen freien Kopf zu bekommen. Aber ich kann den Moment in der Essensausgabe nicht vergessen ... Louisiana, wie sie meine Hand gegriffen und mich nach hinten gezogen hat, und wie sich plötzlich ihr Körper an meinen gepresst hat. Ich hatte sie an der Taille gepackt und war hart, steinhart. Keine Ahnung, ob sie es bemerkt hat, ich denke nicht, aber das ändert nichts daran, dass ich sie heftig wollte.

»Fuck!« Wütend schleudere ich die Kurzhantel von mir. Sie kracht in einen Wäschesack mit allem, was zur Reinigung muss. Irgendwie ist das befriedigend. Mit einem klaren Kopf könnte man mit der Energie Projekte starten, aber wenn man den nicht hat, dann hilft es, was kaputt zu schlagen. Das Spiel kenne ich, ich unterhalte damit seit Jahren die Klatschpresse. Der befriedigende Effekt hält leider viel zu kurz an.

You are a troublemaker, always a heartbreaker
But I am your soulshaker, forever your lovemaker.

Du bist ein Unruhestifter, bist ständig ein Heartbreaker.
Aber ich erschüttere deine Seele, bin für immer dein Lovemaker.

Neue Grütze durchweicht mein Hirn. Grütze, die meinen Puls jedoch wieder ruhiger werden lässt. Ich nehme drei tiefe Atemzüge und beende das Workout. Danach dusche ich, um nicht nur den Schweiß, sondern auch das Gefühl von der Suppenküche abzuwaschen, und gehe zum Foodtruck. Louisiana läuft mir zum Glück nicht über den Weg. Gut so.

Ich schlinge Zeug hinunter, das ich kaum schmecke, und muss an die Leute denken, die noch heute Mittag keine Ahnung hatten, ob sie abends was zum Beißen haben. *Arme Schlucker!* Als wäre mir nicht schon vorher klar gewesen, wie verdammt ungerecht die Welt ist und was für unheimliches Glück ich hatte und habe. *Zeigen die Sozialstunden Wirkung, und ich werde umgänglicher? Scheint so.*

Als ich fertig bin und aufstehe, entdecke ich Louisiana mit Alex und den anderen an einem mobilen Billardtisch. Sie wirkt fehl am Platz. Über ihrem Kostüm trägt sie einen Sweater, weil es frisch geworden ist. Muss von Alex sein.

Eifersucht jagt durch mich, doch ich greife nicht ein. Weggehen kann ich aber auch nicht. Wie bei einem Autounfall muss ich hinschauen.

In der Gruppe bewegt sich Louisiana anders als in meiner Nähe. Normal, entspannt. Sie trinkt Bier aus der Flasche und verschluckt sich. Ein paar Leute lachen, sie auch. »Ich hab euch gesagt, dass ich so nicht trinken kann«, tut sie beleidigt und grinst breit.

»Du bist dran«, sagt Brad.

»Ich bin echt nicht gut«, versucht sie, sich zu drücken. *So typisch!* Ich wette, die Frau hat noch nie Billard gespielt. Pooltische stehen in rauchigen Bars. Sie wirkt wie jemand, der freie Zeit in Bibliotheken, in einem Töpferkurs oder mit Stricken verbringt.

»Komm schon, ein Stoß!«, ermuntert sie Alex.

»Na, dann mal her mit der Latte«, mault sie.

Ich pruste leise. Da bin ich nicht der Einzige. *Hat sie den Queue Latte genannt?* Ich schwöre, keiner der Typen am Tisch denkt nun an das Spiel.

»Was lacht ihr bitte? Ihr wolltet es so«, sagt sie unschuldig. Alex klärt sie nicht auf. *Von wegen, er ist so ein Gentleman!*

Sie nimmt den Queue und schwingt ihn wie einen Zeigestock. Ich kann mir diese Frau spielend leicht als strenge Mistress vorstellen. ›Hier, Sklave, ist noch ein Fleck, auflecken!‹ Ich würde sie jede Sekunde hassen und sie am Ende für diese Nummer büßen lassen. Mein Schwanz schwillt bei der Vorstellung an. *Sorry, Kumpel, die da fassen wir nur mit der Kneifzange an. Egal, wie faszinierend sie ist.*

»Du musst den Queue mit Gefühl bewegen«, ermahnt sie Harvey.

»So?«, fragt sie, beugt sich vor und streckt der Horde geiler Säcke ihren Arsch entgegen. *Fuck, ich werde steinhart.*

Als Nächstes schiebt sie den Queue zwischen ihren Fingern vor und zurück, in einem Rhythmus, der … *Moment mal!* Ich muss grinsen. *Louisiana Harper, verarschst du gerade alle?!* Irgendwie kann ich es nicht glauben, aber jetzt beobachte ich sie genauer. Sie wackelt sogar mit ihrem Hintern, als wollte sie, dass niemand auf ihre Finger schaut. Mit denen formt sie eine perfekte Auflage für den Queue und stößt mit einem leichten Linksdrall zu. Eine echt schwer zu treffende Kugel geht ins Loch. *Die Trickserin!*

»Das war ja toll!«, ruft Alex überrascht.

»Echt?« Sie will ihm den Billardstock zurückgeben.

»Du bist noch mal dran!«

»Oh!«, macht sie nur und presst die Lippen zusammen, als müsste sie sich ein Lachen verkneifen.

»Komm, ich helf dir«, sagt Alex und beugt sich zu ihr.

Keine Ahnung, was an seinem Verhalten hilfreich sein soll, denn seine Hand liegt erst auf ihrem unteren Rücken und wandert dann zu ihrem Hintern.

Mein Blutdruck steigt.

Weil ich sie will. So sehr, dass ich sie vor allen anderen auf diesem Billardtisch nehmen könnte.

Ich wende mich ab, nehme meine Basecap und will das Gelände verlassen und mich in einer Bar volllaufen lassen. Weit komme ich nicht. Am Zaun des Geländes stehen Fans. Ich will sie ignorieren, aber sie erkennen mich. Selten hat mich was so genervt und gleichzeitig so gefreut.

»Nate, oh mein Gott, Nate!«, kreischen sie entzückt. »Bekommen wir ein Foto?«

»Ihr kriegt was Besseres! Wo feiert man in dieser Stadt? Ihr seid eingeladen.«

Mit einem dicken Schädel wache ich am nächsten Morgen in einem Hotelzimmer auf. Drei Frauen liegen mit mir im Bett, was nur geht, weil zwei halb auf mir schlafen. Ich grinse, weil das nicht die schlechteste Art ist, den freien Tag zu beginnen. Aber wir alle haben unsere Sachen an, weil wir keinen Sex hatten. Mir war nicht danach. Außerdem waren sie zu betrunken. *Wow! Meinen das alle damit, dass man erwachsen wird? Falls dem so ist, bin ich auf dem besten Weg dahin, bin mir aber nicht sicher, ob mir das gefällt.*

Aber Lou würde es gefallen, flüstert eine Stimme in meinem Kopf, als würde das eine Rolle spielen.

Ohne die Damen zu wecken, schnappe ich mir meine Sachen und verlasse das Hotelzimmer. Dunkel erinnere ich mich, dass ich gestern Nacht mit ihnen rumgezogen bin und in einer der erbärmlichsten VIP-Lounges meines Lebens eine Magnumflasche Sekt geköpft habe. Als mir dann nach Rummachen war, bin ich mit den drei hartnäckigsten Fans ins nächstbeste Hotel gestolpert, dort ist dann nichts mehr gelaufen. *Welch Wunder!*

Angenehm verkatert lasse ich mir an der Rezeption ein Taxi rufen und schere mich nicht darum, dass die Paparazzi darauf warten, Bilder von mir zu machen, wie ich verlottert aussehend die Lobby verlasse. Es gibt zig solcher Aufnahmen von mir. Sollen sie damit ihr Geld verdienen, ich mache das mit Musik.

Der Wagen kommt schnell, ich steige ein und nenne als Ziel das Stadion. Als die Musik vom weißen Hai ertönt, schalte ich das Handy auf lautlos. Dummerweise ruft Ryan wieder an, ignorieren bringt nichts.

»Was?«, knurre ich, als ich rangehe.

»Nennst du das etwa, dich benehmen?!«, faucht er. »Sämtliche Klatschblätter bringen Leitartikel über dich.«

»Ich hab nichts zerstört.« *Glaube ich.* »Und Sex war nicht verboten.« *Davon mal abgesehen, dass ich keinen hatte.*

Er seufzt.

»Was? War er nicht«, beharre ich. »Das ist mein Leben. Soll ich abends heiße Milch trinken und Rätselhefte lösen?«

»Du sollst ohne Fahne beim Music-Daily-Interview erscheinen.«

Ich kratze mich am Kopf. »Wann ist das noch mal?«

»In einer Stunde.«

»Heute?«

»Nein, Weihnachten«, antwortet er gereizt. »Natürlich heute. Bist du bis dahin fit?«

Ich lasse das Wagenfenster etwas herunter. Die Luft draußen ist warm, aber es kommt mehr Sauerstoff rein als über die Klimaanlage des Taxis. In mir zieht sich alles angeekelt zusammen. Weil das von allen Teilen meines Lebens der Part ist, den ich wirklich hasse. Wie ein Hühnchen auf der Stange vor Leuten zu sitzen, die immer wieder die gleichen dummen Fragen stellen. Daran werde ich mich nie gewöhnen. »Ja, ich bin fit«, sage ich trotzdem. Ich habe solche Termine schon in weitaus schlechterem Zustand absolviert. Dagegen ist das heute ein Klacks.

Fit bin ich tatsächlich. Keine Ahnung, warum. Aber als gälte es, was zu beweisen, bin ich der bravste und langweiligste Interviewpartner der Welt. *Premiere!* Ich flirte nicht mit den zwei Frauen von Music Daily, die Ryan geschickt hat. Ich mache keine schlüpfrigen Andeutungen. Ich antworte nüchtern auf ihre Fragen, als würden sie mir zum ersten Mal im Leben gestellt werden, und ich erwähne brav in jedem zweiten Satz das neue Album. Es fühlt sich gut an, auf die Art Widerstand zu leisten. *Da sehen sie mal, wie das ist, wenn ich mitspiele. Nicht so toll. So ein Rentnerauftritt verkauft nämlich keine Platten.*

Am Nachmittag helfe ich bei der Müllsammelaktion mit, die sich Louisiana für heute überlegt hat, den Rest des Tages habe ich frei, treibe Sport und gehe ihr aus dem Weg. Abends hänge ich mit Alex rum, und wir spielen PlayStation, leben total langweilig. Am nächsten Tag helfe ich in einem Altenheim aus, und Louisiana erlaubt mir, dass ich den Damen ein Ständchen auf einem Klavier spiele, das mal wieder gestimmt werden muss. Ich gebe ihnen Elvis, was die Frauen zum Jubeln bringt und mir tatsächlich mal Spaß bereitet. Wie angekündigt stehe ich am Abend mit den Jungs auf der Bühne. Wir sind gut, das sind wir immer. Aber die Stimmung bleibt durchschnittlich. *Tja, soll doch jemand anders mal die Spaßkanone spielen!*

Einen Tag später steigen wir für zwei Kalifornien-Konzerte in den Flieger nach L. A., eines in Pasadena und eines in Vegas. Ich benehme mich, ansonsten gehe ich Louisiana und auch allen anderen aus dem Weg. *Sie wollen mich brav? Fuck, sie kriegen mich brav. Ein Musterknabe ist noch ein Raufbold gegen mich. Sollen sie das nächste Mal einen besseren Strafverteidiger an meine Seite stellen, um so einen Mist zu verhindern.*

Die ganze Zeit umkreisen Louisiana und ich uns, sehen uns aber nur bei den Sozialstunden. Sie hat wieder nur Scheißaufgaben für mich, und ich werde das Gefühl nicht los, dass sie mich entweder für den holprigen Start bestrafen oder mich dazu bringen will hinzuschmeißen. Was auch immer sie bezweckt, ich mache anstandslos alles. Nicht immer gut, nicht immer besonders geschickt, aber ich leiste meine Strafe ab. Und denke weniger an sie.

Als wir mit dem Flieger in Nashville landen und dort wieder auf unsere reguläre Tour Unit treffen, will ich genau so weitermachen. Ja, das ist die Stadt der Musik, aber die Welt hat mich gefickt, dann ficke ich die Welt eben mit der langweiligsten Show ihres Lebens zurück.

Womit ich nicht rechne, ist die bombastische Stimmung. Sprechchöre skandieren meinen Namen und den Namen der Band. Leute kreischen schon, dabei ist noch nicht mal die Vorband dran. Es packt mich. Ich will der Welt keine geile Show schenken, aber ich will da raus. Ich will die Meute zum Toben bringen. Ich will, dass sie alles vergessen, was sie kennen. Ich will meinen Frust hinausschreien, sollen sie ihn aufnehmen und in was Gutes verwandeln und mir das zurückschicken. So wie sie das immer tun. Ich helfe ihnen, aber sie helfen auch mir.

»Lasst uns mit einem Cover anfangen«, sage ich zu meiner Band, als wir den Soundcheck hinter uns haben.

»Wieder im Tour Business unterwegs?«, knurrt Alex sauer, weil dank meiner lahmen Performance etliche Medien über uns hergezogen sind. Ich kam dabei schlecht weg. Logischerweise. Aber auch Alex, Brad und Harvey mussten einstecken. In einem Artikel wurden sie sogar mit einer Schülerband verglichen, die besser wäre. *Autsch.*

Ich lasse seine miese Laune an mir abprallen und summe ein paar Zeilen. »Wie wäre das?«

»Britney Spears?!«, grunzt Harvey skeptisch.

»Brauchst du dafür Noten?«, pflaume ich zurück.

»Oh bitte, der Song stammt nicht von Beethoven!«

»Also kannst du ihn?«

»Sicher.«

»Braver Junge«, flöte ich. »Was ist mit dir, Brad?«

»Klar, krieg ich hin.«

»Und du, Alex?«

»Meinst du das ernst?«

»Todernst. Wir spielen eine Rockversion. Harvey macht

am Schlagzeug den Grundbeat. Brad den Bass. Ich leg vor, und du, Alex, gehst mit. Wie früher.«

»Früher ist lange her.«

»Heute muss man neue Wege gehen. Wir nehmen Britney und ...« Ich winke Rick zu uns, der sich um sämtliches Equipment kümmert, genau der richtige Mann. »Und es wird noch besser«, sage ich zu meinen Jungs und grinse, als Rick antrabt. »Besorg uns so Schulmädchenröcke mit Klett, die man abreißen kann«, sage ich zu ihm. »Und Stripperkrawatten und -hemden.«

Rick bohrt sich im Ohr, als hätte er nicht richtig gehört.

Alex grinst. Harvey schüttelt lachend den Kopf. Brad murmelt: »Er ist verrückt, wie immer.«

Ich sehe zu Rick. »Schaffst du das bis zum Auftritt?«

»Ähm ...«, stutzt er. »Ehrlich jetzt?«

»Ja, ehrlich.«

»Fuck!«, flucht er und rennt los.

»Schafft er also«, murmle ich zufrieden. *Yeah!*

»Sollten wir Ryan noch Bescheid geben?«, fragt Harvey.

»Wozu? Wir ändern nur den Opener, nicht die Show.«

»Na ja, Urheberrechte und so.«

Ich denke an die Schmalzsongs. »Keine Sorge, falls jemand klagt, kriegt er die beschwichtigt.« *Mit Schmusehits.*

KAPITEL 13

Puh! Wie jeden Abend verfasse ich meinen Bericht für den Staat Florida, ein Protokoll darüber, was Nate wo und wie lange gemacht hat. Heute habe ich ihn wieder die Toiletten putzen lassen. Das hatten wir die letzten Tage nicht. Ich muss gestehen, ich dachte, dieses Mal wirft er das Handtuch. Aber nein, Fehlanzeige. Mit einem falschen Lächeln hat er sich die Gummihandschuhe angezogen, als wären sie von Prada, und mir bewiesen, dass er sich vom letzten Mal jeden einzelnen Handgriff gemerkt hat. Ich bin fast begeistert, wenn es nicht Nate wäre, von dem wir hier reden.

Ich schreibe das Protokoll, lese noch mal alles durch und verschicke dann die Mail, mit dem Anwalt der Plattenfirma in Kopie. Danach rufe ich den Tourplan auf und überlege, womit ich Nate als Nächstes quälen kann. Mit jedem Termin lerne ich dazu, welche Tätigkeiten weiterhin sinnvoll sind und welche ich mir bei einem Promi wie Nate verkneifen sollte. Für die suche ich Ersatz, und zwar keinen angenehmen. Irgendwann muss er doch aufgeben.

Ja, ich gestehe, jetzt, da er sich benimmt, ist er erträglich. Aber während dieser einen Stunde am Tag, die wir gezwungenermaßen zusammen verbringen müssen, brennt die Luft. Vielleicht nicht für ihn, aber für mich. Das hat zur

Folge, dass ich ihn nicht eine verdammte Sekunde überziehen lasse. Ich bin immer die Erste, die das Weite sucht, als hätte der Raum nicht genug Sauerstoff für uns beide.

Bevor ich den Browser schließe, wird mir einer der üblichen Clickbait-Artikel zu den Rebel Boys angezeigt. Seit ich mitreise, ist der Algorithmus offensichtlich der Meinung, ich sei an dem Thema interessiert.

Die letzten Tage gab es Headlines wie:

Kaputt von Drogen – Wie Nates Konsum die Tour gefährdet
Spoiler: Weil er so brav ist.

Seine geheime Freundin – Diese Frau hat ihn bekehrt
Spoiler: Man sieht eine neue Eintagsfliege aus Nates Leben.

Der echte Nate auf Ibiza – Exklusive Bilder
Spoiler: Ein Fake-Nate soll die Shows absolvieren und ist deshalb so leblos, dabei wurde ein Fake-Nate auf Ibiza für ein Foto auf einer Yacht drapiert.

Heute ist es: **Rebel Boys vor dem Aus – Alle Hintergründe zur Bandtrennung**

Natürlich klicke ich den Artikel an, und wenig verwunderlich werden dort die Fakten verdreht. Entwarnung: Alles ist wie immer. Es gibt keinen Streit, die Stadien sind ausgebucht. Die Sonne scheint.

Neugierig lese ich die Kritiken zu Pasadena und Las Vegas. Sie sind verhalten. ›Mehr Rauch als Feuer‹, so lautet das allgemeine Medienecho.

Das wundert mich. Seit der ersten Show habe ich Nate nicht mehr auf der Bühne zugesehen. Ich will ja von ihm loskommen, nicht an seinen Lippen hängen. Aber soweit ich mitkriege, sind die Besucher happy. *Seltsam.*

Ich verlasse den Bus. Es liegt diese Anspannung in der Luft, an der ich tatsächlich allmählich Gefallen finde. Die Musik ist immer noch nicht hundertprozentig meins, aber der Sound packt mich jedes Mal mehr. Es ist wirklich schwer, sich dieser Energie zu entziehen.

Eigentlich will ich zum Foodtruck und mir ein Wasser holen, als mich ein Stöhnen ablenkt. Ich schaue um die Ecke eines Trailers und stocke. Nate absolviert mit nacktem Oberkörper Liegestütze.

Bei den Sozialstunden habe ich schon Mühe, nicht zu sehr auf seinen Körperbau zu achten, nun springt mich jedes Detail an. Das Spiel seiner Muskeln, seine breiten Schultern, der knackige Hintern. Mein Körper summt bei dem Gedanken, dass er mir so atemlos, wie er jetzt klingt, ins Ohr stöhnt.

Gott, Lou, hör auf damit!

Meine Ermahnung stößt bei meinem Gehirn auf taube Ohren. *Mist.*

Der Mann, der so tut, als sei ihm die ganze Welt egal, absolviert sein Sportprogramm wie eine Maschine mit Kopfhörern im Ohr. Als er fertig ist, steht er auf und entdeckt mich. »Verpiss dich!«, knurrt er, nicht länger der nette Kerl, den er für alle spielt. *Und offensichtlich durch mit mir.*

Ich gebe weder Kontra noch rühre ich mich, weil mich seine Vorderseite außer Gefecht setzt. Nicht sein Sixpack, nicht der Schweiß an seinem Hals, sondern der stechende Blick aus seinen blauen Augen. Als würde er wie ein Laser jede meiner Fasern durchschneiden. Seine Nähe, obwohl sie immer so falsch ist, fühlt sich richtig an. Wir haben uns immer richtig angefühlt.

»Hörst du schlecht?«, blafft er.

Ich spüre, wie sich die Spannung zwischen uns wieder aufbaut. Wenn sie sich entlädt, wird alles um uns herum explodieren. Aber das darf nicht noch mal passieren. Nicht mit ihm, diesem Arschloch und Fake-Gentleman.

»Verpiss du dich doch!«, gebe ich zurück, bin dann allerdings die, die geht. Bei den Sozialstunden mag er sich zusammennehmen, doch er hasst mich noch immer. Es sollte mir egal sein, aber es verletzt mich. *Was habe ich ihm bitte getan, dass wir nicht wie normale Menschen miteinander umgehen können?*

Ich hole mir endlich mein Wasser und treffe auf Alex.

»Du solltest nachher unbedingt zuschauen«, sagt er. »Vom Stadion aus.«

»Ich weiß nicht.« *Die heutige Dosis Nate genügt mir.*

»Vertrau mir, das wird *die* Show.«

Ich zögere. Brad ruft nach Alex, aber er bleibt neben mir stehen.

»Komm schon, bitte, Lou, für mich.«

Brad ruft lauter, verärgert.

»Ich geh nicht eher, bis du es mir versprichst.«

»Das meinst du nicht ernst!«

»Finde es heraus.«

Nun ruft auch Harvey, und ich höre Nate fluchen. »Ihr hängt den ganzen Tag zusammen ab. Was ist gerade so wichtig? Wir müssen zur Pressetante.«

Alex rührt sich nicht, sein Blick ruht auf mir.

»Hör auf, mich so unter Druck zu setzen.« Das sieht ihm nicht ähnlich.

»Ich will dich nur zu was Gutem zwingen. Sag ja.«

Ich ringe mit mir.

»Ja, Lou? Ja, ja, ja?«

Mit einem Seufzen gebe ich nach. »Na gut! Ja, ich schaue euch zu. Aber erwarte nicht, dass ich mein Höschen werfe.«

Mit einem lauten Lachen geht er endlich, und ich sehe ihm nach. Nate dreht sich noch mal zu mir um und wirft mir einen finsteren Blick zu. *Was stört ihn jetzt wieder?* Dann wende ich mich ab und werde nervös. *Gehe ich echt richtig auf das Konzert?* Dafür brauche ich Hilfe.

Ich greife nach meinem Handy und rufe Vi an. »Hast du kurz Zeit?«

»Ich hab nichts angestellt«, lautet ihr erster Satz. Das lässt mich aufhorchen.

»Oh, oh! Was ist passiert?«

»Nichts. Sag ich doch!«

Jetzt schrillen bei mir sämtliche Alarmglocken. »Virginia Harper!«

»Es war wirklich keine Absicht. Ich wollte wieder Regenbogenhaare.«

»Warum denn diesmal?!«, platzt es aus mir raus. »Ach egal«, sage ich und mache eine wegwerfende Handbewegung. »Es sind deine Haare, du kannst damit tun und lassen, was du willst.«

»Der Look ist für eine LGBTQ-Parade.«

»Da hätte es auch eine bunte Mütze getan.«

»Das ist doch langweilig.«

Stimmt. »Also ... Du hast jetzt Regenbogenhaare. Wo ist das Problem?«

»Ich ... du weißt ja, mein Bad ist so klein.« Sie klingt kläglich schuldbewusst, und mir dämmert, worauf sie hinauswill.

»Nein!«

»Es tut mir schrecklich leid, Lou.«

»Was hast du getan?«

»Ich hab doch den Schlüssel zu deiner Wohnung.«

Ein Fehler, wie mir klar wird. Vor meinem geistigen Auge sehe ich mein hübsches Apartment ruiniert.

»Du meintest, wir können jederzeit vorbeikommen.«

Ich seufze.

»Ich hab mir die Haare bei dir gefärbt, und die grünen, blauen und pinken Farben sind an den Duschfliesen irgendwie ... robuster als gedacht.«

»Du hast mein Bad umgefärbt?!«

»Ein bisschen«, piepst sie. »Aber ich schrubbe seit Stunden. Den Hersteller habe ich schon kontaktiert, bisher ohne Ergebnis. Ich hab die Inhaltsstoffe der Farben gegoogelt und wie man sie entfernen kann, und ich verspreche dir, es wird besser, ich mach dir das sauber.«

Mir graust davor, mir auszumalen, welche Lifehacks das Internet parat hat. Manche helfen, viele machen das Problem schlimmer. »Finger weg von meinem Bad.«

»Es sieht wirklich nicht hübsch aus«, piepst sie noch leiser.

Mist, sie klingt so reumütig, ich kann es ihr nicht übel nehmen. »Ich hab jetzt also ein Bad, das für Pride-Rechte einsteht?«

»Zur Hälfte, ja. Es tut mir so, so leid, wenn ich das gewusst hätte … Ich tu alles, um es wiedergutzumachen.«

Ich sehe sie förmlich vor mir, knallbunte Haare und riesige, um Verzeihung flehende Bambi-Augen. Schon bei der Vorstellung werde ich weich. »Eine Sache könntest du tun. Ich brauche deine Hilfe.«

»Oh, echt?« Sie klingt wie ausgewechselt, voll da, jede Niedergeschlagenheit ist aus ihrer Stimme verschwunden. »Wie?«

»Du kennst ja meine Klamotten. Was davon ziehe ich an, um bei einem Konzert der Rebel Boys nicht zu sehr aufzufallen?«

»Du bist doch eh dabei.«

»Ich will richtig mitmachen.«

Ihr entweicht ein unterdrückter Jubelschrei. »Dein erstes Konzert … Ich bin so stolz auf dich.«

»Hey, ich war schon auf Konzerten.«

»Ja, der Philharmoniker.« Ich sehe förmlich ihr Augenrollen vor mir. »Dort sitzt ihr alle auf Stühlen und klatscht höflich in den Pausen.«

»Also, bei tollen Soli wird auch zwischendurch geklatscht.«

»Wird es das? Vielleicht. Aber nicht von dir.«

Sie hat recht. Ich lasse mich nie mitreißen. Ich genieße die Show, und dann gehe ich wieder nach Hause. »Gut, das ist also mein erstes richtiges Konzert. Wie falle ich nicht zu sehr auf?«

»Hast du Jeans dabei?«

»Klar.«

»Auch so enge, dass Kerle einen Ständer kriegen?«

»Nein, habe ich nicht.«

»Nicht schlimm, die Mom-Jeans tun es auch. Wie steht es mit Shirts?«

»Shirts?«, wiederhole ich.

»Das sind die Baumwolldinger in verschiedenen Schnitten und Mustern. Welche hast du eingepackt?«

»Ich weiß, was Shirts sind. Keine. Das hier ist eine Geschäftsreise.«

»Und Dessous?«

»Was ist mit denen?«

»Diese sexy Teile hast du also dabei.«

»Sie sind nicht sexy, sondern hübsch«, verteidige ich meine Leidenschaft für schöne Unterwäsche.

Sie lacht nur. »Schwesterherz, du hast eine verruchte Seite. Gib es ruhig zu! Diese Teile zwingen Männer in die Knie.«

»Diese Teile kriegen Männer nie zu Gesicht«, sage ich. »Ich hab die für mich an.« *Logisch.*

»Bis heute. Trag die Jeans und eine Bluse, öffne jeden verdammten Knopf und binde dir die Blusenenden vor dem Bauch zusammen, sodass ein bisschen von der BH-Spitze hervorlugt.«

»Dann sehe ich ja aus wie eine Prostituierte!«

»Du wolltest meinen Tipp. Das ist er. Mach es einfach so und dann viel Spaß.«

Ich zögere. *Aber was ist die Alternative? Im Etuikleid auftauchen? Wohl kaum!* »Gut, ich probier es, danke dir«, sage ich zu meiner Schwester. »Und lass mein Bad in Ruhe. Ich kümmere mich darum, wenn ich wieder da bin.«

Ich lege auf, ziehe mich in Alex' Bus zurück und durchstöbere meine Sachen. Die Jeans habe ich ruckzuck an. Eine weiße Bluse, die zu zerknittert ist, um sie offiziell noch mal zu tragen, finde ich auch. Als ich mich ansehe, schüttle ich jedoch den Kopf über meinen Look. *Zu sexy.*

Schnell knöpfe ich die Bluse zu.

Klasse, jetzt sehe ich aus wie eine Frau auf der Pferderennbahn. *Hundert auf Brown Beauty!* Ich öffne die Bluse wieder. »Ich hasse dich, Vi, für deinen dummen Vorschlag.« Aber genau so einen wollte ich ja schließlich haben.

Ich betrachte mich so lange im Spiegel, bis ich mich wohler in meiner Haut fühle. Dann öffne ich die Haarspange, lasse meine Haare frei fallen und trage etwas dunkleren Lidschatten auf. Kurz will ich meine geliebten Perlenohrringe ablösen, doch sie gehören zu mir. Als Letztes steige ich in meine Slipper, das flachste Modell, das ich dabeihabe.

Ich verlasse den Bus, und mir schlägt Hitze entgegen. Es ist ein warmer Sommerabend. Am Tag waren es über dreißig Grad, jetzt weht eine laue Brise, aber meine Sachen kleben trotzdem sofort an mir.

»Ach, verdammt«, fluche ich und kehre noch mal um, denke nicht zu lange drüber nach, was ich tue, tausche die dicken Jeans gegen einen luftigen Rock und laufe einfach los. Die Vorband hat schon vor einer Weile aufgehört zu spielen, gleich müssten die Rebel Boys anfangen. Ich muss mich ranhalten.

»Hi, Rick«, grüße ich den Gear Manager im Vorbeigehen.

»Hi, Lou – oh mein Gott!«, keucht er, als er mich erblickt.

»Was?«, frage ich verunsichert.

»Du siehst …« Er sucht nach Worten.

»Nicht gut aus?«, beende ich unsicher seinen Satz.

»Nein ... doch ... Du bist der Wahnsinn!«

»Danke. Muss weiter!«, sage ich, zufrieden mit seiner Reaktion, und steuere das VIP-Tor an, hinter dem sich Fans drängen, um in den Backstagebereich zu kommen. Natürlich erfolglos.

»Hi, Ray, hi, Spence, seid ihr den ganzen Abend hier?«, frage ich zwei Typen, der eine mit Oberarmen, so breit wie meine beiden Beine zusammen, und der andere der größte Mensch, den ich je gesehen habe.

Beide nicken.

»Kann ich ohne Crew Card raus, und ihr lasst mich wieder rein? Ich will sie nicht verlieren und lieber hierlassen.«

»Sicher. Kein Problem. Mittlerweile kennen wir dich ja alle.« Mit einem breiten Grinsen öffnet mir einer der beiden die Absperrung. »Viel Spaß, Lou.«

»Werde ich haben.« *Hoffentlich*, füge ich in Gedanken hinzu und quetsche mich durch die Fans vor dem Tor in das Stadion. Auf mein erstes Musikkonzert. *Wow!*

Die Menschenmassen sind mir von vorherigen Auftritten der Rebel Boys bekannt, dennoch fühle ich mich unwohl. Was auch daran liegen könnte, dass sich zig Augenpaare auf mich richten und alle sich zu fragen scheinen: ›Wer ist die Blondine, die aus dem Backstagebereich kommt? Kennt man sie?‹ Aber nein, tut man zum Glück nicht.

Vorn an der Absperrung drängen sich bereits zahlreiche Fans, strecken die Hände aus und kreischen, dabei ist die Bühne noch leer. Ich halte mich am Rand und positioniere mich an einer Stelle, von der aus man einen guten Blick zur Bühne hat, aber nicht ganz so gedrängt steht.

Es ist seltsam zu wissen, was backstage gerade los ist. Dass die Band sich noch mal dehnt, der eine was isst, der andere was trinkt, zu wissen, wie in sich gekehrt Nate ist, obwohl er hier gleich auf die Bühne kommen und die Sau rauslassen wird.

Eine Kreischwelle ertönt. Ich recke mich, sehe jedoch nichts.

Eine zweite folgt. Doch da ist niemand.

Lautere Rufe ertönen. Das Kreischen wird ohrenbetäubend. *Wie heftig!*

Die Schallwelle schubst mich förmlich näher Richtung Bühne. Jetzt erkenne ich jeden einzelnen der Band, auch wenn sie wegen der Distanz sehr klein aussehen. Alex' Blick schweift umher. Völlig idiotisch hebe ich die Hand, als könnte er mich in der Menge entdecken. Ich bin eine von vielen.

Als mein Blick Nate streift, erfasst mich Aufregung. Er lächelt. Trotz der Entfernung kann ich das erkennen.

Die vier treffen die letzten Vorbereitungen, bevor es losgeht. Dann kommen Leute mit einem schwarzen Tuch auf die Bühne. Das ist seltsam. Ein bisschen wie bei einer Zaubershow. Seltsam und neu. Gespannt recke ich mich. *Wollte Alex deshalb, dass ich dabei bin?*

Plötzlich setzt die Musik ein. Mit Gitarren und Schlagzeug, dröhnend und eigentlich nicht meins. Aber diese Melodie erkenne ich. Normalerweise singe ich sie unter der Dusche. Oder vor Kurzem mit Alex. Britney Spears' erster Hit.

Der Vorhang fällt, und geschockt starre ich zu Alex, Nate, Harvey und Brad in Schulmädchenröcken, weißen Hemden und Krawatten. Der Anblick ist skurril und heiß.

Keine Ahnung, wann sie das geprobt haben, wie man das probt, aber es wirkt wie perfekt einstudiert.

Ich will zu Alex schauen, doch mein Blick klebt an Nate, als er mit den Hüften wackelt und das Röckchen schwingt. Frech und sexy. *Ich bin verloren!*

Das ganze Stadion tobt. Die letzten Shows mögen lahm gewesen sein, aber Nashville ist ein Hexenkessel. Mir war gar nicht klar, dass Nate ein paar Moves aus der Choreo von Britney kennt. Aber was weiß ich schon von Nate? Als würde er den lieben langen Tag nichts anderes machen, führt er sie auf. Er singt und lockert dabei die Krawatte. Die anderen tun es ihm nach, und plötzlich – oh mein Gott! – fliegen die Hemden und die Krawatten weg, und die Männer stehen mit freien Oberkörpern auf der Bühne.

Mir bleibt die Luft weg. *Wie kann ein einzelner Mensch nur so heiß sein?!*

Die Performance geht viel zu schnell vorbei. Bis zum letzten Ton haben Nate und die Jungs das Publikum im Griff. Schwer atmend tritt Nate anschließend ans Mikro und ruft breit grinsend: »Hallo, Nashville, wie froh seid ihr, dass wir heute hier spielen?«

Das darauffolgende Schreien ist ohrenbetäubend.

»Schluss mit dem Weichspülpop, jetzt wird es wild«, ruft er, reißt sich das Röckchen ab und schwingt es am Zeigefinger. Gekonnt lässt er es Richtung Publikum fliegen und stimmt dröhnend den eigentlichen Opener der Show an.

Der Coversong hat mich so gelockert, dass ich mitspringen muss. Die Stimmung packt mich. Es fühlt sich etwas eigenartig an, ungewohnt, denn ja, meinen Kopf schalte ich nie ganz aus, aber immer mal wieder habe ich richtig Spaß!

Obwohl man das nicht macht, lege ich nach fünf Songs eine Pause ein und hole mir von der Security am Zaun Wasser, weil ich kein Geld für Getränke eingesteckt habe.

»Gut?«, fragt mich Ray und behandelt mich wie seine kleine Schwester.

»Der Wahnsinn!«, schreie ich begeistert und trinke das Wasser gierig aus.

Er lacht nur. »Definitiv, das Konzert geht in die Musikgeschichte ein.«

Ich will irgendeinen verächtlichen Kommentar von mir geben wie: ›Oh bitte, es war ja nur ein Coversong.‹ Aber er hat recht. Schon jetzt, in der Sekunde, wird sich der Auftritt über das Internet auf der ganzen Welt verbreiten. Die Rebel Boys haben ein Pop-Cover performt und dazu gestrippt.

Nach meiner kleinen Pause stürze ich mich wieder in die Menge. Die Band spielt ein paar ihrer All-Time-Favorites, ich bleibe am Rand, weil mein alter Platz besetzt ist.

»Hey«, spricht mich da ein Typ von der Seite an.

Ich drehe mich und weiche zurück. Das sind die Fans, die ich nicht mag, bullige Kerle, die so wild pogen, dass man denen nicht in die Quere kommen will.

»Hey«, mache ich nur und wende mich desinteressiert ab. Unterhaltung beendet. *Warum reagiere ich überhaupt auf so jemanden?*

»Komm, ich geb dir einen aus«, sagt er und packt mich am Arm.

»Nein, danke«, sage ich und will ihn abschütteln, aber es klappt nicht. »Lass mich los.«

»Nur ein Bier.«

»Ich möchte nichts.«

»Soso.« Sein Grinsen verändert sich, und sein Blick gleitet über mich. »Die Dame möchte nichts.«

Der Tonfall gefällt mir nicht. *Was ist sein Problem?* »Lass mich los, oder ich schreie«, zische ich.

»Das will ich ja mal sehen.« Statt mich freizugeben, kommt er sogar noch näher. *Gefährlich nah.*

»Hil–«, beginne ich, weil das keine hohle Drohung war, da legt er mir die Hand auf den Mund. Blitzschnell drängt er mich von den anderen weg. Ich stolpere, verliere meine Schuhe und trete in Dinge, in die ich mit nackten Füßen nicht treten will. *Was passiert hier? Und warum hilft mir niemand?* Ich sehe mich um, aber die Leute schauen zur Bühne. Keiner bemerkt uns. Nate war schon mehrfach übergriffig, aber das mit ihm war anders, das zwischen uns war anders. Schön. Das hier ist beängstigend und gefährlich und falsch.

Der Typ spielt an meinen Ohrringen. »Du bist die Kleine, die Nates Sozialstunden organisiert, richtig?«

Verwirrt runzle ich die Stirn. *Was hat er für ein Problem mit meinem Job?*

Mit einem Ruck reißt er an meinem Ohrring. Seine Hand dämpft meinen Schrei. Mein Ohr brennt wie die Hölle, und ich spüre warme Flüssigkeit am Hals. Tränen steigen mir in die Augen, aber wenn ich jetzt losheule, habe ich keine Kraft, um mich zu wehren.

»Was willst du?«, frage ich undeutlich hinter seiner Hand und hasse das Zittern in meiner Stimme.

»Dir eine kleine Lektion erteilen.« Seine andere Hand gleitet über meine Seite, er schiebt sie unter meine Bluse. Ich winde mich, bin allerdings zu schwach, um mich von ihm zu befreien.

»Bitte nicht«, flehe ich. »Was hab ich dir denn getan?«
»*Mir*? Uns *allen*!«
Ich blinzle verwirrt. *Wovon spricht er?*

Statt mehr zu erklären, führt er eine Hand tiefer und zerrt an meinem Rock. *Warum habe ich nicht die Jeans angezogen?!*

»Nein!«, wimmere ich und versuche wieder, von ihm loszukommen.

Er drückt mich so hart an die Wand, dass mir Sterne vor den Augen tanzen und ich für zwei Sekunden keinen Widerstand leisten kann. Zwei Sekunden, die er nutzt, um den Stoff meines Rocks endgültig zu raffen.

»Hilfe!«, rufe ich, aber meiner Stimme fehlt die Kraft.

Er lacht nur. In meinen Ohren klingt sein Lachen nicht vergnügt, sondern hässlich. »Sag schon, bist du die kleine Sozialtante?«

»N-n-nein«, lüge ich.

»Hat dir schon mal jemand gesagt, dass du schlecht lügst?«
Muss ich wohl kaum drauf antworten.

Er tastet sich zu meinem Beinansatz vor und schiebt meinen Slip beiseite. Mein Magen rebelliert, und das Wasser, das ich getrunken habe, kommt mir hoch. Er weicht zurück, als ich würge, aber der Moment reicht nicht, um mich von ihm zu befreien. Er schubst mich mit dem Gesicht zur Wand, presst sich an mich, nimmt mich zwischen sich und der Mauer gefangen. Hier, vor allen Leuten.

»Seit du da bist, spielt die Band scheiße.«

»W-w-was?«, kann ich nur stammeln.

Für diese Antwort schlägt er mir fest auf den Hintern. »Du glaubst, du kannst Nate Manieren beibringen, aber es wird Zeit, dass dir mal jemand Manieren beibringt.«

Mir wird schwarz vor Augen. Ich kann nicht fassen, dass das passiert und dass ich so machtlos bin. Ich fühle so viel auf einmal, spüre jede Berührung, rieche alles, bin aber gleichzeitig wie betäubt.

»Scheiße, Lou!«, höre ich da jemanden. Ich kenne die Stimme, könnte Spence sein, spielt aber auch keine Rolle, wer das ist. Vor Erleichterung, dass jemand den Übergriff bemerkt, sacke ich zusammen. Plötzlich ist der Kerl weg, ein Handgemenge entsteht, und jemand Großes hebt mich hoch. »Alles ist gut. Scht.«

Die Band spielt weiter. Den Song *Break it all*. Jede Zeile brennt sich in mein Hirn ein.

At the end of the night there is another night
impossible to escape.
The only way to deal with the dark is rage, rage, rage.

Auf das Ende der Nacht folgt eine weitere Nacht, der du nicht entkommen kannst.
Die einzige Möglichkeit, mit der Dunkelheit umzugehen, ist Wut, Wut, Wut.

Nate

Wir spielen zehn Zugaben, vielleicht sogar elf, bis uns der Sound abgedreht wird, weil wir gegen die Lärmschutzbestimmungen verstoßen. Keine Ahnung, ob uns Nashville noch mal auftreten lässt, aber an dieses Konzert wird man noch in Jahren denken. In Jahrzehnten. Darüber werden Dokumentationen erscheinen. Das war groß. *Riesengroß*.

Fuck, fühle ich mich unbesiegbar. Ich und die Musik. Wir und diese Energie. Ich bin wie im Rausch.

Durchgeschwitzt verlassen wir die Bühne. Könnte sein, dass ich morgen sogar etwas heiser bin. Gut, dass bis Chicago zwei Tage Pause sind.

Backstage begrüßen uns Leute, klatschen uns ab, jubeln. Aber irgendwas ist anders. Die Stimmung ist nicht ansatzweise so euphorisch wie sonst. *Seltsam*.

»Warte kurz draußen«, fängt Rick Alex ab, als der in seinen Bus will.

»Was ist los?«, fragt er und bleibt stehen.

Rick beugt sich vor und flüstert ihm was ins Ohr.

»Was? Scheiße!« Er will in den Bus, doch Rick hält ihn auf. Alex fährt sich durch die Haare, schaut immer wieder zum Eingang und wirkt besorgt.

»Na, hat man dir dein Lieblingskuscheltier geklaut?«,

witzle ich, obwohl sich in meinem Magen ein ekliges Gefühl ausbreitet.

Alex sieht mich an, blanke Verständnislosigkeit im Blick. Ich kann förmlich zusehen, wie ihm die Farbe aus dem Gesicht weicht. Gleich fällt er in sich zusammen.

»Hey, wir brauchen Sie hier noch mal«, ruft Rick. Daraufhin erscheinen zwei Sanitäter.

In meinen Ohren rauscht es. Ich frage mich erst, warum, bis ich es begreife. *Noch mal.* Er hat noch mal gesagt. *Wieso noch mal?*

»Was ist passiert?«, frage ich so bemüht ruhig, dass ich mich echt wundere, wie ich das nach dem Konzert, voller Adrenalin, kann. Der Zustand erinnert mich zu sehr an den Moment, als ich verfickte zehn Jahre alt war und meinen besten Freund an eine dämliche Krankheit verloren habe.

»Es gab einen Vorfall auf dem Konzert. Wir und die Polizei haben uns schon drum gekümmert. Geh einfach, Nate.«

Vorfälle auf dem Konzert werden von Sanitätern außerhalb der VIP-Area betreut. Das hier ist der Bandbereich.

»Geht's bitte etwas genauer?« Ich sehe fragend zu Alex, der mittlerweile an seinen Bus gelehnt auf dem Boden sitzt. Er weiß Bescheid.

»Jemand hat Louisiana ...« Er kann es nicht aussprechen. Muss er auch nicht. Diese drei Worte allein bringen mich um. Oder einen Teil von mir. Sie sprengen die Mauer auf, die ich gegen diese Frau errichtet habe. Eine Mauer, die mich vor ihr und dem, was sie in mir auslöst, schützen sollte. Jetzt zerfällt sie zu Staub. Brad will mich noch stoppen. Alex auch. Aber sorry, das gesamte Stadion könnte mich nicht davon abhalten, in den Bus zu stürmen. Ich stoße Alex und Rick zur Seite und renne die Stufen hoch und durch die Tür. Als ich sie sehe, wankt der Boden unter meinen Füßen.

Louisiana liegt zusammengerollt und leer vor sich hinstarrend auf Alex' Bett. Ein Rock, den ich noch nie an ihr gesehen habe, ist zerrissen. Ihre Füße sind schmutzig. Eine Wunde an der Sohle wurde versorgt. Sie hat eine dünne Decke über sich, die sie umklammert hält, ihre Haare sind offen, und sie holt immer wieder zittrig Luft. *Wenn das der gute Zustand ist, in dem sie die Sanitäter allein gelassen haben, wie war dann bitte der davor?*

»Was ist passiert?«, frage ich mit einer harten Note in der Stimme, die ich nicht unterdrücken kann.

Sie stöhnt wie unter Schmerzen. »Es geht schon, Nate. Verschwinde.«

Ich mache nichts dergleichen, sondern trete näher und setze mich aufs Bett. Ich habe mich schon einmal so hilflos gefühlt. Damals, als ich Dale verloren habe, und ich habe es gehasst und danach aus dem Leben eine Party gemacht. Aber jetzt ist es anders. Die Party ist vorbei. Ich habe keine Ahnung, was man in so einer Situation macht. *Sagen, dass alles gut wird? Wird es das denn?*

»Verdammt, lass sie in Ruhe, Nate!«, ruft Alex von der Tür. Er hat sich wohl gefangen, sieht aber nicht so aus, als könnte er viel gegen mich ausrichten. »Sie soll sich ausruhen. Jemand hat sie belästigt. Die Security ist eingeschritten, bevor Schlimmeres passieren konnte. Der Kerl wurde verhaftet ...«

Fuck! »Auf dem Konzert?«, kann ich nur fragen. *Dem Konzert, das gerade noch der beste Moment meines Lebens war?*

»Nein, in D-D-Disneyland.« Louisiana will die Worte zischen, aber zittert so sehr, dass sie abgehackt rauskommen. »Lass mich, Nate, mir geht es gut.«

Ich höre sie und will wirklich gehen. Dummerweise weigert sich mein Körper, aufzustehen und sie allein zu lassen.

Mit aller Macht kämpfe ich gegen mich selbst an. *Los, Grant, beweg deinen verschwitzten Arsch hier raus und lass die Frau sich erholen. Sie hat genug durchgemacht, nerv sie nicht weiter.*

Unglaubliche drei Millimeter schaffe ich es von ihr weg. Sie fühlen sich an wie ein Marathon, dann gebe ich auf, greife nach ihr. Ich berühre ihren Rücken, spüre ihre Wärme, und plötzlich fühlt sich die ganze Welt leichter an.

»Nicht, Nate!«, keucht sie. Schwach. So schwach, dass ich meine Hand fester auf sie presse, als könnte meine Kraft auf sie übergehen.

»Spinnst du!«, ruft Alex und will eingreifen.

Ja, offensichtlich spinne ich. Wie ein Tiger, der seine Beute erlegt hat, schirme ich Lou vor ihm ab. Keiner kommt in ihre Nähe. Sie gehört mir. Wenn sie irgendjemand auch nur anfasst, geschieht ein Unglück. Weil ich kein Tiger mit Beute bin, sondern eine Bärenmama mit ihrem Jungen. Eher so was. *Ja, klingt bescheuert. Na und?*

»Scht!«, mache ich sanft im Gegensatz zu meinem groben Verhalten, ziehe ihren Oberkörper vorsichtig in meinen Schoß, lege mir ihre Arme um den Körper und nehme ihr Zittern in mich auf. Sie fühlt sich so zerbrechlich an. Die letzten Male, die wir uns so nah waren, wirkte sie unverwüstlich. Nicht jetzt. *Gefällt mir nicht.*

»Was tust du da?«, krächzt sie und hält unter mir still.

»Keine Ahnung.« Alex rüttelt an meiner Schulter, nun behutsam. Er will Lou nicht mehr Stress bereiten, als sie schon hatte. *Soll er! Stört mich nicht.*

So sanft, dass ich mich selbst wundere, dass das in mir steckt, streichle ich ihre Schläfe. Bei jeder anderen Stelle bin ich mir nicht sicher, ob ihr das wehtut oder wie angemessen es ist. Ich fühle mich so hilflos. Ihretwegen. Aber statt dagegen anzukämpfen, lasse ich los, und etwas in mir entspannt sich. Als würde sich ein Knoten, der seit Jahren fest zugezogen war und den sie mit unserem ersten Kuss gelockert hat, nun endgültig lösen.

Verdammt, sie ist überhaupt nicht mein Typ Frau. Wir passen null zusammen, aber vielleicht sind wir genau deshalb gut füreinander. Sie mit ihren ewigen Regeln, ich mit meiner Scheiß-drauf-Einstellung. Wir würden uns auf jeden Fall auf Trab halten.

»Ist das okay?«, frage ich und streichle sie weiter, so vorsichtig, als könnte sie zerbrechen.

»Mmh«, macht sie und döst ein.

Ich atme kaum, bis ich merke, wie ihr Körper die Ruhe bekommt, die er braucht. Loslassen kann ich sie nicht. Verlangen durchdringt mich heiß. Aber kein sexuelles. Es ist der dringende Wunsch, ihren Schmerz aufzunehmen.

»Sie schläft. Lass sie in Ruhe«, meldet sich Alex da.

Es ist das Richtige, ermahne ich mich. *Los, Grant.*

Dieses Mal schaffe ich es, mich zu lösen, aber in dem Moment, als ich sie wieder so allein auf dem Bett sehe, weigern sich meine Beine zu gehen.

»Sie kommt mit zu mir«, sage ich, hebe sie hoch und stehe mit ihr auf.

»Spinnst du, Nate?! Das ist der falsche Zeitpunkt für einen deiner Streiche.«

Ich blitze ihn sauer an. Mit Lou in den Armen. *Meiner* Lou.

Obwohl ich mir ziemlich sicher bin, dass ich ihm einen Blick zuwerfe, der ganze Städte dem Erdboden gleichmacht, entspannt sich seine Miene. »Wurde aber auch Zeit«, murmelt er und macht Platz.

Keine Ahnung, was er damit meint. Ich gehe an ihm vorbei, verlasse den Bus und trage sie zu mir. Mir ist egal, was er sich denkt. Oder alle anderen. Wichtig ist nur sie.

Als ich sie auf meinem Bett ablege, atme ich auf. Nicht weil sie in meinem Bett ist, sondern weil sie in meinem Raum ist. In Sicherheit. Ja, ziemlich primitiv halte ich meinen Bus für sicherer als den von Alex.

Ich stinke vom Konzert, dusche schnell bei offener Tür, dabei hätte ich mich nicht beeilen müssen. Zwei Minuten später liegt sie immer noch genauso da, wie ich sie zurückgelassen habe. Der Anblick stört mich. Nicht sie, nicht dass sie hier ist. Aber die ganzen Schrammen und zerrissenen Sachen, der Dreck. Die Spuren, die sagen, dass was passiert ist.

Ich nehme mir eine Schüssel mit warmem Wasser und einen Lappen und wasche vorsichtig ihre Füße. Die Sanitäter haben nur die Wunde gereinigt, der Rest ist dunkel vom Boden und den Dingen, in die sie getreten ist. Dreck, Essensreste, verschüttete Getränke.

Die Arbeit beruhigt mich. Ich gehe zu ihrem Knöchel über und wandere ihr Bein hoch, bis der Rock beginnt. Ich schiebe ihn beiseite, zögere, aber helfe ihr behutsam aus dem Teil.

Ich entdecke eine alte Narbe am Knie, ein Muttermal am Innenschenkel, einen Handabdruck auf der Außenseite ihres Beines und ihren Spitzenslip, verrutscht.

Fuck, hat der Kerl sie etwa auch da angefasst? Hat das niemand gemerkt? Und sie genauer untersucht? Oder hat sie gesagt, dass bis auf die Berührung nichts passiert ist? Und scheiße, kann ich bitte blind sein? Ich werde hart, ich will es nicht, aber ich bin auch nur ein Mann. Noch nie habe ich mich für das Verlangen nach einer Frau geschämt. Überhaupt: Scham, was ist das? Anscheinend braucht man nur einen guten Grund, um sie zu spüren. Lous Zustand ist so einer.

Ich atme tief durch, doch ich werde den Gedanken nicht los, dass sie jemand intim berührt hat, der sie nicht hätte intim berühren dürfen. Was mir durch den Kopf geht, wird sie hassen. Aber wenn sie so bleibt, werde ich mich hassen.

Seit wann hab ich solche Gewissensbisse? Du bist ein Schwein, Grant. Los, keine Hemmungen.

Ich streife ihr den Slip ab, wasche sie behutsam zwischen den Beinen, ziehe ihr saubere Boxershorts von mir an und streife ihr die restlichen Sachen ab.

Sie hat Schrammen an der Schulter. Zwei Fingernägel sind eingerissen. *Was hat der Kerl nur mit ihr angestellt?*

Sanft drücke ich ihr einen Kuss auf die Fingerspitzen. Keine Ahnung, woher diese Zärtlichkeit kommt.

Ich wasche sie zu Ende, helfe ihr in eines meiner Shirts, decke sie zu und muss schlucken, als ich sehe, dass einer ihrer Ohrringe halb herausgerissen ist. An ihrem Ohrläppchen klebt verkrustetes Blut. Die Wunde ist nicht schlimm, aber der Anblick verursacht in meiner Brust Schmerzen wie von Messerstichen. Was echt krank ist, wenn man bedenkt, dass ich mir nach ihrer Balkonflucht und den Schrammen an ihrem Bein keinen Kopf um ihr Wohlergehen gemacht habe.

»Oh, Baby …«, murmle ich, löse vorsichtig erst den einen, dann noch vorsichtiger den anderen Ohrring. Sie wimmert leise. »Ja, ich weiß, das tut weh, gleich vorbei.«

Ich tupfe das Ohrläppchen mit Desinfektionsmittel ab und klebe ein Pflaster über die Wunde. Sie zittert wieder heftiger, wälzt sich unruhig auf dem Bett hin und her.

»Scht, alles ist gut.«

Sie beruhigt sich nicht. Als wären Worte nicht genug. Ich lege mich zu ihr und ziehe sie enger. Im ersten Moment kämpft sie gegen mich, bis ihre Hände über meinen nackten Oberkörper fahren und in meinen Nacken gleiten. Sie schmiegt sich an meine Brust, und ihr Körper wird ruhiger, während meiner brennt. Ich sollte mich lösen, wichsen gehen, mich um mich kümmern, aber ich kann nicht. Ich will mich mit dieser Frau nicht so verbunden fühlen, wir hatten nur zwei Küsse und so viel mehr Streit, doch ich fühle mich mit ihr verbunden. Ich liebe ihren Kampfgeist, wie oft sie mir Kontra gibt, ihre Hartnäckigkeit, ihren klugen Kopf. Keine Ahnung, wie ich es geschafft habe, meine Gefühle für sie so lange zu ignorieren. Ich kann es nicht mehr. Keine weitere Sekunde.

KAPITEL 14

Finger in meinem Haar wecken mich. Das spült die Erinnerung von *seinen* Fingern in mein Gedächtnis, die meines Angreifers, und ich zapple heftig. Er soll mich loslassen, aufhören, mir wehzutun, sofort.

Augenblicklich ist die Hand verschwunden, aber nicht der Mann, zu dem sie gehört. Er hält mich, fest und doch irgendwie vorsichtig. *Seltsam.*

»Scht, Lou, alles ist gut. Du bist in Sicherheit.«

Die Stimme kenne ich, und ich glaube, ich träume. Die lieben Worte passen nicht zu dem Mann, dem sie gehört. Genau wie die Tatsache, dass er sie mir ins Ohr flüstert und dabei seine Lippen meine Haut streifen und den angenehmsten Schauer durch meinen Körper jagen, den ich je hatte. »Nate?«, frage ich irritiert.

»Mmh«, macht er, und es muss daran liegen, dass er eine so verdammt geübte Stimme hat, aber dieser unverstellt gefühlvolle Laut dringt direkt in mein Höschen.

Moment mal, Höschen? Oh Gott! Ich spüre kein Höschen. Oder nicht mein *Höschen, sondern weit sitzende Shorts. So etwas besitze ich nicht. Was ist hier los?*

»Das ist ein Traum, oder?« Eine Mischung aus Panik und Erleichterung durchflutet mich. »Gott, ja!« Die Erleichterung gewinnt. »Das ist ein Traum. Guuut!« Denn dann ist alles erlaubt. Schamlos drücke ich mich an ihn und seufze, als ich Nates warme Haut an meiner spüre. Das Gefühl ist unbeschreiblich. Der echte Nate hat mikroskopisch kleine Stacheln auf der Haut, die mich auf Abstand halten würden, aber der hier, der ist ... *Nanu?* Der ist angespannt.

»Kein Traum«, sagt er leise und zuckt zurück, als ob er sich eine liebevolle Geste verkneifen würde. »Wie geht es dir?«

Ich blinzle, öffne die Augen ganz und sehe ihn verdutzt an. *Vielleicht ist das doch ein Traum, denn wann hat Nate mich je gefragt, wie es mir geht? Geschweige denn, dass es ihn interessiert hätte.* Aber es besteht kein Zweifel, das hier ist echt. Genau wie die Erinnerungen an den letzten Abend, die auf mich einstürzen. Der Mann mit den Tätowierungen. Seine Hände auf mir. Wie grob er war. *Scheiße.*

»Lass mich los!«, zische ich, befreie mich von Nate und kämpfe mich aus dem Bett. Wir sind im Bus und fahren. Ich spüre die Vibration vom Motor unter meinen Füßen, aber auch ein Kribbeln in meinem Körper, ein unangenehmes, das eben bei Nate noch nicht da war. Ich muss mich an einem der Schränke abstützen. »Was ist passiert?« Ich starre auf meine Sachen, die seine Sachen sind, reibe mir die Stirn, fühle mich fertig. Kein Wunder, nach dem gestrigen Abend.

»Ich sag dir, was *nach* dem Vorfall passiert ist, wenn du mir sagst, was *davor* war«, sagt er, steht ebenfalls auf und geht zum Kühlschrank.

Für einen Moment achte ich nicht auf seine Worte, sondern starre ihn einfach nur an. Heilige Scheiße, ich habe den Mann schon nackt gesehen, dennoch haut mich sein

Anblick um. Der Dreitagebart, die langsam herauswachsenden Haare, durch die ich streichen will, und diese Muskeln.

Ja klar, Lou, weil du dahin schaust!

Mein Blick klebt auf seinen Boxershorts und dem riesigen Zelt vor seinem Schritt. Falls er sich da keinen Scherz erlaubt und sich einen Kochlöffel in die Hose gesteckt hat, ist er extrem hart. *Meinetwegen? Schwer vorstellbar. Die letzten Tage hat er mich wie eine Aussätzige behandelt.*

»Hier, trink das!«, sagt er, als würde er meinen Blick nicht bemerken, und will mir ein Wasser reichen. »Hilft gegen die Kopfschmerzen.«

»Ich hab keine.«

»Du siehst aber so aus.«

In dem Moment merke ich, dass ich mir wieder die Stirn reibe. Mir wird seltsam. Ich will mich zusammenreißen. *Gott, Lou, du klappst nie zusammen. Das machen dramatische Mädchen, nicht du.* Offensichtlich werde ich eins. *So ein Klischee!*

»Langsam«, sagt Nate und ist bei mir, noch bevor meine Beine weich werden. Er legt den Arm um mich und lotst mich zur Bettkante, öffnet die Wasserflasche und drückt sie mir in die Hand. Gleich darauf liegt sein Arm wieder um meine Hüfte. Was wieder für einen Schauer sorgt, der so heftig ist, dass meine Brustwarzen hart werden und sich unter dem Shirt, das ich trage, abzeichnen. Nate muss es sehen, er ist nicht blind, aber sein Blick ruht auf meinem Gesicht. Er ringt mit sich, wie vorhin, nur dass er sich dieses Mal nicht beherrschen kann. Er fährt mir liebevoll durch die Haare und streicht mir Strähnen aus dem Gesicht.

Ich bin definitiv im falschen Film. Der Streifen gefällt mir. Aber ich verstehe überhaupt nicht, wie ich hier gelandet bin.

»Kümmerst du dich etwa gerade um mich?«, frage ich und trinke endlich was.

»Mmh«, brummt er nur und macht weiter mit den sanften Berührungen. Ohne irgendwas Gemeines zu sagen wie: ›Nein, das träumst du. Ich würde nie was machen, damit es dir besser geht.‹ Kurz darauf versteift sich sein Arm an meiner Hüfte. »Soll ich aufhören?«

Ein Nein liegt mir auf der Zunge, bevor ich wirklich drüber nachdenken kann, und das macht mir Angst. Ich zögere.

»Lou, alles okay?«

»Nein«, antworte ich endlich.

»Fuck, was ist?« Die Sorge in seinem Blick ist fast lustig, so ungewohnt ist sie, und sie bringt alles in mir zum Tanzen. Sein Blick scannt mich wie auf Schwachstellen. Als würde er leiden, wenn ich leide. *Sehr, sehr ungewöhnlich.* »Sag schon!«, flüstert er beinahe flehentlich.

»Ich meine, ja, alles okay, und nein ...« Mein Herz rast ungesund. Das hier mit Nate fühlt sich immer noch wie ein Traum an, aber es ist keiner, er ist bei mir und plötzlich so anders. So nett. Fast schon zu nett. »Nein, hör nicht auf!«, beende ich meinen Satz.

Nates Schultern entspannen sich, und er atmet auf. »Nein?«, fragt er nach, und ich kann am Pulsschlag an seinem Hals sehen, wie sein Herz plötzlich rast. Meines hält Schritt mit seinem. Oder es schlägt sogar schneller. Ich rechne damit, dass er sich auf mich stürzt. Die Chemie zwischen uns ist verrückt. Wie von der ersten Sekunde an. Mal eine Million. Aber er zittert nur leicht, als würde es ihn alles kosten, neben mir sitzen zu bleiben, und fährt mir weiter durch die Haare.

»Nein«, sage ich wieder nur.

In Nates Kehle löst sich ein Grollen. Der Laut jagt ungesunde Mengen Hitze durch mich.

»Du klingst, als würde dir das gefallen.«

»Tut es«, murmelt er und zieht mich auf seinen Schoß, so eng, dass er seinen Kopf an meine Halskuhle legen kann. »Und wie, Baby.«

»Ich dachte, du kannst mich nicht ausstehen?« *Nett formuliert. Ich war wie sein persönlicher Trigger.*

Er lacht leise an meinem Hals. »Falsch gedacht«, haucht er und macht mich immer feuchter, obwohl er kaum was unternimmt. Seine Nähe genügt. »Fuck, Lou, dieser erste Kuss ...«

Meine Lippen prickeln, und ich stöhne vor Sehnsucht. Ich kann es nicht zurückhalten. Ich habe nicht kommen sehen, welche Richtung das Gespräch einschlägt, aber jetzt, da er den Kuss erwähnt, bin ich verloren ... »Du hast eine Grenze überschritten.«

»Mmh«, brummt er, und das ist so ziemlich der erotischste Laut, den ich je gehört habe. »Aber als ich aufgehört habe, Grenzen zu überschreiten, weil ich mich benehmen musste, hast du sie überschritten. Das war heiß.« *Und so unangebracht, dass ich mich für mein eigenes Verhalten wieder schäme.*

»Das machen doch Tausende von Frauen bei jedem deiner Konzerte.«

»Stimmt, aber du bist keine von ihnen. Du bist anders, Lou.«

»Deshalb hast du mich so furchtbar behandelt?«

Er reibt mit der Nase über meinen Hals, so verdammt

süß. »Mmh.« Wieder dieser sexy Laut. »Deshalb hab ich versucht, dich fernzuhalten«, redet er weiter. »Ich wollte das nicht fühlen.« Er räuspert sich. »Außerdem ist es ganz schön krass, wenn man für die Frau, die einen Toiletten putzen lässt, Gefühle entwickelt.«

Moment mal: was? Ich weiche zurück, damit wir uns in die Augen sehen können. Der sonst so überhebliche Mann wirkt unsicher. *Ultrasexy.* »Du hast Gefühle für mich?«, wiederhole ich geschockt.

»Glaub mir, ich hab mir das nicht ausgesucht.«

»Hey, ich bin ja wohl eine Zehn!«

Er grinst. »Eine …« Sein Blick gleitet über mich, und er tut so, als würde ihm mit Ach und Krach eine Sieben auf den Lippen liegen. Ich schlage ihm gegen die Schulter, und es folgt was Unglaubliches. Nate macht mir ein Kompliment. »Du bist eine Elf, Baby, eine Hundert. Die eine Million.« Er verdreht die Augen und lacht leise. »Even if I am number one, you are still the winner. The way you make me smile makes me always a sinner.«

Ich verinnerliche die Zeilen: Selbst wenn ich die Nummer eins bin, bist du der Gewinner. Deine Art zu lächeln lässt mich Sünden begehen, immer.

Nate, wie er auf der Bühne Tausende von Menschen zum Ausrasten bringt? Heiß! Nate, wie er Schmusesongs murmelt? Etwas, was verboten werden muss.

Seine Worte dringen in mich, geben meinem Herzen einen kleinen Schock, und als es schneller schlägt, breiten sich warme Wellen aus, die meine Mitte erreichen und mich unglaublich feucht machen. Vi würde sich totlachen, wenn sie wüsste, dass ihre superkorrekte Schwester nass wird von ein paar Songzeilen. ›Dich machen doch sonst nur siebzig Prozent Rabatt auf bereits reduzierte Ware glücklich‹, würde sie sagen. ›Oder Antihaftbeschichtungen, die dir Haushaltsarbeit sparen.‹

»Was war das denn eben?«, frage ich und versuche zu verstehen, warum er plötzlich solche gefühlvollen Lieder singt.

»Du bist das«, antwortet er, und ein Hauch Ärger schwingt in seiner Stimme mit. Aber bevor ich nachfragen kann, erklärt er: »Seit unserer allerersten Begegnung gehen mir Liedtexte und Musik durch den Kopf. Lauter kitschiges Zeug. Sehr gutes kitschiges Zeug, aber trotzdem kitschig. Ryan kann das bezeugen. Er wollte, dass ich ein Soloalbum aufnehme, aber das kann er vergessen. Er verkauft die Titel gerade an andere Stars.«

Mich hätte schon überrascht, wenn er Oldies singen würde. Aber das?! »Du hast Lovesongs geschrieben? Über mich? Uns? Du?!«

Röte kriecht ihm den Hals hoch ins Gesicht. Unverkennbar, ohne den Pelz, den er früher hatte. »Ja, los, lach! Ich lach auf jeden Fall über mi–«

Selbst wenn ich wollte, ich kann mich nicht länger gegen das zwischen uns sperren. Ich beuge mich vor und küsse ihn, bevor er irgendwas davon relativieren oder sogar kaputtmachen kann. Mir ist nicht nach Lachen, mir ist nach sehr vielen Dingen, aber nicht danach. Es passiert schon wieder. Ich kann es nicht kontrollieren, und ich kann mir nicht einreden, dass Nate mich dazu gedrängt hat, ich muss ihn einfach küssen. Das und so viel mehr.

In dem Moment, als meine Lippen auf seine treffen, vergesse ich alles. Kurz fürchte ich, dass er das hier stoppt. Tut er zum Glück nicht. Er greift nur fester in mein Haar, erwidert den Kuss, flucht leise, lockert seinen Griff, als wollte er mich nicht überfordern und küsst mich dann sanfter, überlässt mir das Tempo. Aber so brauche ich ihn nicht, so habe ich ihn nie gewollt.

Verärgert beiße ich ihn. Er stöhnt, bleibt jedoch so verdammt zurückhaltend. Ich necke ihn mit meiner Zunge, spüre seine Hitze, aber er reagiert nur, wird nicht aktiv. Das passt mir nicht.

Langsam weiche ich zurück. Wir atmen beide schwer, und ich kann in seinen Augen sehen, dass er enttäuscht ist. Bin ich auch. »Sorry«, sage ich, weil ich das Gefühl habe, ich muss mich für meine Initiative entschuldigen.

Er legt eine Hand an meine Wange und schaut mich fürsorglich an. »Nein, mir tut es leid. Wenn du wüsstest, was ich mit dir anstellen will! Aber nach gestern Nacht ... Was dir passiert ist ...« Etwas Dunkles schleicht sich in seinen Blick, als würde er mit bloßen Händen die gesamte Welt ohne Rücksicht auf Verluste niederreißen wollen, wenn es um mich geht. Dabei hält er mich aber unglaublich sanft.

»Er hat mich nicht ...« Ich schlucke, weil ich nie dachte, dass ich diese Worte mal aussprechen müsste. Ich bin immer noch von Nate erregt, aber gleichzeitig durchdringt mich nun Kälte beim Gedanken an den anderen Mann. Ich lehne mich an Nate, und er hält mich, als hätte er nie was anderes getan, einen Arm um meinen Rücken gelegt, eine Hand an meinem Hinterkopf, meine Stirn an seine Schulter gedrückt, seinen Kopf an meinen gelehnt. »Er hat mich nicht vergewaltigt«, bringe ich raus. »Jemand von der Security ist zum Glück rechtzeitig eingeschritten.«

»Rechtzeitig?« Nate schnaubt. »Louisiana, du warst barfuß, deine Klamotten waren schmutzig, deine Bluse zerrissen und dein Slip ...« Er verteilt Küsse auf meinem Hals. »Baby, dein Slip war zur Seite geschoben«, krächzt er. »Sag mir nicht, dass das rechtzeitig war.« *Mist, ist er fertig!*

»Du weißt, was ich meine.«

Er atmet einfach nur schwer, kann nicht reden. »Welchen Song haben wir gespielt?«, fragt er schließlich.

Der Moment ist mir in all seiner Hässlichkeit vor Augen. »At the end of the night there is another night impossible to escape. The only way to deal with the dark is rage, rage, rage«, sage ich auf und schüttle mich.

»Wir nehmen ihn aus dem Tourplan.«

»Ist das nicht einer eurer neuesten Hits?!«

»Und wir nehmen ihn von der Platte«, redet er einfach weiter.

»Die Platten sind doch produziert.«

»Wir ziehen sie zurück!«

Seine Heftigkeit überrascht mich. Ich weiche so weit zurück, dass wir uns anschauen können. »Du kannst nicht jeden Song vom Markt nehmen, zu dem Unglücke passiert sind.«

»Stimmt, nicht jeden Song, aber diesen einen, zu dem dir was passiert ist«, sagt er so trotzig, wie ich ihn am Anfang kennengelernt habe, nur dass sich sein Dickkopf jetzt nicht gegen mich richtet. »Alex, Harvey und Brad werden das genauso sehen.«

»Und Hurricane Florida Records? Ryan?«

»Muss er mit leben.« Er sieht mich ernst an. »Wenn ich es verhindern kann, wirst du den Song nie wieder hören.«

»Übertrieben«, ziehe ich ihn auf. *Wenn auch süß ...*

»Das Mindeste.«

»Ryan wird dich zum Ausgleich Schmusesongs einsingen lassen.«

Nate verzieht das Gesicht, und ich glaube schon, ich bringe ihn damit von dieser radikalen Idee ab. Einen Song aus der Welt zu löschen, ist echt hart. Stattdessen packt er meine Hand, legt sie auf sein Herz und singt gefühlvoll: »I've never known love songs have the power to end all pain, now I know better and sing them forever dancing in the rain.«

Dass Lovesongs Schmerz heilen, hätte ich niemals gedacht, nie. Jetzt weiß ich es besser, tanze im Regen und singe sie.

Mist, mir gefallen seine ruhigen Lieder. Wenn er sie singt, kommt seine Stimme perfekt zur Geltung. Ich kriege überall Gänsehaut. *Kein Wunder, dass Frauen mit Musikern im Bett landen, sie haben dieses gewisse Etwas.*

»Nach dem Konzert zu hören, dass dir was passiert ist, das war …«, sagt Nate und bricht ab, als wäre es zu schmerzhaft, darüber zu reden.

»Ich hätte gedacht, du schmeißt eine Party, lässt die Sektkorken knallen und stößt auf mein Unglück an«, schlage ich einen lockeren Tonfall an.

»Das dachte ich auch. Aber dann kam alles anders.« Jetzt grinst er. »Ich weiß überhaupt nicht, warum ich die spießige Tante, die mich seit Tagen mit furchtbaren Aufgaben nervt, in meinen Bus geschleppt habe. Jemand muss mir Drogen verabreicht haben.«

Ich lache leise über seine Erzählung. »Wie war es wirklich?«

»Rick hat gesagt, dass die Sanitäter bei dir waren, dass es dir gut geht, aber so sahst du nicht aus. Du lagst in Alex' Bett, und alles daran fühlte sich falsch an.«

»Weil du mich in deinem wolltest?«, flüstere ich breit grinsend.

Sein Penis zuckt unter meinem Hintern zustimmend. »Himmel, Lou, offensichtlich.«

Heiß! Mein Herz schlägt zu schnell. *Nicht gut*, denke ich. Aber vielleicht ist es das doch. Ich dachte immer, ein netter, anständiger Kerl wird für diese Gefühle in mir sorgen. Aber ich habe anständige Kerle kennengelernt, und das ist mit denen nie passiert.

»Hast du mich ausgezogen?«, frage ich.

»Ich hab dich *um*gezogen«, korrigiert er mich, als hätte er plötzlich ein Gefühl für Anstand entwickelt. *Himmel, noch heißer!*

»Also hast du mich erst ausgezogen?«

»Damit ich dich umziehen kann.«

»Hast du mich nackt gesehen?«

»Was denkst du denn?!« Er wirft mir dieses sexy Nate-Grinsen zu, bei dem Schlüpfer zu Staub und Asche zerfallen. »Du hast ein wirklich sehr interessantes Muttermal am Oberschenkel.« Er stöhnt. »Gott, du glaubst gar nicht, wie schwer es mir fiel, nicht meine Lippen draufzudrücken.«

Ich weiß, von welcher Stelle er spricht, und erschauere bei der Vorstellung, dass er das eines Tages macht. »Was hast du noch gesehen?«

»Ich hab dich gewaschen und umgezogen«, haucht er mit belegter Stimme. »Alles.«

Fällt unter alles, was ich denke, was es heißt? »Das war nicht richtig so.«

Die Hitze zwischen uns wird größer, aber er beherrscht sich weiter. »Du hast mich auch schon nackt gesehen. Ich fand das fair.«

Sofort denke ich an den Moment unter der Dusche und den im Bus in Atlanta. Jetzt brenne ich lichterloh. Vi würde mir gratulieren. ›Na endlich erlebst du das auch mal. Ich dachte schon, dein Hormonhaushalt ist gestört.‹ Selbst Cali, die so wie ich ruhiger ist, würde jubeln. Ich saue Nates Boxershorts ein und kann nicht glauben, dass ich das wirklich denke: Ich will ihn. Schlimmer noch: Ich brauche ihn. Mein Körper wird immer heißer und feuchter. Ich habe keine Vorstellung davon, wie es wäre, ihn in mir zu spüren, aber ich zittere beim Gedanken daran. Ein tiefes Stöhnen entweicht mir, und ich presse mich an Nate.

»Scht! Leg dich wieder hin, Lou, ruh dich aus. Wir fahren noch eine ganze Weile.«

»Ich bin nicht müde.«

»Sehe ich anders«, sagt er und drängt mich auf dem Bett zurück.

»Bleibst du bei mir?«, frage ich und habe definitiv andere Pläne.

»Ja.«

»Okay, dann füge ich mich.«

Wir lassen uns zurückfallen, ich schmiege mich an ihn, lausche auf seinen Herzschlag, und meine Augenlider werden schwer. Nach allem hätte ich damit am allerwenigsten gerechnet: dass ich mich bei Nate sicher fühle.

Nate

Trommelwirbel: Nate Grant hat Sex mit der Frau ausgeschlagen, die ihn seit Stunden hart macht! Weil er Gefühle für sie hat.

Ein Hauch Ärger steigt in mir auf, dass Louisiana diese Macht über mich hat. Aber viel stärker als der Ärger ist die Verblüffung darüber.

Es wundert mich nicht, dass sie sofort weiterschläft, sobald sie liegt. Sie sieht immer noch erschöpft aus. Sie hat die kurze Wachphase genutzt, um was zu trinken, aber sie braucht mehr Erholung. Ja, ich will sie, doch egal ob alter oder neuer Nate, in dem Zustand vögle ich keine Frau.

Vorsichtig fahre ich ihr durch die Haare und bin fasziniert davon, dass sie lächelt. Im Schlaf. Es ist das süßeste Lächeln, das ich je gesehen habe. Wenn ich meine Fingerspitzen in ihren Nacken wandern lasse, verblasst es, ihre Lippen öffnen sich einen Spaltbreit, und sie atmet schwerer. Sie mag meine Berührung an der Stelle. Das ist eine ihrer erogenen Zonen. Ich will mehr davon entdecken, aber halte mich zurück. Bei anderen Frauen war es mir immer egal. Ich habe an mich gedacht. Mir ging es um meinen Spaß, meine Befriedigung. Mit Lou ist das anders.

Auch wenn es mir schwerfällt, löse ich mich von ihr und stehe auf. Sie protestiert leise. Der Laut sollte nichts mit mir anstellen, doch mein Schwanz schmerzt protestierend darüber, dass wir uns vom Objekt unserer schärfsten Träume entfernen. Und in meiner Brust ist ein Ziehen, als wären wir eins und es würde mich zerreißen, von ihr getrennt zu sein.

Im Bad wichse ich, nicht zum ersten Mal, seit diese Frau in meinem Bett liegt. Nachdem ich mir die Hände gewaschen habe, setze ich mich in die Sofaecke, um zu arbeiten. Ich nehme die neuesten Schmachtfetzen an Ideen auf und rufe Alex an, der seit einer Stunde Nachrichten auf meiner Mailbox hinterlassen hat.

»Na endlich!«, stöhnt er, als ich mich melde. »Wie geht es ihr?«

»Gut.«

»Nur gut?«

Fuck, ich weiß nicht, warum, aber ich will nicht mit Alex über Louisiana reden. Sie gehört mir, nicht ihm. »Was hast du denn erwartet? Dass sie Purzelbäume schlägt?«, blaffe ich. »Sie braucht Ruhe und schläft wieder.«

»Habt ihr –?«

Ich weiß, wonach er fragt, schweige jedoch dazu. Er kennt mich seit den Anfängen der Band. Ich habe noch nie eine Frau angerührt, die es nicht wollte. Oder die nicht wusste, was sie will. Ich habe Hotelzimmer demoliert und ein brennendes Sofa in einen Pool geworfen. Nicht besonders clever. Ich hatte mehr Frauen hintereinander und gleichzeitig, als für einen Kerl mit einem sowieso schon zu großen Ego gut ist, aber er weiß verdammt genau, wo meine Grenze liegt.

»Scheiße, tut mir leid. Ich nehme das zurück«, sagt er

und räuspert sich. »Braucht sie ihre Sachen? Die sind alle bei mir.«

»Erst mal nicht. Ich hab ihr was von meinen geliehen.«

»Hat sie noch was gesagt?«

»Nur zu welchem Song es passiert ist: *Break it all*. Sie konnte den Text, und du weißt, sie mag unsere Musik nicht mal. Ich wette, sie wird beim Refrain immer an diesen Scheißmoment denken. Kannst du mit Ryan klären, dass wir ihn von der Tour und dem Album streichen?«

»Wir ...?! Ähm, ja, sicher.« Alex ist überrumpelt. Wir haben so was noch nie gemacht. Das ist radikal. Ich kenne auch keinen Fall, bei dem das eine Band schon mal durchgezogen hat, aber ich beginne bereits, den Text zu vergessen. Er passt nicht mehr zu mir und den Rebel Boys. Ich spüre die Wut nicht mehr, die in dem Song steckt. Ich brauche sie nicht, um durch die Dunkelheit zu kommen. Dafür reichen Louisiana und ihr Licht. Wenn Alex diskutieren will, kann er sich auf was gefasst machen. Passiert aber nicht. »Scheiße, Nate, es tut mir echt so leid«, sagt er nur.

»Das ist doch nicht deine Schuld!«

»Doch«, krächzt er. »Ich habe sie gebeten, das Konzert zu besuchen. Wegen des Britney-Covers. Wenn ich das nicht gemacht hätte, wäre sie nie hingegangen, und diese Scheiße wäre nicht passiert.«

Fuck, jetzt werde ich wütend. Dabei gilt, was ich eben gesagt habe: Es ist nicht seine Schuld. Er ist der Letzte, der Lou übel mitspielen würde. »Schon gut«, presse ich heraus und will auflegen. *Wow, bin ich plötzlich erwachsen!*

»Warte!«, sagt Alex. »Linda belagert mich. Du müsstest auch zig Anrufe von ihr haben.« Habe ich, aber die ignoriere ich. »Nach unserem Auftritt wollen uns alle Sender in ihren Shows. Wir sind die Sensation. Sie will mit dir besprechen, welche Termine wir wahrnehmen.«

»Keine«, knurre ich. »Wie immer.«

»Vielleicht überdenkst du das noch mal? Alle drehen durch.«

»Wegen eines Coversongs? Wow«, sage ich lahm.

»Nein, wegen uns, der Show, des ganzen Konzerts.«

Ich kneife mir in die Nasenwurzel. *Was habe ich bitte für eine Welle losgetreten? Hätte ich das gewusst, hätte ich es gelassen.* »Nenn ihr drei Termine.« Das ist großzügig genug von mir.

Alex lacht. »Drei werden nicht reichen. Sie hat über hundert Anfragen!«

»Wiederhol das!« Hundert ist viel, sogar für einen erfolgsverwöhnten Star wie mich.

»Sie hat schon, was ging, vor der Show am Donnerstag eingeplant, aber bei der Nachfrage reicht die Zeit nicht. Für mich und die anderen ist es okay, wenn wir auch morgen Interviews geben. Sie wartet nur noch auf dein Go, damit sie weiteren Journalisten zusagen kann.«

»Morgen? Da haben wir frei.« Die Konzerte und die Fahrerei sind anstrengend, wir brauchen Pausen. Das weiß er genauso gut wie ich.

»Es geht nicht anders«, sagt er.

Ich seufze. »Gut, weitere fünf Termine«, höre ich mich zu meiner eigenen Überraschung sagen. »Nicht mehr. Regelst du das mit ihr?«

»Ihr solltet dabei die Schulmädchenröcke tragen«, höre ich da Louisiana hinter mir, die aus dem Schlafzimmer kommt.

Mein Blick gleitet über sie, und ich ziehe ihr in Gedanken die Uniform an. *Mann, die würde ihr stehen!* Sie wirkt fitter, ist aber noch blass. Sie muss die letzten Gesprächsfetzen mitgehört haben.

»Warum schläfst du nicht?«, frage ich und ignoriere Alex.

»Hunger«, sagt sie, öffnet den Kühlschrank und schaut rein, schließt die Tür aber wieder, bevor sie sich was rausnimmt. »Dein Telefonat«, sagt sie und lächelt breit.

Ich schaue auf das Handy in meiner Hand, als hätte es mir jemand hineingelegt und ich wüsste nicht, was ich damit anfangen soll. Dann halte ich es mir wieder ans Ohr. »Alex, bist du noch dran?«

»Klar, mit Popcorn neben mir.« Ich höre Harvey und Brad johlen. *Wohl eher mit Zuhörern.*

»Wart mal kurz«, sage ich zu ihm, will Lou küssen und an die Wand drücken, will so vieles. »Im Kühlschrank liegen Bananen und Äpfel, bedien dich!«, besinne ich mich auf das, was zählt: der Frau was zum Essen zu geben. »Und hier«, ich stehe auf und gehe zu einem Fach. »Hier sind Bagels.« Sie sagt nicht mal, dass sie einen haben will, aber ich lege sie schon auf einen Rost für den eingebauten Toastofen, damit sie anwärmen können. Weshalb wir uns plötzlich wieder viel zu nahe sind.

»Ging es um den Hype wegen eures Coverauftritts?«, fragt sie und nimmt sich eine Banane, woraufhin ich mich direkt ärgere, ihr das Obst angeboten zu haben. Ich sollte nicht sehen, wie sie sich die Spitze in den Mund schiebt und erst mal dran lutscht. Mein Gehirn flutet mich mit ganz anderen Fantasien. »Nate, hast du einen Schlaganfall?«

Ich nicke nur.

»Du hast einen Schlaganfall?!«, quiekt sie und fühlt meine Stirn.

Ich angle nach ihr und schnuppere an ihrem Haar. »Nein, du hast recht, bei dem Gespräch ging es um den Auftritt.«

Sofort entspannt sie sich, aber ihre Fingerspitzen tanzen eine Sekunde länger über meine Schläfe. »Dann tragt die Röckchen zu euren Terminen. Das wird alle umhauen.« Sie grinst. »Ihr wart so großartig.« Sie verputzt die Banane und nimmt sich dann den Bagel, belegt ihn mit Käse und macht sich auch über den her. Je mehr sie isst, desto mehr Farbe bekommt sie.

»Röcke«, krächze ich ins Telefon. »Habt ihr das mitbekommen?« Dann lege ich auf. Ich kann mich jetzt nicht auf die anderen konzentrieren. Lou vereinnahmt mich.

»Ich wollte dich nicht unterbrechen«, sagt sie.

Mein Gehirn ist wie leer gefegt. Ich starre zu ihr. Als sie sich ihre Finger ableckt, schlucke ich. *Hat sie eine Ahnung, was ich gerade will?* In meinem Kopf switcht ein Lämpchen auf Grün. *Frau wieder fit.* Mehr kommt nicht in meinem Schädel an. Der Rest spielt sich bei mir unterhalb der Gürtellinie ab. Ich bin härter denn je.

Sie setzt sich, isst weiter und klappt dann meinen Laptop auf, an dem sie sich in ihr Mailprogramm einloggt.

»Was tust du da?«, frage ich. Offensichtlich mit einem neuen Schwall Blut im Hirn, das für drei Sekunden intelligentes Zeug meinen Mund verlassen lässt.

»Ich muss deine nächste Sozialstunde bestätigen.«

»Du solltest dich wieder ins Bett legen … und dich ausziehen.«

Sie zieht die Augenbrauen hoch.

Hatte ich ausziehen gesagt? Du Idiot, Grant! »Ich meinte, ausruhen«, verbessere ich mich hastig. »Du solltest dich weiter ausruhen.«

»Ich fühl mich gut.« Sie schaut über den Laptop zu mir. »Wie geht es dir?«

Ihr kann das Zelt in meinen Boxershorts nicht entgangen sein. Normalerweise sind die Teile bequem. Nicht in ihrer Gegenwart. Der Stoff spannt, ich sprenge fast die Hose. Wütend blitze ich sie an, dabei verstehe ich gar nicht, warum ich mich so fühle. Ich sollte mich freuen, dass es ihr gut geht. Das ist das, was zählt. Da grinst sie, und mir wird alles klar. Meinem Schwanz auch, der stärker drückt. Sie spielt mit mir. Etwas unbeholfen, weil sie jemand ist, der das nicht gewohnt ist, aber in dem Moment, als ich das begreife, finde ich das heißer als die offensichtlichen Manöver, die ich kenne.

»Also mir geht es nicht so gut«, knurre ich.

»Oh«, macht sie gespielt betroffen. »Vielleicht solltest du dich hinlegen?«

»Vielleicht sollte ich das«, grolle ich, aber bleibe im vorderen Teil des Busses stehen. »Vielleicht sollte ich heute auch keine Sozialarbeit leisten.«

»Das geht nicht«, sagt sie streng. Mit dieser entschiedenen Stimme, mit der sie selbst einen bockenden Gaul dazu bringen kann, über eine Hürde zu springen. Aber ihre Wangen glühen.

»Bist du dir da sicher?«, frage ich wie schon einmal.

Sie rutscht auf ihrem Platz hin und her. Es ist sexy zu wissen, dass ich sie verrückt mache. Ich strecke die Hand aus und spiele mit ihren Haaren. Fuck, ich liebe es, sie zu berühren. Ich brauche das Gefühl, dass sie okay ist, und das gibt es mir.

»Mmh«, seufzt sie. »Warte, ich leg die Stunde auf morgen.«

»Ich denke, das geht nicht?«

»Tja«, macht sie nur.

Dieses Biest! Oh, jetzt will ich sie noch heftiger. Und zwar nicht sanft. Weil sie durchaus Regeln ändern kann. Wer hätte das gedacht?! Ich stütze mich auf den Tisch auf, wickle mir eine ihrer Haarsträhnen um den Finger und schaue sie, auf eine Erklärung wartend, an.

»Du warst ein Arsch. Streng zu sein war der einzige Weg, mit dir klarzukommen«, bringt sie wie eine Entschuldigung hervor.

Ich sage immer noch nichts. Ich lauere, dass sie mit ihrer Arbeit fertig wird, denn ich brauche sie, sofort. Geistesabwesend greife ich in eine Schublade und taste nach einem der Gummis, die im gesamten Bus verteilt sind. Als ich das Folienpäckchen öffne, reißt Lou ihre hübschen Augen auf und schluckt schwer. *Ja, es wird ernst, Baby.*

»Ich mag es nicht, bedrängt zu werden«, sagt sie und tippt weiter.

Schweigend schiebe ich mir die Boxershorts tiefer.

»Mist!«, flucht sie, weil sie sich verschrieben hat. Sie korrigiert hastig ihren Fehler, aber sieht sofort wieder zu mir, weil sie keine Sekunde meines Schauspiels verpassen will.

Ich reibe meinen Schwanz und erschauere bei dem Gedanken, gleich in ihr zu sein. Denn das werde ich.

»Ich mache so was normalerweise nicht«, sagt sie und beißt sich auf die Lippe.

Stumm rolle ich das Kondom über meine Erektion. Fuck,

bin ich bereit. Wie ich nach außen hin so beherrscht bleiben kann, ist mir schleierhaft.

»Nate, was, wenn das ein Fehler ist?«

Meine Güte, ist sie niedlich, wie sie sich darüber Sorgen macht! »Vertrau mir, Lou, ich hab in meinem Leben jede Menge Fehler begangen, ich weiß, wie die sich anfühlen. Der Kuss war kein Fehler, du in meinem Bett warst kein Fehler. Das hier ist keiner.« Ich schließe den Laptop. Sie protestiert leise. »Auf den Tisch mit dir!«

Für einen Moment könnte ich schwören, sie hört auf zu atmen. Der Anblick gefällt mir. *Louisiana Harper sprachlos. Das hat was.* Ich greife unter ihr Kinn, und ihr Blick verhakt sich mit meinem. »Tisch, Lou! Sofort.«

Sie erhebt sich umständlich. Ihre Knie sind offensichtlich weich, aber ich helfe ihr nicht. Nicht jetzt. Denn das hier ist anders als vorhin. Ich habe sie schwachgemacht, und mir gefällt das so gut, dass sie gerne so bleiben darf, bis ich mit ihr durch bin.

»Ich brauch immer etwas Vorspiel.«

Ich grinse. »Baby, wir hatten ein etwa zwei Wochen langes Vorspiel. Das reicht.« Sie gehorcht mir und stößt mit dem Hintern an die Tischkante. »Zieh die Shorts aus!«, sage ich, ohne sie aus den Augen zu lassen.

Sie zögert. Jemand wie sie ist jemanden wie mich nicht gewohnt. Das macht das hier nur umso heißer, umso aufregender.

»Hast du es schon mal auf einem Tisch getrieben?«

»Nein«, sagt sie, aber schiebt sich die Shorts runter.

»Auf einem Sofa?«

Sie schüttelt den Kopf. *So unschuldig.*

»Irgendwo sonst außerhalb eines Bettes?«

»Das tun anständige Frauen nicht.«

Ich muss lachen. Nichts fand ich je schärfer, als eine anständige Frau zu ruinieren. »Tisch«, sage ich wieder nur, als sie die Hose ausgezogen hat und freiwillig halb nackt vor mir steht. »Oder brauchst du Hilfe?« Jetzt würde ich sie ihr geben.

Nicht nötig! Sie rutscht mit ihrem perfekten Hintern auf die Tischplatte, ich greife ihre Knie und öffne ihre Beine. Neben der Aufregung funkelt Angst in ihren Augen. Sie will mich, aber das hier ist neu für sie. Vielleicht zu viel.

»Fuck«, fluche ich, beuge mich vor und küsse ihren Hals. Egal, wie sehr ich sie will, ich zügle mich. *Premiere.* Langsam nähere ich meine Mitte ihrer, und wir beide schlucken, als meine Eichel gegen ihren Eingang drückt, meine Härte von ihrer Feuchtigkeit empfangen wird. Ich hoffe, sie kann mich aufnehmen. Ich bin größer gebaut als der Durchschnittskerl, und ihr letzter Sex ist mindestens zwei Wochen her, ich schätze sogar länger, schließlich ist sie keine Frau für Affären. Ich will ihr nicht wehtun. »Willst du das wirklich?«, frage ich, und ich schwöre, auch wenn ich sterbe, wenn sie Nein sagt, breche ich ab.

»Ja«, flüstert sie zu meiner Erleichterung, legt mir die Arme um den Hals und zieht meine Lippen zu sich. »Ja, Nate. Bitte.«

Ich drücke sie zurück und schiebe mich vorsichtig in sie, genieße jeden ihrer hektischen Atemzüge und dieses unglaubliche Staunen auf ihrem Gesicht, als ich sie erobere, mir meinen Platz nehme, ihr klarmache, worauf sie sich eingelassen hat. Sie ist eng, scheiße eng. Aber auch nass. Bereit für mich, und heiß und sexy und der Himmel. Ich wollte das hier langsam und perfekt machen, aber meine Hüften stoßen schon in sie, bevor ich mich bremsen kann, und mit drei kraftvollen Bewegungen nehme ich sie ganz. *Danke, Gott, ja!*

Da schreit sie leise auf.

Ein eiskalter Schauer läuft mir über den Rücken. *Scheiße, ich hab es vermasselt. Ich war zu grob. Ich hätte mich langsamer in sie schieben sollen, egal, wie unangenehm das für mich gewesen wäre, nicht so schnell*, denke ich. Da spüre ich das süße Pulsieren ihrer Pussy, das mir verrät, dass ihr Schrei nicht von Schmerzen, sondern von Lust ausgelöst wurde. Sie ist gekommen.

Wow! Immer wenn ich denke, die Frau kann mich nicht mehr überraschen, tut sie es doch. Ihr Unterleib pulsiert und massiert meinen Schwanz und macht mich verrückt, so wie ein guter Refrain dich alles vergessen lässt. Ich bewege mich vorsichtig, aber lasse sie nicht aus den Augen. Mit einer Hand halte ich ihren Kopf, damit sie meinem Blick nicht ausweichen oder ihren weichen Mund wegdrehen kann, mit der anderen halte ich sie an Ort und Stelle. Ihre Augenlider flattern, Röte überzieht ihre Wangen. Ihre heftige Reaktion ist ihr unangenehm. Es ist ihr peinlich, dass sie gekommen ist, sobald ich in ihr war. *Völlig unnötig! Wenn sie wüsste, wie oft ich ihretwegen schon gekommen bin.*

»Alles okay?«, frage ich rau.

Sie nickt. »Und bei dir, Nate?«

»Alles bestens.« Ich bewege mich in ihr, jetzt allmählich schneller, bis ich meinen Rhythmus finde. »Gott, alles bestens.«

Obwohl ich schon oft Sex außerhalb des Schlafzimmers

hatte, hatte ich ihn noch nie in meinem Bus auf der Autobahn. Ich streife Lou das Shirt ab, brauche sie nackt. Das Vibrieren von der Straße bringt meine Haut zusätzlich zum Kribbeln. Ich rechne nicht damit, aber Lou greift fordernd in meinen Nacken und überwältigt mich mit dem geilsten Kuss aller Zeiten. Ihr Mund ist der Wahnsinn. Ich schmecke ein bisschen Bagel und Banane, und es macht mich tierisch an. Sie macht mich an. Bis der Bus bremst und ich erst tiefer, als ich es vorhatte, in sie gleite und dann wieder leicht zurück.

»Bett«, sage ich nur. Ich packe sie, schwanke mit ihr nach hinten und lege sie ab.

»Ich dachte, ich krieg das So–«

Das Sofa? Kann sie vergessen. Ich presse meinen Mund so hart auf ihren, dass ich ihr letztes Wort schlucke, bewege mich weiter in ihr, nehme sie. Nur für kleine Atempausen lasse ich von ihr ab. Sie zu spüren ist der Wahnsinn. Ich hatte so viele Frauen, aber keine war wie sie. So unerwartet in ihren Bewegungen und so –

»Oh Gott«, keucht sie wieder, und ihr Körper zuckt im Bett erneut unter mir.

Und keine Frau habe ich je so unglaublich leicht zum Kommen gebracht. Kaum nimmt das Pulsieren ab, küsst sie mich weiter. »Hör nicht auf, Nate!«

»Mach ich nicht.«

Ihr Körper presst sich an meinen, ist wie für mich gemacht. Sie krallt sich in meinen Rücken, schlingt die Beine um mich, ist wild und hemmungslos und einen Hauch egoistisch. Es sollte mich nicht so überraschen. Sie ist die Frau, die mich im Studio aus dem Nichts zurückgeküsst hat.

Wenn ich gewusst hätte, dass sie sich so anfühlen würde, würden wir es schon seit Wochen wie die Karnickel treiben.

Ich knabbere an ihrem Hals, sie beißt mich in die Schulter, und ich halte es nicht mehr aus. Ich greife zwischen uns an ihre Klit, komme und reiße sie so mühelos mit mir, dass alles um mich herum in gleißendem Licht erstrahlt.

Follow me into madness, follow me into the light.
Let's pulse with passion day and night.
Some call it an ending but they are all wrong.
It's a new beginning, it's our song.

Folg mir in den Wahnsinn, folg mir ins Licht.
Lass uns Tag und Nacht vor Leidenschaft pulsieren.
Manche nennen es das Ende, aber sie irren sich.
Es ist ein Neubeginn, es ist unser Song.

Lou bäumt sich unter mir auf und murmelt die Worte, die gerade noch in meinem Kopf waren. Ich muss sie laut ausgesprochen haben. Sie kommt, und ich halte sie. Und ich komme, und sie hält mich. Am Ende sinken wir verschwitzt und befriedigt zurück. *Unglaublich!*

Ich muss sie wieder küssen, muss über ihren Rücken streicheln, muss ihre Wärme spüren, um zu begreifen, dass das wirklich geschehen ist. Ich will mich nicht von ihr lösen, aber muss das Kondom loswerden, bevor ich die Dummheit begehe, mit dem vollen Teil eine zweite Runde zu starten. Sie knurrt protestierend, als ich aus ihr gleite, rührt sich jedoch nicht. Ich verlasse kurz das Schlafzimmer, mache mich sauber, komme mit einem Lappen zurück, wasche sie und lege mich wieder zu ihr.

»Kuscheln wir jetzt?«, fragt sie.

»Mmh.« Ich schiebe das Knie zwischen ihre Schenkel, lege ein Bein über ihres, ziehe mit der einen Hand Linien auf ihrem Rücken und habe die andere in ihrem Haar vergraben.

»Darf ich überall rumerzählen, dass du kuschelst?«
Ich lache leise.
»Das heißt wohl Nein.«

»Mach das ruhig«, sage ich und kitzle sie mit einer ihrer Haarsträhnen im Gesicht. »Wird dir keiner glauben.« Ich kann die Hände nicht von ihr lassen und reibe über ihre Hüften, knete ihren Hintern, werde schon wieder hart bei dem Gedanken, ihr süßes Muttermal abzulecken. »Darf ich allen erzählen, dass du eine Bestie im Bett bist?«

»Das ist gelogen. Also nein, darfst du nicht.«

Ich lache nur, weil sie offensichtlich keine Ahnung hat, wie heiß der Sex mit ihr war. »Sorry, Baby«, lüge ich schuldbewusst, freue mich jedoch insgeheim. *Sie ist meine Sexgöttin. Meine allein. Alle werden mich für verrückt halten, auf sie zu stehen. Aber wann hat mich je interessiert, was die anderen denken? Je weniger Kerle auf Lou scharf sind, desto besser für mich. Dann bleibe ich der Einzige, der sie haben darf.*

KAPITEL 15

Wir liegen im Bett, riechen nach Sex und Schweiß, und ich will Nate schon wieder. *Meine Güte, was stimmt nicht mit mir?!* Ich habe regelmäßig Orgasmen, und normalerweise reicht mir einer. Aber mein Körper sieht das in der Nähe dieses Mannes anders. Ihn in mir zu spüren war so überwältigend ... Ich erschaure bei der Erinnerung an das Gefühl und wie mich sofort ein Höhepunkt überwältigt hat.

»Ist dir kalt?« Nate greift nach einer Decke, legt sie mir um die Schultern und schlingt die Arme um mich, ohne meine Antwort abzuwarten.

»Nein«, sage ich mit einem Seufzen und drücke mich weiter an ihn. *Ich kuschle mit Nate Grant, einem Megastar, Vandalen, meinem Auftrag!* Laut meinem Vertrag mit dem Gericht sind Beziehungen nicht explizit untersagt. Ich hoffe, ich kriege keinen Ärger, solange ich meinen Job erledige. Die Sorge durchdringt mich nur kurz. Das hier fühlt sich richtig an. Oder nur zum Teil richtig, weil das Pulsieren in mir wieder stärker wird und Erlösung einfordert. Ich stütze mich auf die Ellenbogen, recke mich und küsse ihn. Er greift in mein Haar und erwidert den Kuss, erst zärtlich, dann leidenschaftlicher. Unbewusst presse ich mich an ihn. Ich spüre seinen Penis, dieses Monster, und stöhne, als ich merke, wie es erneut zum Leben erwacht. Da stoppt er mich.

»Du solltest eine Pause machen, Baby.«

»Ich will keine.« Wie zum Beweis klettere ich auf ihn und reibe mit meinen klatschnassen Vulvalippen über seinen nun harten Schaft, noch ohne Kondom.

»Lou ...«

Ich beuge mich tiefer und küsse sein Kinn, seine Schläfen, seine Augenbrauen, jeden Quadratzentimeter purer Perfektion. Meine Lippen bringen ihn mit Küssen zum Verstummen.

»Stopp«, sagt er leise und hält mich an den Schultern zurück. Ich will ihm eine Szene machen, dass er jetzt nicht einfach aufhören kann, nachdem er hatte, was er wollte, da trifft mich sein dunkler, gequälter Blick, der besagt, dass er schon bis zum Anschlag in mir wäre, wenn er könnte. »Du brauchst eine Pause, du wirst wund sein.«

»Na und?« Ich beuge mich wieder vor und will ihn weiter küssen, aber er dreht mich auf den Rücken und nimmt Tempo raus.

»Wie viele Männer hattest du?«, fragt er.

»Genug«, antworte ich.

»Zahlen!«

»Hundert.«

Er beißt mich. »Die Wahrheit, Baby.«

»Wer sagt dir, dass das nicht die Wahrheit ist?«

Statt etwas zu erwidern, sieht er mich nur an, mit einem belustigten Lächeln auf den Lippen und einem besorgten Flackern in den Augen.

»Zwei«, gebe ich zu.

»Waren ihre Schwänze wie meiner?«

»Brauchst du Komplimente?«

»Also waren sie es nicht«, schlussfolgert er hörbar zufrieden. »Wie lange haben sie durchgehalten?«

»Das fragt man eine Frau nicht.«

»Wie lange?«, beharrt er. »Eine Nacht? Einen Abend? Eine Stunde?«

»Ausreichend«, sage ich. Immerhin hatte ich *einen* Orgasmus. *Meistens.* »Können wir jetzt weitermachen, bitte?«

»Oh, Baby, kann es sein, dass du noch nie wund warst?«

»Und wenn das so wäre, ändert das was? Warst du denn schon mal wund?«, gebe ich frech zurück, lege ein Bein um ihn und ziehe ihn enger. *Selig sind die Ahnungslosen.* »Ich will das.«

»Du wirst mich später hassen.«

»Das tue ich auch, wenn du jetzt einen auf Moralapostel machst. Das ist meine Rolle.« Ich schaue ihn gespielt verletzt an. »Oder hast du schon genug von mir?«

»Biest!«, zischt er, allerdings ohne Härte im Blick, weil ich gewonnen habe. Er nestelt über mir an seinen Sachen, rollt sich das herausgekramte Kondom über und dringt gleich darauf sanft in mich. »Fühlt sich das so an, als wollte ich dich nicht mehr?«

Stöhnend werfe ich den Kopf in den Nacken. *Warum fühlt er sich bitte so gut an? Ja, ich hatte schon Sex, aber nie solchen.* Ich spüre ihn und mich, und immer wenn ich daran denke, was er für ein Arschloch war und dass er mich plötzlich so unglaublich nett behandelt, durchzucken mich Blitze und verstärken jede Empfindung ins Unermessliche.

Wir drehen uns, bis er wieder unter mir liegt, aber als ich auf ihm reiten will, schlingt er die Arme um mich, nimmt mich mit harten Stößen von unten. Das Gefühl ist unglaublich. Ich spüre ihn, meine Klit drückt an ihn, er ist in mir, und seine Hände streichen immer wieder über meinen Rücken.

»Nicht kommen!«, haucht er mir zu.

»Mmh«, mache ich, bin mir aber nicht sicher, ob ich damit zustimme oder ob ich einfach nur zeige, dass ich ihn gehört habe. Normalerweise habe ich Probleme, mich fallenzulassen. Obwohl die Typen immer so solide waren, die redlichsten, vertrauenswürdigsten Männer der Welt. Bei ihnen klappte nie, was bei Nate so leicht ist. Er ist nicht perfekt, aber er tut auch nicht so, vielleicht macht genau das den Unterschied.

Stöhnend bewegt er sich unter mir und seufzt, als wäre ich ein Drink, den er langsam genießt. Mein Körper ist es nicht gewohnt, so berührt zu werden.

»Ich …«, beginne ich und spüre erneut, wie die Welle über mir zusammenbricht. *Wow!*

»Fuck, Lou«, stöhnt Nate und schließt die Augen, als würde ich ihn quälen. Ich pulsiere hart und noch länger, als ich seine Hände auf meinen Pobacken spüre und wie er mich an sich drückt. Sein Griff ist fest, auf eine gute Weise. Als wollte er jede einzelne Kontraktion mitnehmen, als dürfte ihm keine entgehen. Als würde ich ihn Dinge spüren lassen, die neu für ihn sind, was mir gefällt, weil er das Gleiche bei mir auslöst.

»Sorry«, murmle ich, als ich wieder zu mir komme.

»Oh, Baby, zu spät!«, sagt er mit einem Unterton in der Stimme, der mich unmöglich so kurz nach meinem Höhepunkt anmachen kann, doch das tut er. Nate gleitet aus mir raus und hilft mir auf die Knie. Sekunden später stößt er von hinten in mich. »Viel zu spät.«

Ich hasse die Position, bei der ich meinem Partner nicht in die Augen sehen kann und mich wie ein Objekt zur Verfügung stelle, aber Nate macht sie zu etwas Besonderem. Er hält mich, hilft mir, den Stößen standzuhalten, stöhnt zufrieden, als ich mich nicht abstützen kann und mit dem Oberkörper auf dem Bett lande. Er schiebt sich über mich, lässt mich seine sexy männliche Kraft spüren. Ich drehe den Kopf, und sein Blick trifft meinen. Er beugt sich zu mir, küsst mich, beißt mich, und als ich erneut komme, lässt er los, kommt und bricht danach auf mir zusammen.

»Genug?«, fragt er schwer atmend.

»Ja.«

»Wirklich?«

»Was, wenn ich Nein sage?«

Er wird nicht erneut hart, aber lächelt. »Ich hab die hier«, sagt er und tänzelt mit seinen geschickten Fingern über meinen Rücken. »Die wissen nicht nur, wie sie Gitarre spielen. Also keine Scheu: Sag mir, was du willst, und du bekommst es.«

Ich grinse breit, richtig breit. *Wie toll ist er bitte?!*

»Ich warte. Genug?«, fragt er, als könnte die Welt untergehen, wenn ich nicht auf meine Kosten gekommen wäre.

Ich nicke. *Was denkt er denn? Schon der erste Sex war genug. Aber nur weil man genug hat, muss man ja nicht sofort aufhören.*

»Fuck, machst du mich glücklich, Baby.« Er zieht sich aus mir raus und entfernt das Kondom. Gleich darauf legt er sich halb auf mich zurück und drückt mir einen Kuss auf die Schläfe, fährt mir durch die Haare, seufzt leise und schläft ein. So schnell, so entspannt.

Ich bin nicht müde. Mein Körper brennt zwar, und mir wird langsam klar, dass wund sein sich wohl auf jeden einzelnen Muskel bezieht, trotzdem muss ich grinsen. Ich stütze mich auf einen Arm auf und lasse meinen Blick über Nate gleiten.

Alles, was ich sehe, gefällt mir. Es gibt wirklich nichts an diesem Mann, das nicht wie gemeißelt ist. Seine breiten Schultern, die Rückenmuskeln, der knackige Hintern, die perfekten Oberschenkel. Im Schlaf sehe ich nicht das tolle Blau seiner Augen, dafür seine vollen, einen Spaltbreit geöffneten Lippen. Aber das macht mich nicht wirklich fertig. Wirklich verrückt macht mich, dass er einen Arm um mich geschlungen hat, dass da diese Verbindung zwischen uns ist, die nicht nur vom Sex kommt. Ich kann nicht fassen, dass mir das passiert. *Ausgerechnet mir. Mit ausgerechnet ihm.* Ja, Gegensätze ziehen sich an. Aber wir sind nicht einfach nur Gegensätze. Wir sind zwei Tretminen. Zusammen sollte das eine Menge Schaden, aber definitiv nicht das hier, nicht dieses schöne Gefühl, ergeben.

Langsam lasse ich die Fingerspitzen über ihn wandern. Schmetterlinge tanzen in meinem Bauch, und ich weiß, was sie bedeuten. *Ja, ich bin in diesen Mann verliebt.* Keine Ahnung, wie ich das zwischendurch anzweifeln konnte. Na gut, ich weiß, warum: weil Nate ein Arsch war. Aber trotzdem bin ich mir jetzt sicher. Ich bin total verliebt. Nicht nur in diese Chemie zwischen uns, sondern auch darin, dass er mir verdammte Lovesongs schreibt und mir allen Ernstes Sex ausreden will, damit ich nicht wund werde. *Hilfe, das war nicht mein Plan!*

Ich wollte jemand Solides, mit dem ich in einem Haus mit Garten und einem weißen Zaun lebe und zwei Kinder, vielleicht auch drei großziehe. Er geht tagsüber arbeiten, wir haben den Morgen und den Abend und das Wochenende und Ferien. Ich hatte mir alles schon bis ins kleinste Detail ausgemalt. Ich will eine Familie und Zeit für sie. Nicht so wie meine Eltern, die mir total früh die Aufsicht über meine Geschwister übertragen haben, weil sie arbeiten mussten. Und jetzt bin ich bei Nate, einem der größten Rockstars aller Zeiten, in einem völlig anderen Leben gelandet.

Was tue ich hier bloß? Mit ihm? Egal, was ich empfinde, das mit uns wird nichts werden. Er ist die Hälfte des Jahres wegen Auftritten unterwegs. Er hat Termine zu Zeiten, zu denen andere freihaben. So wie morgen die Presseauftritte. Sein Leben ist die Musik, nicht eine Familie. *Liebes Herz, das hier hat doch keine Zukunft. Was tust du mir an?* Meine Finger halten mitten in der Bewegung inne.

»Nein, das ist schön, mach weiter«, murmelt er.

»Du schläfst ja gar nicht!«

»Meine Augen sind zu«, murrt er, als wäre das genauso gut.

Ich mache weiter, aber ich kann nicht aufhören, darüber nachzudenken, was aus uns werden soll. Wer mit Nate zusammen sein will, muss sich zu hundert Prozent auf sein Leben einlassen. Für eigene Ambitionen ist kein Platz. *Will ich das? Nein.* Wieder hält meine Hand inne.

»Was ist los?«, fragt er.

»Nichts.«

Er öffnet die Augen, ich ziehe die Hand zurück und stehe auf, weil ich für die Diskussion nicht bereit bin. »Ich muss mal ins Bad.« *Sehr feige, Lou.*

Nate

Wenn eine Frau sagt, dass nichts ist, ist nie nichts. Das hat Lou mit allen anderen gemeinsam, und es bereitet mir eine Scheißangst.

Ich folge ihr und warte vor der Badezimmertür. Als sie rauskommt, stockt sie. Sie trägt wieder mein Shirt, ich bin nackt, und es fällt ihr unglaublich schwer, mir in die Augen zu sehen. Allein dafür könnte ich sie erneut ins Schlafzimmer schleifen.

»Wieder Sex?«, fragt sie nur, will frech klingen, als wäre ich ein notgeiler Hengst, der sich in ihrer Nähe nicht zügeln kann, dabei klingt *ihre* Stimme flach und atemlos. *Selbst begeistert.*

»Erst mal nicht«, sage ich.

»Kannst du dir dann was anziehen?«

»Nein.«

»Warum nicht?«

»Ich bin gerne, wie Gott mich schuf.«

»Gut, dann zieh dir bitte für mich was an«, sagt sie, geht ins Schlafzimmer, öffnet einen Schrank und sucht mir Sachen raus. »Hier!« Sie reicht mir eine Hose und ein Shirt.

»Nein«, sage ich und muss grinsen. »Es macht dich nervös, und mir gefällt, wenn du so bist.«

»Mir gefällt das nicht.« Sie wedelt mit der Hose. »Nimm die schon!«

Sie ist wieder die Spießerin, seit sie aus dem Bad gekommen ist. Aber es stört mich nicht. *Sie glaubt, sie kann das zwischen uns rückgängig machen? Keine Chance. Ich war in ihr, und es hat für uns beide die Welt auf den Kopf gestellt.*

»Bitte, Nate«, sagt sie da schwach.

Mist, das catcht mich. Nicht das Bitte, sondern die Müdigkeit in ihrer Stimme, die mich daran erinnert, wie viel sie die letzten Stunden durchgemacht hat. Ich nehme die Hose und ziehe sie an, schlage aber das Shirt aus. Muss sie mit klarkommen, ist ein Kompromiss. »Besser?«

Ihr Blick gleitet über mich, ihr Hunger auf mich nimmt zu. Sie merkt es selbst, denn sie fährt sich lachend übers Gesicht und lehnt sich dann an den Schrank.

»Komm, leg dich wieder hin, Baby!«

Sie schaut noch gequälter, was mich langsam nervt.

»Was hab ich jetzt falsch gemacht?«

»Kannst du aufhören, so perfekt zu sein?«

»Das gefällt dir nicht?«

»Nein ... Ich meine ... doch ... Es macht alles kompliziert und –«

Bevor sie mit einer Das-mit-uns-war-ein-Fehler-Rede anfängt, packe ich sie, schleife sie ins Schlafzimmer, werfe sie aufs Bett und halte sie unter mir fest.

»Spinnst du!«, faucht sie, ganz der Giftzwerg, der in ihr steckt, man muss ihn nur herauslocken. Sie stößt gegen meine Schultern, richtet jedoch nichts aus. »Du hast gewonnen, und jetzt?«

Ich fahre ihr einfach nur durch die Haare. Das hier ist

neu und schön, ich will es auf keinen Fall ruinieren.

»Nate!«, sagt sie sanfter.

Ich lächle und mache weiter.

Seufzend entspannt sie sich unter mir, und ich rücke etwas ab. Sie könnte jetzt fliehen, bleibt aber. »Als du noch ein hundertprozentiges Arschloch warst, hast du mir besser gefallen«, knurrt sie und schmiegt sich an mich.

»Das lag an deinem Perlenschmuck«, stöhne ich. »Da konnte ich mich nicht beherrschen. Der reinste Antörner.«

»Ha, ha!«, macht sie, als hätte ich sie verarscht.

»Du hast ja keine Ahnung, wo man Perlenketten noch tragen kann.«

»Nicht *meine* Perlen!«, zischt sie, weil sie die Anspielung auf einen Slip checkt, der statt Stoff aus Perlen besteht.

»Abwarten!«

Sie seufzt leise, dann sieht sie mich an. »Wir ... sollten das nicht tun.«

»Was?«

»Miteinander schlafen.«

»Zu spät«, sage ich und drücke ihr einen Kuss auf die Nase.

»Kuscheln sollten wir auch nicht.«

»Soll ich aufhören?«, frage ich und spiele mit ihren Haaren.

»Nein, trotzdem sollten wir das nicht tun.«

»Du verwirrst mich. Mir gefällt das.«

»Mir auch, da liegt das Problem. Wir passen doch gar nicht zusammen. Wir sind wie zwei Universen, die nie hätten kollidieren dürfen. Was sind deine Pläne für die Zukunft?«

»Ich habe keine«, antworte ich ehrlich. »Ich lebe für meine Musik, für das nächste Album, die nächste Tour.«

»Genau!«, sagt sie, allerdings nicht so fröhlich, wie sie tut. »Aber ich hab Pläne. Ich schlaf nicht mit Rockstars. Ich will zwei oder drei Kinder, ein Haus in der Vorstadt, mit einem weißen Lattenzaun, einen Mann, der für mich da ist, Wochenenden, Urlaube, Grillabende, solche Sachen eben.«

»Langweilige Sachen.«

»Normale Sachen.«

»Normale langweilige Sachen.«

Sie verdreht die Augen. Als würde sie das nicht zum ersten Mal hören.

»Deine Schwestern sehen das auch so, oder?«, frage ich.

»Es geht nicht darum, was sonst jemand darüber denkt, sondern um das, was ich will.«

»Du willst Grillabende?«

»Genau! Und du bist nicht der Mann dafür. Und selbst wenn, dann müsste man dir erklären, wie man den Rost am Ende putzt.«

»Gut, ich höre auf, mit dir zu kuscheln.«

Sobald ich Anstalten mache, von ihr abzurücken, schmiegt sie sich enger an mich, aber boxt mich sanft. »Sag mal, stört dich das denn nicht?«

Ich drücke ihr einen Kuss auf den Scheitel. »Ich denke nicht so weit im Voraus. Du bist mir wichtig, ich mag dich, das ist alles, was ich dir momentan sagen kann. Mindestens zwei Wochen habe ich dich noch bei mir, und das reicht mir fürs Erste.«

»Du magst mich?!« Sie sieht mich an, als hätte sich der Boden aufgetan und kleine Feen wären in die Luft geflattert. »Ich denke, ich bin so eine Langweilerin?«

»Ich steh drauf, wie du dich aufregst, wenn ich nicht

weiß, wie man eine gottverdammte Müllzange bedient oder Essen ausgibt oder Toilettenschüsseln richtig putzt.«

Sie zwackt mich in die Unterlippe. »Du machst dich über mich lustig.«

»Und dir gefällt es, wenn ich dich aus der Reserve locke.«

»Das stimmt nicht!«

»Oh doch!«, sage ich und drücke meinen Mund auf ihren. Sie hat das nicht kommen sehen, aber ihre Hände greifen direkt nach meinen Schultern. Sie wird diese andere Frau, meine Frau, Lou, einfach nur Lou, jemand, der sich erlaubt zu genießen, was das Leben bereithält. Als ich zurückweiche, grinse ich sie zufrieden an.

»Das bedeutet nichts«, zischt sie und wischt sich über den Mund.

Ich grinse breiter.

»Blödmann!«, knurrt sie und ist nun selbst diejenige, die mich küsst. *Gott, kann diese Frau küssen!* Ihre Lippen sind weich, aber die Berührungen fest, ihre Zunge neckt mich, ihr Unterleib bewegt sich. Normale Küsse scheinen ihr fremd zu sein. Sie gibt immer nur die, die aufs Ganze gehen, ohne Netz und doppelten Boden, ohne Sicherheiten, alles oder nichts, unkontrollierbar. »Megablödmann«, faucht sie, als sie zurückweicht.

»Ich dachte, du sagst jetzt, du magst mich auch.«

»Träum weiter!«, murrt sie, schmiegt sich jedoch an mich.

»Hey!«, mache ich und bringe sie dazu, mir in die Augen zu sehen. »Sag es schon!«

»Fein, ich mag dich auch. Aber wehe, dein Ego platzt jetzt.«

Ihre Worte donnern durch mich, und ja, etwas in mir platzt, aber es ist nicht mein Ego. Es ist die letzte Mauer, die ich um mein Herz errichtet hatte, und es fühlt sich beängstigend an. Wir kennen uns noch nicht lange, und sie bedeutet mir so viel. *Ist das Liebe? Das ist verrückt. Das kann es nicht sein.* Sie ist nur jemand, der mich glücklich macht und zum Lachen bringt und herausfordert und den ich herausfordern will.

»Sag es noch mal«, necke ich sie.

Sie verdreht die Augen und rückt etwas ab. »Das hättest du wohl gerne. Um deiner selbst willen spiele ich da nicht mit. Das kann nicht gesund für deinen Kopf sein«, ärgert sie mich und klopft mir gegen die Stirn. *Biest!*

Ich grinse. Weil sie es damit quasi wiederholt hat. »Dir ist meine psychische Gesundheit wichtig, also magst du mich. Danke.«

»Ich will nur nicht die sein, die das Gehirn von Nate Grant, dem größten Star aller Zeiten, in Brei verwandelt hat. Ryan wäre sauer auf mich.«

»Jetzt mag ich dich noch mehr«, sage ich.

»Erinnere dich daran, wenn ich die nächsten Sozialstunden überwache.«

»Mit Perlenohrringen?«, ziehe ich sie auf.

»Sogar mit Perlenkette.«

»Gott«, stöhne ich, als wäre das das Erotischste, was mir je passieren wird. »Ich kann es gar nicht abwarten.«

KAPITEL 16

Vielleicht geht die Sache mit Nate ja gut aus, sage ich mir. Die Zeit mit ihm fühlt sich besser an als alles, was ich kenne. Vielleicht reicht es, wenn ein Mann mir sagt, dass er mich mag. Dass egal ist, wie unsere Zukunft aussieht. Dass alles möglich ist. Mehr als ein Haus in der Vorstadt. Vielleicht sogar das ganz große Happy End, an das ich mir, seit ich zwölf Jahre alt bin, verboten habe zu glauben, weil doch nur Kinder an gut ausgehende Märchen glauben. Dabei verliebe ich mich unaufhaltsam weiter in diesen Mann.

Als die nächste Sozialstunde ansteht, denke ich, dass Nate sich erneut zieren wird, aber in Chicago zieht er, ohne zu murren, eine Baumpflanzaktion durch.

Er hasst die Welle, die er mit dem Britney-Cover ausgelöst hat, aber er geht zu den Interviews. Ich finde, immer noch wenig begeistert, dafür, dass die ganze Welt ihm den Hintern küssen will. Aber er sagt, er legt nur Wert darauf, dass ein Mensch ihm den Hintern küsst. Ich. *Ja, in seinen Träumen!*

Sobald wir unter uns sind, reden wir vertraut über unsere Familien. Ich darüber, dass ich früh auf meine Schwestern aufpassen musste, weil meine Eltern arbeiten waren. Er darüber, wie es war, als Sohn in einer musikalischen

Familie aufzuwachsen. Wie ich mir schon dachte, war seine Kindheit privilegierter als meine, aber auch nicht so viel besser, weil auch er seine Eltern kaum gesehen hat. Umso wichtiger war seine Grandma für ihn, die ihn bei allem unterstützt hat und wohl sogar seine Radaumusik mag.

Sympathisch.

»Hast du heute noch Kontakt zu ihnen?«, frage ich.

Er grinst zufrieden.

»Was heißt das? Hast du?«

»Natürlich«, sagt er. »Sie leben auch in Florida. Wir halten unsere Familientreffen nur ohne Paparazzi ab. Wenn wir zusammen sind, sind wir einfach wir, nicht die Musiker, nicht die Stars.«

»Das klingt schön«, murmle ich und frage mich, ob nicht doch ein größerer Familienmensch in Nate steckt, als er selbst denkt.

»Wie ist das bei dir?«, fragt er. »Seht ihr euch alle?«

»Zu den üblichen Anlässen, Thanksgiving, Weihnachten, Geburtstage, ja. Ansonsten treffe ich mich eher mit Cali und Vi.«

»Cali und Vi«, wiederholt er nachdenklich. »Warum haben euch eure Eltern eigentlich nach Bundesstaaten benannt?«

Ich verziehe das Gesicht.

»Nein!«, ruft Nate.

»Ich habe nichts gesagt.«

»Bitte, tu es!« Er bettelt mich mit seinen Augen an, die Geschichte zu verraten, und erinnert mich damit sehr an Vi.

»Ja, wir wurden nach unseren Zeugungsorten benannt«,

gestehe ich. »Mit Louisiana hatte ich Glück. Ich hätte auch Alabama oder Idaho heißen können.«

»Die Gefahr bestand?«

Ich nicke. »Meine Eltern reisen einmal im Jahr mit dem Auto durchs Land. Sie wollen am Ende in jedem Bundesstaat gewesen sein.«

Wir sprechen weiter über unsere Kindheit, unsere Erfahrungen, die teilweise ähnlich und teilweise völlig anders sind, über Harvey, Brad, Alex und Ryan und meine Schwestern. California, die Professorin. Virginia, die Erzieherin. Nate erzählt mir auch von Dale, und ich verstehe ihn noch mal so viel besser. Dale und er waren Sandkastenfreunde, anständige Jungs, kleine Genies. Ich kann mir gar nicht ausmalen, wer Nate heute wäre, wenn er seinen Freund nicht so früh verloren hätte. Vielleicht wäre er nicht mal Musiker geworden und selbst wenn, dann vielleicht in einer anderen Sparte, mit einem anderen Stil, mit weniger Wut auf die Welt im Bauch.

»Tut mir schrecklich leid«, sage ich und lege meine Hand auf sein Herz.

»Danke.« Nate schluckt schwer und legt seine Hand auf meine, wirkt in sich gekehrt, ohne die Energie, die ihn ausmacht. *Das geht nicht!*

»Nur danke?«, ärgere ich ihn.

Beim Ton in meiner Stimme schaut er zu mir, bekommt dieses Funkeln in den Augen, das ich so liebe, und grinst breit. »Was hast du denn erwartet?«

»Deinen Mund an meiner Mitte«, platzt es aus mir heraus.

Plötzlich sieht mich der Mann feurig an. »Durchtrieben, Ms. Harper.«

Ich zucke mit den Schultern. »Bringt es was?«

»Nenn es nicht Mitte, sondern Pussy, und wir haben einen Deal.«

»E-e-ehrlich?«, stammle ich.

Ein verschlagenes Lächeln ist seine Antwort, während seine Hand meinen Hintern tätschelt und Feuerwellen durch mich schickt.

»Ich kann das nicht sagen, Nate.«

»Dann bleibt es wohl bei meinem Danke.«

Schwer atmend sehe ich ihn an. *Will ich das wirklich sagen? Gott, das ist die falsche Frage. Die richtige lautet: Wie sehr will ich seinen Mund auf mir spüren?* Die Hitze in meinem Schoß kennt die Antwort. »Leck meine Pussy!«, hauche ich und spüre, wie meine Wangen heißer glühen als der Sand der Sahara. »Bitte.«

Statt zu antworten, hebt Nate mich hoch und trägt mich zum Bett. »Willst du das wirklich?«

»Ja.«

Ohne den Augenkontakt zu unterbrechen, schiebt er mir den Rock hoch und den Slip zur Seite. »Danke«, haucht er und leckt über meine intimen Lippen. »Danke, danke, danke.«

»Gott!« Schauer erschüttern mich. Das hat noch nie ein Mann bei mir gemacht. *Da habe ich echt was verpasst.* Nate ist erst quälend sanft, aber sobald er mich mit den Daumen öffnet, seinen Mund fest auf meine Mitte presst und mich mit seinen Zähnen und seiner Zunge bearbeitet, bin ich verloren. *Warum ist das so gut?* Ich komme, aber es ist nicht genug. Ich brauche ihn, immer nur ihn, und er weiß das, ohne dass ich es sagen muss.

Immer noch den Blick mit meinem verbunden, öffnet er sich die Hose, befreit seine Erektion, rollt sich ein Kondom über und versenkt sich in mir.

»Danke.« Stoß. »Danke.« Stoß. »Danke, Baby.«

Der nächste Höhepunkt baut sich schon wieder viel zu schnell in mir auf. Ich halte Nate zurück, er bewegt sich langsamer, und wir haben den zärtlichsten Sex, den wir je hatten. Was in der Vergangenheit passiert ist, kann keiner von uns ändern, aber wir können dafür sorgen, dass jeder Moment im Hier und Jetzt perfekt ist, und das ist er.

Das Konzert in Chicago ist anders als das in Nashville. Nate meint, das sei ganz normal. Jede Stadt hat ihr eigenes Publikum. Ich glaube jedoch, es liegt daran, dass Nate sich verändert hat. So wie ich mich auch. Ich entwickle Spaß am Tourleben. Nate sagt immer noch jedem, gefragt oder ungefragt, die Meinung, echte Aussetzer bleiben jedoch aus oder er behält sie sich für mich vor, wie ich fünf Tage später – nach einem Gänsehaut-Konzert in Detroit – in East Rutherford feststellen muss.

Ich kreische, als ich nur in Unterwäsche und einer Bluse aus dem Bad komme und ein sehr haariger Kerl im Wohnzimmer steht, bis ich die tiefblauen Augen registriere.

»Nate?«, quietsche ich verblüfft. Er lächelt. Zumindest glaube ich, dass er das unter all dem Haar tut. »Was soll der Aufzug?«

»Wir gehen aus.«

»Aha«, mache ich überrumpelt, ohne mich zu rühren. Er reicht mir Jeansshorts und einen Sweater. Ich starre die Sachen an.

»Wenn du dich weigerst, kriegst du keinen Sex.«

Hinter der Haarmatte kann ich erkennen, wie Nates Blick intensiver wird. Sofort brennt mein Körper, und ich habe keinen Kunstpelz im Gesicht, der verbirgt, wie mir die Hitze in die Wangen schießt. Das Argument zieht. Ich wäre verrückt, mir auch nur eine Nacht mit diesem Mann entgehen zu lassen.

»Fein, her mit der Hose«, zische ich geschlagen. »Aber wenn mir das heute Abend nicht gefällt, sei vorgewarnt. Ich kann die harmlose Essensausgabe morgen auch wieder zum Toilettendienst abändern.«

»Ich dachte, du magst mich«, stöhnt er theatralisch.

»Nur solange du keinen Mist baust.«

Ich steige in die knappen Shorts, die ich nur für eventuelle Strandtage eingesteckt hatte. »Das ist zu kurz für die Stadt.«

»Echt?«, tut Nate überrascht. »Zeig mal.«

Ich zeige ihm was, nämlich meinen Mittelfinger.

Lachend greift er danach, zieht mich an der Hand zu sich und küsst mich. Mit diesem Kunsttier im Gesicht, das ich beiseiteschieben will, was er jedoch verhindert. »Vorsicht, das ist professionell befestigt.«

»Es kitzelt.«

»Und dir wird ganz heiß, richtig, Baby?«

»Weil ich jetzt auch einen Pelz im Gesicht habe.«

Er lacht und küsst mich tiefer, und ich will ihn wirklich, wirklich zurückstoßen, aber ich muss an unseren ersten Kuss denken, der sich ähnlich angefühlt hat, und es geht mit mir durch. In der Nähe dieses Mannes geht es ständig mit mir durch, aber dieser Bart ... *Hilfe!*

Ein Grollen löst sich aus Nates Brust. Er presst sich enger an mich, und ich spüre seine Hände an meinem Hintern, dem Teil, der von den Shorts nicht mehr verdeckt wird. »Perfekte Länge«, murmelt er.

Gott! Lust durchschießt mich. Mir ist total egal, was ich gerade trage, es ist zu viel.

»Na«, bremst mich Nate da. »Es fehlt noch der Sweater. Es gibt erst Sex, wenn wir nachher zurück sind.«

»Bist du dir sicher?«, keuche ich und taste nach seiner Erektion.

»Fuck, ja, wir sind spät dran und müssen los.« Er küsst mich noch mal so, als wollte er mich genauso ungern gehen lassen wie ich ihn, dann knöpft er meine Bluse auf. Ich weiß, dass er sie am liebsten aufreißen würde, aber das hat er in Detroit mit einem meiner Oberteile gemacht, und ich war so ernsthaft sauer darüber und habe gedroht, eine seiner Gitarren aus dem Bus zu werfen, dass er sich das jetzt verkneift.

»Blöde Scheißteile«, flucht er bei jedem Knopf. »Wer die erfunden hat, ist ein Sadist. Nichts für Männerfinger.«

Ich beobachte ihn und genieße die Wärme, die mich dabei durchdringt. Das ist neben dem Sex das Zweite, wovon ich nicht genug bekomme: Nate, einfach nur Nate. Der Mensch Nate, der, ohne dass ich was sagen muss, total umsichtig sein kann.

»Na endlich!«, jubelt er, befreit mich von der Bluse, grinst kurz, als er meinen Busen in einem neuen schwarzen Spitzen-BH sieht, und hilft mir in den Sweater. »Jetzt los!«

»Wie könnte ich bei der charmanten Bitte widerstehen«, säusle ich, als wir seinen Tourbus verlassen.

Ich denke, wir nehmen ein Taxi, aber Nate schleppt mich, ohne dass uns einer der Fans erkennt, zu einem Linienbus-Terminal. East Rutherford, wo die Rebel Boys morgen spielen werden, liegt bei New York und ist mit dem Liniennetz der Metropole verbunden. Ich bin zum ersten Mal hier, Nate offensichtlich nicht, denn ohne nachzusehen, weiß er genau, welchen Bus wir nehmen müssen.

Wieder entdecke ich eine Seite an ihm, die ich nicht erwartet hätte, und wieder macht es ›peng‹ in meinem Herzen. Keine Ahnung, wie viele Sicherungen noch durchbrennen müssen, bis ich verloren bin, viele können es nicht mehr sein.

Wir haben das noch nie gemacht, aber ich greife nach seiner Hand, als wir im Bus sitzen. Er zuckt erst zusammen, dann drückt er meine Hand zurück. Wir verschränken unsere Finger, und pure Wärme durchströmt mich. *Oh, du kleines Herz, vorsichtig, vorsichtig, vorsichtig.*

Niemand achtet auf uns, oder wenn, dann starren die Kerle eher zu mir und diesen Shorts. Ich bin die Ablenkung, damit Nate nicht zu genau angeschaut wird.

Wir müssen mehrmals umsteigen, nehmen erst den Schnellbus vom Stadion zum Times Square, wechseln dort in die U-Bahn, fahren durch Manhattan und steigen in Brooklyn an der Metropolitan Avenue aus, und ich fasse es nicht, als ich endlich unser Ziel erkenne.

»Hier spielt heute Abend Coco Caramel!«, hauche ich mit einer Stimme, die Nate nicht von mir kennt. Sie ist hoch und atemlos und aufgeregt, weil ich noch nie auf einem Konzert von ihr war.

»Überraschung«, sagt er lachend und ist auch noch so clever, mich für meinen Ausbruch nicht aufzuziehen. »Oder sollte ich sagen: Überraaaschung!«, quiekt er, macht mich nach und klingt wie eine Katze, der man auf den Schwanz getreten ist.

Okay, er zieht mich auf, aber das hätte ich umgekehrt auch. »Woher wusstest du, dass ich sie mag?«

»Ich hab mir deine Playlists auf dem Handy angehört.«

Stimmt, daran erinnere ich mich. »Du hast dich über jeden Song lustig gemacht!« *Ausgiebig.*

»Weil es dich so geärgert hat.«

»Moment mal, also hat dir was gefallen?«

»Mir gefällt eigentlich jede Musik.« Er lacht leise. »Außer Musicals. Menschen sollten entweder schauspielern oder singen, aber nicht beides zusammen.«

»Hamilton hat zig Auszeichnungen erhalten.«

»Und?«, sagt er nur.

Ich seufze, bin aber nicht wirklich enttäuscht. Okay, ich werde ihn nie für Musicals begeistern können, aber er mich auch nicht für den Heavy Metal, der auf seinem Handy zu finden ist. *Dass man das überhaupt Musik nennen darf! Es ist Schreien, nur Schreien.*

»Komm, das Konzert hat gerade angefangen.« Nate packt mich an der Hand, zieht mich mit sich zu einem Nebeneingang und sagt der Security, dass er auf der Gästeliste steht, nennt sich Thor plus Begleitung, und der Typ lässt uns, ohne mit der Wimper zu zucken, rein. Dabei klingt Thor wie ein Schülerstreich, nicht wie ein ernsthafter Name.

Drinnen empfängt uns Musik. Die Bühne ist recht klein. Coco Caramel ist noch ein Geheimtipp.

Ich schätze, wir sind ein paar Hundert Leute. Vorne direkt an der Bühne tanzen Fans und singen die Songs mit.

Für einen kurzen Moment muss ich an Nashville denken und daran, wie mich dieser Mann angegriffen hat, während alle um mich herum gefeiert haben.

»Ich bin hier, keine Sorge«, sagt Nate, als könnte er Gedanken lesen. »Bier?«

Ich nicke. Ich brauche definitiv was zum Lockerer-Werden. Nate besorgt Getränke, und ich wippe im Takt der Lieder mit. Coco singt wirklich toll. Ich liebe ihre Texte und kenne jeden einzelnen.

»So bist du also auf Konzerten, die du magst?«, witzelt Nate, als er mit zwei Bieren zurück ist. »Ich dachte, du rastest bei uns nur nicht aus, weil das nicht deine Musik ist.«

»Ich raste nie aus«, informiere ich ihn über das Offensichtliche. *Was denkt er denn?*

»Aber das ist doch der Spaß!«

Ich verdrehe die Augen. »Man kann auch als stiller Zuhörer Spaß haben.«

»Sagen Leute, die noch nie Spaß hatten.«

»Willst du dich auf dem Konzert meiner Lieblingssängerin mit mir streiten?«

Er zeigt nach vorne. »Los, sing wie alle anderen mit.«

Ich will ihn gerade fragen, warum er denkt, dass gleich alle mitsingen, da hält Coco das Mikro auffordernd in die Menge, und das Publikum antwortet. »Woher wusstest du das?«

Nate zuckt mit den Schultern. »Intuition, schätze ich. Du hast es hier mit einem Profi zu tun, was Liveauftritte angeht.« Er dreht meinen Kopf gen Bühne. »Mitsingen, Baby!«

Der erste Refrain geht vorbei, es folgen eine weitere Strophe und der nächste Refrain. Ich singe mit. *Leise.*

»Ich kann dich nicht hören«, ärgert mich Nate und hält sich die Hand ans Ohr. *Ganz der alte Blödmann!*

»Ich hab eben kein so lautes Organ wie du.«

»Es sei denn, du stehst unter der Dusche, was?«

Ertappt schaue ich ihn an. »Da singe ich nicht.«

»Nein, nie!«, witzelt er. »Das Wasser schluckt alle Geräusche.«

Ich drücke die Ellenbogen nach hinten in seinen Bauch, aber Nate lacht nur. »Los, sing, Baby.«

»Du machst mir den Abend kaputt, wenn du mich so unter Druck setzt.«

»Sing!«

Urgh. Er wird nicht lockerlassen. Vielleicht zieht er auch irgendeine peinliche Nummer ab, damit ich mitmache. *Bloß nicht.*

Als der dritte Refrain kommt, gebe ich nach. *Gott, wie peinlich!* Ja, ich kann den Text, aber treffe wie üblich keine einzige Note. Nach drei Songzeilen finde ich, dass ich meinen Soll erfüllt habe, und will aufhören, da höre ich Nate hinter mir mitsingen, als hätte er nie was anderes gemacht. Er drängt mich gar nicht mehr mitzufeiern, er hat selbst Spaß. Ich überlege es mir noch mal anders, singe weiter mit, lauter und selbstbewusster und verdammt, es packt mich. Nate drückt mir einen Kuss auf die Wange, als es ihm auffällt.

»Jetzt nicht nachlassen«, sagt er, als das nächste Lied beginnt, und nimmt mir mein Bier ab. »Du weißt schon, dass man auf einem Konzert auch mitklatscht … Lass dich einfach drauf ein!«

»Nate, ich bin niemand, der das macht.«

»Heute schon.« Er beugt sich an mein Ohr. »Sonst gibt es keinen Sex.« *Wie gemein!*

»Du kannst nicht ständig die Regeln ändern, wie es dir passt. Ich trag schon die Shorts.«

»Tja, reicht nicht mehr als Einsatz.«

»Fein, spiele ich eben den Hampelmann.« Meine Arme gehen nach oben. Ich bin überhaupt nicht im Takt. Ich gehöre zu den Menschen, die den einfachsten Rhythmus nicht hinbekommen, das sollte Nate wissen, wenn er mich unter der Dusche gehört hat.

Zu meiner Überraschung stellt er die Biere irgendwo ab, greift von hinten meine Hände und führt mich. *Gott, das ist schön. Mit ihm. Wie im Film.* Ich gebe mir immer Mühe, alles richtig zu machen. Das ist so anstrengend, weil ich auf so viel achten muss. Genau jetzt muss ich nur loslassen, und alles ist leicht.

Nate

Die Frau macht mich verrückt. Coco Caramel klingt wie ein Dessert, nicht nach Musik. Der Stil ist überhaupt nicht meins, aber Lou zuzusehen, wie sie Spaß hat, dafür würde ich mir sogar Musicals antun. Keine Ahnung, warum sie glaubt, sie sei komplett unmusikalisch. Sie kennt jeden einzelnen Song, und sobald sie einmal angefangen hat mitzusingen, hört sie gar nicht mehr auf. *Sie wird morgen heiser sein*, denke ich mir amüsiert, bremse sie aber nicht. In ihr steckt so viel Energie, und ich kann nicht aufhören, sie aus ihr herauszukitzeln. Das ist dermaßen motivierend. Ein bisschen so, wie wenn man Kindern das Fahrradfahren mit Stützrädern beibringt. So war Lou am Anfang. Ich war ihr Stützrad, und jetzt gibt sie ganz allein Gas.

»Oh mein Gott, ist das Nate Grant?«, nehmen meine Ohren über die Bässe hinweg auf, weil ich so wie jeder einen geheimen Sensor habe, wenn mein Name genannt wird.

»Quatsch, glaub ich nicht. Bist du dir sicher?«

»Klar, so einen Bart hatte er doch noch vor Kurzem.«

»So einen Bart haben viele.«

»Stimmt, aber er und seine Band spielen morgen im MetLife Stadium. Glaub mir, das ist er.«

»Oh, wow, du hast recht.«

Mist, ich bin enttarnt.

»Wir müssen gehen«, sage ich ruhig, aber bestimmt zu Lou, weil ich genau weiß, was solche Sichtungen in der Öffentlichkeit nach sich ziehen. Um mich wird sich binnen kürzester Zeit eine Traube bilden, Handys werden gezückt, Videos von mir gepostet werden. Promifotografen werden auftauchen. Coco kann ihre Show vergessen. »Komm, Lou!«

»Nö«, sagt sie und macht den frechsten Schmollmund, den ich je an ihr gesehen habe. Wüsste ich es nicht besser, würde ich sagen, sie ist betrunken, aber das liegt an der Energie, die sie gepackt hat.

»Doch, Baby, ich wurde erkannt, wir müssen hier weg.«

Obwohl sie sich immer noch sträubt, schiebe ich sie mit mir gen Ausgang. Das ist das Risiko bei Dates mit mir. Wenig bis keine Privatsphäre. Es war schon toll, überhaupt eine knappe Stunde mal ein normaler Kerl zu sein, der mit seiner Freundin was unternimmt. *Moment mal, Freundin? Fuck, ja, Lou ist meine Freundin.*

»Nate!«, ertönt es nun lauter hinter mir. »Warte!«

Im Leben nicht. Lou fängt sich und zieht mich nun energisch mit sich. »Ich hab ihn zuerst gesehen«, ruft sie albern.

Wenn ich nicht laufen müsste, würde ich vor Lachen zusammenbrechen. Sie klingt wie eine Dreijährige, die sagt: ›Wer es anleckt, dem gehört's.‹

»Zur U-Bahn!«, sage ich, weil in der Gegend kaum Taxis fahren.

Als wir den Bahnsteig erreichen, fährt gerade ein Zug ein. *Was für ein Glück.* Wir springen rein, die Türen schließen sich, und wir sehen die drei Frauen uns hinterherschauen. Ich atme schwer, Lou auch. Dann lacht sie. Erst leise, dann immer lauter.

»Was ist los, Baby?«

Sie zeigt auf meinen Bart.

»Huh?« Ich taste danach und stelle fest, dass eine Seite runtergerutscht ist. »Oh Mist.« Die Verkleidung ist hinüber.

»Warte ... ich helfe dir.« Prustend nimmt Lou den Bartzipfel und drückt ihn mir auf die Wange. Er hält nicht. Lachend lässt sie ihre Hand an mein Gesicht gepresst. »Ich muss wohl so mit dir zurückfahren.«

Ich lege meine Hand auf ihre. »Gerne.«

Sie beruhigt sich und lehnt sich an mich. Die Leute schauen neugieriger zu uns, und ich kann sehen, wie verstohlen Fotos gemacht werden. Ich drehe mich, wende ihnen den Rücken zu und schirme Lou ab. Das Letzte, was ich will, ist, dass sie in einem der Klatschmagazine landet. Sie gehört da nicht hin. Genau genommen gehört kein Star wie ein ertapptes Reh im Scheinwerferlicht in solche Zeitungen. Aber wenn schon eine Visage um die Welt geht, dann meine, nicht ihre.

»Die Leute erkennen mich hier auch«, flüstere ich ihr zu.

Sie riskiert einen schnellen Blick an mir vorbei und seufzt. »Und jetzt?«

»Wir steigen in Manhattan aus und nehmen von dort ein Taxi zurück.«

»Okay.«

Das Getuschel nimmt zu. Ich werde sauer. Für die Leute ist es nur ein Schnappschuss, mich bringen sie damit um ein Stück Normalität.

»Komm!«, sage ich erleichtert, als wir die Endstation in Greenwich Village erreichen. Wir verlassen die U-Bahn.

Es ist nicht die belebteste Gegend, aber hier verkehren wie überall in Manhattan Taxis, und wir halten eines an.

»Zum MetLife Stadium«, sage ich dem Fahrer. Wir setzen uns in Bewegung, ich lehne mich zurück und lege den Arm um Lou. »Alles okay bei dir?«

Sie dreht sich zu mir, nickt und kontrolliert meinen Look. »Darf ich dich von der Matte befreien?«

»Gerne.« Vor dem Fahrer sollte das gehen. Wahrscheinlich muss ich am Ende für ein Foto posieren. Das ist in Ordnung. Lou entfernt den Pelz, und ich genieße die kühlere Luft im Gesicht. Sie streicht mir über die Wangen, die glatt rasiert waren, damit die Haarmatte hält, und ich kann ihr ansehen, dass sie den Dreitagebart vermisst. Ganz so geleckt mag sie mich dann doch nicht. *Gefällt mir.*

»Ich habe mich auf dem Konzert gut geschlagen, oder?«, fragt sie.

Ich nicke, unschlüssig, worauf sie hinauswill. »Und?«

»Sehr gut! Also krieg ich nachher Sex.« Zufrieden lehnt sie sich an mich.

Ich küsse sie und beuge mich zu ihrem Ohr. »Warum bis nachher warten?« Ihr Blick wird hitzig, dann schockiert. Das gibt den Ausschlag. »Öffne die Beine!«, befehle ich ihr, bevor sie ihren Protest starten kann.

Nervös schaut sie nach vorne zum Fahrer. Mir ist verdammt egal, was der Kerl denkt oder sieht. Wir sind garantiert nicht das erste Pärchen, das auf seinem Rücksitz rummacht.

»Das geht nicht«, sagt sie, wie zu erwarten.

Meine brave Lou ... »Dann wird es wohl nichts mit dem Sex.«

»Ernsthaft?!«

»Mmh«, schnurre ich unbeeindruckt.

»Ich hasse dich! Du ruinierst mir den ganzen Abend.«

Lügnerin. Ich schiebe eine Hand zwischen ihre Schenkel, sie öffnet sie mir und holt tief Luft, als ich ihren Schritt drücke. Sie lehnt den Kopf zurück, und ich küsse ihren Hals, liebe, wie ihre Haut glüht. Langsam ziehe ich den Stoff der Shorts zusammen mit ihrem Slip zur Seite und streife über ihre heißen Pussylippen.

»Nate«, wimmert sie. *Der schönste Ton des Universums.*

»Was, Baby?«

»Das ist gut.«

»Ist es das?« Ich streichle sie weiter, spüre ihre Feuchtigkeit, die so schnell kommt und einladend danach verlangt, sie zu vernaschen.

Sie rückt etwas vor, damit ich besseren Zugang habe, greift meine Hand und drückt sie.

»Schau mich an!«, sage ich.

Ihre Lider flattern. Sobald sich unsere Blicke treffen, schiebe ich zwei Finger in sie und genieße ihre Überraschung und wie sehr ich sie errege. Mit dem Daumen massiere ich ihre Klit und grinse. »Das brave Mädchen macht schmutzige Dinge.«

»Weil sie sich auf einen üblen Kerl eingelassen hat.«

Ich schiebe meine Finger tiefer, den Handballen presse ich auf ihre Klit. »Mmh … einen richtig üblen.«

Schwer atmend sieht mich Lou an. »Du ruinierst mich.«

»So wie du mich.«

Sie schafft es, erregt und gleichzeitig empört auszusehen. »Entschuldige mal, du bist hier der Draufgänger.«

»Frag mich, wie oft ich schon Sex in einem Taxi hatte!«
»Bestimmt hundert Mal!«
»Noch nie.« Ich drücke fester auf ihre Klit, küsse sie, und sie explodiert. Ein Schrei löst sich aus ihrer Kehle, und ich schlucke ihn, spüre, wie sie heiß pulsiert und wie sich ihr Körper wenig später entspannt. Erst dann lasse ich sie durchatmen. »Alles okay?«

Sie nickt und bekommt diesen seligen Gesichtsausdruck, den ich so an ihr liebe. Ich ziehe meine Hand zurück, rücke ihre Shorts zurecht und wische mir die Finger an meinen Jeans ab.

»Das ist eklig«, sagt sie.

»Soll ich sie hier abwischen?« Ich streiche ihr über den Hals.

»An mir? Natürlich nicht.«

Ich mache weiter und sorge für Gänsehaut. »Aber es gefällt dir.«

»Das täuscht. Es kitzelt.«

Ich liebe es, Lou zu ärgern, doch gerade ist es genug. Ich ziehe die Hand weg, lege den Arm um ihre Schultern und genieße es, sie einfach nur zu halten. Schon seltsam, dass Ryan mich sogar mal in eine Anti-Aggressions-Gruppe gesteckt hat, damit ich lerne, mit meinen Emotionen umzugehen. Jetzt reicht diese Frau an meiner Seite.

Close to you I can miraculously relax.
You bewitched me, your touch is better than any sex.

In deiner Nähe bin ich wie durch ein Wunder relaxt.
Deine Berührung ist besser als jeder Sex, du hast mich verhext.

Mir wird plötzlich klar, dass sie nicht mehr lange auf der Tour dabei sein wird. Wir sind jetzt in East Rutherford, danach geht es nach Philadelphia. In Charlotte, North Carolina, trennen sich unsere Wege. Sie kehrt nach Miami zurück, wir spielen noch in Washington D. C. und am Ende auch in Miami. Aber nach der Tournee folgen Gastauftritte im Ausland, danach kommt die große Europatournee. Ich mag das eigentlich. Mit Alex und den anderen habe ich immer viel Spaß. Doch plötzlich kann ich mir nicht vorstellen, nicht jeden Morgen davon aufzuwachen, dass Lou wie ein Seestern auf mir liegt und mich mit ihren Haaren kitzelt. Der Bus wäre dann wieder leer. Keine Lou würde sich überlegen, ob sie lieber die helle spießige Bluse oder die dunkle spießige Bluse anzieht, die verbirgt, was sie für absolut scharfe Spitzenunterwäsche trägt. Keiner wird mich permanent damit nerven, meinen Müll wegzuräumen, meine Schmutzwäsche in den Wäschekorb zu werfen, und meine Produkte im Bad nach Größe sortieren. Ja, das ist ein schräger Tick von ihr. Immer wenn ich meine Zahnpasta, den Rasierschaum oder das Deo falsch herum hinstelle, also mit der Marke zur Wand, finde ich sie beim nächsten Mal wie von Zauberhand neu geordnet vor. Lou ist ein bisschen zwanghaft bei diesen Dingen, aber selbst das mag ich. Es geht gar nicht darum, *was* wir machen, wenn wir zusammen sind, nur *dass* wir zusammen sind. Ich starre mit ihr auch stundenlang aus dem Fenster, wenn sie das möchte. Sie hat mich echt verändert.

Zärtlich fahre ich ihr durch die Haare, liebe es, sie etwas zu zerzausen, nur um sie ihr dann wieder hinters Ohr zu klemmen.

»Mmh?«, macht sie, legt den Kopf zurück und sieht fragend zu mir hoch.

»Bleib«, sage ich leise, bevor ich wirklich darüber nachdenken kann. Ich bin über mich selbst überrascht, aber in dem Moment, als ich die Worte ausspreche, sind sie das Wahrste, was ich je gesagt habe. »Bleib bei mir.«

»Als was?«, fragt sie, statt einfach Ja zu sagen.

Ich denke kurz darüber nach. Mir fällt keine gute Antwort ein. *Sind wir schon ein Paar? Reicht das? Ich mag sie, ich verbringe gerne Zeit mit ihr. Da ist mehr zwischen uns, aber keine Ahnung, ob das ausreicht.* »Als was du magst«, sage ich und fühle mich verdammt clever. *Ein Fehler.*

Ein Schatten huscht über ihr Gesicht. Sie wendet sich ab, zieht aber meinen Arm besitzergreifend zu sich und schmiegt sich an mich. »Nein, Nate.«

»Bitte.« Ich starre seitlich auf ihre Lippen, damit sie Ja sagen. Wenn ich magische Fähigkeiten besitze, dann sorgen sie dafür, dass sie gleich das eine gewünschte Wort formen.

Fehlanzeige. Lou sieht mich wieder an, und Bedauern liegt in ihrem Blick. »Hör mal, wenn ich zurückkomme, warten schon Kunden auf mich. Ich habe Aufträge, um die ich mich kümmern muss. Ich kann nicht einfach bleiben und dich anhimmeln.«

»Aber ich brauch dich auch.«

»Willst du mich etwa dafür bezahlen, dass ich bleibe?!«

»Warum nicht?«, sage ich aus einem Impuls heraus und weiß im gleichen Augenblick, dass das die falsche Antwort war. *Fuck!*

»Du bist echt ein arrogantes Arschloch«, brummt sie und wendet sich wieder ab. Immerhin noch mit meinem

Arm um sich geschlungen.

Versöhnlich drücke ich ihr einen Kuss ins Haar. »Bin ich, sorry. Aber irgendwie muss ich dich ja dazu bringen zu bleiben.«

»Tja, das war der falsche Weg.«

»Also gibt es einen richtigen?«

Bevor sie antworten kann, erreichen wir das Stadiongelände. »Wir sind da, Sir ... Nate«, sagt der Fahrer und wirkt verlegen. »Bekomme ich ein Foto?«

»Klar«, sage ich, bezahle den Fahrer und werfe Lou einen Blick zu, dass wir gleich da weitermachen, wo wir aufgehört haben. Ich steige aus, reiche das Handy unseres Fahrers an sie weiter und posiere mit ihm. »Kommst du morgen zum Konzert?«, frage ich ihn.

Er schüttelt lächelnd den Kopf. »Kann ich mir nicht leisten.«

»Oh«, mache ich. »Moment ... Wie heißt du?«

»Emmett. Emmett Kowalski.«

»Okay, Emmett Kowalski ...« Ich öffne auf meinem Handy das Dokument mit den VIP-Gästen des Konzerts und schreibe seinen Namen dazu. »Du stehst mit plus eins auf der Gästeliste. Viel Spaß.«

»Wow, danke, Mann!«

»Gerne.« Was für ihn so besonders ist, kostet mich gar nichts.

Lou gibt ihm sein Handy zurück, und ich kann es gar nicht erwarten, mit ihr alleine zu sein. Ich rechne nicht damit, dass jetzt noch Leute das Stadion belagern. Es ist nach elf. *Falsch gedacht.*

»Oh mein Gott, Nate!«, kreischt eine Frau plötzlich und

löst ein ganzes Orchester aus Schreien aus. Spätestens jetzt weiß jeder auf dem Gelände, dass ich zurück bin.

Für einen Moment spiele ich mit dem Gedanken, mir den Bart wieder anzukleben und so zu tun, als wäre ich ein anderer. *Aber wem mache ich was vor? Ich wurde erwischt.* Mich umzingelt eine Gruppe von vielleicht zwanzig, dreißig Frauen. Sie gehen auf Tuchfühlung, wie ich es früher immer mochte, aber in mir regt sich dieses Mal nichts. Ich sehe zu Lou und nicke ihr zu. Sie soll schon mal vorgehen und im Bus warten. Sie zögert, und ich sehe an ihrem Blick, dass sie mich küssen will. Ich will es auch. Aber da zerrt eine Frau rabiat an meinem Shirt. *Dass mir das mal gefallen hat!*

›Geh!‹, forme ich lautlos mit den Lippen, und es drückt in meinem Magen, als wäre das das Ende unserer Unterhaltung. *Fuck.*

KAPITEL 17

Wie benommen stolpere ich auf das abgesicherte Gelände. Ich muss mich immer wieder nach Nate umdrehen. Es fühlt sich falsch an, ihn allein zu lassen. Er hat mich gebeten zu bleiben. Doch ich kann das nicht. Nicht so. *Wer bin ich denn für ihn? Die spleenige Ordnungstante, die ihn aus der Reserve lockt.* Das ist schön für den Moment, aber zu wenig für eine Beziehung.

Was ist außerdem mit meinen Träumen? Gut, das Haus in der Vorstadt brauche ich nicht zwingend. Aber ich will eine Familie, ein Heim, kein Leben in Hotelzimmern oder Tourbussen.

Tränen steigen mir in die Augen. *Wie albern!* Schnell blinzle ich sie weg. Als könnte ich damit das Brennen in mir vertreiben. *Warum habe ich mich nur in Nate verliebt?* Ich sollte mich von ihm zurückziehen, damit das unvermeidliche Ende weniger wehtut, aber ich kann nicht. Uns bleiben noch exakt acht Tage. Dann ist mein Job erledigt. Ich will keinen davon verpassen. Danach sehen wir ja, was passiert.

Im Bus angekommen dusche ich. Selbst über das Rauschen des Wassers hinweg kann ich die Fans hören. Bei der Menge kann es dauern, bis Nate kommt. Er wird sich für jeden Zeit nehmen, das hat er immer getan. Wer mit diesem Mann zusammen ist, muss ihn mit der Welt teilen können.

Als ich im Bad fertig bin, gehe ich direkt ins Bett. Obwohl Nate nur wenige Meter entfernt ist, vermisse ich ihn. Das ist echt übel. Ich kuschle mich in sein Kopfkissen, mit seinem Duft in der Nase, und döse ein.

»Hey!«, höre ich ihn im Halbschlaf.

Ich blinzle, und da sitzt er auf der Bettkante mit vom Duschen noch feuchter Haut.

»Hey«, mache ich und greife nach ihm, ziehe ihn zu mir, küsse ihn, brauche ihn. »Ich war so brav, Zeit für Sex.«

Stöhnend beugt er sich tiefer, zieht die Decke zur Seite und legt sich zwischen meine Beine. Er ist hart, und sein Verlangen jagt wie ein Blitz durch mich, der mich alles andere vergessen lässt.

»Du bist mir noch eine Antwort schuldig, Baby.«

Ich weiß genau, wovon er redet, aber ich will ihn, keine Diskussion. *Ja, feige.* Ich ziehe ihn enger, presse meinen feuchten Schritt an seine Erektion, küsse seine Schultern, seine Brust, seinen Hals.

»Gott, Lou!«, stöhnt er. »Warte!«

Oh, stimmt, das Kondom!, denke ich, doch er bewegt sich nicht. Ich sehe ihn verwundert an. »Was ist los?«

»Wie krieg ich dich dazu zu bleiben?«

»Das fragst du jetzt?«

Er antwortet mit diesem teuflischen Grinsen, für das ich ihn manchmal hasse, manchmal liebe und das immer mein Gehirn schmelzen lässt. »Ja, das frage ich jetzt.« Er bewegt sich auf mir und weiß genau, was er damit in mir auslöst. Beben, viele kleine Beben. »Sag schon, was ist der richtige Weg?«

Wir sind uns so nah, mein Herz rast. »Ich bleibe, wenn du mich liebst.« Ich warte. »Liebst du mich, Nate?«

»Scheiße, Lou«, sagt er voller Reue, und ich spüre Tränen in mir aufsteigen, die mir die Laune verderben.

»Ja, scheiße«, rufe ich und drücke ihn zur Seite. »Wo hast du die Kondome?« Ich halte es nicht aus, wie liebevoll er mich anschaut, ohne zu sagen, dass er für mich empfindet, was ich für ihn empfinde.

»Die Gummis sind unter dem Laken, bei meinem Kopfkissen«, sagt er.

Ich bewege mich und finde die Packung. Nate rührt sich immer noch nicht. Was den Schmerz in mir verschlimmert. Hektisch reiße ich an der Folienpackung, nehme das Kondom, rolle es ihm über die Erektion und ziehe ihn zu mir. »Ist nicht schlimm«, sage ich. »Überhaupt nicht schlimm!«

Bevor er was darauf erwidern kann, küsse ich ihn, mit all dem Gefühl, was ich habe. *Vielleicht geht ja ein Funken meiner Liebe auf ihn über, wenn er das merkt?*

»Oh, Lou!«, murmelt er, ist über mir und stößt in mich. »Oh, Lou, Lou, Lou!«

Der Sex ist roh, wild und verzweifelt. Diese Scheißgefühle sollen verschwinden. Je intensiver sie werden, desto komplizierter wird alles. Aber immer wenn ich glaube, es ist nur ein Fick, wirft mir Nate einen Blick zu, der mir unter die Haut geht. Oder er streichelt mich plötzlich sanft oder hält inne, macht irgendwas, was mich zerreißt, zusammensetzt und wieder zerreißt.

Sag es, denke ich. *Bitte! Sag, dass du mich liebst.* Aber das tut er nicht. Als wir am Ende erschöpft ins Bett fallen, trifft mich die ganze Wucht des Lebens. Nur noch acht Tage mit ihm. Das ist so verdammt wenig.

Ich schmiege mich an ihn, er hält mich, hat die Augen geschlossen, aber mit der Hand streicht er über meinen Rücken. Er schläft nicht, genauso wenig wie ich. Wir bleiben beide wach und hören auf den Herzschlag des anderen. Um mehr Zeit zu haben, als uns eigentlich bleibt. *Als könnte man die Zeit schlagen.*

»Liebst du mich denn?«, fragt er leise.

Ich tue so, als würde ich schlafen, und antworte nicht. Aber seine Hand liegt auf meiner Brust, und er muss spüren, wie mein Herz rast und verdammt laut sagt, was ich nicht über die Lippen bringe: *ba-bumm, ba-bumm, ba-bumm. Ja, ja, ja.*

Die nächsten Tage reiße ich mich zusammen. Nate hat immer noch eine Tour zu absolvieren. Ich habe immer noch den Ablauf der Sozialstunden zu organisieren. Und wir haben uns, so lange, wie wir uns halt haben. Ich sollte die Reißleine ziehen, aber ich kann einfach nicht. Normalerweise stelle ich mich Problemen. Zum ersten Mal in meinem Leben übe ich mich in Verdrängung. *Klappt richtig gut.* Wir haben Spaß. Ich rede mir ein, dass alles schon gut gehen wird und vielleicht ja ein Wunder geschieht. Dass das nicht der Fall ist, zeigt sich am Ende meiner Zeit in Charlotte, North Carolina.

Es ist brechend heiß, meine Klamotten kleben an mir. Ich habe Nate einen Job in den frühen Morgenstunden besorgt. Er soll zusammen mit drei anderen Typen Grünanlagen im Freedom Park bewässern, ist jedoch nicht bei der Sache.

»Der Holunder schwimmt gleich weg«, witzle ich und

weiche dem Rinnsal aus, das sich Richtung Weg ergießt. Dabei ist mir überhaupt nicht nach Lachen zumute.

Er reagiert nicht. Mein Blick gleitet über ihn. Ich starre auf seine muskulösen Beine in der kurzen Hose, auf sein Shirt, das halb nass auf seiner Haut klebt, auf seine mittlerweile nachgewachsenen Haare, seine Schultern, seine Arme, die Hände, die den Schlauch halten. Hände, die mich letzte Nacht umschlungen haben, als wir miteinander geschlafen, als wir uns geliebt haben.

Ich trete zu Nate, berühre ihn am Handgelenk. Er zuckt zusammen.

»Gott, lass das!«, faucht er.

»Dann hör auf, den armen Strauch zu ertränken.«

Er blinzelt, sieht, was er angerichtet hat, und hält den Strahl jetzt erst recht drauf. Als hätte der ihm was getan.

»Ernsthaft?«, zische ich.

»Ich gieße. Was willst du mehr?«

Ich bücke mich, knicke den Schlauch und schneide die Wasserzufuhr ab. Er dreht sich zu mir und blitzt mich zornig an, schwenkt das Schlauchende und spritzt mich mit dem Wasser nass, das noch in der Leitung steht.

»Sehr erwachsen, Nate!«

»Du sollst mich doch in bester Erinnerung behalten, Ma'am.«

Wenn da nicht diese sexy Dunkelheit in seinem Blick liegen würde und wenn ich nicht wüsste, dass er nur so ist, weil er mich mag, könnte man meinen, es steht schlimmer als am Anfang zwischen uns.

»Los, beweg dich weiter zum nächsten Strauch«, befehle ich.

Er schnauft, als wollte er diskutieren, aber dreht sich um und stellt sich auf. »Krieg ich jetzt wieder Wasser?«

Ich löse den Knick, das Wasser donnert raus und zerfetzt ein paar junge Blätter. »Du musst die Düse sanfter einstellen.«

»Wie denn?«, zischt er. »So!?« Er trifft mich mit dem Strahl. Ich quieke vor Schreck.

»Glücklich, dass meine Bluse endlich durchsichtig ist?« Von der eiskalten Dusche bibbernd zupfe ich am Stoff. »Ich hätte dich verdammte Gefängniskloss schrubben lassen sollen!« Kein Bluff, das stand zur Auswahl. Ich wollte nur beim letzten Termin nett sein. Das habe ich jetzt davon.

Tränen brennen mir in den Augen, und ich blinzle wie verrückt.

Nicht weinen, Lou. Schon gar nicht wegen dieses Vollpfostens.

Nate dreht die Düse zu und kommt zu mir. »Sorry, Lou. Ist es schlimm?«

»Spar dir dein Mitleid!« In meinem Kopf höre ich eine verdammte Uhr ticken. Uns bleiben noch exakt vierzehn Minuten zusammen, dann ist es vorbei. Vierzehn Minuten sind gar nichts. Aber genug, um an meinen und seinen Nerven zu zerren. *Mist!*

Er streift sich sein Shirt ab und reicht es mir. »Los, nimm das.«

Ich starre auf das Oberteil. Ich will es nicht. Es riecht nach ihm.

»Gott, Lou, jeder sieht deinen sexy BH. Gefällt mir nicht.«

»Fällt dir ja früh ein.« Ich zupfe weiter an der Bluse und hoffe, dass die Sonne den Stoff trocknet.

»Verdammt!«, flucht Nate da, packt mich am Arm, zerrt mich zum Minivan, mit dem wir gekommen sind, und schubst mich rein. »Zieh die beschissene Bluse aus.«

»Nein!«

Er macht sich an meinem Oberteil zu schaffen, und mein dummer, dummer Körper brennt und summt und verzerrt sich nach diesem Mann, dabei hatten wir den letzten Sex heute Morgen. Mehr wird es nicht geben. Und wenn ich mir so anschaue, wie scheiße sich Nate nach all der Zeit benimmt, ist das vielleicht ganz gut so.

»Raus aus der Bluse!«, knurrt er.

»Geh wieder an die Arbeit«, feuere ich zurück, öffne die Tür und will ihn rausbefördern. Er schiebt sie wieder zu, drückt mich grob zurück und fummelt erneut an den Knöpfen, ehe er sie aufreißt. »Ich hasse dich!«, fauche ich.

»Halt die Klappe«, gibt er zurück und wird ruhiger. »Sorry, hör einfach auf, hier so herumzuzetern. Es tut mir leid, was eben war. Nimm mein Shirt, dann erledige ich den Rest.«

Dieser Mann! »Ich will dein Shirt nicht.«

»Tja, dein Oberteil ist jetzt leider hinüber.«

Ich stoße einen frustrierten Laut aus, ziehe aber die Bluse aus. Nate will mir helfen. Jedes Mal, wenn seine Finger meine Haut streifen, hinterlassen sie eine Spur aus Feuer, also wehre ich ihn ab. Ich kann das jetzt nicht gebrauchen. Nicht seine Nähe, nicht seine Zärtlichkeit. Schließlich gibt er auf, lässt die Schultern hängen und starrt mich einfach nur an. Ich kann den Hunger nach mir spüren, ohne hinzuschauen. *Hunger, mehr nicht! Nur Scheißhunger.*

»Shirt!«, zische ich.

Er reicht es mir, und ich habe alle Mühe, nicht den Körper anzustarren, den die ganze Welt will und den ich so gut kenne. Weil ich ihn die letzten Nächte gründlich erforscht habe.

Ich ziehe mir das Shirt über den Kopf und knote mir den Rand zusammen. Es hängt wie ein Sack, ich sehe schrecklich aus, aber es verdeckt meine Unterwäsche.

»Würdest du jetzt bitte deinen Job erledigen, oder muss ich auf dem letzten Meter der Richterin sagen, dass du ins Gefängnis möchtest?«

»Ich geh schon«, sagt er und steigt aus dem Minivan aus.

Geschafft lasse ich die Luft entweichen, die ich angehalten habe. Ich sehe ihm nach. Er joggt zum Schlauch, stellt die Düse richtig ein und übernimmt weitere Sträucher in dem Bereich, der ihm zugeteilt wurde.

Wieder steigen mir Tränen in die Augen.

Wenn es jetzt schon so wehtut, wie wird es dann erst ...?
Stopp, Lou!

Mit aller Macht breche ich die Gedankenschleife ab. Nur der Moment zählt, und im Moment gießt Nate oben ohne Büsche. Das ist eines näheren Blicks wert. Ich wische mir übers Gesicht und folge ihm.

»Als Nächstes den Baum dort«, sage ich und zeige zu einer jungen Birke, die in der Hitze leidet.

Nate wirft kurz einen Blick über die Schulter zu mir und benimmt sich. »Komm her!«, ruft er rau mit einer vor Emotionen bedrückten Stimme.

Ich trete näher, halte jedoch einen Sicherheitsabstand ein. Mir reicht, einmal nass geworden zu sein.

»Noch näher«, sagt er nach einem weiteren Schulterblick. »Ich will mich nicht mit dir streiten, ich will dich einfach nur ansehen.«

Mist, meine Beine bewegen sich, ohne dass ich was dagegen tun kann. Sie sind weich und wacklig, aber sie bringen mich zu ihm. *Natürlich tun sie das!*

Wie zur Kontrolle schaut er erneut zu mir und nickt zufrieden.

»Jetzt wieder der Busch«, sage ich, als der Baum genug hat.

Nate rückt zur Seite, tut, was ich will. Da meldet sich ein Alarm. Wir beide kennen das Geräusch.

»Die Zeit ist rum«, sage ich überflüssigerweise.

»Lass mich noch die drei Sträucher fertig gießen.«

»Okay«, krächze ich und blinzle immer heftiger.

»Alles in Ordnung?«, fragt er mit zitternder Stimme.

»Hab wohl vorhin nicht nur Wasser ins Auge bekommen.«

»Soll ich mal nachschauen?«

»Nein.« Ich wische an meinem Gesicht herum.

Er wässert Weidenpflanzen. Wir rücken weiter zu den nächsten Sträuchern. Als er die Stunde noch mehr verlängern will, berühre ich ihn am Arm. »Mein Flieger geht um eins. Wir müssen zurück, damit ich meine Sachen holen kann. Das war's.«

Nate

Ich hätte Lou in meine Arme ziehen sollen. Ich hätte sie küssen sollen. Ich hätte die letzten Minuten mit ihr besser nutzen sollen, als zu schweigen und zu streiten und verdammt noch mal ihre Brüste in dieser sexy Spitzenunterwäsche zu sehen. *Fuck!*

Ich stelle den Schlauch ab und lege ihr die Hand auf den Rücken. Sie zuckt zusammen, aber sagt nichts. Ich dirigiere sie zum Minivan, halte ihr die Tür auf, lasse sie einsteigen, ganz anders als vorhin. Und ganz anders als am Anfang unserer Geschichte. Jede Sekunde ist wertvoll.

Mir ist schlecht, mein Mund ist trocken, mein Herz rast. Es ist vorbei. Ich kann mir gar nicht vorstellen, wie es sein wird, wenn sie gleich weg ist. Wir sehen uns selten den ganzen Tag, aber wenn, dann geht es mir jedes Mal besser. *Wie wird es nachher sein? Morgen? Nächste Woche?*

»Ich will nicht, dass du gehst«, sage ich, als wir losfahren, und lege eine Hand auf ihren Oberschenkel. Sie legt ihre Hand auf meine, und Wärme durchdringt mich, angenehme Wärme, als wäre ich angekommen, ohne zu wissen, dass ich unterwegs gewesen bin.

»Ich muss gehen, Nate.« Vielleicht konnte sie mir die letzten Minuten was vormachen, aber an ihrer Stimme höre ich, wie schwer es ihr fällt, die Worte auszusprechen.

»Reicht es nicht, wenn ich dich mag?«

»Nein, Nate.«

»Warum nicht?«

»Weil es eben nicht genug ist.« Sie schnaubt bitter. »Das mit uns war doch von Anfang an zum Scheitern verurteilt. Tausende von Leuten warten heute Abend auf dich vor der Bühne. Auf mich warten Post und ein neuer Kunde.« Sie drückt meine Hand, wir schwitzen dort, wo wir uns berühren, aber es stört keinen von uns. »Es war schön. Aber es war eben nicht für immer.«

Hört sie sich selbst? Sie redet von uns schon in der Vergangenheit. Natürlich hat sie nicht ganz unrecht, doch uns bleiben noch ein paar Stunden im Hier und Jetzt. An die klammere ich mich. Mir ist unklar, wie ich heute Abend auf der Bühne Hits wie *Louder* oder *I don't give a shit* spielen soll. In mir drängen sich andere Lieder, die gehört werden wollen.

Let's stop the world forever.
We'll have us 'til the end of time.
You say this will happen never,
cuz you are no longer mine.

Lass uns die Welt für immer anhalten.
Wir haben uns bis zum Ende der Zeit.
Du sagst, das wird nie geschehen,
denn du bist nicht länger mein.

Fuck, was ist denn das für eine Depri-Scheiße?! Meine Augen brennen, und ich reibe mir im Gesicht herum.

»Alles okay?«, fragt sie.

»Hab nur was im Auge«, sage ich so wie sie vorhin.

»Soll ich mal schauen?«

Statt zu antworten, drücke ich sie, und sie lehnt sich an mich. Ihre nassen Haare kühlen meine heiße Haut, ich streiche sie ihr aus dem Gesicht. Mir war gar nicht klar, wie schlimm das ist, wenn man weiß, dass man manche Dinge zum letzten Mal macht. Nach dem Tod von Dale habe ich mir immer genommen, was ich wollte. Zum ersten Mal bin ich im Begriff, etwas zu verlieren, was ich noch festhalten könnte. Ich weiß, was Lou hören will, um zu bleiben. Dass ich sie liebe. Aber ich kann ihr das nicht sagen. *Sie bedeutet mir alles. Aber ist das schon Liebe? Und sie hat ja recht, ich kann ihr nicht das geben, was sie will. Eine Familie, Kinder? Zwei oder drei? Ich habe mich als vieles gesehen, aber nie als Vater. Ich bin ganz froh, dass keine Kinder von mir existieren. Was wäre ich für ein Vorbild? Was könnte ich ihnen bieten? Außer Luxus und Geld, Dinge, die nicht wirklich zählen.*

»Wir sind da!«, verkündet der Fahrer überflüssigerweise, als wir auf dem Gelände halten, aber beide nicht aussteigen.

Wir atmen schwer, keiner sagt ein Wort, bis sich Lou losreißt. »Dann wollen wir mal!«

Sie klettert aus dem Minivan, ich folge ihr. Auf dem Weg zu meinem Bus fängt mich Alex ab. »Da steckst du ja, wir haben das Interview.«

»Interview?«, wiederhole ich begriffsstutzig.

»Weil die Strafe rum ist. Ryan hat dir Bescheid gegeben, oder?«

»Ähm ... ja«, sage ich und erinnere mich vage, dass ich eine Mail mit den Infos bekommen habe. »Das ist jetzt?«

»Ist es, und du bist besser pünktlich, bevor der Richterin doch noch Zweifel an deinem guten Willen kommen.«

Gequält schaue ich zu Lou. Ich will bei ihr sein.

»Ist okay, geh!«, sagt sie, verschwindet kurz im Bus und reicht mir ein Hemd. »Zieh das an. Wir sehen uns später.«

»Später?«, wiederhole ich irritiert.

»Ja, später. Ich löse mich schon nicht in Luft auf.«

Ich will sie an mich ziehen und küssen und nie mehr loslassen, doch Alex stresst mich. »Gut, bis nachher, Baby! Warte auf mich, ich bring dich zum Flughafen.«

Sie schluckt. »Klar.«

Ich renne Alex hinterher und kann nicht glauben, dass ich das mache. Mich benehmen, obwohl die Frau, die mir alles bedeutet, gleich aus meinem Leben verschwindet und ich jede verstreichende Sekunde mit ihr statt mit der Presse verbringen sollte.

Ich folge Alex über das Gelände in einen Konferenzraum, in dem ein Tisch und Stühle aufgebaut sind. Der Raum platzt fast aus allen Nähten. Ich entdecke meine anderen Bandkollegen, Linda und Ryan. Alle Blicke richten sich auf mich. Mit weichen Knien setze ich mich an den Tisch und starre in das Meer aus Journalisten, Aufnahmegeräten und Kameras.

»Nate, was war die schlimmste Aufgabe?«

»Haben Sie was dazugelernt?«

»Ist Ms. Harper noch hier, um ihren Bericht vorzulegen?«

»Haben Sie nie dran gedacht, aufzugeben?«

»Was war die beste Aufgabe?«

»Benehmen Sie sich jetzt?«

Die Fragen prasseln auf mich ein. Gerade bei der letzten

muss ich grinsen. *Was, wenn ich wieder Mist baue? Bekomme ich dann erneut Lou als Aufpasserin?*

Dann setzt mein Verstand ein. *Das ist unwahrscheinlich, Grant. Eher landest du wirklich im Knast.* Das ist das Letzte, was ich gebrauchen kann.

Mit einer selbst für einen Profi einmaligen Geduld beantworte ich die Fragen. Ich will niemanden ablenken oder Zeit schinden, sie sollen fertig werden, damit ich zu Lou kann. Das ist der schnellste Weg. Sie hat meine Prioritäten verändert.

Immer wieder schaue ich unauffällig auf die Uhr. Ich weiß genau, wann ihr Flieger startet. Es wird knapp. Wenn ich nicht bald rauskomme, verpasst sie ihn. Ich könnte mir nie verzeihen, sie warten zu lassen. Nach allem, was wir schon durchgemacht haben.

Sobald ich fertig bin, zerreißt es mich fast, als die Leute noch Fotos machen wollen. Ryan muss irgendwas in meinem Blick sehen, denn er ruft zur letzten Runde auf und beendet das Ganze. Ich stürme aus dem Raum Richtung Bus. Es ist verrückt. Es geht nur um fünf weitere Minuten mit ihr, aber es fühlt sich an, als würde ich sterben, wenn ich Lou nicht jetzt sofort sehe, sie noch mal im Arm halten, noch mal küssen, noch mal ihren Geruch einatmen kann.

»Lou! Lou!«, rufe ich schon von Weitem, damit sie weiß, dass ich zurück bin und wir loskönnen. Ich führe mich schräg auf, aber mir ist scheißegal, wer das mitbekommt und was derjenige über mich denkt.

Sie taucht nicht auf, also reiße ich die Tür auf und erstarre. Louisiana ist niemand, der sich groß ausbreitet, eigentlich dürfte mir nicht auffallen, dass sie weg ist, aber ich weiß es sofort. Etwas fehlt. Alles ist zu ordentlich, als hätte sie noch mal aufgeräumt. Auf der Anrichte entdecke ich einen Zettel, der meinen Verdacht bestätigt. Ich nehme ihn und lese die wenigen Worte.

Nate,

danke für die schöne Zeit.

Louisiana

Ich warte darauf, dass ich wütend werde. Gott, wie gut es normalerweise tut, was zu zerstören. Ich denke an das brennende Sofa. *Das waren noch Zeiten!* Oder Exzesse mit Alkohol. Stattdessen geben meine Beine nach, und ich sinke zu Boden. Alles dreht sich. Meine Augen werden nass. Ich wische drüber, will nicht weinen. Ich wusste doch, dass sie geht. Menschen gehen. Lou geht. Hunderte Frauen vor ihr sind schon gegangen. Aber keine war wie sie. *Keine einzige.*

Meine Augen werden nasser, wieder wische ich mir übers Gesicht. Ich starre auf ihre Karte. *Eine schöne Zeit? Schreibt sie das jedem Kunden?*

Fuck, es war keine schöne Zeit. Es war alles. Sie war alles.

Momente ziehen vor meinem inneren Auge vorbei. Ich denke an unseren ersten Kuss. *Was war ich für ein Arsch! Hab mich angestellt wie ein Kleinkind.* Ich fand Lou grässlich. Sie hätten mir einen Kerl für den Job schicken sollen. Oder eine Frau, die normal aussieht. Nicht wie Louisiana. Nicht wie eine Anfang Zwanzigjährige, die Klamotten trägt, die Tante Gertrud gefallen würden, wenn ich eine Tante Gertrud hätte. Bis es diesen Kuss gab. Bis ich sie kennengelernt habe. Unter dieser Schicht Biederkeit liegt eine leidenschaftliche, lustige, verrückte Frau. Ich fühle mich wie jemand, der hinter ihr Geheimnis gekommen ist. Sie ist deshalb für mich was Besonderes. Und als sie mal einen Tag nicht ihren Oma-Schmuck getragen hat, hat mir fast was gefehlt. Ich war auch ein bisschen besorgt, dass die ganze Welt plötzlich merken könnte, was sie für eine großartige Frau ist, und man sie mir wegnehmen könnte. *Wie bescheuert von mir! Als hätte ich irgendein Anrecht auf sie gehabt.*

Als es an der Tür klopft, atme ich auf.

»Lou?!« Ich schwöre, wenn sie sich einen Scherz erlaubt hat, um mir im letzten Moment noch mal eins auszuwischen, binde ich sie hier an. Scheiß auf ihr Leben. Dann gehört sie mir.

Es ist nicht Lou. Alex steckt den Kopf rein, und sofort sinke ich in mich zusammen. »Alles okay, Mann?«

»Sie ist weg«, bringe ich hervor.

»Ich weiß, schon seit Stunden«, sagt er.

Völlig fertig lehne ich mich an den Tisch, konzentriere mich darauf, weiterzuatmen. »Wie spät ist es?«

»Fast vier. Die Vorband ist da. Ich dachte, du willst sie dir anhören, wie immer.«

Bei den Worten ›wie immer‹ schießen mir neue Tränen in die Augen. *Huch!* Ich verstehe es erst nicht, bis mir klar wird, dass ›wie immer‹ heißt, wie als Lou noch da war. Aber das ist sie nicht. Nichts ist ab heute mehr wie immer.

»Vielleicht duschst du vorher«, sagt er und macht ein besorgtes Gesicht.

Das finde ich plötzlich komisch. Als würde eine Dusche was ändern. Ich fühle mich beschissen. Punkt. Wut steigt in mir auf. Diese alte, vertraute Wut, auf die Welt und ihre bescheuerten Regeln, an die ich mich immerzu halten muss. Ich trete nach einem Stuhl, er fällt um, aber die Befriedigung bleibt aus. Ich höre förmlich Louisiana: ›Wow, Wahnsinn, was für eine Leistung. Was ändert das bitte? Der Stuhl hat dir nichts getan.‹

Bevor Alex was sagen kann, stemme ich mich hoch, stelle den Stuhl auf und nehme mir Wasser. Ich habe einen trockenen Mund und leere fast die ganze Flasche auf ex.

»Ich bin in einer halben Stunde da«, sage ich zu ihm.

»Was dagegen, wenn ich hierbleibe?«

»Ich brauch keinen Babysitter«, knurre ich, ziehe mich aus und zeige ihm meinen nackten Arsch, als ich ins Bad verschwinde.

»Keine Ahnung ... Du bist komisch drauf. Die Tour geht noch zwei Wochen. Dann könnt ihr euch doch wiedersehen.«

Ohne darauf zu antworten, stelle ich das Wasser an. Weil ich nicht deshalb so fertig bin, weil ich sie nicht sehe. Sondern weil es vorbei ist.

Danach trotte ich Alex hinterher zur Bandprobe. Vielleicht ist ein bisschen Routine nicht schlecht.

KAPITEL 18

»Überraschung!«, rufen Cali und Vi, als ich mein Apartment aufschließe, und fallen mir um den Hals.

Ich entdecke Sekt und Torte, alles auf Untersetzern und Tischsets, total ordentlich, wie ich es liebe. Oder zumindest immer geliebt habe. Ich erwidere ihre Umarmung, freue mich, weil ich sie so lange nicht gesehen habe, gleichzeitig bildet sich ein Kloß in meinem Hals.

»Wow, danke«, rufe ich und klinge dabei irgendwie seltsam. Unaufrichtig. Damit es keine der beiden bemerkt, lege ich noch ein halbherziges Lächeln nach. Sie haben sich solche Mühe mit dem Empfang gegeben. Es ist nicht ihre Schuld, dass ihre Schwester gerade ein Wrack ist, weil sie sich in den falschen Kerl verliebt hat. Einen Rockstar, der die emotionale Reife eines Teenagers besitzt und keine Vorstellung davon hat, wie man eine Beziehung führt.

Vi öffnet als Erstes den Sekt, war klar. Cali verteilt Torte. Beide wuseln herum und plappern aufgeregt.

»Hast du Nate echt dazu gebracht, sich die Hände schmutzig zu machen?«

»Hast du ihn auch mal nackt gesehen?«

»Ist er netter geworden?«

»Natürlich ist er das! Du kriegst jeden klein.«

Hinter meiner Stirn pocht es verdächtig. Ich nippe nur am Sekt und stelle ihn dann weg, weil Alkohol das Letzte ist, was ich gerade brauche. Zwanghaft pflastere ich mir ein Lächeln ins Gesicht und beantworte ihre Fragen. Ich finde, ich mache meine Sache gut. Zwei Quälgeistern Paroli bieten ist meine leichteste Übung. Bis mir der Gedanke kommt, dass ich beide gerne Nate vorgestellt hätte. Sie würden sich gut verstehen. *Nein!* Das treibt mir Tränen in die Augen.

»Puh, entschuldigt mich kurz«, sage ich, verschwinde ins Bad und schließe die Tür hinter mir. Ich drehe den Wasserhahn auf, setze mich auf den geschlossenen Toilettensitz und begutachte die Reste von Vis Haarfärbefiasko. Es sollte mich aufregen, tut es aber nicht.

In Gedanken bin ich noch in Charlotte. Ich spüre weiterhin die Hitze auf meiner Haut und wie meine nassen Sachen an mir kleben. Ich spüre noch Nates Blick auf mir. Es kommt mir unwirklich vor, dass wir heute Morgen noch Bäume bewässert haben, als wäre es ein ganz normaler Tag gewesen. Das ist vorbei. Ich schaue ihm jetzt nicht beim Aufbau der Bühne zu, beim Soundcheck, beim Durchgehen des Bühnenprogramms. Ich bekomme kein sexy Lächeln zugeworfen und keinen Blick, der meine Haut zum Kribbeln bringt. All das wird nicht mehr passieren. Ich werde nicht während des Auftritts der Rebel Boys backstage mittanzen, so verrückt und wild, wie ich nie dachte, dass es in mir steckt, und Nate wird mich nicht nach der Show in seinen Bus schleifen und über mich herfallen, verschwitzt und stinkend und trotzdem perfekt. Die Rebel Boys werden einpacken und morgen weiterfahren. Wie sie es immer tun. Jetzt wieder ohne mich.

Als das Rauschen des Wassers aufhört, schaue ich auf

und sehe Cali und Vi im Bad stehen. Cali hat den Hahn zugedreht. Vi geht vor mir in die Hocke, nimmt meine Hände, streicht mir über die Haare und schaut mich mitfühlend an. Was so ungewohnt ist, weil ich sonst immer die bin, die den beiden Trost spendet. Ich bin doch ihr Fels in der Brandung. Nicht umgekehrt.

»Verdammt, Lou«, sagt sie nur.

»Es geht schon«, presse ich hervor.

Cali tritt zu mir und legt den Arm um mich. »Klar, deshalb sitzt du auch heulend auf dem Klo.«

»Ich heule doch nicht!«

Meine Schwestern tauschen einen vielsagenden Blick.

»Komm!«, sagt Vi und hilft mir zusammen mit Cali zurück ins Wohnzimmer, wo der Anblick von Sekt und Torte wieder für ein Ziehen in meiner Brust sorgt. Sie haben sich gefreut, dass ich zurückkomme, aber alles daran fühlt sich eher wie ein Abschied von dieser verrückten Zeit an.

»Macht euch keine Sorgen«, sage ich und atme tief durch. »Ich hab mich gleich wieder im Griff. Ich war nur überrascht, dass ihr hier seid.«

Erneut bekomme ich mit, wie sie untereinander Blicke wechseln.

»Wann willst du uns endlich alles erzählen?«, meint Cali sanft.

»Was alles?«

»Von Nate und dir natürlich«, sagt Vi.

»Ihr wisst es?!«

»Ich wusste es zuerst«, verkündet die Jüngste stolz.

»Woher?« Ich schaue abwechselnd zwischen den beiden hin und her.

»Also eigentlich ab dem Moment, als du mir erzählt hast, dass er dich eingesperrt hat und du fliehen musstest.«

Jetzt bin ich vollends verwirrt. »Das war ja wohl eine richtig miese Nummer. Ich wollte ihn selbst einsperren und ihm Manieren beibringen und –«

Beide grinsen, was mich bremst.

»Genau deshalb«, sagt Cali. »Du regst dich nur so über jemanden auf, wenn du ihn magst.«

»Quatsch!« *Oder?*

Wieder dieser Blick zwischen den beiden.

»Er war halt mein Job«, sage ich verteidigend.

»Willst du uns etwa weismachen, dass Nate Grant für dich zu dem Zeitpunkt nur ein Klient war?«

Verräterische Hitze schießt mir in die Wangen.

»Aha«, macht Vi höchst zufrieden.

Cali fallen fast die Augen raus. »Ich dachte, der Auftritt in Nashville hat was verändert. Du liebst Britney Spears. Du musstest irgendwie dahinterstecken. Außerdem gab es danach keine Sexgeschichten mehr von ihm in der Presse.«

Mir wird ganz anders, als ich an den Abend denke, der so viel verändert hat. Ich sehe meine Schwestern an, sie wollen Details. Aber ich kann jetzt nicht all das wieder aufleben lassen. »Es ist kompliziert«, sage ich nur und spüre wieder diesen Schmerz.

»Erzähl uns davon!«

»Warum?«, rufe ich heftiger, als sie es verdient haben. »Wenn ihr mir helfen wollt, dann lasst mich bitte in Ruhe.«

Beide sehen sich erschrocken an. »Lou, wir wollten nicht –«

»Geht einfach«, zische ich, springe auf und packe den Kuchen zusammen. »Geht und nehmt das Zeug hier mit.«

»Das ist für dich.«

»Ach so?« Ich erkenne mich überhaupt nicht wieder, aber ich kann mich nicht bremsen. Ich nehme den Kuchen und werfe ihn in den Müll. »Na, dann kann ich ja das machen. Kuchen ist aus, und jetzt geht.« *Ich, die Rebellin.*

»Louisiana, lass das!«

»Ist der Sekt auch für mich?«, frage ich nur.

»Ähm, ja«, sagt Cali.

»Wunderbar!« Ich nehme die Flasche und gieße den Inhalt in den Abfluss. »Sind wir hier jetzt fertig?«

»Lou, lass uns reden!«

»Ich will aber nicht reden, okay?«, schreie ich, für meine Verhältnisse ungewohnt heftig. »Es tut weh! Ich weiß, wie du warst, Cali, als du mal mit diesem Gastdozenten ausgegangen bist und der Abend in einem Desaster endete. Und du, Vi, mit deinen vielen Typen, die dir immerzu das Herz brechen. Ich liebe ihn, aber er liebt mich nicht. Reicht euch das? Haut ihr jetzt ab?«

So habe ich mich noch nie benommen. Keine Stunde später werde ich mich entschuldigen, doch im Moment kann ich nicht anders. Ich will, dass Nate hier ist. Er hätte seine helle Freude an meiner Aktion. *Die Langweilerin dreht durch, das ist ganz nach seinem Geschmack.* Der Gedanke tut weh und hat gleichzeitig was Tröstliches. Kurz nach meinem Ausbruch verlässt mich meine Energie, und ich lehne mich an die Wand. *So ein Mist!*

»Wir hassen ihn?«, fragt Cali vorsichtig.

»Ja, wir hassen ihn wie die Pest«, zische ich.

»Das hättest du auch gleich sagen können, statt den guten Sekt wegzuschütten.«

Dass sie es mit Humor nimmt, lässt mich wieder klarer sehen. »Entschuldigt.« Ich muss leise lachen.

»Dafür nicht. Du warst ein Orkan«, sagt Cali. »Mann, Mann, ich hab mich immer gefragt, was passiert, wenn wir dir mal wirklich auf den Zeiger gehen. Bin ich froh, dass ich diese Louisiana als Kind nie erleben musste. Du bist dann …« Sie sucht nach einem Wort.

»Ein Monster«, hilft ihr Vi aus.

»Gott, ja, ein Monster«, pflichtet Cali ihr bei.

Ich sehe mich um und erkenne, welches Chaos ich hinterlassen habe. »Verdammt, ich hab richtig Dreck gemacht.« Ich setze mich in Bewegung, schnappe mir einen Lappen und wische die Krümel auf. Es hat was Beruhigendes. »Es wird besser, oder?«, frage ich meine Schwestern, die mit solchen Gefühlsabstürzen mehr Erfahrung haben.

»Ja, wird es. So wie du uns immer gesagt hast: einfach einen Tag nach dem anderen nehmen.«

»Das stammt von mir?«

»Ja, unsere Schwester hatte mal ganz gute Ratschläge auf Lager, bevor Nate Grant sie ruiniert hat«, witzelt Cali.

»Einen Tag nach dem anderen«, wiederhole ich für mich. *Das klingt machbar.*

»Oder am Anfang auch eine Minute nach der anderen.«

Ich nicke. »Merke ich mir.«

Zuerst denke ich, dass das ein Scheißratschlag war. *Wie konnte ich meinen Schwestern nur so einen Schwachsinn erzählen?* Wenn dir das Herz gebrochen wird, versuchst du zu überleben. Dass dein Herz je wieder ganz ist, kommt dir völlig absurd vor. Aber tatsächlich wird es besser.

Ich merke es zum ersten Mal nach einer Woche, als mich eine Kundin für meine Arbeit lobt und ich mich ehrlich freue, ihr geholfen zu haben. *Wie gut!*

Das nächste Mal merke ich es, als ich durch Zufall mitkriege, dass die Rebel Boys das letzte Konzert in Miami spielen. Es raubt mir kurz den Atem, aber ich freue mich, dass die Tour als voller Erfolg gewertet wird. *Yes!*

Und ich merke es, als ich im Herbst mein erstes Date seit Nate habe, mit einem Immobilienmakler, der, als wir auf Häuser in der Vorstadt zu sprechen kommen, sofort von ein paar Gebäuden schwärmt, die mein Spießerherz höherschlagen lassen. *Geht doch!* Ich sehe mich dort schon mit meinen drei Kindern, vielleicht auch vier … Ja, es werden plötzlich sogar mehr. Ich treffe den Typen zwar kein zweites Mal, aber es ist ein angenehmer Abend, ein erwachsener Abend, einer ohne Drama und Komplikationen, einer, der den Grundstein für die Zukunft legen kann. So wie ich es immer wollte.

Nur nachts merke ich keine Veränderung. Nachts vermisse ich Nate. Seinen Griff in meinem Haar, seine Hand auf meinem unteren Rücken, manchmal auch auf meinem Hintern. Sein Geruch, der ruhige Rhythmus seines Herzens, seine gleichmäßigen Atemzüge und die Küsse, die er mir auf die Stirn gedrückt hat, wenn er dachte, ich würde schon schlafen. Egal, was das Leben uns vor die Füße geworfen hat, bei ihm habe ich mich sicher gefühlt. *Mist!* Aber auch dieser Schmerz wird nachlassen. *Er muss.*

Nate

Als wir Jeffs Night Talk verlassen, empfängt uns eine Traube von Frauen, kreischend wie immer. Es ist spät geworden, unser Liveauftritt hat sich verzögert, wir hätten schon vor einer Stunde dran sein sollen. Wie No-Names haben wir in einer miefigen kleinen Garderobe gewartet, alle zehn Minuten kam die Assistentin der Produktion rein und hat uns um Geduld gebeten.

Früher wäre ich gegangen. Ryan hat den Deal eingefädelt, damit wir Promo machen, nicht damit wir rumsitzen. Heute habe ich mich zum Backstagebereich geschlichen und der Show zugeschaut. Als unser Auftritt war, habe ich meinen Frust in die Musik gepackt. Das werden immer die besten Momente. Weil sie ehrlicher sind. Ich spiele nicht nur Songs, ich offenbare einen Teil von mir, den kaputten, der *sie* noch vermisst.

Es ist jetzt sechs Monate her. Die Europatournee ist durch, wir sind wieder im Land unterwegs. Ich weiß, dass das kein Leben für jeden ist, trotzdem stelle ich mir vor, wie es wäre, wenn Louisiana noch an meiner Seite wäre. Ich krieg sie einfach nicht aus dem Kopf. Wir hatten seit dem Sommer ziemlich gute Konzerte, aber auch ziemlich miese, bei denen ich mittendrin den Text vergessen habe, weil ich glaubte, Louisiana im Publikum gesehen zu haben. *Um dann was zu tun? Zu mir zurückzukommen? Mich verrückt zu machen? Mich weiter zu quälen?*

»Kein guter Tag heute, was?«, fragt Alex mitfühlend, als wir das Studio verlassen.

»Fick dich«, knurre ich. Ja, offensichtlich ist heute kein guter Tag. Wenn ich wüsste, es würde was ändern, ich würde die gesamte Welt niederbrennen und auf die Asche wichsen. Aber das bringt mir Louisiana nicht zurück. Das ändert gar nichts an den Umständen, und die sind scheiße und werden scheiße bleiben.

»Nate, Nate, Nate!«, kreischen Frauen, als wir unseren Minivan ansteuern, dasselbe Fahrzeug, in dem Lou und ich zuletzt gefahren sind.

Nicht jetzt, denke ich, doch die Erinnerungen ficken mein Hirn mal wieder schön durch.

Stop haunting me so fiercely day and night.
We are done, there's nothing more to say, alright?
God, make me forget her heavenly eyes,
I'll do everything, just tell me your price.

Hör auf, mich Tag und Nacht so verbissen zu jagen.
Wir sind fertig miteinander, verstanden? Mehr gibt es nicht zu sagen.
Gott, lass mich ihre traumhaften Augen vergessen,
nenn mir deinen Preis, ich mach alles, egal wie vermessen.

Ich fasse mir an die Stirn, aber die Zeilen brennen sich so wie all der andere Mist, den mein Hirn immer noch abfeuert, ein. Wütend schweift mein Blick über die Frauen, die Autogramme wollen. Ich kritzle meinen Namen auf alles, was mir hingehalten wird – Fotografien, Brüste, Shirts –, und entdecke ein Mauerblümchen, das glatt rot anläuft, als sich unsere Blicke treffen. Sie erinnert mich an Lou.

»Du da, wenn du willst, mitkommen!«, rufe ich.

Casanova würde sich für dieses ruppige Manöver im Grab umdrehen. Das Mauerblümchen stört sich nicht an meinem fehlenden Charme. Es bekommt noch rötere Wangen und drängt sich vor. Ich packe sie an der Hand und ziehe sie mit mir.

»Passiert das gerade wirklich?«, plappert sie. »Ich bin so ein großer Fan. Ich kenne jedes Album und –«

Was für eine Plaudertasche! »Willst du mit mir über meine Musik reden, oder willst du ficken?«

»Ähm ...«

Ich schiebe die Bustür auf. »Hopp, rein da, wenn es Antwort zwei ist.«

Sie steigt ein, plötzlich nicht mehr schüchtern. Sobald ich sitze, klettert sie auf meinen Schoß, ist langweilig willig. Sie legt mir die Arme um den Hals und reibt sich an meinem Schritt. Mein Schwanz steht, ich keuche, lehne den Kopf zurück und denke an Lou. Blind lasse ich die Hände über die Frau gleiten, aber sie ist nicht meine spießige Blondine. Selbst nach Monaten habe ich keine Sekunde mit ihr vergessen. *So ein Mist.*

Ich spüre die Blicke der anderen auf mir, aber mir ist egal, was sie denken. Dem Mauerblümchen auch. Ich lasse sie weiter ihre Turnübungen auf mir absolvieren und atme auf, als wir das Hotel erreichen. Kurz habe ich vergessen, in welcher Stadt wir sind, bis es mir wieder einfällt. Denver. Wenn mich nicht alles täuscht, sind wir in Denver.

»Letzte Chance umzukehren«, knurre ich ihr zu und lotse sie geschützt vor den Kameras der Paparazzi ins Hotel, in dem das Plattenlabel mir und meiner Band die oberste Etage gebucht hat – mit Suiten und zusätzlichen Zimmern, die ideal für eine Nummer wie diese hier sind.

»Ich bleibe«, sagt sie und kichert aufgeregt.

»Wie alt bist du?«

»Zweiundzwanzig. Ich zeig dir auch meinen Ausweis.«

Ich sehe sie genau an. Sie sieht jung aus, ist vielleicht zu jung. »Ja, bitte«, sage ich. Die letzten Monate habe ich mich von größeren Skandalen ferngehalten. Das soll so bleiben.

»Vertraust du mir nicht?«, fragt sie.

»Sollte ich?«

Sie zeigt mir ihren Ausweis. Amber aus Sturbridge. Keine Ahnung, wo das Kaff liegt. Aber ich frage auch nicht nach. Sie ist alt genug für Sex. Ich lotse sie ins Hotelzimmer und beginne, mich mäßig schnell auszuziehen.

»Oh, einfach so?«, fragt sie überrascht, dabei konnte es ihr eben nicht schnell genug gehen.

»Soll ich die Klamotten anbehalten?«, frage ich lachend.

»Ähm … nein, natürlich nicht.«

»Zieh dich auch aus, und dann leg dich aufs Bett.«

»Ich dachte, du übernimmst das?«

»Hopp, Darling«, rufe ich mit einem Zwinkern und lasse eine Spur meines alten Charmes durchblicken.

Ich bin nicht richtig hart, packe meinen Schwanz, reibe mich. Keine Ahnung, was ich hier tue. Mir geht es wie jemandem, der keinen Appetit hat, aber trotzdem weiß, dass er essen muss. Sex wird mir für drei Sekunden guttun.

Als mein Schwanz steht, ziehe ich mir ein Gummi drüber und gehe zu ihr. »Allerletzte Chance auszusteigen, Amber aus Sturbridge.«

»Nimm mich!«, sagt sie. *So vorhersehbar!*

Ich schließe die Augen und dringe vorsichtig in sie. Ich sollte sie anschauen, aber kann es nicht. Es ist nur Sex, und ich fühle mich schon schlimm genug dabei, sie so zu benutzen. Masturbieren im Bad wäre kaum anders. Sie küsst meine Schultern, meinen Hals, ich lasse es geschehen. Es macht mich nicht an, aber es stört mich auch nicht.

»Härter!«, fleht sie. »Ich dachte, wir ficken.«

»Hab's mir anders überlegt. Was dagegen?«

Hat sie nicht. Sie kommt nach einer ganzen Weile, und ich mühe mich ab, ihr noch einen zweiten Orgasmus zu verschaffen, und komme auch halbherzig. Als sie zurücksinkt, stehe ich auf, streife das Gummi ab, spüle es die Toilette runter, wasche mir die Hände und ziehe mich wieder an.

»Was ist los?«, fragt sie geschafft vom Bett.

»Gute Nacht, Amber.«

»Warte. Du kannst doch bleiben.«

Ich lache nur und verlasse das Zimmer. Auf dem Flur lehne ich mich an die Wand. Ich sollte euphorisch sein, bin gekommen. Nichtsdestotrotz fühle ich mich schrecklich. *Was treibe ich hier?*

Das Klicken einer Kamera lässt mich aufschauen. Ich entdecke einen Paparazzo, der es ins Hotel geschafft hat. Wut jagt durch mich, aber noch stärker als die Wut ist Resignation.

»Hast du deine Fotos?«, frage ich müde davon, mich so

scheiße zu fühlen. »Falls ja, verpiss dich, okay?«

Er drückt echt noch dreimal auf den Auslöser, aber geht dann.

Missmutig wechsle ich in meine Suite. Wie gerädert will ich aufs Bett fallen, aber ich höre Louisiana im Ohr, dass das die Sachen zerknittert. *Die Frau hat mich echt verändert.* Also ziehe ich mich aus, dusche erst und lege mich dann hin. Es ist jetzt ein halbes Jahr her, seit wir getrennte Wege gegangen sind. *Sollte es nicht langsam besser werden?* Sie lebt ihr Leben, hat bestimmt ihr Häuschen und ist schwanger von irgendeinem Typen und …

Fuck, durchzieht mich ein heißer Schmerz. Nicht beim Gedanken an das Häuschen, aber dass ein anderer Kerl sie geschwängert hat. Ich will nicht Vater werden, noch nicht, vielleicht nie, ich bin Rockstar, kein Daddy, aber die Vorstellung, dass ein anderer das mit ihr hat …? Die ist mies, sehr mies.

Schlafen kann ich nicht mehr. Ich rufe an der Rezeption an und verlange nach Putzmitteln.

»Putzmittel, Sir?«, stammelt die Frau am anderen Ende überrumpelt.

»Toilettenreiniger, um genau zu sein. Zwei Lappen und Universalreiniger, bitte.«

»Das ist nicht irgendein Codewort für …« Sie senkt die Stimme. »Drogen?«

»Nein.« Amüsiert muss ich lachen. »Ich meine echten Toilettenreiniger. Kann mir den jemand bringen?«

»Wenn was mit der Sauberkeit der Suite nicht stimmt, Mr. Grant …«

Ich seufze genervt und warte.

»Geben Sie mir fünf Minuten, Sir.«
»Danke.«

Es dauert keine drei Minuten, und der Stimme nach ist es die Frau von der Rezeption selbst, die meinen ungewöhnlichen Wunsch vorbeibringt.

»Darf es sonst noch was sein, Mr. Grant?«

»Nein«, sage ich schroff, schließe die Tür und schaue mir die Sachen an.

Ich kann nicht fassen, dass ich das tue, aber so als würde ich seit Jahren nichts anderes machen, verteile ich den Toilettenreiniger, lasse ihn einwirken und fange dann an zu schrubben. *Ein geordnetes Äußeres für ein geordnetes Inneres* ... So lautet Louisianas Geschäftsmotto. Es muss wirken, sonst könnte sie nicht davon leben. Kann es gar nicht erwarten, dass mich endlich die innere Klarheit erreicht, bevor ich vom Krawallrockstar zum Saubermann der Nation umsattle.

I like sunsets but I don't like you.
I like coffee but I am such a fool.
Cuz when I said I like you, I meant I love you.

Ich mag Sonnenuntergänge, aber ich mag nicht dich.
Ich mag Kaffee, aber bin so ein Idiot.
Denn als ich sagte, ich mag dich, meinte ich, ich liebe dich.

Die Melodie setzt sich fest. Ich habe Ryan schon so viel Material gegeben, dass er damit bis ans Ende seines Lebens Nummer-eins-Hits produzieren und Milliardär werden kann, aber offensichtlich reicht es nicht. Mein Hirn produziert noch mehr von dem Gefühlsscheiß, und ich zittere, als mir die letzte Zeile immer wieder durch den Kopf geht, hartnäckig wie Kalkablagerungen, nicht wegzukriegen. Als wären die Songs nur für mich bestimmt, nicht für Ryan und das Label.

Vielleicht kann ich mit Louisiana abschließen, wenn ich unsere Geschichte verarbeite? Ich selbst, nicht irgendein Superstar.

Funktioniert das mit der äußeren Klarheit, die zu innerer führt, also tatsächlich?!

Nervös lege ich den Putzlappen beiseite und greife mein Handy. Ich rufe Ryan an, lasse es klingeln, lege auf, als die Mailbox rangeht, und rufe wieder an, bis er sich verschlafen meldet. *Das hier ist wichtig.*

»Mann, weißt du, wie spät es ist?«

»Nein«, sage ich, weil ich ehrlich keine Ahnung habe.

»Was willst du?« Laken rascheln.

»Buch mir zu Hause ein Studio mit Leuten. In …« Ich schaue auf die Uhr. Es ist vier Uhr nachts. »In sechs Stunden fangen wir an.«

»Du hast Termine.«

Ich lache schallend. »Nein, Ryan, ich nehme auf.«

»Aha, und was?«, fragt er nur.

»Lovesongs.«

KAPITEL 19

Wieder Sommer

»Wie sieht es denn hier aus?«, ruft Cali, als sie mir am 4. Juli Romane zurückbringt, die sie sich von mir geliehen hatte. Nachher muss ich zu einer Kundin, die mit mir unbedingt das Ausmisten ihres Gartenhauses besprechen will und mir die Arbeit an einem Feiertag mit einem ordentlichen Bonus versüßt hat. Aber bis dahin ist zumindest genug Zeit für ein Essen mit meiner mittleren Schwester. Die jüngste ist bei Mom und Dad.

»Was meinst du?«, frage ich. Wie immer habe ich jeden Winkel für diesen Abend geputzt. Meine Wohnung glänzt wie neu. Nur eine meiner Palmen geht gerade ein, keine Ahnung, was ihr fehlt. Das feuchtwarme Wetter in Miami sollte ihr eigentlich gefallen, doch ein Palmwedel nach dem nächsten vertrocknet. Darauf kann Cali aber nicht anspielen.

»Als ich zuletzt hier war, war dein Kaffeeservice noch einheitlich, an der Wand hingen drei perfekt zur Einrichtung passende Bilder und …« Sie schaut sich um. »Und dieser zerkratzte Sekretär stand da auch noch nicht.«

»Ich war auf dem Flohmarkt.«

Ihr fällt die Kinnlade herunter. »Du … dir … das … Lou …« Sie will was sagen, aber sie bekommt keinen geraden

Satz zustande. Sie versucht es erneut, macht dabei jedoch ein Gesicht wie ein Fisch auf dem Trockenen. Ich weiß, warum. Weil ich noch nie von meiner Ordnung und meiner klaren katalogreifen Einrichtung abgewichen bin. Die Veränderung ging schleichend vonstatten, sodass ich sie selbst erst bemerkt habe, als ich plötzlich Tassen in verschiedenen Farben und Formen im Schrank hatte. Angefangen hat alles kurz nach meinem letzten Date, direkt nach Weihnachten. Dieser weitere allzu perfekte Typ hat mich irgendwie genervt. Er war nicht mehr das, was ich immer wollte. Mein Leben war irgendwie nicht mehr das, was ich wollte.

»Du denkst noch immer an ihn, stimmt's?«, fragt mich Cali mitfühlend.

»An wen?«

Sie verdreht die Augen. »An wen wohl? An den Weihnachtsmann!«

»Oh, du meinst Nate«, sage ich, und sofort vollführt mein Herz Luftsprünge. Wie ein Hund, vor dem man ein Stöckchen schwenkt, das er sich unbedingt schnappen will. Unverkennbar, ich denke noch an den Mann. »Ja, aber es wird besser«, sage ich. In Minischritten, aber immerhin. Erst haben mir meine Ordnung und mein Job Struktur gegeben. Dann Dates und die Bekanntschaft neuer, netter Männer. Aber als der letzte die allerperfektesten Tischmanieren des Planeten hatte und damit früher genau mein idealer Partner gewesen wäre, ich aber vor Langeweile beim Essen fast eingeschlafen bin, habe ich mehr Chaos in mein Leben gelassen. In Maßen. Ich lasse jetzt Geschirr auch mal drei Tage stehen, ich trage buntere Blusen, habe die Haare zerzauster. *Ja, ich Rebellin.* Das ist natürlich lächerlich. Viele

Menschen leben genauso. Nur für mich ist das neu. Es hilft mir, um über Nate hinwegzukommen.

»Dass es besser wird, sagst du seit Monaten«, meint Cali besorgt.

»Weil es seit Monaten besser wird.«

»Mmh ...« Sie setzt ihre Denkermiene auf, und ich rüste mich für eine Bemerkung ihres blitzgescheiten Verstandes. Die Frau ist nicht umsonst eine der jüngsten Professorinnen des Landes. »Wenn hundert Prozent bedeuten, dass alles wieder richtig gut ist, wie viel besser ist es denn schon geworden?«

Verblüfft sehe ich sie an, bis mir klar wird, worauf sie hinauswill. »Ist das nicht egal?«

»Ich bin neugierig.«

»Du willst mir irgendwas anderes sagen, und ich will das nicht hören.«

»Aber das musst du ... Also?«

Ich denke ernsthaft über die Antwort auf ihre Frage nach. »Ich bin vielleicht acht ... neun ...«

Cali wirkt alarmiert, als hätte ich ihr gestanden, ich hätte eine tödliche Krankheit und nur noch vier Wochen zu leben. »Ich meine natürlich, ich bin zu achtunddreißig Prozent über ihn hinweg.« *Was für eine schlechte Lüge!*

»Du liebst ihn noch.«

Wie kommt sie jetzt darauf? »Ich hatte Dates!«, antworte ich ihr ausweichend und zerrupfe eine Papierserviette. »Ich hätte mich ja wohl kaum mit anderen Männern getroffen, wenn ich nicht bereit für jemand Neues wäre!«

»Du bist mit keinem zusammengekommen.«

»Weil es nicht gepasst hat.« *Zupf, zupf.* »Das soll es geben.«

»Dir ist schon klar, dass du in dem Tempo noch mehr als zehn Jahre brauchst, um über Nate hinwegzukommen?«

So hatte ich das bisher nicht gesehen, aber sie hat recht. Ich bin zu vielleicht neun Prozent über Nate hinweg, nicht ganz ein Prozentpunkt pro Trennungsmonat. *Zupf, zupf.* »Das wird bestimmt bald schneller gehen«, rede ich mich heraus.

»Wird es das, Lou?« Wir setzen uns an den Küchentisch, und sie ist es, die meine Serviettenschnipsel wegräumt. »Dir geht es nicht gut.«

Ich lächle breit. »Doch, klar, ich bin fit, und mein Geschäft läuft. Alles bestens. Wirklich.«

Ihr Blick wird streng. Ich schätze, den hat sie sich von mir abgeschaut.

»Was, wenn Nate jemand Neues kennenlernt und es was Ernstes ist?«

Sofort brennt mein Herz, so heftig, dass ich das Gefühl habe, Dampf steigt von meiner Haut auf. »Hat er das denn?«

»Was, wenn es so wäre?«

Cali verwirrt mich. »Also hat er nicht?!«

»Das ist doch nicht die Frage.«

»Doch, genau das ist sie!« *Gott, was ist nur aus mir geworden?!* Ich hole mein Handy und tippe hektisch drauf herum, um die neuesten Nachrichten zu Nate Grant zu googeln. Cali kann mir nicht so einen Floh ins Ohr setzen, ohne mir zu sagen, wie gerade der Stand der Dinge ist.

Ich gebe ›Nate Grant Freundin‹ ein und sehe ... die alten Affären ... Groupies ... aber keine Beziehung. *Zum Glück.*

»Er hat niemand Neues!«, stoße ich erleichtert aus. »Natürlich nicht! Nate hat keine Beziehungen.« Ich remple sie leicht an. »Musstest du mir solche Angst einjagen?«

Ich will das Handy weglegen, bleibe aber an den letzten Fotos von ihm hängen. Verdammt, sieht er gut aus. Die Haare sind nachgewachsen, er trägt sie immer noch kurz, aber sexy geschnitten, perfekt, um mit den Fingern durchzufahren. Mein Körper wacht auf, mein Herz rast. Ich will ihn noch immer. Doch statt was zu unternehmen, sitze ich nur an meinem Küchentisch und atme tief durch.

Warum kann ich ihn nicht loslassen? Alle meine Träume scheitern an diesem Mann. Er ist der Falsche. Ich will dieses spießige kleine Leben. Er ist ein Rockstar, der drei Viertel des Jahres unterwegs ist. *Drei Viertel!* Ja, auch andere Frauen haben Partner, die öfter auf Geschäftsreise sind, aber doch nicht so lange. *Und was wäre dann bitte unser Zuhause? Ein Tourbus? Na, wundervoll!*

Aber warum hat sich dann die Zeit mit ihm so richtig angefühlt?, flüstert eine Stimme in meinem Kopf. *Warum warst du so glücklich? Warum fiel dir der Abschied so schwer?*

»Meld dich bei ihm!«, sagt Cali sanft. »Sei eine starke, selbstbewusste Frau, Lou! Sag ihm, was du für ihn empfindest.«

»Er hat mich bestimmt schon vergessen.«

»Das glaube ich nicht.«

»Weil ich so unvergesslich bin?«

»Weil das Gerücht kursiert, dass er bei einem Aufenthalt in Denver sein Hotelklo geputzt hat.«

Skeptisch schaue ich meine Schwester an. Schwer vorstellbar, dass Nate freiwillig Gummihandschuhe trägt und Putzmittel benutzt.

»Ja, ein Großteil der Leute hält das für Fake News, aber es gibt auch einige, die es glauben.«

»Wie du?«

»Genau, wie ich. Ich bitte dich, Lou! Das Hotelklo?! Ich kenne nur einen Menschen, der ihn dazu gebracht haben kann.«

»Ein weiterer Richter?«

Sie boxt mich gegen den Arm. »Nein, du, du dumme Nuss!«

Ich reibe mir die Stelle. »Aua.«

Sie boxt mich noch mal.

»Hey, au, reicht das nicht?«

»Offensichtlich nicht, denn du kapierst es nicht. Sprich mit ihm.«

»Er liebt mich nicht.«

»Sagt wer?«

»Na er!«

Mit einem Augenrollen nimmt sie mir mein Handy aus der Hand und öffnet meine Musik-App. Sie ruft einen Song auf, und sofort bekomme ich Gänsehaut, als ich die Stimme höre. Es ist Nates. Der Sound ist ganz anders als der seiner Band. Er singt eine dieser Balladen, die er eigentlich an andere Künstler verkaufen wollte. Und jedes Wort klingt so gefühlvoll. So echt. Aber das kann es nicht sein.

»Glaub mir, Lou, er liebt dich. Vielleicht hat er das damals nicht. Oder er war sich unsicher, oder oder oder. Aber er liebt dich und du ihn.«

»Wir passen doch gar nicht zusammen!« *Ich, die Frau mit dem Ordnungsfimmel. Er, der Mann mit den Staralluren.*

»Soweit ich weiß, hat das letzten Sommer keine Rolle gespielt. Ihr seid euch trotzdem nähergekommen, und es hat gefunkt.«

»Das war eine Ausnahmesituation, kein Alltag. Wie soll

der bitte funktionieren?« Ich mustere sie abwartend. Sie schweigt. »Ha, siehst du, das wird nicht klappen! Er ist unterwegs, und ich mache solange was? Reise ihm nach oder drehe in unserem Haus Däumchen?«

»Warum nicht?«

»Weil ich einen Job habe, ein Leben, Pläne!«

»Was sich alles ständig ändert.«

»Aber –«, setze ich erneut an.

»Aber, aber, aber«, stichelt sie, so wie ich sie früher aufgezogen habe, wenn sie mit Ausreden kam. *War so klar, dass sich das mal rächt.* »Er spielt heute Abend übrigens im Bayfront Park als Überraschungsgast, kurz bevor das Feuerwerk gezündet wird.«

»Und das weißt du woher?«

»Ich bin ein Bücherwurm, ich lese. Woher denn sonst?«

»Wann heute Abend?«, frage ich, interessierter, als mir lieb ist, ohne schon eine Entscheidung getroffen zu haben.

»Das weiß ich nicht. Ich schätze zur Primetime, er ist die Hauptattraktion.«

»Dann kann ich nicht.«

»Louisiana Harper!«

»Das ist keine Ausrede. Um zehn Uhr abends habe ich einen Job.«

»Warum nimmst du um die Zeit was an?«

»Weil das der Auftrag einer steinreichen Erbin draußen in Palm Beach Gardens ist. Der bringt mir richtig Geld ein und hoffentlich eine Empfehlung an ihre Freunde und Bekannten. Für sie würde ich auch nachts um zwei antanzen und das nicht nur am 4. Juli, sondern auch zu Thanksgiving und Weihnachten.«

Wir hören schweigend dem Lied weiter zu. Es ist seit Monaten das erste Mal, dass ich Nates Stimme höre. Die Töne sind so gefühlvoll, so sanft. Ich schlucke, als ich Textstellen wiedererkenne. Die Zeilen hat er für mich gesungen, und jetzt teilt er sie mit der ganzen Welt. Das fühlt sich merkwürdig an. Als würde er unsere intimsten Geheimnisse verraten. Er wollte das nie. Ryan hat ihn vielleicht gezwungen. Oder er braucht Geld. Oder er hat doch eine neue Freundin, von der nur noch niemand weiß, und sie hat ihn dazu gebracht, auf die Art von mir loszulassen.

Mir wird schlecht, meine Hände werden schweißnass, und mein Herz überschlägt sich erneut bei dem Gedanken, dass er jemand Neues hat. *Nicht gut.*

»Geh zu ihm, Lou!«

»Ich weiß nicht«, sage ich instinktiv, zunächst noch unentschlossen. Plötzlich gebe ich mir einen Ruck, treffe endlich eine Entscheidung, und mit ihr fühlt sich alles leichter an. Ich habe mich so in meinen Traum von einem bürgerlichen Vorstadtleben verbissen, dass ich dabei völlig übersehen habe, was das Universum mir angeboten hat. Nate und ein Leben, das garantiert nie langweilig wird. Kein Trostpreis, sondern der Hauptgewinn. Klar, eine Beziehung mit Nate wird alles andere als leicht werden, vor allem wegen der vielen Tourtermine, aber das sind die Sachen, die sich lohnen, selten. Das Haus mit Gartenzaun kann jeder haben, ein Leben mit Nate gibt es nur einmal.

Ein kleiner Stich bleibt, weil er nicht unbedingt euphorisch reagiert hat, als ich erzählt habe, dass ich Kinder und eine Familie will. Aber wenn mein Dating-Erfolg weiter so läuft wie bisher, lerne ich den richtigen Mann eh erst kennen, wenn ich unfruchtbar bin. Was habe ich dann gewonnen? Nichts. Das Leben ist nicht perfekt, man muss immer Kompromisse eingehen. Dafür gewinne ich aber auch dazu.

Ich dachte, ich brauche dieses Bilderbuchleben, so wie ich es selbst nie hatte, aber ich lag falsch. Ich brauche Nate. Er hat meine Vorstellung vom Leben verändert. Er hat mich gesehen, wie ich bin. Er konnte über meine kleinen Macken lachen und hat sogar darüber hinweggeschaut, dass ich eine miserable Sängerin bin, die seine geschulten Ohren zum Bluten bringt. Das hat nichts an der Verbindung zwischen uns verändert. Er hat mein Leben bereichert, meinen Horizont erweitert, mich glücklich gemacht. *Ist nicht das am Ende das, was zählt? Dass man glücklich ist. Mein Gott, was war ich blind, nicht zu sehen, wie perfekt er für mich ist!*

Ich springe auf, prüfe mein Outfit, finde, dass ich mit einer schlichten Stoffhose und einer hellen Bluse nichts falsch machen kann, und suche nach einer Tasche für mein Handy. Wenn ich mich jetzt sofort auf den Weg mache, erwische ich ihn vielleicht noch am Bayfront Park und schaffe es direkt danach pünktlich zu meinem Termin in Palm Beach Gardens. »Bin weg!«

»Wurde aber auch Zeit. Viel Glück!«, höre ich Cali mir nachrufen. *Werde ich brauchen.*

Meine Schwester hat recht, Nate tritt am Bayfront Park auf, und was auch immer ihre Quelle war, andere kennen sie auch. Ich musste zwei Straßen weiter parken und mich zu Fuß mit einem Strom Menschen zur Location schieben. Vor dem Künstlereingang des Festivalgeländes quetschen sich die Fans. Dumpf höre ich einen vertrauten Song. Er spielt schon. Könnte das erste oder das letzte Lied sein. Hier komme ich nie zu ihm durch.

Denk nach, Lou!

Ich halte nach einem mir bekannten Gesicht Ausschau und atme auf, als ich den Fahrer vom Minivan der Plattenfirma wiedererkenne. Er hat Nate und mich vier Wochen lang zu den Sozialstunden gefahren und müsste mich zu Nate lassen. Ich stelle mich auf die Zehenspitzen und winke. »Huhu!«

Er blickt direkt in meine Richtung und durch mich hindurch.

Das klappt ja toll!

Was, wenn ich Nate nicht erwische?

Ich könnte bei ihm vorbeifahren. Nur leider hat er die Villa am Tahiti Beach verkauft. Das ging vor einigen Wochen so groß durch die Presse, dass selbst ich das mitbekommen habe. Die neue Adresse ist mir nicht bekannt. Seine Nummer hatte ich nie. Anrufen kann ich ihn also auch nicht. Das Plattenlabel wird mir auch nicht helfen. Für Ryan und die anderen war ich eine Dienstleisterin, Teil des Strafvollzugs, keine Freundin. Sie werden mich nicht zu ihm durchlassen.

Ich muss ihn hier erwischen!

Entschlossen arbeite ich mich zum VIP-Eingang des Geländes vor. Ich kassiere Hiebe von Ellenbogen, einer schmerzhafter als der andere, aber das ist mir egal. Blaue Flecke verschwinden wieder.

»Ich bin eine Freundin von Nate«, sage ich am Eingang.

»Ja, klar, Schätzchen«, antwortet die Security.

»Nein, wirklich.«

Ich werde abgewürgt. *Klasse! Warum nur ging damals mein Foto nicht öfter durch die Presse? Warum nur hat mich kein Paparazzo mit Nate vertraut lachend abgelichtet! Jetzt wäre das hilfreich.*

»Sind Alex, Harvey oder Brad da? Sie können das bezeugen.«

Die einzige Antwort ist eine ausdruckslose Miene. Diskussion beendet.

»Ich kenne ihn, wirklich!«, schreit da eine Frau hinter mir, die offensichtlich meine Masche beobachtet hat und nun selbst ihr Glück versuchen will.

Die Menge schiebt und drückt sich immer heftiger Richtung Türen. Ich atme gepresster, bekomme kaum noch Luft. Tapfer ertrage ich das Gerangel. Bis mir schwindlig wird. Es fehlt nicht viel, und wir trampeln uns zu Tode. Ich muss aus der Menschentraube raus, sofort.

Mühsam kämpfe ich mich wieder zurück. Sobald ich die hinteren Reihen erreicht habe, kreischen alle plötzlich so ohrenbetäubend laut, dass ich weiß, dass Nate seinen Auftritt beendet hat und am Ausgang erschienen ist. Ich drehe mich und sehe ihn, nur zehn Meter entfernt. Uns könnte genauso gut ein ganzer Ozean trennen.

Mein Herz rast heftig, mein Mund ist trocken. *Hätte ich nur etwas länger an der Tür durchgehalten.*

»Nate, Nate!«, schreie auch ich aus Leibeskräften, wie ich es sonst nie tue, wie es nicht meine Art ist. Ich recke die Arme wie alle anderen, strecke mich, mache mich größer, will, dass er mich bemerkt. *Bitte, bitte, bitte.*

Durch die Menschenmenge erhasche ich Blicke auf ihn. Verdammt, er sieht noch besser aus als auf den Fotos im

Internet. *War sein Gesicht schon immer so kantig? Waren seine Lippen schon immer so voll? Waren seine Schultern schon immer so breit?* Als ich einen Blick auf sein Outfit werfen kann, wird mir richtig heiß. Er trägt einen Anzug. Das ist irgendwie zu viel für mich. Noch letzten Sommer hätte ich ihn nie in so was reinbekommen, aber jetzt mit dem Jackett über dem Shirt raubt er mir den Atem. Was hinderlich ist, weil ich zu ihm muss.

»Nate!«, rufe ich wieder und verfolge, wie er sich souverän lächelnd und winkend durch die Menge bewegt. Als wäre er im letzten Jahr endlich erwachsen geworden. Er ist nicht mehr der Kerl, der sich von den Frauen die Hose öffnen und sich in der Öffentlichkeit befriedigen lässt. Er ist besser, heißer, unwiderstehlicher geworden – und unnahbarer. Ein echter Weltstar.

Er schiebt sich zu seinem Wagen, und ich bewege mich mit ihm, immer fünf Reihen von ihm getrennt. *Immer zu weit weg.*

»Nate!«, schreie ich wieder, öffne in meiner Verzweiflung meinen BH und werfe ihn nach vorne. Jetzt kapiere ich, warum das die Frauen auf den Konzerten machen. Nicht weil sie gerne nackt rumlaufen, sondern damit Nate Grant ihnen für den Bruchteil einer Sekunde seine Aufmerksamkeit schenkt.

Mein BH fliegt in hohem Bogen an ihm vorbei und wird niedergetrampelt. *Klasse, jetzt muss ich ohne BH zu dem Termin gehen. Für so eine exquisite Kundin nicht unbedingt die besten Voraussetzungen, aber ich kann ja so tun, als wäre es normal.*

Es fehlen nur noch drei Meter bis zum Wagen. Drei Meter, die ich habe, um zu dem Mann meiner Träume durchzudringen. Zwei Meter. Einer.

»Nate«, schreie ich aus Leibeskräften und wünschte, wir hätten Kosenamen, die uns verbinden. »Schnuckelchen«, versuche ich mein Glück. »Bärchen, hierher!« Für eine Sekunde bröckelt Nates perfektes Lächeln, und ich sehe das Feuer in seinen Augen aufflammen, das ich so liebe. Sein Blick gleitet über die Menge. Ich recke meine Arme, winke. *Ja, hier bin ich, hier, schau zu mir!* Mit einem leichten Kopfschütteln setzt er jedoch wieder sein Starlächeln auf. Zum Gruß hebt er die Hand, steigt in den Wagen und ist weg. Einfach weg. Wie ein zum Greifen naher Traum, der sich wieder in Luft auflöst. *Weg, weg, weg.*

Schockiert verlässt mich meine Kraft. Meine Beine geben nach. Ich sinke abseits des Chaos erschöpft auf den Bordstein.

Ich dachte, ich hätte mich im Griff, aber mich trifft eine Welle der Verzweiflung vom Ausmaß eines Güterzugs. Mir wird schlecht. Mein Kreislauf spielt verrückt. Ich würge, übergebe mich. Der Schwindel bleibt. Mir geht es wieder wie letzten Sommer. Nur zu deutlich ist da das Gefühl, als hätte ich einen Teil von mir verloren, den ich zum Leben brauche. Keine Ahnung, wie ich die letzten Monate denken konnte, es geht mir besser. *Zu neun Prozent! Was für ein Schwachsinn. Null Prozent wären noch zu viel.* Es geht mir nicht besser, sondern schlechter. *Viel, viel schlechter.*

Mein Handyalarm reißt mich aus meiner Starre. Ich muss nach Palm Beach Gardens. Das Naheliegendste wäre abzusagen, aber irgendwie kommt mir der Gedanke nicht. Ich stemme mich hoch und laufe wie hölzern zu meinem

Wagen. Im Hintergrund explodiert das Feuerwerk. Die Menschen feiern. Ich habe nichts zu feiern. Gar nichts.

Wie betäubt mache ich mich auf den Weg zu meinem Termin. Die bittere Erkenntnis lässt mich kaum die Fahrbahn sehen, so sehr brennen meine Augen. Wir haben uns verpasst. Ich habe es versucht, und ich kann es wieder versuchen, aber wir haben uns verpasst, und erst jetzt wird mir klar, was das wirklich bedeutet. Dass es vorbei ist. Mir das einzugestehen ist so viel schmerzhafter, als mich von meinem Traum von einem Haus in der Vorstadt zu verabschieden. Nate wird für immer unerreichbar für mich bleiben. Er ist ein Star auf dem Olymp. Ich bin wie all die anderen, die ein Stück von ihm abhaben wollen. Wir sind wie zwei Geraden, die zufällig ihren Weg gekreuzt haben, wir waren vor der Kollision Meilen voneinander entfernt, und mit jeder Minute, die vergeht, trennen wir uns erneut. Weil ich zu lange mit dem Wiedersehen gewartet habe. Weil ich dachte, es reicht nicht, dass er mich mag. *Großer Fehler!*

Verheult halte ich in der Einfahrt zum Grundstück, melde mich an der Gegensprechanlage und werde durchgelassen. Ein üppiger Garten umgibt die luxuriöse dreigeschossige Villa in Palm Beach Gardens, nördlich von Miami. Es ist spät geworden, hinter den Fenstern brennt Licht.

Ich sehe nicht gut aus. Schwer atmend, als wäre ich hierher gerannt, nicht gefahren, bessere ich mein Makeup nach. Vielleicht kann ich was retten. Ich tupfe mir die Augen ab, ziehe den Lidstrich nach und binde mir die Haare zusammen. Einigermaßen zufrieden versuche ich mich an einem Lächeln. Als mir das nicht gelingt, zwinge ich mich, neutral zu schauen. *Besser als nichts. The show must go on!*

Ich steige aus, nehme eine Marmortreppe, die von zwei Löwenstatuen bewacht wird, und klopfe an die Tür. Eine unerwartet betagte Dame, die ganz anders aussieht, als ich mir die Besitzerin solch eines Luxusanwesens vorgestellt habe, öffnet mir. Die grauen Haare sind zu einem Dutt gebunden, sie trägt jede Menge Schmuck und läuft in einem Jogginganzug herum. »Mrs. Jefferson?«, krächze ich.

»Ach du meine Güte«, entfährt es der Dame, als sie mich erblickt. »Ms. Harper?«

Ich nicke, straffe die Schultern und versuche, so zu tun, als wäre alles bestens.

»Ich bin die … ähm … Haushälterin. Mrs. Jefferson verspätet sich noch.« Ein sehr besorgter Blick trifft mich. »Kommen Sie rein und setzen Sie sich. Kann ich Ihnen was bringen? Wasser? Eistee? Was Stärkeres?«

Schon wieder brennen meine Augen, und ich frage mich, woher die Tränen kommen. *Ich war doch durch damit.* Ich blinzle hektisch und schüttle den Kopf. »Nein, danke, mir geht's gut. Ich warte einfach auf Mrs. Jefferson, wenn das in Ordnung ist.«

»Sind Sie sicher?«

»Mmh.«

Nate

Ich pelle mich aus dem Jackett, als ich den Auftritt im Bayfront Park und das darauffolgende Fotoshooting in einem nahe gelegenen Studio hinter mir habe und wir die Stadt verlassen. Geschafft sinke ich tiefer in den eleganten Ledersitz. *Gott, was war das denn eben?* Ryan hat recht, die Solonummern stellen alle bisherigen Verkäufe der Band in den Schatten. Ich hoffe nur, es gab keine Verletzten an den Absperrungen.

Am Ufer endet das Feuerwerk. Alle feiern. Hinter meiner Stirn pocht es, und ich nehme mir aus der Minibar ein Wasser und trinke hastig ein paar Schlucke.

Fuck, für einen Moment habe ich gedacht, ich hätte Louisianas Stimme gehört. Aber das, was sie gerufen hat, hat keinen Sinn ergeben. *Schnuckelchen?*

Enttäuschung macht sich in mir breit, aber sie wird gleich wieder von Aufregung abgelöst, als wir Miami verlassen. Ich wollte Louisiana aus meinem Kopf bekommen, doch sobald ich für Ryan im Studio war, wurde mir klar, dass ich sie nicht loslassen kann. Ich habe ihr damals gesagt, dass ich sie mag, aber das war gelogen. Ich empfinde so viel mehr für sie. Mit jedem Song ist mir das klarer geworden. Man kann jemandem sagen, dass man ihn liebt, oder es einfach zeigen. Ich habe es ihr gezeigt. Mein Mund hat zwar gesagt: Ich mag dich. Aber alles, was ich getan habe, hat gesagt: Ich liebe dich. Ich brauche sie. Ich will sie zurück.

Die ersten Wochen im Studio habe ich mir das noch ausreden wollen. Louisiana und ich? Wir sind das ungleichste Paar auf dem Planeten. Nicht mal wie Hund und Katze, eher wie Vogel und Fisch, zwei Wesen, die in völlig verschiedenen Sphären verkehren. Doch wir gehören zusammen. Sie will einen Kerl, der samstags den Rasen mäht und am Sonntag am Grill steht, und bis zu einem gewissen Grad steckt dieser Kerl in mir. Ich war vernünftig und zuverlässig, bevor Dale krank geworden ist. Danach habe ich das Leben genossen. Jetzt kann ich locker einen Gang runterschalten.

»Schaffen wir es bis zehn?«, frage ich Shamar, als ich selbst auf die Uhr schaue und merke, wie spät es ist.

»Nicht ganz.«

»Fuck!« Ich ärgere mich über den Fototermin. Jeder hat sich an die Timings gehalten, und doch hat alles länger gedauert als geplant. Ich wollte eigentlich noch nach Hause und duschen. Aber dafür ist keine Zeit. Ich fahre mir durch die Haare, reibe mir übers Gesicht, versuche, wach zu bleiben. Heute Abend wollte ich wiedergutmachen, was ich verbockt habe. *Was, wenn es nicht klappt?*

Gedankenverloren schaue ich aus dem Fenster. Die Interstate ist voll wie immer. Bei Fort Lauderdale verschiebt sich die Party vom Strand in die Bars, bei Pompano Beach kommen die letzten Surfer vom Wasser rein. Der Nachthimmel ist klar, aber die Luft ist schwül.

Eine SMS erreicht mich.

Mom: Wann kommst du? Du solltest schon vor einer halben Stunde hier sein.
Nate: Wir fahren jeden Moment aufs Grundstück.
Mom: Gott sei Dank! Bis gleich.
Nate: Was ist los?
Keine Antwort. *Seltsam*.
Nate: Mom?!

Sobald wir halten, springe ich alarmiert aus dem Wagen und laufe an den zwei Löwenstatuen vorbei zur Tür. Ich betrete die Villa, höre mehrere Stimmen, *ihre* Stimme, da fängt mich meine Mutter ab.

»Was ist los? Ist sie das? Das ist sie doch, oder?«, frage ich und recke mich. *Meine Güte bin ich aufgeregt!*

»Warte, Nate! Ich weiß, dass dir das wichtig ist, aber du solltest euer Wiedersehen verschieben. Das arme Mädchen ist völlig durch den Wind.«

Ich muss lachen. »Stehen drei Blusenknöpfe statt zwei offen?«

»Vertrau mir. Ich fand deine Idee gut, doch so, wie es ihr geht, sollte sie nicht mal hier sein.«

Fuck! Alles in mir protestiert, aber ich weiß, was ich zu tun habe. »Gut, ich halte mich zurück«, sage ich. »Begleite sie nach draußen, und ich ruf dich an. Dann kannst du sagen, dass was dazwischengekommen ist und den Termin abbrechen.«

»In Ordnung, machen wir so«, sagt sie und drückt mich. Es soll aufmunternd sein, fühlt sich allerdings nicht so an. Heute Abend bin ich in der Stadt, morgen schon wieder unterwegs. *Mist!* Aber Louisianas Gesundheit ist wichtiger.

Ich höre die Stimme meiner Granny. »Wollen Sie jetzt was trinken, Ms. Harper?«

»Ja, danke, Wasser, wenn es geht.«

Ihre Stimme ist gepresst. Ich bin nicht nur musikalisch, sondern habe auch ein verdammt feines Gehör. Sie klingt furchtbar. Als wäre jemand gestorben. Ich tippe nicht auf ihre Eltern, sie haben zwar Kontakt, aber der ist nicht so eng, wenn ich es damals richtig verstanden habe. Es könnte allerdings was mit ihren Schwestern sein. Sie liebt die beiden abgöttisch. Dann hat meine Mom recht, sie sollte nicht hier sein.

Leise trete ich näher und bleibe im Schatten der Tür stehen. Louisiana hält sich aufrecht, bis Granny ihr das Wasser gebracht hat. Sie nimmt ein paar Schlucke, stützt sich am Tisch ab, fasst sich an die Stirn, atmet schwer.

»Reiß dich zusammen«, flüstert sie. »Mrs. Jefferson zeigt dir nur das Gartenhaus, und dann bist du durch. Das schaffst du.«

Ich höre Schritte und entdecke meine Mom.

»Ms. Harper, entschuldigen Sie, dass Sie warten mussten. Kommen Sie, ich muss Ihnen unbedingt das Chaos zeigen. Das Gartenhaus könnte so schön sein, aber es ist die reinste Abstellkammer. Ich bin so froh, dass Sie mir damit helfen wollen.«

Sie gehen nach draußen und nehmen den beleuchteten Weg zum Gartenhaus. Ich folge ihnen. Hastig hole ich mein Handy aus der Tasche und rufe meine Mom an.

»Mrs. Jefferson«, sagt Lou da plötzlich schwach, ehe meine Mom rangehen kann. »Es tut mir leid, ich muss mich kurz ...« Sie stützt sich an einem der Laternenpfähle ab. »Es geht gleich wieder.« Sie nimmt ein paar tiefe Atemzüge, löst sich und will weiter, gerät aber ins Wanken.

Ging es ihr die ganze Zeit so schlecht? Dann hätten wir die Nummer direkt im Haus abbrechen sollen! Ich laufe schon los, bevor ich weiß, was ich da tue. Kaum bei ihr angekommen, geben ihre Beine nach, und ich fange sie auf. Zig Horrorszenarien schießen mir durch den Kopf. *Fuck, Baby, was ist nur?*

»Ruf einen Krankenwagen«, befehle ich meiner Mom mit Blick auf Lou. Sie ist blass und verheult und sieht definitiv nicht so aus, wie sie zu einem Kunden gehen würde. *Was ist bitte passiert?*

Mein Puls schnellt in die Höhe. Ich muss wieder an den Tag denken, als sie angegriffen wurde. *Was, wenn sie auf dem Weg hierher belästigt wurde?* Ich mustere sie genauer und stocke. »Sie trägt keinen BH!« Ich starre zu meiner Mutter. »MOM!«

»Schau mich nicht so an, ich hab ihn nicht.«

»Krankenwagen«, grolle ich.

»Brauchen wir nicht«, sagt sie da und zeigt mir ihr Handy. »Granny hat mir gerade geschrieben, dass der Schwächeanfall von Beruhigungstropfen kommt. Sie hat ihr welche mit dem Wasser gegeben, damit sie in dem Zustand nicht mehr zurückfährt. Ehrlich gesagt, keine schlechte Idee.«

Sekunden verstreichen, bis ich begreife, was meine Mutter mir da mitteilt. Erst bin ich entsetzt, dann dankbar. Es ist ein Wunder, dass Lou in dem Zustand überhaupt hergefunden hat. Wie sie die Rückfahrt gemeistert hätte, will ich mir nicht mal ausmalen.

»Brauchst du uns noch?«, fragt meine Mom.

»Erst mal nicht. Ich melde mich, wenn was ist.«

»Gute Nacht, Schatz.«

»Nacht, Mom.«

Ich hebe Lou hoch und trage sie zum Gartenhaus. Ich stoße die Tür auf, mache Licht an und steuere das Schlafzimmer an.

Das Gartenhaus ist alles andere als eine Abstellkammer, es ist eine sehr liebevoll eingerichtete Gästewohnung. Ein bisschen altmodisch für meinen Geschmack, aber das stört mich gerade nicht. Es ist sauber, angenehm kühl, riecht gut, und wir haben die Räume für uns.

Ich setze Lou auf dem Bett ab und ziehe ihr die Schuhe aus. Mir fallen jede Menge blaue Flecke auf ihren Armen und Beinen auf. Der Anblick erinnert mich an den Konzertabend, als sie belästigt wurde. *Aber sie würde doch nicht arbeiten, wenn sie überfallen worden wäre, oder?* Ich überlege, ihr auch den Rest der Sachen auszuziehen, aber es ist heute Nacht nicht wie damals bei dem Konzert. Sie wirkt ansonsten okay.

Ich trete mir die Schuhe ab und lege mich zu ihr. Es fühlt sich so gut an, sie wieder zu halten. Keine Ahnung, wie sie das sieht, wenn sie aufwacht, aber zum ersten Mal seit Monaten fühlt sich etwas richtig an. Auch wenn es ein bisschen verkehrte Welt ist, ich, total ordentlich angezogen, sie ... mir fällt kein positives Wort ein ... abgerissen. *Louisiana Harper läuft abgerissen herum. Heftig!*

Behutsam ordne ich ihr die Haare und löse ihre Ohrringe. Ich kann an einem Ohr erkennen, wo ihr der Schmuck damals fast ausgerissen wurde. Sie hat sich ein neues Loch stechen lassen, während das alte zugewachsen ist. Sanft drücke ich einen Kuss auf die Stelle. Wenn das geht, dann liebe ich sie gerade noch mehr. Auf dass das reicht.

KAPITEL 20

»Ich liebe dich.«

»Mmh«, murmle ich genießerisch.

»Ich liebe dich, Baby. Ich liebe dich, ich liebe dich, ich liebe dich.«

Er sagt mir das wieder und wieder, und alles in mir reagiert wie eine Saite, die er zum Schwingen gebracht hat. Es ist Monate her, aber der Geruch, der mir in die Nase steigt, ist unverkennbar Nates. Ein bisschen verschwitzt, männlich und gut, so gut. Ich seufze genussvoll und nehme ihn mit jedem Atemzug auf. *Wer braucht schon Sauerstoff? Nate ist das wirklich gute Zeug!*

»Ich liebe dich«, murmelt die Stimme wieder, eine Hand greift in meine Haare, eine andere liegt auf meinem unteren Rücken, unter der Bluse, warme Haut auf warmer Haut. *So schön! Und so vertraut.*

»Bist du das, Nate?«, frage ich irritiert, weil sich das für einen Traum viel zu real anfühlt.

»Ja, Lou.«

Der Schock bringt mein Herz zum Rasen. Ich reiße die Augen auf, sehe ihn an, kann überhaupt nicht glauben, dass er da ist. Das ist so überwältigend, so schön, so unwirklich, dass mir Tränen kommen. Genauso heftig, wie mich gestern die Verzweiflung durchdrungen hat, ihn verpasst zu haben, durchdringt mich jetzt kaum auszuhaltende Erleichterung. *Er ist hier.* Mit diesen stechend dunkelblauen Augen, dem kantigen Gesicht, diesen sexy Lippen und den halblangen Haaren.

»Wo zum Henker kommst du her? Ich war bei deiner Liveshow. Aber du hast mich nicht gehört oder gesehen.« Enttäuschung breitet sich in mir aus, obwohl Nate mir so nah ist. All meine Hoffnung hatte sich in Luft aufgelöst, und ich habe Angst, mir wieder welche zu machen, die gleich zerstört wird.

»Du warst da?«, fragt er emotional, und entweder sind meine Augen so feucht, dass ich mich täusche, oder seine werden ebenfalls nass.

Mit Mühe gelingt mir ein Nicken, dann boxe ich ihn leicht. »Ich hab dich vermisst, ist das zu glauben!«, tue ich gespielt entrüstet, muss aber gleichzeitig schwer schlucken, weil daran nichts komisch ist. »Ich hatte gar keinen Plan, ich musste dich einfach sehen, um dir zu sagen, dass das mit dem idyllischen Häuschen mit Gartenzaun Quatsch ist. Ich brauch das nicht, sondern dich, nur dich.« Ich schnaube. »Und dann stehen da zehnmal so viele Fans wie sonst, und alle benutzen ihre Ellenbogen wie Rammböcke. Ich habe nach dir gerufen, aber ich hätte dich auch Osterhase nennen können, und du hättest es nicht mitbekommen. Du bist in den Wagen gestiegen und weggefahren, und es war, als würdest du zum zweiten Mal aus meinem Leben verschwinden. Aber jetzt bist du hier.« Ich kann das immer noch nicht richtig glauben und packe ihn so fest, dass es schmerzhaft sein muss. Nate verzieht jedoch keine Miene, und wenn, dann nur, um mich noch dunkler und begehrender anzuschauen.

»Jetzt bin ich hier«, wiederholt er und fährt mir durch die Haare. Ich lege meine Hand an seine Wange, muss ihn einfach anfassen, wie ein Kind, das dadurch die Welt um sich herum begreift. *Apropos ...*

Mir fällt die geschmackvolle Einrichtung auf, die ich nicht einordnen kann. Das ist definitiv nicht Nates Apartment, aber auch kein Hotelzimmer. Dafür ist es zu liebevoll dekoriert. »Wo sind wir?«, frage ich. »Das Letzte, woran ich mich erinnern kann, ist, dass ich bei einer Kundin war, einer netten Frau –«

»Meiner Mom«, unterbricht mich Nate.

»Deiner ...?« In meinem Kopf sind plötzlich Puzzleteile, die ich versuche zusammenzusetzen. »Aber meine Kundin hieß Jefferson.«

»Ihr Mädchenname, den sie als Musikerin beibehalten hat«, erklärt Nate. »Ich war mir nicht sicher, ob du mich sehen wolltest, nach allem, wie wir auseinandergegangen sind. Du hast deutlich gemacht, dass ich nicht der Mann bin, den du suchst. Deshalb dachte ich, ich fingiere den Auftrag, inszeniere ein zufälliges Wiedersehen, und dann sehen wir, was passiert. Meine Mom war so nett mitzuspielen.«

»Sie wusste die ganze Zeit, wer ich bin?!«

»Ja, genau wie meine Grandma.« Er grinst breit. »Du hast bei beiden einen gruseligen ersten Eindruck hinterlassen.«

»Oh Gott«, stöhne ich, als mir klar wird, wie aufgelöst ich erschienen bin. Außerdem hatte ich keinen BH an. Das muss man gesehen haben. »Sag mir, dass du übertreibst.«

»Tu ich nicht, aber keine Sorge. Sie lieben dich.«

»Ach ja?« Skeptisch luge ich zu ihm. »Warum?«

»Weil ich dich liebe.« Da sagt er es schon wieder, und ich kann in seinen Augen sehen, dass er es ernst meint. »Als du weg warst, hab ich mich unglaublich leer gefühlt. Mir kamen immer noch ständig Ideen für Lieder. Ich hab das erste nur zum Spaß aufgenommen und gemerkt, wie es mir hilft zu verstehen, was da letzten Sommer mit uns passiert ist. Dass du mich mit deinen Regeln und deiner Pünktlichkeit und deinem Putzfimmel zu einem besseren Menschen gemacht hast.«

»Echt? Keine Streiche mehr?«

»*Das* hab ich nicht gesagt! Ich meinte *besseren* Menschen, nicht *perfekten* Menschen.«

»Du bist hier.« Ich muss das einfach noch mal laut aussprechen, auch wenn mich interessiert, was sich bei Nate getan hat. Aber das kann warten. Das Entscheidende ist: Ich liege in einem weichen Bett, und Nate liegt halb auf mir, spielt mit meinen Haaren und hat diesen stechenden Blick, der mich warm und heiß durchdringt. Wir sind so unperfekt zusammen. Aber er will mich und ich, ich will ihn.

Mich überkommt das dringende Bedürfnis, mich komplett auf ihn zu legen, damit er nicht verschwinden kann, und obwohl ich so viel sagen müsste, tue ich es einfach und küsse ihn.

Gott, und dieser Kuss ...! Mmh ... Dieser Kuss ist wie etwas, nach dem ich mich seit Monaten verzehrt habe, etwas, worauf ich mein ganzes Leben gewartet habe. Ich presse meine Lippen auf seine, und sobald er reagiert, gibt es kein Halten mehr. Als könnte ich tausend verpasste Küsse in einem Moment nachholen. Nate küsst mich zurück. Genauso ausgehungert. Genauso wild.

Sein Körper unter meinem fühlt sich noch so an, wie ich ihn in Erinnerung habe. Mir ist egal, warum er hier ist und was mit uns wird, ich kann einfach nicht damit aufhören, ihn zu küssen. Von mir aus mache ich das bis ans Ende meines Lebens. Mehr brauche ich nicht.

An meinem Bauch spüre ich seine Erektion, und es macht mich tierisch an, dass er so auf mich reagiert. Dass er mich auch auf diese Art will, und das, obwohl ich nicht mein perfekt frisiertes, elegant angezogenes Selbst bin, sondern ein Wrack, das gerade so das rettende Ufer erreicht hat.

»Scht«, macht er.

Da erst merke ich, dass ich weine. Vor Freude, aber auch vor Schmerz. Alles bricht aus mir heraus. Wenn mir früher jemand gesagt hätte, er könne ohne den anderen nicht leben, hätte ich geantwortet: ›Werd erwachsen, das ist nicht gesund. Man sollte sein Glück nicht so stark von einem anderen Menschen abhängig machen.‹ Vielleicht ist da was dran, aber ohne Nate zu sein macht mich definitiv kränker.

Wir drehen uns, und ich schnappe nach Luft, als Nate über mir thront und mich auf der Matratze festpinnt. »Ich liebe dich«, sagt er wieder. »Und ich brauche dich in meinem Leben.«

Hitze jagt durch jede Faser von mir. Ausgelöst von seinen Worten, seinem aufrichtigen Blick und seinem Körper, der meinen so reizt.

»Ich liebe dich, Lou!«

Ich verglühe gleich. Weil ich ihn auch liebe.

Verzweifelt zerre ich an seinem Shirt und seufze, als ich

seinen nackten, muskulösen Oberkörper vor mir habe, ihn berühren kann, seine Wärme spüre, genau wie seinen Puls unter meinen Fingerspitzen. Nate nestelt dagegen behutsam an den Knöpfen meiner Bluse herum.

»Reiß sie auf!«

»Nein«, sagt er.

Ich zerre selbst daran, aber komme nicht weit. »Verdammt, reiß sie auf!«

Er foltert mich weiter mit dem Aufknöpfen, aber ich verzeihe ihm, denn als er mich entkleidet hat, spüre ich, wie er zittert. Während er mich weiter küsst, schiebt er ein Knie zwischen meine Beine, übt Druck auf meine Vulva aus und knetet meine Brust.

Eine feurige Welle brandet durch mich, von fast nichts.

Nate merkt es, lacht und küsst meinen Hals. Sobald ich seinen Kopf wieder zu mir ziehe, küsst er mich weiter. *Gott, und wie er das macht!* Genauso hungrig wie ich. *Wie früher und besser.* Unsere Zungen umtanzen einander, unsere Körper bewegen sich. Ich brauche ihn richtig. Auch wenn ich nicht im perfekten Zustand bin. Nicht rasiert, nicht frisch gewaschen, ich brauche ihn trotzdem.

Er zerrt mir endlich die Bluse vom Leib und wird sanfter. Nicht das, was ich will. »Was ist los, Nate?«

»Du bist voller blauer Flecke. Ist das wirklich nur von meinen Fans?«

»Das sind die reinsten Furien.«

»Bist du dir sicher, du willst …?«

Ich zerre an seiner Hose. »Wenn du jetzt aufhörst …«

Sofort entspannt er sich, wir drehen uns wieder, er schiebt sich die Hose tiefer, strampelt sie mit den Beinen von sich und zerrt an meiner Stoffhose. »Keine Sorge.« Wir stöhnen, als sich seine Erektion durch seine Boxershorts und meinen Slip an meinem Schritt reibt. »Ich höre nicht auf.«

Schwer atmend sehe ich ihn an. »Das hier ist echt, oder?«

Er nimmt meine Hand, führt sie unter seine Boxershorts und legt sie auf seinen harten Schaft. »Das ist auf jeden Fall echt!«

Ich reibe ihn und mag, wie seine Augen immer dunkler werden vor Lust. Er greift in mein Höschen und stöhnt tief und primitiv, als er spürt, wie klatschnass ich bin. Wieder küsse ich ihn, kriege nicht genug davon, zerre an seiner Unterhose.

»Stopp, Baby. Ich habe keine Kondome dabei.«

»Echt jetzt?«, stöhne ich gequält.

»Echt jetzt. Ich wollte mit dir reden, nicht sofort meinen Schwanz in dich schieben.«

Das macht ihn zu einem noch mal besseren Menschen, als ich für möglich gehalten hätte. Aber ausgerechnet jetzt stört mich das.

Ein Zittern durchdringt mich. Mein Körper ist wie auf Entzug, ich brauche Nate. Ganz. Nicht nur seine Finger. Schnell rechne ich nach, wo ich bei meinem Zyklus stehe, und fluche. Zu riskant. Keine Ahnung, warum gerade passiert, was hier passiert, aber ich kann ihm kein Kind andrehen, nur weil ich das gerne so hätte. Mein Innerstes brennt weiter, aber als wäre das erste Feuer zumindest im Zaum – von gelöscht kann keine Rede sein –, so steht jetzt mein Herz in Flammen und schmerzt und drückt.

»Hey! Was ist?«, fragt Nate sanft, was ich ihm hoch anrechne, denn laut dem, was ich an meinem Schritt spüre, will er mich mindestens genauso dringend wie ich ihn. Er fährt mir durch die Haare und sieht mich besorgt an. »Ich liebe dich, Lou. Alles wird gut, ich liebe dich.«

Je länger wir zögern, desto eher wird mir wieder klar, wie wenig wir zusammenpassen. Unsere Seelen ja, aber unsere Leben? Wir sollten aufhören, hier und jetzt. Auch wenn es schwerfällt. »Was ist mit deiner Band?«, frage ich.

»Egal, ich liebe dich.«

»Deine Tourneen?«

»Lou, ich liebe dich.«

»Das Soloalbum?«

»Verdammt, sag mal, hörst du schlecht? Ich liebe dich. Alles andere spielt keine Rolle.« Er klingt jetzt leicht angesäuert. »Ich brauche dich, ich kann ohne dich existieren, aber nicht ohne dich leben. Ich kann dir keine Sonntage am Grill versprechen, aber mehr Zeit als letzten Sommer. Eine Zukunft, wenn du magst. Auch Kinder, obwohl ich mich dafür noch nicht bereit fühle, aber notfalls habe ich ja neun Monate zur Eingewöhnung. Ich brauche nur *eine* andere Sache von dir ...«

Schmetterlinge hüpfen wie die Fans auf Nates Konzerten wild in meinem Bauch, als ich höre, wie weit er mir entgegenkommt. Ich schaue ihm in die Augen und erkenne, dass er jedes Wort so meint und mir nicht nur etwas vormacht, weil er keine Kondome hat.

»Ich liebe dich auch«, sage ich sanft. Nur ein Mal. Nicht hundert Mal, aber das eine genügt vollkommen. Wie die aufgehende Sonne überzieht ein Lächeln Nates Gesicht. Schöner habe ich diesen Mann nie gesehen. Sekunden später höre ich zerreißenden Stoff und checke, dass mein Höschen hinüber ist. »Nate!«

»Nur zur Sicherheit: Du liebst mich immer noch, oder?«, fragt er nach, küsst mich und zieht sich seine Unterhose aus.

»Ja, natürlich. Aber was sollte das denn?«

»Mmh«, seufzt er nur, hält mich und dringt vorsichtig in mich.

»Oh mein Gott!« Ich bin verloren. Mein Körper macht das, was er immer bei Nate macht. So mühelos wie atmen. Ich komme. Nicht nur ein bisschen, sondern richtig heftig.

Nate lacht. »Da ist aber jemand dankbar.«

Verärgert, dass er sich darüber lustig macht, dass ich so hyperempfindlich bin, haue ich ihm gegen die Schulter. Er dreht mich wieder auf den Rücken und bewegt sich in mir, schneller, dringlicher, besser. »Keine Sorge. Geht mir genauso.«

Ich kann nicht fassen, wie gut er sich anfühlt, wie gut wir uns anfühlen, kneife aber trotzdem die Augen zusammen und besinne mich darauf, dass ich eine Erwachsene mit Verantwortung bin. Sanft drücke ich gegen seinen Bauch. »Warte, Nate!«

Er lässt die Luft entweichen, als hätte ich einen fahrenden Zug zum Stehen gebracht, und sieht mich schwer atmend an.

»Ich nehme keine Pille, ich könnte schwanger werden. Du musst aufhören.« Ich kann nicht glauben, dass ich das sage, weil mein Hunger nach ihm mörderisch ist. Aber ich fühle mich sonst wie jemand, der ihn in eine Falle lockt, in der er nicht landen will.

»Wenn das alles ist: kein Problem!«, sagt er da. Entgeistert sehe ich ihn an. Zu meiner Verwunderung bewegt er sich weiter in mir. »Wie viele Babys wolltest du?«

»D-d-drei«, sage ich.

»Gut«, meint er nur.

Gut? Ich bin zu verwirrt, um ihn zurückzuküssen, und das macht ihn richtig an, das kann ich spüren.

Er grinst breit und streicht mir Haare aus dem Gesicht. »Noch mal: Ich liebe dich, Lou. Und auch wenn mich das absolut nach einem Arschloch klingen lässt, ich lass dich nicht mehr aus meinem Leben verschwinden, und wenn du dafür Babys brauchst, dann kriegst du Babys.« Er bewegt sich unglaublich tief in mir. »Dann kriegen *wir* Babys.«

Das ist zu viel. Er macht kaum was, aber ich komme wieder. Von seinen Worten und der Aufrichtigkeit, mit der er sie ausspricht. *Wie perfekt!*

»Ich nehme mal an, du bist einverstanden, dass ich weitermache?«

»Bin ich«, sage ich. »Und wie!«

»Gott sei Dank! Ich sterbe nämlich gleich. Du fühlst dich ohne Gummi einfach zu gut an.«

Nate

Ich bin so vorsichtig, wie ich kann, aber je länger ich in ihr bin und je mehr sie sich unter mir windet, desto heftiger brauche ich die Erlösung. Lou geht es genauso. Sie krallt sich an mich und schlingt ihren Körper um mich, so perfekt wie eh und je, ihre Pussy pulsiert um meinen Schwanz und lässt mich Sterne sehen.

Ihre Worte begleiten mich. *Sie liebt mich.* Ich glaube, keiner versteht wirklich, was das für mich bedeutet. *Sie*, Ausrufezeichen, liebt *mich*, Ausrufezeichen. Die Frau, die jeden Grund hat, es nicht zu tun, tut es dennoch. Ich will ihrer Liebe würdig sein. Sie soll sie nicht bereuen, sie soll sie an meinen Berührungen merken, meinen Blicken sehen, der Art, wie ich in ihr bin. Ich bewege mich in ihr und küsse sie, lasse sie meine Liebe spüren und mich von ihr mitreißen, erobere sie und lasse mich von ihr erobern.

»Gott, genau so!«, seufzt sie und legt ein Bein um meine Hüfte, als ich tief in ihr bin und mit kreisenden Bewegungen versuche, ihr noch näher zu sein. Sie umschließt mich komplett, ist nass und bereit und wird mit jedem Orgasmus etwas enger, fühlt sich mit jedem Höhepunkt unwiderstehlicher an.

Fasziniert beobachte ich sie, liebe, dass ich ihr so viel

Vergnügen bereite, dass sie es so genießt, mich zu spüren, liebe die Hitze zwischen unseren Körpern und unseren Geruch und jedes Stöhnen, das sie so hemmungslos mit mir teilt, als wären wir alleine auf der Welt.

Ich stütze mich über ihr auf, halte ihre Beine gespreizt und rase ebenfalls auf meinen Höhepunkt zu. Ich muss sie wieder küssen und grinse, als sie mich zurückküsst, sobald ich lockerlasse. Sie greift in meine Haare und hindert mich am Zurückweichen, als könnte ich zu früh aufhören. Wir sehen uns in die Augen, ich nehme sie schneller, fuck, und dann ist sie plötzlich mein Universum, die Welt um uns herum explodiert, Lou explodiert mit mir. Ich komme und erzittere, als mir klar wird, dass sie mich spürt. Der Gedanke an ein Kind blitzt auf, und er fühlt sich gut an, richtig gut. Unsere Körper sind schon eins, der Rest von uns folgt, etwas in uns verbindet sich, verhakt sich, schweißt sich zusammen, sodass uns nichts in dieser Welt mehr trennen kann. Selbst wenn wir mal nicht die gleiche Luft atmen oder uns den Rücken zukehren. Ich kann es so deutlich spüren, dass es mir Angst macht. Wir sind eins, auf eine grundlegende Art, wie ich es nie für möglich gehalten hätte. Und es fühlt sich großartig an, erdet mich, macht mich stärker.

Sie zittert auch und kommt noch heftiger als sonst. Als sie wieder ruhiger atmet, drehe ich uns, damit ich unten und sie bequem auf mir liegen kann, aber wir bleiben verbunden. Fuck, wenn es nach mir ginge, würde mein Schwanz bis ans Ende unseres Lebens in ihrer Pussy bleiben. Ihr so nah zu sein fühlt sich zu gut an. Scheint ihr ähnlich zu gehen, weil ihre Pussy immer noch zuckt und pulsiert.

Ich fahre ihr durch die Haare, mag das leise Seufzen,

das ihr über die Lippen kommt, genau wie das Gefühl ihrer Finger, die geistesabwesend meine Ohrmuschel streifen.

»Ich liebe dich«, sage ich noch mal.

»Soso«, macht sie und streckt mir die Zunge raus. Das ist ein Anblick für sich. Louisiana Harper, die Langweilerin, zieht mich auf.

Ich kneife ihr in den Hintern. »Sag es auch noch mal!«

»Ich liebe dich«, gesteht sie ernst, sanft, perfekt.

Mein Blick streift die Uhr neben dem Bett, und ich seufze, weil ich noch länger mit ihr hier liegen will. Aber mit dem neuen Album habe ich nicht frei. »Ich muss aufstehen, Baby.«

Sie folgt meinem Blick und flucht. »Verdammt, ich auch.« Statt aufzustehen, kuschelt sie sich jedoch an meine Brust. »Lass uns schwänzen.«

»Das geht nicht. Ich habe Termine.«

»Wer bist du, und was hast du mit dem Mann gemacht, dem Regeln egal sind?«, murmelt sie.

Ich greife in ihr Haar und ziehe ihren Kopf zurück, damit wir uns wieder ansehen können. »Der verrückte Kerl ist einer unglaublichen Frau begegnet, die ihn endlich hat erwachsen werden lassen.«

»Blöde Tussi«, knurrt sie, aber grinst, weil sie weiß, dass sie gemeint ist und das ein Kompliment war.

»Wer bist du, und was ist aus der Langweilerin geworden?«

»Die stellt immer noch ihre Kosmetikprodukte der Größe nach geordnet im Bad auf, aber wenn es einen guten Grund gibt, Regeln zu brechen, ist sie dabei. Hat sie sich von einem echt üblen Kerl abgeschaut.«

Die ganze Zeit dachte ich, Louisiana hat mein Leben

verändert, mir gezeigt, worauf es ankommt, mich endlich mein Trauma verarbeiten lassen, aber ich habe auch ihres verändert.

»Fünf Minuten noch«, sage ich nur breit grinsend und drücke sie enger.

»Zehn«, verhandelt sie.

Das wird wirklich knapp für mich, aber ich kann verstehen, warum sie es sagt. Sie wieder loszulassen fühlt sich falsch an. »Gut, zehn.«

»Du hörst auf mich?«, neckt sie mich.

»Ich hab doch immer auf dich gehört.«

Wir liegen zusammengekuschelt da und reden, aber die Zeit reicht nicht, um uns gegenseitig alles zu erzählen, was seit dem letzten Sommer passiert ist. Wir schaffen nur das Wichtigste. Dass sie sich in die Arbeit gestürzt hat, um mich zu vergessen, und Dates hatte. Zum Glück nur schlechte. Und dass ich erst mit der Band unterwegs war, dann das Album aufgenommen und mich ansonsten aus Ärger rausgehalten habe.

Als die Zeit um ist, schickt sie mich zuerst in die Dusche. »Weil du sonst zu spät kommst«, sagt sie nur, aber sieht mich sehnsüchtig an, als würde sie mich sofort vermissen.

Ich beeile mich, checke danach schnell mein Handy, auf dem mir meine Mom geschrieben hat. Ich versichere ihr, dass es uns gut geht, und bleibe im Türrahmen stehen und sehe Lou zu, während sie duscht. Ich kann nicht anders. Es ist fast so, als könnte sie verschwinden, wenn ich blinzle. Also blinzle ich nicht.

»Du kommst zu spät«, sagt sie über das Rauschen des Wassers hinweg.

»Ich schieb es auf den Verkehr.«

»Geh!«, sagt sie nur und spritzt mich über die Duschwand hinweg nass.

Verdammt, ich will nicht, aber ich muss. Ein Mittagsmagazin hat mich für einen Auftritt eingeladen. »Der Kühlschrank ist voll, und ich hab dir Kaffee gemacht. Bedien dich. Meine Mom hat sich schon nach dir erkundigt. Ich hab ihr gesagt, dass alles okay ist, aber Granny und sie werden dich bestimmt belagern.«

Sie lächelt, als würde sie das nicht stören. »Danke für die Vorwarnung.«

»Du willst keinen Support?«

»Von dir? Immer! Aber sie waren beide sehr nett, ich komm mit ihnen klar. Außerdem bin ich vernünftig, freundlich und gepflegt. Mütter lieben mich.«

»Nicht nur die«, murmle ich noch angetaner von der Frau, als ich es eh schon bin. »Ich schreib dir meine Handynummer auf, meld dich, okay?«

Sie hält inne und sieht mich verdammt sexy an.

»Was, Baby?«

»Hast du eine Ahnung, wie gerne ich dich unter die Dusche ziehen und küssen möchte?«

»Hört sich gut an. Warum schaust du dann so finster?«

»Weil ich dann deine Klamotten ruinieren würde, du dich umziehen müsstest und zu spät kämst.« Sie seufzt. »Geh! Ich komm klar und meld mich.«

Ich zögere. Das hier erinnert mich zu sehr an letzten Sommer. Als ich mit meinem Termin fertig und sie weg war. Ich weiß, jetzt ist es anders. Aber ich kriege diese Enttäuschung nicht aus meinem Kopf.

»Nate!«, ermahnt sie mich. »Mach schon!«

Ich setze mich in Bewegung, aber nicht, wie sie denkt. Ich nehme mir ein Handtuch, halte es vor meine Klamotten, greife in die Dusche und nach ihr, um sie noch mal zu küssen. Sobald unsere Lippen sich berühren, langt sie in meine Haare, vertieft den Kuss, obwohl wir uns beide Mühe geben, ihn nicht zu sehr in die Länge zu ziehen.

»Bis später, Baby«, sage ich, als ich halbwegs trocken zurückweiche. »Ich liebe dich.«

»Was genau heißt später?«, fragt sie.

»Heute Abend. Wenn du Zeit hast.«

»Habe ich.« Sie grinst zufrieden. »Bis später, Schnuckelchen. Ich liebe dich auch.«

Meine Güte, in dieser Frau steckt vielleicht ein Engel, aber mindestens auch ein Teufelchen. Bevor ich was richtig Dummes tue, gehe ich, muss mich aber noch mal umdrehen. Sie schaut mir mit einer Sehnsucht nach, die mir den Atem raubt.

»Ach, fuck!«, knurre ich, mache kehrt, nehme sie in die Arme, drücke sie an die Wand und küsse sie richtig.

»Aber dein Termin …«, murmelt sie.

»Scheiß auf den Termin.« Ich hebe sie an, damit sie die Beine um mich schlingen kann. Ich küsse sie, sie mich.

Ja, manchmal muss man sich an Regeln halten, aber sie auch manchmal brechen. Jetzt ist so ein Moment. Keine Ahnung, wie unsere Zukunft aussieht, aber wenn der Augenblick, den wir leben, den Grundstein legt für das Kommende, dann werden jede Menge unvorhersehbarer Dinge passieren, und sie alle werden sich so anfühlen wie jetzt: richtig. Vollkommen richtig.

EPILOG

Ein Jahr später

Lou

»Das sieht viel zu gewollt aus!«, fluche ich, als ich den Blick über die Gartentafel schweifen lasse. Über die Stühle habe ich Hussen gestülpt. Blumenarrangements stehen auf dem Tisch, und jeder Platz ist liebevoll eingedeckt. »Oh Gott! Nate wird denken, er hat sich im Grundstück vertan, wenn er nach Hause kommt.« Panisch sehe ich zu meinen Schwestern. »Los, helft mir, die Hussen wieder abzuziehen.«

»Ich mag die Teile«, sagt Cali.

»Wie schön! Bitte, sie gehören dir. Aber jetzt hilf mir.«

Eilig fummle ich an den Bändern, die den Stoff am Stuhl befestigen. Ich habe es zu sehr übertrieben. Nate und seine Band kommen von einer Tournee zurück, nicht von einer Gala. Wir feiern nur, dass er wieder da ist und wir zwei Wochen am Stück Zeit für uns haben, keine Auszeichnung, keinen neuen Song, auch keine neuen Kunden, nicht Thanksgiving, nicht Weihnachten, die wir erst bei seiner, dann mit meinen Schwestern bei meiner Familie verbracht haben. Wir feiern nur uns.

Statt mir zu helfen, setzt sich Vi hin.

»Was wird das, Madame?«

»Ich behalte meinen Stuhlüberzug. Er gefällt mir.«

»Wenn ich unserer verrückten Schwester helfe, dann du

auch«, zischt Cali, die mit mir den eng sitzenden Stoff von den Stühlen zerrt.

»Ich bin nicht verrückt«, rufe ich.

»Doch, bist du!«, antworten Cali und Vi wie aus einem Mund und lachen, als wäre das was Gutes.

Wir haben erst die Hälfte der Stühle befreit, als ich Motorengeräusche höre.

»Oh mein Gott, sie sind da! Los, her mit den Hussen!« Ich treibe Cali zur Eile an. Sie gibt mir den Stoff. Weil ich nicht weiß, wohin damit, stopfe ich auf die Schnelle alles unter den Tisch.

Vi lacht. »Dreck gehört nicht unter den Tisch«, sagt sie – Worte, die ich früher immer benutzt habe.

»Halt den Mund!«, zische ich gestresst.

Die letzten Monate waren anstrengend. Die Rebel Boys haben ein neues Studioalbum aufgenommen, was gut war, weil sie dafür meist in der Stadt waren. Aber dann kam eine Tour durch Südamerika. Ich habe es nur zu einem Konzert nach Brasilien geschafft, Nate in all der Zeit nur einmal in echt gesehen, sonst immer nur bei Videoanrufen. In Miami hatte ich Kunden, einen Job, den ich schon reduziert habe, aber ganz kann ich mich nicht davon trennen. Werde ich auch nie, denn er tut unserer Beziehung gut. So kann ich sämtliche Ordnungs- und Sauberkeitszwänge außerhalb der Villa ausleben. Wir haben beide unser Leben. Aber die Kehrseite ist, dass wir uns nie genug sehen. Umso mehr freue ich mich auf den heutigen Tag. Auch wenn ich es eindeutig übertrieben habe. Nicht nur mit den Hussen, die aus einem zwanglosen Barbecue so etwas wie ein offizielles Dinner machen.

Mein Blick gleitet über den Tisch, und ich frage mich, was ich mir dabei gedacht habe, kleine Törtchen in Notenschlüsselform zu kaufen. Das ist so kitschig. Nate wird sich vor Lachen biegen. Vi hat zumindest einen Lachanfall bekommen, als sie die Teile entdeckt hat. Cali hat das hier immerhin brav ernst genommen, sich meine Checkliste geschnappt und die To-dos zur Vorbereitung für den Grillabend abgehakt.

Luxusgrill steht.
Fleisch ist mariniert.
Salat ist angerichtet.
Playlist läuft.

Ich habe alles im Griff, so wie ich es liebe, und lasse den Blick über den Tisch gleiten: äußere Ordnung für innere Ordnung. Perfekt. Ich habe an alles gedacht. *Kann jetzt bitte die beruhigende Wirkung meiner persönlichen Lebensphilosophie einsetzen?*

Tut sie, fast. Ich habe nur nicht mit der Wirkung gerechnet, die Nate auf mich ausübt, sobald er auftaucht. Er trägt sexy schwarze Sachen wie auf der Bühne und nimmt mich mit *diesem* Blick sofort gefangen. Ich müsste ihn begrüßen, irgendwas tun, aber ich kann ihn nur anschauen und daran denken, nicht zu vergessen zu atmen, als er näher kommt.

Die letzten Wochen ohne ihn waren zu lang. Mein Körper brennt, erst jetzt merke ich das. Als würde mit seiner Anwesenheit der Stress abfallen, und ich würde mich wieder spüren. Mich und all meine unerfüllten Bedürfnisse, zurückgedrängten Wünsche, dringenden Sehnsüchte.

Schwach denke ich mir, ich hätte was anderes anziehen sollen. Sexy kurze Shorts, ein knappes Top, Sachen, die ihm gefallen. Nicht ein pastellgrünes Kleid. Dann ist Nate so nah, dass ich alles vergesse und nur ihn wahrnehme. Wie sich das Shirt bei jeder Bewegung seiner Brustmuskeln um ihn spannt, wie vertraut mir dieser Mann ist und dass ich sterbe, wenn ich ihn nicht berühre. *Genau jetzt.*

Ohne nachzudenken, laufe ich los und falle ihm um den Hals. Er hebt mich an und vergräbt sein Gesicht an meinem Nacken. Für einen Augenblick atmen wir einfach nur hektisch und halten uns. Selbst wenn ich wollte, ich kann ihn nicht loslassen. Alles, was ich jetzt noch brauche, ist ein Kuss. Aber als wir uns beide so weit lösen, dass wir uns küssen können, verlieren wir den Verstand. Seine Lippen treffen auf meine, meine auf seine. Ich brenne, und als ich meinen Bauch an ihn drücke, spüre ich seine Erektion. Ich brauche ihn richtig. Nate geht es genauso.

Ohne Vorwarnung hebt er mich hoch, schlingt sich meine Beine um die Hüften und taumelt mit mir ins Haus zurück. Wir fallen aufs Sofa. Er schiebt eine Hand unter mein Kleid, und als er meine feuchte Mitte berührt, schreie ich erstickt auf.

Nate spielt mit meiner Lust und atmet selbst immer schwerer. Ich lege eine Hand auf seinen Schritt, reibe seine Erektion durch den Stoff der Jeans und reiße an der Knopfleiste, bis ich ihn spüre, nur ihn, heiß und hart und genauso gierig auf mich, wie ich auf ihn bin.

›Wir können das nicht tun‹, sagt mir eine leise Stimme der Vernunft, aber ich habe keine Ahnung, was sie meint, und schiebe Nates Hose tiefer.

»Sorry«, sagt Nate nur und schiebt sich keine Sekunde später hart in mich. »Fuck, was hab ich dich vermisst, Baby!«

So ausgehungert habe ich ihn schon lange nicht mehr erlebt. Wir sehen uns an, lächeln uns zu, dann bewegt er sich, und da ist nur noch Feuer zwischen uns, das gelöscht werden muss, weil wir beide sonst zu Asche zerfallen.

Er nimmt mich hart, und ich kralle mich in seinen Rücken. Ich brauche es genau so, sodass jede Zelle meines Körpers erschüttert wird. Damit jeder Teil von mir sicher sein kann, dass er wieder da ist. Bei mir.

Ich komme. Nate seufzt und küsst mich, zügelt sich, gleich darauf folgt ein weiterer Orgasmus.

»Fuck, Lou«, stöhnt er, und ich zittere noch heftiger, als ich spüre, wie er explodiert. Wieder ohne Kondom, wie vor einem Jahr, und ich frage mich, ob ich dieses Mal schwanger werde. Wir sind bereit und nicht bereit, genau wie viele andere Paare auf der Welt.

Schwer atmend kommen wir zu uns, lächeln uns an, fahren uns gegenseitig durch die Haare und küssen uns. Vom Garten höre ich Stimmen. Das Lachen von Vi, klirrende Gläser, Alex. Die restliche Welt taucht wieder auf.

»Meinst du, sie haben uns gehört?«, frage ich und lege den Kopf zurück, um nach draußen zu schauen. Die aufgebaute Tafel ist ein Stück entfernt, aber die Terrassentüren stehen sperrangelweit offen.

Nate grinst. »Auf jeden Fall haben sie das. Aber wir können ihnen ja sagen, ich hätte dir von den Highlights der Tour erzählt und du hättest deswegen überrascht hundertmal ›oh Gott!‹ gerufen.«

»Gute Idee, und ich hab dir die neuesten Hausregeln erklärt, und du hast daraufhin die ganze Zeit ›fuck, fuck, fuck!‹ gestöhnt. Das könnten sie uns abkaufen.«

Es ist natürlich klar, dass sie uns das nicht abkaufen werden, so wie wir beide grinsen. Ja, hatten wir halt Sex. Unsere Gäste würden das verstehen, wenn sie auch Partner hätten, die sie unmenschlich heftig lieben und wochenlang nicht sehen konnten.

»Komm, lass uns zu ihnen gehen.« Nate zieht sich zurück und hilft mir hoch. Im Bad richten wir unsere Sachen, und dafür liebe ich ihn noch mehr. Dass wir uns mal an Regeln halten und sie mal brechen. Ich hätte es nie gedacht, doch sich immer daran zu halten ist überhaupt nicht meins. Es macht so viel mehr Spaß und – »Ich hab die Untersetzer vergessen!«, fällt mir plötzlich ein, als wir nach draußen schlendern. Die standen mitten auf der Liste, und anders als die Hussen sind die wirklich wichtig.

Ich löse mich von Nate, flitze in die Küche und hole schlichte Holzuntersetzer, die zum Grillfest passen.

»Hi, Alex, hallo, Harvey, hi, Brad«, sage ich, als wir wieder zurück sind, hebe ihre Gläser an und schiebe Untersetzer drunter, als gälte es, hochexplosive Bomben zu entschärfen. Über die Nummer mit Nate verliert niemand ein Wort. Der eine oder andere grinst nur wissend.

»Ist das dieselbe Frau, mit der du gerade –«, beginnt Alex als Witz, verstummt jedoch, als er Nates warnenden Blick auffängt. »Mit der du hier in diesem prächtigen Haus wohnst und für die du die Toiletten putzt, wenn das nicht eure Haushälterin erledigt hat?«, beendet er grinsend seinen Satz.

»Ja, das ist sie«, sagt Nate stolz. Er zieht mich zu sich auf den Schoß, legt die Arme um mich und sein Kinn auf meine Schulter, als würde er jede kleine Macke von mir lieben. »Und Untersetzer sind ja wohl das Mindeste nach drei Monaten Tourleben. Ein bisschen Zivilisation muss sein.«

Ich weiß, sie machen sich über mich lustig, aber es stört mich nicht. Dafür bin ich viel zu glücklich. Ja, Nate wird irgendwann wieder auf Tour gehen, aber erst mal ist er hier. Wenn er Lieder singt, dann die nächste Zeit nur für mich. Ich habe auch nur noch einen Auftrag zu erledigen, bevor ich in die Sommerpause gehe. Wir wollen es diesen Sommer ernsthaft mit dem Baby versuchen, nachdem der eine Ausrutscher vor einem Jahr ohne Folgen geblieben ist und wir bis auf eben aufgepasst haben. Dafür, dass wir so verschieden sind, haben wir uns toll miteinander arrangiert. Ich wohne bei ihm in seiner neuen Villa, ein protziges Anwesen auf Key Largo, einer Insel südlich von Miami, nicht mehr mit einem Tennisplatz, dafür mit einem Nebenhaus, in dem Nates Heimstudio ist. Im Haus hat jeder von uns ein Büro, meine Regale stehen im Wohnzimmer, mein Sekretär im Flur.

»Spielt noch mal den Song von Britney!«, höre ich da Vi die Jungs am Grill bequatschen.

Alle stöhnen im Kollektiv auf, Cali, Nate und mich eingeschlossen. Seit dem letzten Jahr haben sie den Auftritt nicht wiederholt. Mittlerweile ist der Hype so groß, dass sie den Song, selbst wenn sie wollten, nicht erneut spielen werden, was ich schade finde. Egal, wie der Abend ausging, das war immerhin der Tag, der alles für uns verändert hat.

»Was seid ihr denn für Spaßbremsen? Kommt schon, Leute!«, lässt Vi nicht locker.

»Die Leute haben gerade eine Tour hinter sich«, erkläre ich.

»Wie, und jetzt können sie nicht mehr singen?«

Nate lacht hinter mir. Ich lege meine Hand auf seine und drücke sie. »Lass dich bloß nicht bequatschen. Vi hat so ihre Art zu bekommen, was sie will.« Typisch Nesthäkchen. Sie hatte es schon als Dreijährige drauf, alle um ihre kleinen Fingerchen zu wickeln.

»Leider finde ich das sehr sympathisch!« Er schiebt mich sanft von seinem Schoß. »Hopp, ich hol schnell das Equipment.«

»Vi«, sage ich streng, weil ich will, dass sie das zurücknimmt.

»Lou«, gibt sie im gleichen Tonfall zurück, weil sie drauf besteht. »Sag mir nicht, der Kerl trällert dir nicht pausenlos Ständchen?«

»Ähm ...«

»Siehst du. Jetzt bin ich dran.«

Nate

Die Tour war anstrengend. Ich wollte nur nach Hause kommen, mit allen essen und dann ins Bett. Aber sobald ich Lou gesehen habe, habe ich mich wieder lebendig gefühlt, weil mich nicht die Tour ausgepowert hat, sondern so lange ohne diese Frau zu sein. Ich brauche nur einen Blick von ihr, und schon geht es mir besser. Mir macht es überhaupt nichts aus, wenn wir uns aufziehen oder sie wieder ihren Ordnungsfimmel auslebt. Dafür liebe ich sie zu sehr. Genau wie für die Hussen, die sie unter den Tisch verbannt hat, während über zwei Stühlen noch die Stoffbezüge hängen. Manchmal übertreibt sie es mit ihrer Bilderbuchwelt, aber sie merkt es immer öfter selbst. Mein guter Einfluss.

Ich hole Gitarren aus dem Studio und Krawatten und Geschirrtücher aus dem Haus, die wir uns als Röckchen umbinden können.

»Shirtfrei!«, ruft Vi, als sie mich mit den Sachen auftauchen sieht.

»Dann klappt uns Lou um.«

»Shirtfrei!«, bleibt Vi hartnäckig, und Harvey zieht schon sein Tanktop aus, um sie mit seinem muskulösen Oberkörper und seiner weiter angewachsenen Tattoo-Strichliste an Auftritten zu beeindrucken. Vi pfeift anerkennend. Ich kann verstehen, warum Lou ihre Schwestern liebt, aber auch, warum sie heikle Themen lieber mit Cali bespricht statt mit Vi, die als Erzieherin arbeitet und eine noch dümmere Idee obendrauf packt, wenn jemand einen dummen Einfall hat. Wir sind uns sehr ähnlich. Sie ist wie die Schwester, die ich nie hatte.

»Hier, Alex, deine Krawatte und dein Röckchen.«

»Sexy.« Er zieht sich das Shirt aus und bindet sich die Krawatte um.

Vi klatscht begeistert in die Hände und johlt wie zwanzig Leute.

»Das ist absolut lächerlich«, sagt Cali. Sie bleibt am Tisch sitzen, mit ihrem Tablet in der Hand, auf dem sie Dinge liest, ich schätze mal, für die Uni. Sie ist eine der jüngsten Professorinnen des Landes, und sie rackert sich ab, fest in den akademischen Betrieb aufgenommen zu werden.

»Es ist weniger schlimm, wenn du mitmachst«, sage ich zu ihr und hänge ihr eine Krawatte um den Hals.

Cali steht unglaublich langsam auf, aber wenigstens steht sie auf. *Wäre ja auch gelacht, wenn wir Jungs sie nicht zum Tanzen bringen könnten.* Das ist ganz sicher nicht die Party, die sich Lou vorgestellt hat, aber bei uns wird immer alles anders als geplant. Und meistens gefällt ihr das. Sie muss nicht mehr für ihre Schwestern da sein und die perfekte Erwachsene spielen, sie darf für sich da sein. Und natürlich für mich.

»Komm her!«, sage ich und ziehe sie vor mich, drücke mich mit meinem Oberkörper an ihren Rücken, halte die Gitarre vor uns und mag es, mein Mädchen und das Instrument in meinen Armen zu halten.

»Kann's losgehen?«, ruft Brad.

»Mein Röckchen sitzt«, sage ich.

»Wohl eher deine Freundin.«

Ich drücke Lou enger an mich. »Ja, die ist auch da, wo sie hingehört.«

Ich zähle den Takt ein, und wir spielen. Lou lehnt sich zurück an meine Schulter, die Sonne scheint ihr ins Gesicht, sie lächelt so breit, dass ich mich glatt noch mal in sie verliebe. Und noch mal, als sie vom Sound mitgerissen wird und wie unter der Dusche den Text schief und mit unnachahmlicher Inbrunst mitschmettert. Nichts ist ihr mehr peinlich, nicht vor mir, nicht vor meiner Band, nicht vor ihren Schwestern und wahrscheinlich auch nicht vor der ganzen Welt. Sie ist großartig, und sie weiß es, glaube ich, immer noch nicht. Das macht sie noch unwiderstehlicher.

Sie löst sich von mir, tanzt und dreht sich zu den Takten und macht mich an, als würde ich ihr nicht schon längst zu Füßen liegen. Ich kann in ihren Augen sehen, wie sexy sie mich findet, und das will etwas heißen, weil ich, der Kerl mit der Gitarre, nie das war, was sie wollte. Als der Song endet, packt sie mich an der Krawatte und zieht mich zu einem Kuss heran. »Praktisch, diese Dinger«, murmelt sie.

Ich lasse die Gitarre los, greife in Lous Haare und küsse sie. Lange, und doch nie lange genug, selbst wenn so wie jetzt mehr als ein paar Minuten verstreichen.

»Kannst du dich auch mal um den Grill kümmern, wenn du mit Knutschen fertig bist?«, fragt Brad, der das Teil in Gang gebracht und die erste Ladung Fleisch draufgelegt hat.

Ich löse mich von Lou und bin nicht nur ein guter Gast, sondern auch ein guter Gastgeber, schließlich ist es unser Haus. Ich übernehme den Grill.

»Hier kommt die erste Runde!«, rufe ich wenig später und verteile Steaks auf dem Tisch.

»Endlich!«, stöhnt Vi, nimmt sich Fleisch, kleckert mit Ketchup und leckt sich die Finger ab. »Ich bin am Verhungern.«

»Nimm bitte eine Serviette«, ruft Lou.

»Ja, Mama«, witzelt Vi und lutscht genüsslich an ihren Fingern.

Kein Wunder, dass ich Lou nie dazu gebracht habe, ernsthaft aus der Haut zu fahren. Sie hat einen Teufelsbraten als Training gehabt.

Harvey und Brad erzählen von der Tour. Cali hört ihnen zu. Lou nimmt sich Essen und setzt sich auf meinen Schoß und strahlt einfach nur übers ganze Gesicht. Mein Blick geht zu Alex, der auf sein Handy schaut und dann so aussieht, als hätte man ihn geschlagen. *Sehr untypisch für ihn.*

»Was ist los?«, frage ich. »Und sag nicht nichts.«

»Nich–«, beginnt er, aber reibt sich müder, als er sein sollte, über das Gesicht. »Ich hab dir doch erzählt, dass ich ein eigenes Label für Newcomer gründen will.«

Ich nicke. Die Idee kam ihm letzten Sommer nach der Tour. Wir helfen immer neuen Musikern, und heutzutage brauchen die zum Glück keine großen Labels mehr, um bekannt zu werden. Der Musikmarkt hat sich gewandelt. Künstler können sich selbst vermarkten. Aber der Zugang zu guten Technikern und Equipment bleibt teuer. Alex will ein Sublabel bei Hurricane Florida Records gründen, das speziell Anfängern hilft. Er hat einen Businessplan erstellt und den mit Ryan und dem Hauptlabel abgestimmt. Ich dachte, er kann loslegen. »Wo liegt das Problem?«, frage ich.

»Damit die Investoren mitmachen, muss ich einen Abschluss vorweisen.« Er knurrt wütend. »Weil ja auch zehn Jahre im Geschäft nicht Expertise genug sind! Scheißbürokraten.«

Ich kann seinen Ärger nachvollziehen. Auf solche Bedingungen kommen nur Manager. Die wir alle hassen, bis auf Ryan, der ja einer von uns ist. »Du hast doch die Credit Points für den Bachelor gesammelt, oder?« Das Studium dauert vier Jahre, wovon er schon drei absolviert hatte, bis er vor ein paar Jahren alles auf Eis gelegt hat. Letztes Jahr hatte er angefangen, die fehlenden Prüfungen nachzuholen, und müsste jetzt eigentlich durch sein.

»Ja, alle bis auf die vier für das Modul Immobilienwirtschaft, da bin ich durch die Abschlussklausur gefallen.« Er flucht leise. Nicht seine Art, aber ich kann die Wut verstehen. Ich hatte sie auch mal, bevor Louisiana in mein Leben getreten ist und sie mir genommen hat.

»Kannst du den Kurs nicht wiederholen und die Prüfung nachschreiben?«, fragt Lou.

»Ja, kann ich.«

»Und?«, hakt sie nach, weil Alex nicht gerade optimistisch aussieht.

»Ich hatte nahezu alles falsch. Der Stoff ist mir richtig schwergefallen. Ich werde es probieren, aber scheiße, wenn es daran scheitert …«

»Cali kann dir helfen.«

»Nein!«, ruft Cali, die unser Gespräch bis eben stumm verfolgt hat.

»Aber du bist gut«, sagt Lou.

»Ich hab doch nicht studiert, um Nachhilfe zu geben. Ich

bin Professorin. Für so was gibt es Seniors.«

Alex schaut sie an, als wäre ihm bisher gar nicht klar gewesen, dass die Lösung für sein Problem an unserem Tisch sitzt. »Bitte«, sagt er nur, und für einen Moment ist da eine Sehnsucht in seinem Blick, die nicht ganz passt. Sehnsucht, Hoffnung und Hitze.

Kurz leuchten Calis Augen, als würde sie das freuen, dann verdreht sie sie. So kenne ich sie nicht.

»Bitte«, sage ich, weil ich weiß, wie wichtig das für Alex ist.

»Bitte«, sagt Vi und grinst, weil sie nicht aufgepasst hat. »Worum bitten wir?«

»Dass Cali Alex bei seinem Abschluss hilft.«

»Gott, ja«, sagt Vi. »Das wäre toll. Los, hilf ihm, Cali. Du liebst es, Lehrerin zu spielen. Fast noch mehr, als Lou es liebt, Toilettenschüsseln zu schrubben.«

Lou verschluckt sich an ihrem Getränk, und ich klopfe ihr auf den Rücken. »So schlimm war ich nicht«, erklärt sie.

»Warst du!«, sagen Vi und Cali einhellig.

Ich muss lachen, drücke aber Lou schnell einen Kuss in den Nacken, weil ich es nicht böse meine, sondern nur immer wieder erstaunt darüber bin, dass diese Frau nun *meine* Frau ist.

»Komm schon, Cali, hilf ihm und bereite ihn auf den nächsten Kurs vor!«, bekniet Lou ihre Schwester.

»Ich habe Urlaub.«

»Wie perfekt! Dann hast du Zeit.«

»In meinem Urlaub lese ich nichts. Da will ich mich erholen.«

Vi und Lou sehen sich an. Sie glauben nicht, dass ihre Schwester sich wirklich erholen kann, und auch mir fällt es schwer, California Harper woanders als an einem Schreibtisch zu sehen.

»Na gut, ich habe auch im Urlaub Bücher in der Hand, aber es sind Romane, keine Fachartikel.«

»Du bekommst kein Notenschlüsseltörtchen, wenn du Nein sagst«, sagt Vi.

Cali verdreht die Augen, als würde sie den lieben Herrgott fragen, womit sie diese Belagerung verdient hat.

»Komm schon, Alex ist ein Freund«, sagt Lou.

Cali rutscht unruhig auf ihrem Stuhl hin und her. Als würde sie irgendwas hieran nervös machen.

»Wenn sie nicht will, lass sie«, sage ich als jemand, der verdammt gut versteht, wie beschissen es ist, in die Enge getrieben zu werden. Auch wenn es am Ende für mich das Beste war. Ich drehe mich zu Alex. »Wir suchen jemanden, der dir hilft. Du kriegst den Abschluss, versprochen.«

Cali schnaubt. Alle beraten schon die nächsten Schritte, aber jetzt richten sich wieder sechs verärgerte Augenpaare auf sie. »Ich möchte die Person sehen, die ihm bei so einem schlechten Ergebnis hilft!«, sagt sie. »Noch dazu erfolgreich.«

»Also, du hast das bei mir früher geschafft«, sagt Vi, klimpert mit den Wimpern und reicht ihr zwei Törtchen, das von Lou und ihres.

»Bestichst du mich?«

»Du liebst Schokolade.«

Cali gibt einen frustrierten Laut von sich. »Fein!«, stöhnt sie geschlagen. »Ich mach es.« Sie blitzt ihre Schwestern an. »Für euch. Und für sämtliche Törtchen auf dem Tisch.« Sie macht eine winkende Bewegung wie ein Geldeintreiber, der seinen Anteil kassiert. »Los, her damit. Die Teile sind göttlich.« Dann schaut sie zu mir. »Und ich mach das auch für dich, weil Lou sonst unausstehlich wird und du das ausbaden musst. Und du ...« Sie sieht Alex finster an. »Du hast einfach Glück.«

»Danke, das weiß ich zu schätzen«, sagt er und nimmt sie in den Arm, ehe sie es verhindern kann.

Sie holt kehlig Luft und windet sich aus seinem Griff. »Fein, gern geschehen.«

Ich muss grinsen, weil irgendwas zwischen den beiden läuft. Alex hat Herzchen in den Augen. Calis Blicke sind dagegen so kühl, als wären wir in der Antarktis. *Gespielt kalt.* So wie sie sich benimmt, so ging es mir am Anfang mit Louisiana auch. Ich habe sie noch genau vor Augen, diese Frau mit den High Heels und diesen makellosen, faltenfreien Kostümen und dem Perlenschmuck. Ich kann nicht sagen, was in der Sekunde passiert ist, als wir aufeinandergetroffen sind, nur dass ab dem Moment alles außer Kontrolle geraten ist und dass es das Beste war, was mir passieren konnte. Was uns passieren konnte.

»Kann bitte jemand von euch Männern weitergrillen?«, höre ich Vi rufen.

»Nate ist raus«, sagt Brad. *Wie recht er hat!*

»Ich mach's«, erbarmt sich Alex.

Sie reden weiter, aber ich höre ihnen nicht zu. Ich sehe Louisiana an, die perfekteste, für mich eigentlich nicht perfekte und genau deshalb doch perfekte Frau, die ich je gesehen habe. Mir fallen neue Lieder ein, je länger ich ihr in die Augen schaue, neue Melodien, neue Texte, aber ich mache mir nicht die Mühe, sie aufzuschreiben. Sie verschwinden nicht, sie sind immer da, solange Louisiana da ist.

Ich fahre ihr durch die Haare, und sie leckt sich die Lippen. Sie rührt sich kaum, aber ich kann die Hitze zwischen unseren Körpern spüren, dort, wo sich ihr Hintern an meinen Schoß presst. Ihre Finger wandern in meine Haare und jagen mit jeder unschuldigen Berührung Schauer durch mich. Der Hunger in ihrem Gesicht ist auch meiner, und er wird stärker.

Ein Kuss vor zwei Jahren hat uns hiergeführt. Ich bin gespannt, wohin uns der nächste bringt. Mit dem Gedanken beuge ich mich vor, Lou kommt mir entgegen, und es passiert wieder …

Ende

*Du willst mehr von den Miami Rebels und
den Schwestern Lou, Cali und Vi?
Dann lies „Two unforgettable Lessons" (Januar 2023) und
„Three unbreakable Hearts" (März / April 2023)!
Viel Spaß!*

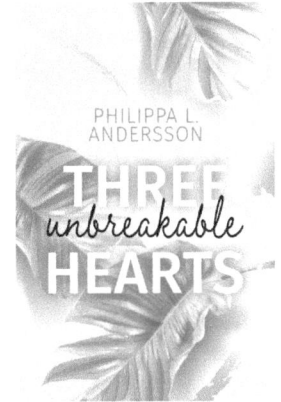

MEHR VON PHILIPPA

Reihen

Tease & Please
Tease & Please - berührt und verführt
Tease & Please - entdeckt und erweckt
Tease & Please - hart und zart
Tease & Please - Heiß im Eis
Tease & Please - Wut und Glut
Tease & Please - befreit und bereit
Tease & Please - Wahl oder Qual
Tease & Please - Geben und Nehmen

Colorado Kisses
Always You Forever Us
Maybe You Finally Us

Time for Passion
All We Have Is Today
You Were Mine Yesterday
Forever Yours Tomorrow

Powerful & Protective
Last Dirty Show
Last Dirty Money
Last Dirty Shot

Lawyers, Love & Lace
You Can't Escape Love - Begehren . Vertrauen . Lieben
You Can't Control Love - Im Zweifel für die Liebe

Einzeltitel

Mister Sweet Mistake
Burning Kisses Under The Stars - Echte Leidenschaft
Romance Love - Vollkommen dir ergeben
Pulse of Passion - Sehnsucht nach dir

ÜBER PHILIPPA

Philippa L. Andersson lebt und arbeitet in Berlin. 2012 erschien ihre erste Kurzgeschichte. 2013 folgte ihr erster Roman „In deinen Armen". 2017 war sie mit „You Can't Escape Love Begehren . Vertrauen . Lieben" erstmals in der BILD-Bestsellerliste. Viele ihrer Romane gibt es auch als Hörbuch. Wenn sie nicht schreibt, joggt sie durch ihren Kiez, entdeckt neue Restaurants oder lässt sich vom Leben inspirieren.

Newsletter

Abonniere den Newsletter von Philippa und verpass keine Neuerscheinung der Autorin.
Deine Daten werden nicht weitergegeben.
www.philippalandersson.de/newsletter

Kontakt

www.philippalandersson.de
www.facebook.com/PhilippaLAndersson
www.instagram.com/philippal.andersson
www.tiktok.com/@philippalandersson